# 一池墨香

迟玉红　著

许我余生静好
请允许
笔下有光香和暖阳
我坐在最美的词语上
聆听落叶无声风过无痕
书写妙曼的人生
在光阴的卷轴里
我让时光逆流

高原诗作　刘继名书

线装书局

图书在版编目（ＣＩＰ）数据

一池墨香 / 迟玉红著 . -- 北京 : 线装书局，
2024.5
　ISBN 978-7-5120-6095-1

　Ⅰ.①一… Ⅱ.①迟… Ⅲ.①长篇小说－中国－当代
Ⅳ.① I247.5

中国国家版本馆 CIP 数据核字 (2024) 第 084610 号

# 一池墨香

## YICHI MOXIANG

作　　者：迟玉红
责任编辑：程俊蓉
出版发行：线装書局
　　　　　地　址：北京市丰台区方庄日月天地大厦 B 座 17 层（100078）
　　　　　电　话：010-58077126（发行部）010-58076938（总编室）
　　　　　网　址：www.zgxzsj.com
经　　销：新华书店
印　　制：济南精致印务有限公司
开　　本：787mm×1092mm　1/16
印　　张：18
字　　数：290 千字
版　　次：2024 年 5 月第 1 版第 1 次印刷

线装书局官方微信

定　　价：53.00 元

# 目　录

# 一朵花，盛着一段故事

一重山，两重山。山远天高烟水寒，相思枫叶丹。

菊花开，菊花残。塞雁高飞人未还，一帘风月闲。

李正兵坐在窗前，读着李煜的词《长相思·一重山》，忍不住泪眼婆娑。他掏出打火机，哆哆嗦嗦地点上烟，深深地吸了一口，又长长地吐了出来，烟雾瞬间笼罩了他半个脸庞。秋风透过窗纱吹动了他满头的银发，像老家的芦花飘荡着道不尽的相思。他的眼神时而呆板时而绽放异彩，眼前一次又一次浮现出一个影子。

他笨拙地敲打着文字，想从网络上寻找关于她的信息。这个影子魂牵梦萦了他近十年，如今天涯与海角生出无数条路，可哪一条才是通往她的所在？情难劫，劫不断前尘往事，劫不断那个黄昏里微笑泛滥的日子……

一

我的心跳起落在你的脚步里，如果你回眸，我娇羞的面容，也是春天里的一朵花。

这个春日，风还有点儿凉，踩着片片夕阳，青石板都滑出冷冷的诗意。

李正兵携着妻子林玉莲，沿着东山下的一条小路走来。他夹着公文包，左手插在裤兜里，走进二月天的下午，走进一群人投射的目光里，把风读成了寂寞，把岁月染成了微黄微黄的色彩。

看到他的到来，陈玉笑容满面地迎上去，紧紧地握住他的手说："李局长，您来了！"

李正兵热情地回应道："不好意思，让大家久等了。"

"哪里哪里，欢迎您的到来！"

李正兵爽朗地笑道："哈哈，咱们老同学之间这么说话，显得生分了。"

陈玉含笑的眼睛骤然机械地眨了几下，面不改色地说道："这是在公共场合，不是咱们私下的交流。李局长，我来给您介绍一下参加活动的老师们。"

陈玉转过身，面向大家说："各位老师们，我来介绍一下，今天很荣幸邀请到建设局李正兵局长来参加我们的这次活动。欢迎李局长。"

他的话音刚落，随即响起一阵热烈的掌声。

"这位是李夫人。"

林玉莲是一位四十岁左右的女人，瘦瘦的，面目显得很憔悴。她浅笑着朝众人点了点头。

李正兵朝众人招了招手。"各位老师们，下午好！我叫李正兵。今天有幸跟各位老师们相聚在一起，我不是什么作家，只不过是空余的时间喜欢写点儿东西来充实自己。大家走到一起就是朋友，请大家叫我老李吧。希望以后跟各位老师们多交流学习，望老师们不吝赐教。"

"哎呀！李局长，您好，我叫李丽。经常在报刊上读到您的大作，我特别喜欢您的作品，经常把刊有您作品的报纸放在床头上，没事就拿起来读。您的文字是我的精神食粮。"

听着她这番恭维的话，李正兵有一种浑身不舒服的感觉，但他依旧热情地跟她握手说："李老师，谬赞了。"

"今天还来了一位漂亮的美女诗人……"陈玉环顾着四周对他说。

李正兵顺着陈玉的指向望去。

在一处闲置的旧院子旁，站着一位二十来岁的女孩。她身材高挑细长，穿一身浅粉色的运动服，白色的旅游鞋，戴着白色的旅游帽，整个装束清新自然。清秀的脸庞泛着淡淡的红晕，红色丝巾遮住半张脸。最撩人的是她那双大眼睛，像一泓清泉，纯净得看不到一点儿杂质。长长的睫毛，让人看着看着就像走进密林里，有种迷失的感觉。

穆思静站在一旁，望着小院里的几株杏树，杏树上绽开着朵朵淡粉色的花，为这个春日增添了一道亮丽的风景，就像蒙在她脸上的红丝巾一样，以蒙娜丽莎的微笑迎接南来北往的人。

"李局长，这是我们作协里的美女诗人穆思静。"陈玉向他介绍道。

"您好！穆老师。"他轻握了一下她的指尖，感觉有点儿凉凉的。

他的声音富有磁性，大手宽厚而温暖。穆思静浅浅笑道："您好。"

介绍完毕，陈玉举着双臂，打着手势大声说："各位老师们！大家可以自由搭配车，一辆车坐四人。希望大家参观完毕后，按时交作业，一周内写出作品，发到我们刊物的邮箱里。"

"一定完成领导安排的任务。"李丽滑稽的回答引得众人哄笑起来。

穆思静站在路旁，李正兵不由得朝她看了几眼，并敞开了后车门，期望她能进来。她回望了他一眼，忙转过身，匆匆上了后面一辆面包车。

李正兵自嘲地摇摇头，同时，他有点儿懊恼，觉得一时表现得有点儿多情，自己是何等的身份，却为一个黄毛丫头服务，况且人家还不领情。

"李局长，咱们是一家子。我坐您的宝车，给您做向导，可以不？"这时候李丽走过来，娇嗲地跟他说。

"当然可以！欢迎一家子，请上车。"李正兵笑答，并做一个"请"的手势。

上车后，李丽马上换作另一副笑脸，跟林玉莲打招呼："嫂子好！我叫李丽，您可以叫我丽丽。"

听着她刺耳的娇气声，林玉莲不由得对她产生了厌烦之感，但她不得不假意应对："丽丽好，好漂亮的妹子。"

"谢谢嫂子夸奖。"说着李丽朝李正兵扫了一眼。她脸上抹的脂粉很厚，笑起来像开过了盛期的芍药或者牡丹花。

李丽长得很漂亮，大大的眼睛，一说话就露出一颗小虎牙。按理说长着虎牙的女子是可爱的，但她眼里流露出的神情，让人对她有了别样的看法。

"李局长，我可以记下您的电话吗？我喜欢写作，想跟您学习。"

李正兵从后视镜中一瞥，看到林玉莲的脸上呈现出蔑视的表情。但他没法当面拒绝给李丽电话，况且当着林玉莲的面，足以让她一万个放心，他是不会跟这样的女子来往的。其实不用他解释，林玉莲明白，李正兵不会跟这种层次的女子过多地接触。像李丽这样的女子，他躲还躲不及。

于是，他说出了自己的电话号码。

"我存下来了。我把我的电话给您拨过去。"

李正兵听到手机响后，忙说："好的！收到了，停车后我存起来。"

"你们快看，树上的榆钱都绿了。"李丽突然的高声调把其他人吓了一跳。

"小时候我经常爬树摘榆钱。那时候不管脏净，就一边摘一边吃，母亲总是给我们做很多花样吃。蒸窝窝头、做面汤、烙榆钱单饼，还做菜豆腐。"说着，李正兵不禁回忆起小时候无忧的童年，脸上泛起柔和的笑容。

"我小的时候，母亲也给我和姐姐这样做着吃。想起来，好怀念那段时光。"李丽说着耸了耸肩，做了一个做作的动作。

林玉莲身体不好，不喜欢吵闹。此时，她毫无反应地闭着眼睛。

看到她不屑理会的样子，李丽觉得自讨没趣，于是闭口不再说话。

车子在古村停车场停了下来，李正兵急忙下车给她们打开后车门。在众目睽睽之下，李丽昂首挺胸地走下车，挽起林玉莲的胳膊。

一个人如果对初次见面的人太过于热情，就会让对方感到她的虚伪。但出于礼貌，玉莲不得不说几声感谢的话。

八十多岁的讲解员周长学领着大伙儿一边参观，一边讲解："各位老师们，请跟我来！"

穆思静跟着涌动的人群，走在李正兵身后，仔细地打量他。他一米八以上的个子，穿着一套国人牌深蓝色西装和老人头黑皮鞋，四十多岁的年纪，头发打理得有板有样。

穆思静真怕众人的吵闹声打扰了空气里流动着关于他的气息，怕这青石板、石阶、石巷、石房子、古井还有这小河，一不小心抖落了他身上的味道，她把这一刻定为永恒，犹如梦中写的那首诗：

梦里花开／醒来暗香犹在／唯独不见那一春

记得写这首诗之前，穆思静梦见一个高大的男子从背后搂着她的腰，俯首吻着她的长发。那一刻，她的体内升起一阵波动。难道他就是梦里的"暗香"吗？这个春天，这个铺着夕阳的下午，她悄悄地撒下了几行诗的种子。

李正兵慢慢地走在她前面，听着她的呼吸和细微的脚步声，像这几株迟开的杏花吐露着欲言又止的话语。他不敢回头，怕她的一个笑靥、一个眼眸，会掀起体内的一种波动。

夕阳逐渐拉长了人影，李正兵不经意地一转身，他看到玉莲与穆思静一前一后地走在石街上，心里不由得一颤。病弱的玉莲穿着大红皮草，疲惫地迈着步子，走在一块又一块青石板上。此时，她也是春天里的一抹嫣红么？抑或是她俩都是春天里的一道风景，在争相媲美？

　　他们一行走到村东南方纱帽山下一口老井旁，周长学给大伙儿讲解道："这里最早的时候是一个水塘，西南角有一个泉眼，后筑高为井。井很深，井口在长年累月里被井绳磨出一道道沟痕，以前村民干完活后，便在这里排队挑水。"

　　年轻人总是好奇心强。穆思静忍不住走到井边，两手摁在膝盖上支撑着上身，伸长脖子往井下探望。

　　李正兵急忙一把拉住她的右胳膊说："小心点儿！出门尽量不要看井。"

　　穆思静唰地红了脸，难为情地答道："谢谢！"

　　李丽见缝插针，接上话说："小时候，奶奶经常嘱咐我，出门不看井，过路环四顾；还有出门旅游时不能与庙堂合影拍照，这些都是出行中的忌讳。"

　　李正兵答道："老人们的话是一辈子摸索出来的经验。"

　　"老人摸索出来经验是有依据的，我们要铭记于心。"此刻，李丽脸上的笑容是人群中绽放的一朵别样的花色，刺人眼目，让人不敢正视。

　　接下来，他们看到一所大院西侧半山崖上长着两棵根与根盘踞在一起的国槐。周长学指着这两棵树，讲道："我们当地人把这两棵国槐称作夫妻树。传说明末清初时有一对夫妻，两人恩恩爱爱地在此垦山种地。明王府没落的时候，清兵到这里抓男的为兵，女的贩卖。这对夫妻为逃避清兵追捕，逃到崖边，走投无路时相拥着跳了下去。后来，这半崖上凭空长了两棵连在一起的国槐，当地人说是这对殉难夫妻的魂魄留在这里，为此称作夫妻树。"

　　"如今世间还会有这样的爱情吗？"听着这个故事，穆思静忍不住流下泪来。

　　"一定会有的，只是我们没遇到。"李正兵没想到，自己会在众人面前脱口说出这样的话。

　　穆思静不知该怎么回答。

　　李正兵很困惑。他更不明白，在这么多人中，为什么自己的目光总是随着她的影子。看着她与朋友开心地交谈；看着她坐在磨盘上，摆出各种姿势拍照；看着她装模作样地作秀；看着她被一群人簇拥着合影；看着她在西南角的泉眼边戏水，她开心大笑的时候，他也跟着发出了笑声。

　　玉莲无精打采地坐在一旁。此时眼前所有的风景，都难以让她兴奋起来。李正兵把注意力都集中在穆思静身上，无心顾及疲惫不堪的玉莲。

　　返回的时候，他们拐来拐去地走到一条石街上。李正兵不敢走得太快，怕落下她，担心彼此之间的距离会远一些，今生不知道还能不能再次相见。

　　穆思静跟在他身后，不敢走得太慢，怕跟不上他的脚步，不知道今生还能不能再次走在同一条路上；他不敢把脚步放得太重，怕压过她的呼吸；她不敢呼吸，怕他会回过头来；他不敢说话，怕她会害羞地溜走；她不敢说话，怕他看穿她的心事。

到了停车场，李正兵与众人握手作别，并特意看了穆思静一眼。她还是那样无动于衷地站在人群后面，望向别处。他启动车绝尘而去，扬起的尘土与目光的落地处，飘下声声叹息。

玉莲诧异地问："怎么了？"

"有点儿累。"

"看到你对那个小女孩还挺关心，忙前顾后地，是不是想老牛啃嫩草啊？"

"哪个小女孩？"他皱着眉头不耐烦地问。

"你拽了一把的那个小女孩啊！看到你总找理由跟她说话，可惜人家却不爱搭理你。"

"你成天除了无事找事，还能做什么。早知如此，今天就不该带你出来。"玉莲的话，让他听了厌烦。

"那个叫李丽的女人，真骚。"玉莲带着鄙夷的神情说了半截话，就不想再说下去了。

"你真会推理想象。"

"好了，我累了，睡一会儿。"玉莲自知理亏，忙找借口平息对话。

李正兵什么话也不再说。这么多年，他们俩习惯了像陌路人一样。他不知道刚才为什么会叹息，想起那个娇羞的眼神，从那双清澈的眼眸中溢出来的泪水，不知道为什么心里很不是滋味。

多年后，唯有三个人知道，这叹息为谁而起落，让光滑鲜丽的人生起了一片片褶皱。

往事如烟云，层层历目而来。李正兵一支接一支地抽着烟，思绪再次回到了十年前。

二

那种欣喜是你走在荒凉萧条的山野里，猛然看到一朵或者一丛开放的花，是不假思索地从心底里溢出来的；抑或是一个不能苛求的梦，突然来到你面前，纵然明白这个梦始终是握不住的，但心里也是甜蜜的。

　　陈玉是一位教师，四十五岁，在有固定收入的情况下，空余的时间把一腔热情都注入了文学中。他待人体贴真诚、做事谨慎严密，每一位与他相处的人，无不赞赏他的为人。

　　在陈玉的心里，穆思静纯洁善良，任何人都不能去伤害她，只能默默地守候，像守候邻家小妹一样去呵护她成长。他的内心很烦乱，一种占有欲和苛求欲特别强烈。他希望得到一切想要的东西，甚至希望所有人都懂他、理解他。他想让自己高高在上，有足够的面子，以大哥的身份跟他们交往，众星捧月般地站在他们面前。同时，他的内心里又充满了孤独和恐惧，害怕所有的付出都如流水般逝去。

　　人之所以活得累，是因为心里托举着太多东西，把自己看得太重，不舍得放下。

　　在高一语文第一单元课上，陈玉摘抄了穆思静的诗，给学生做课外阅读讲解："同学们，这几首诗是我的一位文友写的，如今能写出这样干净文字的诗人已不多见了。她的诗不深奥，读来都容易懂。我不是要求你们去模仿她的诗来写，而是希望作为一种课外阅读的材料让你们借鉴。有些时候并不是深奥了就是好诗，诗一定要丰富吗？单纯也是一种美。诗一定要深刻吗？深刻就必定来自思想而不可以来自感受吗？显然未必。她的诗一点儿也不复杂，一点儿也不深奥，却能打动人心。能打动人心的东西，自有其深刻之处。"

　　此时他站在讲台上，眼前总晃动着穆思静的影子，忽视了台下五十多双眼睛在盯着他。

　　"以后你们踏入社会，要切记：欣赏一个人，始于颜值，敬于才华，合于性格，久于善良，终于人品。切不可以貌取人，要看一个人的修养和素质有多高，得用心去交往。"

　　其实陈玉不只是对穆思静好，他对每一位朋友都是如此。他想用自己宽厚的心胸来容纳众人对他的敬畏，就像在课堂上他给学生们讲的那样，用心去琢磨着对方的喜好来跟他们相处，他自信这种付出一定会换来对方对他的真心回报。

　　他一味地取悦别人，不管自己有多么不情愿，都会主动地牺牲自己和亲人来成全别人。生活就像一个大舞台，每个人都是演员，扮演着多重角色，应对着形形色色的人生。

人总是容易被表面所看到的一面蒙蔽眼睛。穆思静得到来自很多方面的友情，却没有注意到一些人对她因嫉妒而生恨。

昨晚突然下了一场大雪，把路边的樱花枝条都压弯了。四月天的雪化得快，走在树下会听到"沙沙"的声音，像零乱的飞花，星星点点地落在地上。

穆思静坐在办公室里，接到陈玉打来的电话，让她中午过去吃饭。

穆思静到陈玉家里的时候接近十二点。她一进屋，内心不由得猛然一动。屋子里除了陈玉夫妇，还有一个人。

张爱玲在散文《爱》里写道："与千万人之中遇见你所遇见的人，于千万年之中，时间的无涯的荒野里，没有早一步，也没有晚一步，刚巧赶上了，那也没有别的话可说，唯有轻轻地问一声：'哦，你也在这里吗？'"

此刻，穆思静的心里就涌动着这种无法言喻的激情。

她按住内心的喜悦，轻轻地说："嗨！李局长，您，也在这里。"

那种欣喜是你走在荒凉萧条的山野里，猛然看到一朵或者一丛开放的花，是不假思索地从心底里溢出来的；抑或是一个不能苛求的梦，突然来到你面前，纵然明白这个梦始终是握不住的，但心里也是甜蜜的。

穆思静的到来让李正兵顿时觉得眼前一亮，他立即站起来，答道："好巧。您也来了，快请坐，穆老师。"

他们一问一答，像相处了多年的老朋友一样熟悉。

陈玉握着棋子，坐在马扎上。看到穆思静来了，他急忙招呼道："小穆来了，快坐！"

他含笑的眼睛很柔，像沐浴在春日的阳光里。

李正兵在穆思静进屋之时，握着一枚炮想攻打陈玉的老将。因她的突然出现，他添了一丝心乱，没有注意到陈玉的马踢了他的炮，这一招"马后炮"让他全盘皆输。

此时，他无心再下棋，忙对陈玉说："我们先不下了，不能怠慢了穆老师。"

穆思静犹豫不决，她渴望被他们留在这里，但又怕他们笑话她，忙说："你们下吧，我去帮嫂子做饭。"

她这么说，李正兵听了心里有点儿失落。陈玉知道穆思静不会做饭，不想让她为难，忙说："小穆，不用过去了，你嫂子很快就做好了。你快坐下来，一起喝茶。"

穆思静今天穿着白色的小棉袄，黑裤，短靴子，长长的直发披散下来，与那天穿运动装简直是两种风格。

李正兵今天穿着灰色的西装，白衬衣，黑皮鞋。说话低调谦和，处处表现得大方有礼。他没有当过兵，却像经过专门的训练一样，腰板挺直，走路有板有样。或许正是这种气质，将穆思静深深地吸引住。

陈玉泡了一壶绿茶，李正兵端起一杯，放到穆思静面前。

她慌忙礼让道："谢谢！"此刻，她觉得自己像养在笼中的鸟雀，面对围观的人，让她坐立不安。

"穆老师，冒昧地问一下，我可以留下您的电话号码吗？"说到这里，李正兵立马想起那天李丽也是以这样的口吻索要他的电话。

穆思静红着脸看看陈玉，又看看李正兵。她的内心再一次充满了矛盾，那是欣喜和犹豫之间的挣扎。其实她也想知道李正兵的电话，却羞于开口相问。

陈玉不知道什么原因，此时内心陡然一沉，有一种说不出来的滋味。这种感觉像是自己喜欢的花，眼睁睁地看着被人掐走了，令人沮丧和失望。他很不希望他俩继续发展下去，甚至有点儿后悔，今天不该叫穆思静来吃饭。

穆思静鼓起腮帮子，嘟着嘴应道："好。"

看着他们你一言我一语，陈玉的心里很不是滋味，他急忙对他们说："正兵、小穆，咱们先去吃饭吧！"

陈玉的媳妇李玲是一位端庄娴静的女人，比陈玉小五岁。他们有两个女儿，大女儿陈璇结婚成家了，小女儿陈静上高三，一个月回家一趟。李玲血压低，生过两个孩子后，随着年龄的增长，她感觉身体状况越来越不如从前。

陈玉喜欢文学，家里经常来一些他的朋友。他总是说在家里吃饭卫生，实际上他是觉得去饭店吃饭花钱多。李玲每次都强颜欢笑，亲自下厨做饭，免得让陈玉没面子，但她每次都感觉很累很累。陈玉却从来不体谅她，为了显示他在家中显赫的地位，对她毫不留情面地招来呼去。

她把这一切归结于是自己的命！

李正兵看到李玲如此贤惠，陈玉想吃什么她就做什么，甚至陈玉呵斥她几声，她都不吭一声，李正兵都为李玲叫屈。真是一个家一个天下，想到这里，他忍不住叹了一口气。

穆思静听到李正兵的叹息，疑惑地抬起头望着他。她不明白，外表风光的他怎么会无端端地叹息。

李正兵吃着水饺，并没有发觉自己的失态。

匆忙吃过饭后，穆思静去上班了，李正兵继续留在这里下棋。

一会她的手机传来"嘀嘀"的信息提示声，她打开一看是李正兵发来的信息："我是风入松。"

穆思静不明白，为何他发给她一个词牌名，或许他喜欢古诗词吧。穆思静回复了一句感谢的话后继续工作。

后来在一些文学活动中，她和李正兵见过几次面，却不曾说过多少话。偶尔说几句，她都是从他眸子里一瞥，躲闪而过，怕悸动紊乱了思绪。

她总是在他面前低着头，是怕他的眼睛解读了自己的心事，还是怕他的呼吸会吹到脸上，泛起一树春花？她再次陷入复杂的心境中，漫无目的地挣扎。

穆思静与陈玉、李丽、张海生、王强等几个朋友经常一起游玩，驾车去外地参加文学交流。那种感觉很惬意，他们像一群无拘无束的孩子那么快乐，像一只只蝴蝶吻开一片片花瓣，像一只只小鸟唱着一树树的四月天。

有几次她想问李正兵："你会跟我们一起吗？"然而，话到嘴边却说不出口。她怕一开口，就找不到词衔。她知道他不属于自己，既然不属于自己，还是选择躲开，不要触碰。

有几次在陈玉的家里，穆思静坐在李正兵的身边，看着他握在手里的棋子，暗想哪一枚是自己。是相吗？怎么飞也飞不出那张网；是卒子吗？过了楚河界线，就再也没有回头的余地；最后谁又是那枚老将，把握着一个全局；谁又是马后炮，被掌控了结局。

陈玉从来不叫李玲跟他们一起上桌吃饭，李玲要么在厨房里煮水饺吃，要么吃点儿他们剩下的凉菜。穆思静经常看不下去，拉着她一起来桌上吃，但是她执意不肯。她明白跟他们一起吃饭，自己无话可谈，陈玉也会不高兴，他太在乎男主人在这个家庭中的显赫地位。

这么多年李玲已经习惯了过这样的日子，也不计较什么委屈。没事的时候，她在佛堂里一坐就是半天。那里是一尘不染的圣地，是她生命的皈依。

陈玉不喜欢李玲成天烧香拜佛，他觉得人的一生一定要争，强者即为圣者。一个人一旦成功了，便有了地位，就会成为别人心中被供养的那尊佛陀。

穆思静觉得老天太厚爱自己，一生中能遇到那么多老师朋友，所以在文学路上她如鱼得水，发展得特别顺利也特别快。

张晓宁二十多岁，是一位活泼、清纯的小伙子，在部队里服兵役。他高高的个子，大大的眼睛，说着话眼睛里都含着笑，给人一种很亲切的感觉。

他从朋友的空间中无意间看到穆思静的头像，于是点击进入她的博客里，立即被那些柔软的文字打动了。看到穆思静穿着旗袍的照片，那忧郁的眼神，他心里生出了一种怜惜和疼痛，他很想让自己的肩膀做她的依靠。每次望着她的大眼睛，那种亲切和熟悉的感觉越来越浓。

他每天都来她的博客里读她的文字，读到深夜才睡去。

一天，他悄悄地给她留言："姐姐，我很喜欢你的诗，想买你两本书，送我朋友一本。"

"好啊！姐姐送你一本吧。"

他固执地说："不！我要尊重姐姐的劳动成果。"

"你这个犟脾气的孩子，以后不要那么晚睡觉，我经常看到访客足迹中，你在深夜还来我的空间里。"

"我会听姐姐的话。"

在聊天中，穆思静感觉到张晓宁善良率真，对人也很体贴。

"姐姐，我们之间交往要公平。你的照片我看到了，我把我的照片也发给你看。"

穆思静笑道："谢谢你的信任。"

他一本正经地对她说："不过，姐姐要为我保密。我们部队里有规定，现役军人不能在媒体上公开军人的身份。"

穆思静被他认真的样子逗笑了，忙说："你放心吧！姐姐一定会为你保密的。"

"姐姐，你快接收文件，我给你发过去了。"

"好的！收到你发来的文件了。"

穆思静打开文件，看到他穿着军装坐在桌子前、长板凳上、坦克车上，还有训练中的照片，每一张照片都充满青春活力。

"晓宁，你好阳光啊！"

"那是一种假象，其实我的内心总觉得很孤独。今天我写了一篇文章，题目是《如果你学不会独处，那你就永远是一个寂寞的孩子》"

"说得好！我们每个人都有多重性格。一会儿发给我看看。"

"好呀！姐，以后有什么事就给我留言，我会保护你的。"

"好的，有个兵弟弟保护着，姐太幸福了，再也不怕别人欺负我。"

他们之间仿佛已相识了多年，又像是从小一起长大的亲人，没有半点儿生疏之感。

接着张晓宁对她说："姐，我拜你为师好不好？"

"既然叫我姐姐，就不能再称呼我师父了。咱们做姐弟吧！"

张晓宁感觉很快乐，因为他与穆思静之间相处没有年龄的界限。白天他忙完部队里的事情，晚上打开电脑看她今天写了什么。他养成了一种习惯，读她的文字成了每天的必修课。他经常调皮地给穆思静留言："姐姐，大笨蛋。""笨蛋姐姐，今天你哪里有不会的地方？""快点儿承认自己是个大笨蛋。"

穆思静淡淡地笑着，那种微笑是从心里溢出的快乐，无须让别人看到。

穆思静看过张晓宁写的诗，但她从来不问他任何事情。她知道每个人的心中都有一个角落，藏着不为人知的秘密，无论是幸福的还是悲伤的。

一夜被风吹过的夏天／我在树下为你写诗／飘落的树叶是夜的眼泪／思念欲深／你该会越痛／要不这飘落满城的树叶／我怎么会捡不到属于归来的那片

张晓宁思想单纯又仗义，别人对他一分的好，他就想用十分的情去回报。在穆思静看来，为他做的都是些很平常的事情，却在他的心里汇成了一股暖流，再转化成一种感恩。他告诉自己，要一辈子不离不弃地保护她，不允许任何人伤害她。

谁也没想到，一个年少的誓言，他竟用一生去履行。

穆思静每次跟他说话总是那么开心。如果有前世，他们一定是亲人，循着这份前缘，今生再次相逢，成为一家人。

穆思静生日的那天收到张晓宁寄来的一个快递。她打开一看是他新出的诗集，诗集里面写着一行文字："祝姐姐生日快乐！张晓宁。"另外，还有一幅油画。她从来没有告诉张晓宁自己何时过生日，也不知道他何时从相册里找到了那张照片，让画家给画了那幅油画。

她立即拿出手机给他拨打过去。

张晓宁急忙接起来："姐，生日快乐！"

穆思静激动地问："晓宁，你怎么知道我今天过生日？"

"你的空间资料上是写着 2 月 20 日，我就想送你一份惊喜。"

穆思静哽咽着说："谢谢你这么用心待我。"

听到她的哽咽声，张晓宁想让她快乐起来。于是逗她说："你咋这么容易被感动呢，不就是给你一份礼物嘛。早知道你会哭，就不给你了。"

听到他说的这样亲昵，穆思静忙问："我们俩到底是你大还是我大？"

"论年龄你大，但是你太笨。你的智商又那么低，所以这辈子只好让我好好地哄着你。"

穆思静再次被他逗笑了。

穆思静随即点击进入张晓宁的空间翻看他的日志。这时，她看到一篇日志里有张晓宁送给自己的那幅油画，于是打开日志读下去。读到一半，她已经泣不成声了，她没想到这份生日礼物来得这么不易。

原来，张晓宁从空间里看到穆思静的生日是 2 月 20 日，于是就从空间相册里找出她以前的照片储存在手机上，想请好友阿曼给穆思静画幅肖像画当作她的生日礼物。

张晓宁来到阿曼住处，死皮赖脸地对他说："曼老师，有件事我想麻烦你，可又不好意思说。"

"你这调皮鬼，脸皮何时变得这么薄了，还有不好意思说的事儿。"

张晓宁看着他的眼睛，认真地说："真的有事。"

看到他认真的样子，阿曼诚恳地对他说："晓宁，你若是真有事，那就说吧。你是我的兄弟，只要我能做到的，我一定会帮你。"

张晓宁一脸郑重其事地对阿曼说："我想请您给我姐画幅肖像画。她是我的启蒙老师，最近她要过生日，我想送她一份生日礼物。我知道您很辛苦，身体也不好，我花钱买您的画，可以吗？"

阿曼拍拍他的脑袋说："咱们是朋友，我会让你把这份礼物送出去的，你给钱我就不给你画了。但要等几天，现在我身体还是不好，家里也没地方画画。"

张晓宁高兴地说："可以可以！"

过了几天，张晓宁想到穆思静的生日马上就要到了，他想尽快把画寄过去，于是又给阿曼打电话："曼老师，我要给我姐寄书，也想……"

"晓宁，我知道你要说什么。我还没给你姐画呢，不好意思，最近难受得坐不住。"

张晓宁知道阿曼是真的很为难，他不是那种做事拖拖拉拉的人。如果不是有特殊的情况，他是不会拖延这么久的。同时，他更为阿曼的病情感到担忧，却又无能为力，因为阿曼总是不接受别人在经济上对他的帮助。

仅仅过了一天，张晓宁就接到阿曼打来的电话。

"晓宁，我给你姐画好了，你来看看有没有需要改的地方。"

张晓宁高兴地说："我马上过去。"

阿曼租住的地方是北京的一家旧仓库，在北京租住这样的"栖息地"最便宜。他怀着一腔对艺术追求的热情从偏远的地方来到北京，不是来追求生活上的享受的，他追求的是对知识的渴望，从而让自己的作品有提升的价值。

阿曼看到张晓宁来了，拿出油布对他说："我见你要得急，昨天晚上施工队走后，我一晚上没睡，把画画好了。我画一会儿就要休息一会儿，最近颜料和油布因没有多余的钱买，找了半天也没有块好的布，画的画也就有失水准了，你不要介意啊！"

张晓宁听了感到很自责，他不该如此心急地催阿曼，同时心里也充满了感动。他觉得没有什么名画能抵得上这幅肖像画，因为这幅画是在破碎的布上和缺少颜料的情况下，照着手机上的照片画的。一种不能用金钱衡量的感动让他萌发出一个想法：以后有能力了，一定去资助更多的人。到那时，他一定让阿曼有一个属于自己的舞台，尽情地施展自己的才华。

他蹲在阿曼身旁说："阿曼老师，我请你吃个饭吧。"

"不不！如果你饿了，就在我这儿吃，我给你煮面条。"

趁阿曼不注意的时候，张晓宁偷偷把一百元钱放在了他的画板下面，然后说："我不饿，既然你不让请客，那我先走了，我把画给我姐邮寄过去。"

"好好，你走吧，我送送你。"

## 三

珍贵的东西是不能轻易碰触的，一朵花，盛着一个故事；一个故事，成就一段人生。多年以后，她把这个故事轻轻地安放在那里，许它开花结果。

李正兵总爱望着穆思静笑，温柔地跟她说着话。她疑惑了很长一段日子，烦恼了很久，以为自己可以摆脱这种烦恼，但是越逃脱，越增添了一种叫作思念的东西，只好用诗来填补这种空虚。

多年的职场历练，让李正兵养成了一种低调、不张扬的处事方式，他很在乎自己的一举一动在别人心中会留下怎样的印象。这些年来，他把精力放在工作上，只利用晚上的时间写一些喜欢的文字。借着长长的灯光，他把一颗孤寂的心交付于深夜。

林玉莲，像她的名字一样纯洁大方，人长得漂亮，也懂得医术，在当地很有名。她是家里的长女，对弟弟妹妹像母亲一样给予照顾，在弟弟妹妹的心里她是对他们有恩的人；在公婆的眼里，她是一位称职的儿媳；在李正兵的眼里，她是一位贤惠的妻子。近几年来，因为身体的原因，她办理了病退，一直待在家里，时间一长，她的性格变得很怪异，变得对诸多事生疑。李正兵尽心地守候在她身旁，几乎每晚都给她按摩，包揽了家里一切事情，做饭、洗衣服、拖地，忙完后再回到书房读书、写诗。

但是他们每天仍在争吵中度过。他躲进书房里，玉莲紧追到书房吵；他把灯关了，玉莲再打开灯，他再关，她继续开，俩人不停息地吵，经常吵得邻居都能听到。

人啊！总是在内心装满苦水的时候，还要在别人面前装作若无其事的样子，扬起高高的面孔，把微笑裸露出来展示自己。

无奈之下，他选择躲避，在机关里吃午饭，回家吃了晚饭再去单位写诗，在办公室里待到深夜才回家。他时常望着前后左右，一排排高楼里通明的灯光，他的家里也是这样，而温馨在哪里？一顿可口的饭菜何时等着他？何时不再有吵闹的声音？

每每想起这些，他总是无奈地叹气。他吐着烟圈，痛苦地叹道："玉莲啊！何时你能体谅一下我的难处呢？你怨我不顾家，我何曾不想待在家里，喝着茶看着电视，过着这样简单无求的小日子。你埋怨我给父母家人买东西，他们一辈子生长在农村，抚养我长大，供我上学容易吗？或许是上辈子我欠你的，今生要我来还，等我把一切都还完了，咱俩还是一家人吗？"

遇到穆思静，是李正兵这些年来感觉最开心的事情。他一生数不尽与多少人打过交道，面对温婉的穆思静，他何尝不懂她娇羞的面容里藏着一份怎样的心事。但他只能把这份念想压在心底，不敢往前多走一步。

人往往有一种预感，他和穆思静虽然接触不多，但是他能感知她是自己喜欢的女孩，他也能看出来，穆思静也暗恋他。爱，何须千言万语；爱，何须朝朝暮暮，一个眼神就落定了。今夜，他站在窗前，望着天上的繁星，长叹道："静儿，何时能与你一起数星星。这满天的繁星哪一颗是你的眼睛，我站在哪里才能看到你。"

一声声的长叹，伴随着李正兵度过多少个不眠之夜。春天是多姿多彩的，走到哪里都充满新的活力。有一天，穆思静坐在李正兵身边，快乐地谈着人生。

"我喜欢有一个大大的书房，每天上班前给爱人穿西服系领带。下班后给他端洗脚水泡泡脚，然后散散步，一起坐在书房里写喜欢的文字。我会为他制造快乐，只要他快乐我也会快乐。"

李正兵接着说："我会让我爱的人过上幸福舒适的日子，不舍得让她端洗脚水，不舍得让她干活，我会像宝贝一样疼爱她……"

"其实，最幸福的时刻不是你握着我的手说'我爱你'，而是我们能够面对面地望着对方。"

他们像亲人一样彼此关怀着，像朋友一样畅谈着，却都不敢往前多跨越一步。


张晓宁最近读穆思静的诗，总感觉她有着深深的忧伤，他很担心她，却不敢过问。他站在长安街上，望着天上的月亮，望着穆思静所在的方向，感慨道："姐，此时，如果你抬起头来，能否感觉到有一双眼睛，越过千山万水，落在你的眉心处。"

穆思静此时坐在电脑前，正望着窗外的月亮。这时候手机铃声响起，她一看，是张晓宁打来的电话。

"姐，我知道有很多人喜欢你，也明白你心里藏着一个人。但是，我希望你做林徽因，爱你的人做金岳霖。"其实，他想对她说，他愿意做那个爱着林徽因一辈子的金岳霖。

穆思静苦笑着说："我不想做林徽因，我想做陆小曼。人生这辈子说长很长，说短其实也很短，这辈子错过了的事，永远也不会再有。"

张晓宁顿时觉得很失望："你不开心的时候就跟我说说话，我会陪你，给你讲故事。我小时候有很多调皮的事，你听了一定会开心的。姐，我愿意把我的快乐带进你的梦里。"

穆思静托着腮，笑道："你说给我听听！"

张晓宁沿着长安街，踢着一粒小石子，一边走一边说："姐，小时候我特别调皮，上高中的时候，经常把老师气得给我爸打电话。每次回家的时候，我都不敢进屋，先在门口伸长脖子，往屋子里瞅瞅，生怕爸爸冷不丁地给我几巴掌。

我的脑子现在反应慢，应该是当年被爸爸打坏了。"

"哈哈，你的反应不慢啊！"穆思静忍不住大笑起来。

"还不慢啊！认识姐这么久了，我没有保护好你，让你一直觉得不快乐。"

听到他这样说，穆思静的心头涌起一阵莫名的疼痛。晓宁啊！你这个天真的孩子。

穆思静在一次活动中，第一次见到张晓宁，他是个阳光帅气的大男孩。

张晓宁兴奋地向她跑过来。

穆思静开心地迎上去，说道："晓宁，姐终于见到你了！"

"我好开心啊！姐，我带你去宾馆办理入住登记。"说着他一把接过穆思静的行李。

穆思静疑惑地盯着他，说道："我怎么感觉你和网络里不一样。"

张晓宁挠着头，憨笑着问："姐姐觉得我哪里不一样？"

"现实中你是一个腼腆的孩子，可网上的你却是那么调皮。"

"那是因为看到你总是很忧郁，所以我变着法子为你取乐。"

望着他认真的样子，穆思静的心中万分感慨，她感恩上天派出天使一样的弟弟来到她的身边。

通往宾馆的小路上，藤架两旁挂着很多红灯笼，有一种农家乐的感觉。

"我好喜欢这样的环境，在这样的环境下，我们的诗都是纯净的。"

"以后等我们有了钱，也建一座这样的院子，好不好？"

穆思静付之一笑，没有把他的话当回事儿。

在宾馆里，张晓宁带给她一个密封的纸袋子。

"姐，这是我近期给你发表作品的刊物，你回家的时候再看。"说着就把袋子放到她的行李箱里。

"好的，记住了。"

在采风的路上，张晓宁一直跟在穆思静身旁，上下船的时候，他都走在前面，拉着她的手。这时候，穆思静想起了李正兵，想起那个早春二月的下午，她也是默默地跟在一个人身后，只是怀着的心情不一样而已。

第二天上午九点开始召开颁奖活动。

生态园董事长李建军首先做了发言：

"尊敬的各位来宾：

"上午好！

"首先感谢这次活动的组织者王光荣先生。这次颁奖活动选在我们生态园举办，让此地蓬荜生辉。本次活动有以下五项议程：一、有请王光荣先生为这次活动的圆满举办做讲话；二、请著名作家陈然宣读获奖名单；三、为获奖者颁奖；四、请获奖者代表发言。五、全体人员合影留念。

"现在进行第三项，为获奖者颁奖。"

穆思静和张晓宁站在领奖台上，接过颁奖嘉宾手中颁发的奖杯和证书，俩人相视一笑，接着回到座位上。

"现在进行第四项，请获奖者代表上台发言。有请张晓宁先生上台。"

在热烈的掌声中，张晓宁走上发言台。

张晓宁分别朝台上和台下鞠了个躬，对着话筒说：

"尊敬的王总编、李董及各位老师们：

"今天站在这里，我感到特别高兴。这次评选活动我之所以能够入选，要感谢一位亲人，她是我的姐姐穆思静。首先我简单地说一下我们相识的过程。我和姐姐相识于网络，虽然未曾谋面，却神交已久。相识也缘于她的诗集，自从收到诗集以后，它便成为我枕边、桌上必不可少的精神食粮。一个作者的伟大之处在于不断地感染读者，一个读者的伟大之处在于不断地被感染。我是何其幸运，可以说我们俩都是幸运的。我认为，一个诗人，不是因为他受大众喜爱才会有一个博大的胸怀，而是因为他有一个博大的胸怀，才会写出受大众喜爱的诗歌。因为有一个博大的胸怀，才能容纳大自然的美丽和生活的美好。"

晚上，穆思静要乘坐火车赶回去。在没有月光的站台上，只有灯光映衬着他们彼此难舍难分的心情。

张晓宁不放心地说："姐，到家之后记得给我发信息或者打电话，我会在你平安到家后再关机。"

穆思静敲着他的脑袋，笑着说："放心吧！我都这么大了，会照顾好自己的。"

看到他难过的样子，穆思静不知道该说什么，俩人沉默地望向远方，听着站台上嗖嗖的风声。当列车"咔嚓——咔嚓"地驶来，他们觉得彼此还有很多话未来得及说。

就在穆思静抬脚登上列车的时候，张晓宁突然说："姐，拥抱一下吧。"

穆思静转过身，拥抱着张晓宁，轻轻地拍打着他的肩膀。此时两人谁也说不出话。当列车徐徐地前行，张晓宁跟着列车往前跑，朝坐在窗口的穆思静不断地挥手。

在车上，穆思静给张晓宁发信息："晓宁，刚才我怕泪水落在你的身上。"

张晓宁回复道："姐，刚才我不敢说话，怕把你的泪水带出来。"

回到家里，穆思静打开纸袋，一个金黄的东西啪的一声掉在地上。她捡起来一看是一把簪子，上面刻着两个字"情琴"。

今天晚上张晓宁说的话，再次触动了穆思静的心，这把簪子藏着他多么真挚的感情。此时，她很想为他写一首诗，却不知该从何处下笔，怕伤害了他，又怕亵渎了他。

珍贵的东西是不能轻易碰触的，一朵花，盛着一个故事；一个故事，成就一段人生。多年以后，她把这个故事轻轻地安放在那里，许它开花结果。

## 四

无论面朝哪一个方向，都弥漫着你的气息。我何须跑到很远的地方，喊出你的名字。

骆驼那天从朋友的空间里读到了穆思静的诗，对她产生了一种惺惺相惜的情感。她的文字总是飘进他的思绪里，成为他画作上缥缈的风景。他仿佛看到一双忧郁的眼神，望着天边的弯月，那种无声的语言是他笔墨下流动的声音。

他试着走进她的诗园里，探究一种高雅的文学气息。

穆思静也顺着他的 QQ 头像，点击进入他的空间里。她看到他的相册里画了很多水墨画，忍不住在一幅国画《秋歌织锦绣》下面写了一首诗。

我的文字 / 顺着点点秋色 / 倾泻而来

五月，已经是草长莺飞的季节。穆思静看到骆驼的画作中有啃草的老牛，有在树林里奔跑的小女孩，还有一幅幅带着不同声音的画，不由得陶醉在其中。

穆思静每次来到他的空间里，灵感就喷涌而发，忍不住在他的画下题上几句诗。

骆驼之所以网名叫骆驼，是希望自己储备更多的能量，无论处在怎样的环境下，都要学会适应那种生存的方式。认识穆思静后，他在画画上有了更多灵感。她忧郁的眼神、欲言又止的表情，经常不自觉地被他带进画境中，来安抚她的灵魂。

他用周末一天的时间在房间里画了一幅画《走向辽阔》，这是他特意为穆思静画的。画面是在秋色殆尽的山路上，有一男一女戴着草帽正在攀越一座高山，旁边溪水潺潺，一层高过一层的山峦之上有一座庙宇，云雾萦绕。他题上：赠穆思静小妹。落款：骆驼。

"骆驼哥哥，我太喜欢你画的山水画了，我仿佛置身于其中，还是当年那个做梦的小女孩。"

他握着画笔，微笑着望着她的头像，回复道："你该是一个放羊的姑娘，而不是被烟雾萦绕，迷失了回家的路。"

"我不知道你的笔墨下，哪一条是我归家的路。"

"我笔墨下的每一条路，都通向你有梦的地方。"

有一天，骆驼把很多幅以前画的画传到相册里。他说："我上传这些画，是为了给你看。"

穆思静兴奋地看着每一幅画，在一幅红梅画下写了："红梅绽放时，谁的心思又瘦了一圈。"

"如今你已经走进我画里筑梦了。"

穆思静给他留言："骆驼哥哥，其实你眼中最美的风景，是这群孩子清澈的眼睛。"

骆驼感慨道："他们的眼睛清澈得像一泓泉水，让我留恋不舍。"

"骆驼哥哥，那你就好好守候着这一方净土，让这些孩子健康地成长下去。"

"我会努力的。我的画大多用来义卖，捐给学校或者资助一些贫困的孩子，让他们能安心学习更多的知识。期望他们长大以后，用知识来改变自己的命运，改善自己的家庭和一个村的命运，造福一方。"

"骆驼哥哥，你好伟大！"

"哪有什么伟大，我从小在农村长大，只不过深有体会而已。好了，我下线了，最近工作很忙，有空再聊，牧羊姑娘。"

最近一段时间，穆思静看到李正兵对文学特别痴爱，有时候晚上很晚了，还能看到他的 QQ 显示在线。

"你吃饭了吗？"她忍不住给李正兵留言。

"还没呢，在填一首词。"

"你应该按时回家。"

"刚才给家里打了电话，我一会儿就走。"

"文学只是我们填补业余生活空闲的爱好，现实生活才是最重要的。"

李正兵不喜欢别人来管束自己，他不悦地回复道："我都四五十岁了，这些道理还不懂吗？"

"人的精力是有限的，不可能想着这件事情还记着那件事情。如果太痴迷一件事情，就会忘记其他的事情。有一天，等你有时间了，那些失去的一切已经不复返了，不会给你机会重来的。"

"我明白。"

穆思静继续劝道："不管你高兴或者不高兴，哪怕她再不好，你也要按时回家。家才是我们一生所追求的，一个人无论有多大的成就，如果没有一个温馨的家，就是失败。把家维持好了，才能有更好的发展。"

"嗯，我走了，拜拜。"他不耐烦地回了几个字，就设置成了隐身。

穆思静知道，痴迷写作的李正兵已经听不进去她说的话，甚至对她说的话产生了厌烦。她不再说什么，甚至一句"拜拜"都不想再说。她忧郁地望着窗外，去迎接那些一次又一次蜂拥而来的文字。

无论我面朝哪一个方向／都弥漫着你的气息／何须跑到很远的地方／喊出你的名字／哭了、累了、烦了／就抱着你的记忆前行／这世上唯有爱是真实的

她一次次地对李正兵说："目前文学界很乱，不要太过于显露自己，一不小心，会带来不好的影响。"

"我自有分寸。"他带着不屑的口吻对她说。李正兵心里在想，难道我还不懂这些道理，需要你来教我，那我真是枉活了四五十年。历史的经验证明：当一个人盲目地自以为是的时候，就开始慢慢地脱离了正道。

此时，李正兵开始走向脱轨的路。

穆思静不再言语，她知道彼此的距离有点儿远了，于是该说的不再说，该问的不再问。她懂得缘分有时候只是相遇后的一段路程，彼此走到尽头，就各自奔向自己的天涯。天涯不在海角，也不在咫尺，而在每个人的心里。

今天是三月三号，陈玉组织了几个很要好的朋友一起游玩。树木已经发绿

了，柳树也伸出绿色的枝条，像女人长长的发丝垂了下来。

走着走着，李正兵的手机响了一下，他打开手机看了看，叹道："这还是一家人吗？"

他给穆思静看玉莲发来的信息："你这个混蛋，你去死吧！老天让你出车祸撞死，让你走路摔死，让你喝酒喝死。"

看到玉莲发给李正兵的信息，穆思静很同情他。哪有妻子这样咒骂自己丈夫的，难怪他总是心情不好。

李正兵的心里因爱着一个人，就算是被玉莲骂得一点儿感情也没有，他也做不到离婚抛弃她。没有感情，还有责任，他们之间就是以姐弟的情分也要走下去。他不可能丢下病弱的玉莲去过自己幸福的日子，那样他一生会背负着没良心的罪名生活下去。

李正兵很矛盾，更多的是无奈，想来想去只好把心思放在写作上，甚至聚会的时候，把穆思静冷落在一边，故意跟其他女性亲密接触，谈天说地。让她看到他是一个无情无义的人，去选择自己的幸福生活。

他端着酒杯，醉醺醺地走到李丽身边，说道："一家子，喝一杯。"

李丽端起酒杯迎上去，开心地说："好，李局长干杯。"

"爽快，我喜欢！"李正兵搂着她的肩膀一口把酒喝了下去。

"李局长，再来一杯。"说着李丽拿起酒瓶，给他斟满。

李正兵又醉醺醺地对她说："一家子，今天你真美！咱俩跳个交谊舞咋样？"

"没问题。一家子，来吧！"

李丽放下酒杯，拉起李正兵的手，俩人旋转起来。李正兵把手轻轻地搭在她的腰部，李丽紧贴着他，俩人在酒桌旁优雅地跳起交谊舞。他俩的舞姿很美，也很默契，众人再次为他俩鼓掌喝彩。

望着热热闹闹的场面，穆思静悄悄走出房间。她坐在空旷的草地上，望着天上的流云。倘若流云会有情，走到哪里都会记住那个春日的下午。

"一个人在想什么呢？"李丽不知何时站在她的身后。

穆思静没有回头看她。

她盯着手中的一朵蒲公英，答道："在欣赏大自然的美景。"

李丽挨着她坐下，扬起双臂，兴奋地说："世上再好的美景，都不如跟心爱的人一起赏心悦目。"

李丽双手托着腮，满脸幸福地说："他好帅啊！"

林玉莲睡醒一觉后，看到李正兵的书房里还亮着灯，就蹑手蹑脚地走到门口，看到他趴在电脑前睡着了，急忙回到卧室里拿了一件毛毯。卧室那么大，他却选择独居在这小小的书房里，窄窄的小床与他高大的身子显得那么不协调。

她一个人孤零零地躺在大卧室里，冷也好，热也好，只有自己知道。其实，这高层楼房里安装了中央空调，冷与热不是天气的温度，而是一个人的心。

她抱着毛毯，悄悄地给他披上，无意中触到鼠标，电脑屏幕亮了，她看到李正兵的邮箱里接收了一首穆思静写的诗。

天涯不在海角 / 在咫尺 / 我的心啊 / 在红尘的渡口 踱来踱去

李正兵给她回复了纳兰性德的一首《浣溪沙》：

谁念西风独自凉 / 萧萧黄叶闭疏窗 // 沉思往事立残阳 // 被酒莫惊春睡重 / 赌书消得泼茶香 / 当时只道是寻常

她的脑袋里嗡的一声响，踉跄着差点儿摔倒。她懂得，这是他们彼此传递的情诗。这几年来，她的猜测终于浮出了水面，可是这不是她想要的答案，她多么希望永远也不知道这个答案。

林玉莲偷偷地记下邮箱后，独自离开了家。晚上下起了雨，街上除了三三两两上下班的人，就剩下她在雨水里漫无目的地走着，一直走到那所老房子处。

这所房子是十几年前两人省吃俭用攒钱买的，唯有在这里她才觉得是踏实的。那时候她从农村走进这花花绿绿的城市，一切都觉得那么新奇。她不再沾着两脚的黄土走进家里，不再端着黑乎乎的铁锅用木柴做饭。她满怀欢喜地经营着这个家，窗帘、沙发、家具都是他们精心挑选的。近十年来，她身体不好，只能提前办理了病退。每天除了躺着就是坐着，吃很少的东西，连打扫家里的卫生这种活儿几乎都没干过。李正兵的职务一步步地高升了，他们之间的距离也越来越远了。

如今为何到了这个地步，想想自己也有不对的地方。这些年来，作为一个女人，她没有给李正兵想要的生活。他们之间除了骂就是吵，是自己一步步地把他赶跑了吗？该怎样才能把他的心收回来？

她坐在老房子里，想着过去的种种，想着以后的打算，直到天亮也没有回去。

李正兵醒来后，关了电脑去洗手间，经过玉莲的卧室门口，却没看到她在房间里。

他像往常一样没有多想，去厨房煮了碗面条，吃饱后去上班。

人啊！不得不戴着面具生活，把阳光的一面露出来，让别人看到自己的灿烂，另一面却躲在角落里，反刍着苦汁，逼自己咽下去。

玉莲没有把那件事捅出来。她知道，如果当面质问李正兵，他会说那是文友之间的交流学习，况且仅凭一首诗，也不能断定他们之间有不正当的关系。

玉莲的表妹周玉茹，两年前丈夫李震酒驾出了车祸，受了重伤也撞伤了别人，李震最后医治无效去世。为了赔偿对方，玉茹把辛苦经营的饭店转让了出去，亲友们该帮的都帮了，最后还欠下了五万元的债。结婚后玉茹就做了全职太太，在家里抚养孩子，所有的收支来源都是靠丈夫打拼的，如今，她没有正式工作。儿子李翔今年考取了山东师范大学，如今八千元的学费和生活费，东拼西凑还是凑不够。

"唉，这就是命！"玉茹哀叹着自己的命运。

这一天，她来到玉莲家，坐了好久也没好意思提借钱的事。

玉莲拉着她粗糙的手，关切地问："玉茹，最近还好吧？"

"唉，将就着过吧。当初李震在的时候，虽然他躺在医院里没有知觉，但也有个伴可以说说话，日子过得再苦，我也有一个完整的家。如今，遇到什么事情连一个倾诉的人也没有。"玉茹说着抽泣了起来。

玉莲拍着她的手，宽慰她说："妹妹，别哭了，遇到有啥困难和不开心的事情就跟我说，能帮上的我就帮一把。你常来，咱俩说说话，好做个伴，我成天一个人在家，也很孤单寂寞。"

"翔儿很争气，今年考上了山东师范大学，可是……"

"孩子考上大学是好事，我这个做姨妈的奖励给孩子五千元钱。"玉莲说着，准备站起来拿钱。

玉茹忙说："不，姐姐，这些钱是借你的，日后我会还。"

"用不着你还，我又不差这点儿钱。"

玉莲觉得这样说不合适，怕玉茹误解，忙解释道："我没有别的意思，姨妈奖励孩子考上大学是应该的。"

玉茹流着泪，感激地说："谢谢姐，姐的恩情妹妹一辈子也报答不完。"

"你这是说的啥话呢，一家人哪有报答不报答的，这世道谁还不用着谁。"玉莲突然喘着粗气说。

玉茹急忙扶她到沙发上坐下，关心地问："姐姐的身子怎么这么虚弱？"

"妹妹，你知道吗？蜗居在家的女人是多么的空虚和无奈，还要假装无视自己的丈夫心里装着别的女人。"

玉茹给她按摩接着说："越是遇到这样的情形，你就越不能跟姐夫吵。你就假装一切都不知道，男人嘛，无非是猫儿尝鲜，尝够了滋味，还得回到家里。况且姐夫到了他这种职位，是不会轻易离婚的，你安心养病就好。"

玉莲半信半疑地问："真的吗？"

玉茹安慰她："请姐姐相信妹妹说的话。你好好躺着，我给你做饭去。"

玉茹做好了饭，接着又把房间的卫生打扫了一遍。

玉莲不好意思地说："别干了，你来我家打扫卫生，好像我请的保姆一样。"

"姐姐的家就是妹妹的娘家。我干活干习惯了，以后姐姐家里的卫生，我抽时间来帮着打扫。"

"不用，你来陪我说说话就行。家里的卫生让他去打扫，省得他成天闲聊无事地净写一些无用的东西。"

玉茹劝道："姐夫是个男人，现在竞争这么厉害，他哪有精力回家再做这些活儿，还是我来做吧。"

"要不这样，以后你来家里给姐做做饭，帮着打扫卫生，一个月给你两千元钱，行不？"

"我不要姐的钱。姐对我太好了，我这辈子给姐做牛做马也毫无怨言。"

玉莲固执地说："不！你若是不要钱，我就雇用别人。"

"好，我听姐的。"

其实玉莲雇用玉茹不是为了自己，是为了李正兵，想让他不再操心家里的事情，安心工作。作为妻子，她岂能不知他的不易，但是她越感到孤独的时候，就越无法控制自己的情绪，忍不住对他骂出太多恶毒的话。骂了后又担心他，特别是他下班回家晚了，就担心是不是那些恶毒的话灵验了，他是不是真的出事了。

李正兵中午下班回到家，看到玉茹，心里不由得一震。她苍老了那么多，以前那个清秀美丽的身影已荡然无存。当年，她在众人羡慕的目光里，从农村走进城里。五年前，他再次遇见她的时候，她脸上恬淡得看不到一点儿波澜，文雅端庄，穿着也很讲究。然而世事无常，李震出了意外，她的人生随之发生了翻天覆地的变化。

"下班了，姐夫。"玉茹温柔的声音打断了李正兵的思绪。

他马上换作一副笑脸说："是啊。玉茹，快陪着你姐说说话，我去做饭。"

"我已经做好饭了，在等你回来一起吃。"玉茹说着就去厨房拿碗筷。

今天她做了萝卜丝煮虾、红烧排骨、凉拌黄瓜，还有蒸野菜。李正兵边吃边说："这个蒸野菜好吃，这个萝卜丝煮虾也很好吃。"

玉莲漫不经心地说："以后玉茹来咱家照顾我的起居，一个月给她两千元钱。"

"好啊，只要玉茹同意，我没意见。"

李正兵平静地说着，内心却充满了疑惑。

"姐夫，我愿意。姐姐是我的恩人，我一辈子都报答不完这份恩情。"

"咱们是一家人，别说什么报答不报答的话。以后你陪着她，我去工作也放心。"

玉莲不屑地耻笑道："那样你就更有时间去过逍遥快活的日子了，免得我这个累赘耽误了你。"

李正兵忍住火气，重重地放下饭碗，赌气地说道："我上班去了。"

玉莲依旧不依不饶地对他说："对你来说这个家是旅馆还是客栈啊？"

李正兵什么话也不再说，拿起衣服就离家而去。

李言放学回家后，看到这一幕，忍无可忍地喊："妈！这个家还叫家吗？我成天生活在你们的争吵里，一点儿也感受不到家的温暖。有时候我去同学家，看到他们的父母一起做饭，就在想何时我们家也能变成这个样子。"

玉莲委屈地说："以前我和你爸吵架吗？"

"你就知道成天说以前的事。你从不考虑别人的感受，想骂就骂，在你心里，总觉得别人亏欠了你。妈，说句真心话，你现在还不如一位不识字的农家妇女。"

"你这个王八羔子，竟然这样说我！给我滚得远远的。"

"这个家我一点儿也不留恋。"说完，李言背起书包摔门而去。

玉茹看到李正兵难堪地走了，李言也负气走了，她小心翼翼地跟玉莲说：

"姐姐，你怎么能这样跟姐夫和孩子说话？"

"我就是看着他不顺眼。幸亏当初你没有嫁给他，不然现在被气出病的人就是你。"

"姐，别提过去的事好吗？这是命，一个人的命中该享多大的福是上天注定的，没法选择。"玉茹坐在沙发上，望着窗外悲切地说。

李正兵来到单位，望着电脑发呆，他突然看到穆思静有条新的信息动态提示：

一个人适应了孤独／心里就只有自己的风景／纵然你含情脉脉地站在那里／也敲不开她的心扉

看似很简单的句子，其实含着一个人太多的无奈。这是李正兵不愿意看到的结果，但他又没有什么办法来改变这一切。

他坐在电脑前，好几次想给她留言，可是写了又删除了，只要一想起她的样子，他的心就痛。他点上一支烟，望着烟雾在升腾。

记得那是初夏的时候，他们一起参加活动，他开着车对她说："我给你唱个小调吧。"

穆思静坐在他的身后，李正兵从后视镜里看到她脸上的笑容那么甜。穆思静突然问："爱是什么？"

他说："爱是心疼。一个人的喜怒哀乐都与它息息相关。"

穆思静接着说："爱是笑容，从眼角滑下来，落在唇边。"

那天穆思静像只小鸟一样蹦来蹦去，初夏的天，脸热得红红的。

他坐在山洞口，朝她招招手，示意那里凉快一点儿。穆思静脚下一滑，差点摔倒。李正兵急忙一把抱住她，紧紧地把她搂在怀里。他们的呼吸彼此起伏着，穆思静的脸紧贴着他的胸膛，听着他的心跳声。时间仿佛在这一刻凝滞了，他们静静地拥抱着，谁也不敢动一下，怕惊扰了这份温存……

"明年你还陪我来看流苏花吗？"穆思静问他。

李正兵望着她的眼睛说："会的。下一次我们要早几天来看流苏花，我得看看你的诗在哪一朵花上绽开。"可后来，李正兵忙着工作、写诗，把这事忘得一干二净。

这时他觉得很对不起她，难怪她几次忧伤地对他说："不要对我轻易许诺，我会在一个个诺言里，做着永远也等不及的梦。"

第二天，玉茹早早地做好饭，放到桌子上。然后把李正兵换下来的脏衣服洗干净，晒到阳台上。

李正兵从书房里出来，看到昨晚的袜子和鞋垫挂在晾衣架上，骤然感到一阵心酸。十几年来他工作忙的时候，鞋垫和袜子泡上两三天，甚至有时候泡馊了，也没有人给他洗。这时他脑海里突然闪过一个念头，如果当初他娶的是玉茹，今天她是不是也会这样站在阳台上，给他晾衣服？

"姐夫，你先吃饭吧。我给姐姐留着一份，在保温锅里热着。"玉茹的话，打断了李正兵的思绪。

吃过饭，李正兵起身收拾去上班，玉茹把衣架上的西装和领带拿过来，递给他。李正兵在接西装的瞬间。

眼前的玉茹突然变成了穆思静，正笑盈盈地为他系着领带。

李正兵面带微笑地站在那里，享受着这一刻的幸福。看到李正兵愣在那里，玉茹诧异地问："姐夫，你怎么了？"

"我在想昨天工作上的事，我走了。"说完，李正兵慌忙头也不回地走出门外。

玉莲冷笑着站在卧室门口，她没有看到李正兵的表情，只看到了他的背影和玉茹的表情，她猜想一定是李正兵对玉茹旧情复燃了。这一切不是她安排的吗？这不是她想要的结果吗？为何她的心里还是快乐不起来？

李正兵走后，玉茹想起他刚才的表情，坐在沙发上愣了一会儿，然后拿起鸡毛掸子清扫红木家具上的灰尘，又拿着湿抹布到李正兵的书房里。看到门后靠墙边一张小小的床，与他高大的身子很不相称，她心酸地摇了摇头。靠近窗子有一张书桌，一摞书放在电脑左侧，她随手拿起一本他的诗集，翻看着。

我是人间惆怅客 / 知君何事泪纵横 / 断肠声里忆平生

难道他对她还念念不忘吗？玉茹叹了一口气，把书放回原处，继续打扫卫生。忙完后，她坐在客厅里打量着这个家。自己当初若是嫁给他，这里的一切都是她的。

那时候李正兵家里很穷，弟兄姐妹多，他又是长子。读过书的玉茹，一直想找一个文雅又有知识的人在一起生活。她与李正兵、李震是高中同学，李正兵学习很好，但是木讷得像个书呆子。李震是城里孩子，脑子灵活，见多识广，从他那里能听到很多新鲜事儿，他圆溜溜的大眼睛迷倒了一大片女孩子。于是，玉茹努力学习，争取考上大学，到时候有份好工作，就能体面地嫁给李震。

李正兵暗地里喜欢玉茹，她像一株百合站在那里，不声不吭，纯洁无瑕，以至于多年后，他遇到穆思静，被她的清纯打动，或许是因为心里还留着玉茹的影子，抑或是为了想圆一个梦。那时候他写了一张纸条，悄悄地塞进玉茹的课本里。

**百合花是天使遗留在 / 人间的一滴泪 / 为了这滴泪 / 已走过无数个黎明**

可是李正兵一直没有发现玉茹有什么反应，高傲的他也不去过问，任一份爱恋藏在心底暗自滋长。后来，李正兵和玉茹高中毕业都考上了大学。玉茹还没等大学毕业，就嫁给了高中文凭的李震，过上了城里人的生活。

记得那天是农历十二月初十，天很冷。李正兵站在迎亲的队伍里，在唢呐声中，他看到玉茹蒙着红盖头，被两个女人搀扶着走进一辆红色的桑塔纳轿车里。

就在那一天，李正兵发誓，一定要混出个人样来，让自己的女人也过上城里人的生活，让人家看看李正兵这个孩子怎么给李家争气。

后来，他一毕业，就分配到乡镇上工作。这段爱恋无疾而终后，李正兵不再去追求爱情。工作半年后，他遵从父母之命、媒妁之言"女大三抱金砖"的说法，娶了大他三岁的林玉莲。或许这个说法是真的吧！婚后玉莲就给他生了一女一子，李正兵的职位也一步步高升，不到十年就把玉莲的户口带出去，成了农转非，并在城里买了楼房。玉莲当时是赤脚医生，因为李正兵的关系，顺利进入乡镇医院做了副院长，再后来李正兵又从乡镇干部调到建设局。

玉莲知道李正兵暗恋玉茹是在她和李正兵准备结婚的时候。玉茹到她家里助嫁，对她说："姐姐，你好有眼力，李正兵是我们高中同学里最优秀的。他学习好，诗也写得好，很多女同学都仰慕他。"

玉莲有点儿骄傲地问她："那你有没有仰慕他？"

"姐姐，我跟你说一件事，你可别不高兴。"

"我咋会不高兴呢，你说吧！"

"上学的时候，李正兵在我的书里放了一张纸条，上面写着一首诗，我一直不懂是什么意思。我不喜欢写作文，更别提写诗了，我是一个字也蹦不出来。"

"什么诗？快跟我说说。"

"百合花是天使遗留在人间的一滴泪，为了这滴泪，我已走过无数个黎明。"

"傻妹妹，这是一首爱情诗。百合花是指一位女子，诗中的'我'爱慕这位女子，以至于夜夜失眠。"玉莲给她解释道。

"有缘千里来相会，无缘对面不相识。这说明我和他没缘分，他现在混得很好，是上天有意把他这么好的人留给姐姐。"说着玉茹哈哈大笑起来。

"调皮的丫头，你现在混得更好。这附近的人，有谁不知你结婚的时候，那个排场都成了奇景。"

## 五

当你注定是一个过客，再美的路都要前行，与其频频回首，不如说一声再会。再会的时候，我已换了崭新的心情，不卑不亢，不喜不忧。

晚饭的时候，李正兵突然说："玉茹，你姐跟我商量了，翔儿的学费由我们出。"

玉莲惊异地抬起头望着他，接着镇定地说："是啊，玉茹。我们是一家人，孩子的事情也是我们的事情，这几年的学费你不用管了，以后翔儿若是考上研究生，让他学着独立，一边挣钱一边上学。"

"这样不好吧。"此时，玉茹激动得不知道该说些什么。

"不要再争执了，就这么定了。"李正兵说着起身离去。

玉茹搓着衣角，内心矛盾重重，他们的决定太突然了，让她始料不及。她不知道李正兵是什么用意，是惦念以前的旧情还是真心来帮她？

在生活的困境中，所谓的面子往往都不堪一击。当无力改变现状的时候，她只能顺应："好吧，那我和翔儿接受了。"

玉莲放下饭碗，微笑着说："这就对了。"

"姐，言言最近好不好？是不是该叫他回家了？"

玉莲气呼呼地说："随便他，长大了翅膀也硬了，竟然还给我甩脸色看。"

玉茹劝道："他还是个孩子，青春期有点儿叛逆是正常的。"

玉莲说："我体谅他在青春期，谁体谅我在更年期。我们'是青春期撞上更年期'，顺其自然吧。"

一眨眼，李翔大学毕业了，考虑到自己的家庭境况，他没有考研究生，而是来到李正兵的单位给他当司机。

这几年，李正兵时不时地会收到李丽发来的信息，大多时候他都一笑了之，不去理会。这几天他因为忙工作，没有在意就删除了，上午他在办公室里写材料时，突然接到李丽打来的电话。

"李局长，您好！我给您发了信息，怎么不见您回复啊？"

"最近有点儿忙，我还没来得及看，抱歉啊。"李正兵忙找借口搪塞道。

"李局长，自从那年相识，我就无法控制地爱上了您。我知道这样做不对，也知道您有家庭，但我不在乎。"李丽一发不可收拾地把藏在心里的话全部说了出来。

"谢谢李老师看得起我，但是我不能伤害我的妻子，请您谅解。"

"请李局长不要把自己看得多么高雅。您不想背叛妻子，干吗每次聚会都跟我亲密地坐在一起？为什么面对那么多人，您对我表现得那么热情？"

"您误会了，我没觉得对您很热情，也没对您做过于亲密的行为。"

"那我们喝的交杯酒是何意？我们跳舞时您贴着我那么近干吗？每次聚会，你为什么经常开车来接我？还有，为什么在那么多的女人中，您总选择坐在我的身边？"李丽不依不饶地问道。

李正兵此时不知道该怎么解释。

"李局长，我爱您、我爱您、我爱您！"

"对不起，我真的不能接受。我有事，先挂了。"不等李丽回话，李正兵急忙挂断了电话。

李丽见李正兵挂断了电话，气愤地把手机摔在地说："原来是拿我做垫背的。我是不会这么轻易被人利用的，等着瞧吧。"

这些年来，在玉茹的眼里，李正兵的工作能力很强、办事效率高，业余写作的成就也很高。她不明白，为什么玉莲的心里就容不下他呢？为什么成天跟他吵架，说他有一大堆缺点呢？

这天晚上，李正兵吃饭的时候，去厨房拿了一棵大葱。玉莲一看他剥掉了很多葱叶扔在垃圾桶里，立即气不打一处来。

"你不会好好过日子啊？"说着从垃圾桶里捡起被他扔掉的葱叶。

李正兵愤然地问："我又怎么了？"

"这些葱叶还这么好，你干吗扔掉。"接着又说起他以前的种种不是。

李正兵气愤地指着她骂："真是神经病，家里穷得买不起一棵葱了吗？"

"你才有神经病，老不正经，不要脸，成天在外面不知道偷着干什么。"

"你继续吵吧。吵得孩子们为了躲避你，都去外地参加工作，吵得家里鸡犬不宁，吵得邻里四舍都嫌弃你。"

玉莲凑到李正兵身边，发疯似的说："我就是这个样子，谁看我不顺眼，可以滚啊、滚啊、滚啊……"

李正兵最后实在忍不住了，气得来到书房里，"咣当"一声，把门关上。

"嘭嘭……"她玉莲跟着过来，在外面使劲敲门，一边敲一边骂："关起门来写情诗吗？我偏让你写不成。"说着狠狠地用脚踢门。

李正兵打开房门，指着她骂道："你成天说身体不好，没有力气，可你骂人的时候，怎么这么有劲头。从饭前到现在，你骂了有一个小时了吧。"说完摔门离开了家。

李正兵来到办公室，坐在电脑前，一个字也写不下去。

夜色一层层包围过来，把他一颗孤独无望的心蜷起来，蜷缩得越来越小，小得只能容下一个人的名字。既然踏进婚姻的围城，无法冲出去，生活就得按部就班，无论爱与不爱都要经营下去。

他坐在办公室，一直待到第二天上班。

这时候他接到纪委书记马亮的电话。

"李局长，请您速来我办公室一趟。"听到马亮的语气有点儿沉重，李正兵立即赶到他的办公室。

马亮神情严肃地坐在办公室里，几位工作组的同志也在。看到李正兵来了，马亮招手示意他坐下。

看到这样的阵势，李正兵疑惑地问："马书记，您有事找我？"

"正兵啊，咱们曾经在一起工作过十年之久，感觉眨眼间就老了。"

"是啊，我现在都快五十岁了，再干不了几年就得给年轻人让位了。"李正兵笑道。他感觉马亮今天的话题有点儿怪，但他依然保持淡定的心态听其说下去。

"你的为人我清楚，人品也不错，很多人都夸你热心肠、乐于帮助别人，更没有架子。工作方面认真负责，业余写作成绩也不错，我看到很多报纸文学版几乎都刊登了你的诗词，这很值得庆贺。"

李正兵揣不透马亮的话意，只好谦虚地说："这些小事不值得一提。"

"因为我们工作的特殊性，就算是我们动之以情、晓之以理也会得罪人。别人会从不同的方面找到对我们的不利之处，以达到报复的目的。"

"你有了成绩，那些人看到了更生气，就绞尽脑汁地去对付你。我说这些，作为曾经的老同事，你应该明白什么意思吧。"马亮严肃地盯着他问。

"马书记，出了什么事？请您告诉我，我可从来没有做过违法的事情。"

"违法的事情倒没有，但有人举报你违反了纪律，要我们严厉地惩办你。"马亮朝他摆了摆手，继而接着说，"你说你都这把年纪了，好好地工作就行了，干吗还要写作？这不惹上麻烦了，你这不是没事找事吗？你不知道有多少人在盯着你的位子垂涎三尺。"马亮发自肺腑地对他说道。

李正兵觉得很冤枉，他争辩道："我没有做什么不正当的事情。"

马亮坐在他对面，指着他说："在饭局上，你有没有和其他女性走得太近，做出过分的行为？这种行为，我指的不是发生不正当的关系，而是指让人看着亲昵的举动。"

李正兵记起来了，当初他故意跟李丽喝酒、接她，表现得确实很亲昵。

他忙辩解道："那只是玩笑话，况且吃饭都是我掏钱请客。"

"不管是谁请客，你有没有觉得你的身份不适合出现在这样的场合？而且你的行为已经超出了一名党员干部的界限。"

"是的，我不该参与这样的场合，当时我没有考虑到这些。我总觉得文学是高雅的东西，跟他们在一起很轻松快乐。"

马亮无奈地说："可结果呢，你觉得很快乐吗？现在他们以你违反纪律为由，联名写信要你离开这个工作岗位。我们工作组的同志们都在这里，请李局长配合我们的调查。"

李正兵不知道自己是怎么回到单位的，他知道自己这次是真的遇上大事了。马亮熬到这个位子很不容易，就算他们以前是同事，马亮也不可能为了李正兵去做不利于自己的事情。

根据马亮说的一些事，结合经常聚会的人员，李正兵锁定了一个人，但这个人平时跟他称兄道弟，自己还一次次地帮他做了很多事。这个人为什么要逼他离开工作岗位？有什么深仇大恨要诽谤污蔑他呢？

　　李正兵无法理解，他一直好好地对待别人，为何会遭到这样的不白之冤，更何况是曾经热心帮助过的人去陷害自己。当诽谤来临时，人就像处在大雨中，无处躲避，只能任其淋得透透的。

　　他想起穆思静告诫他的话，如果早一步听她的，就不会出现这么多的事端，他此时可以照旧工作、写诗。如今，不但他受了牵连，恐怕还要殃及无辜的人。

　　他一辈子为人坦荡，从不去害人，看到有难的人会尽力去帮他们。机关单位中他捐款最多，血糖不高的时候，他每年都去义务献血。而如今，声誉、地位、成绩，瞬间都成过眼云烟。在焦躁苦恼中，他的血压一次次升高，血糖也越来越高。

　　昨晚李正兵离家后，玉茹既担心又着急，却不能去找他。若是太关心他了，玉莲会怎么想。现在她有点儿后悔，当初不该把那张纸条的事情告诉玉莲。通过这几年的相处，她发现玉莲有严重的心理疾病，在玉莲面前，她如同走进一条狭小而阴暗的地道里，被压抑得透不过气来，让人窒息。

　　今天早上，她再次劝说玉莲："姐，家不是吵架的地方，是要用心来经营的，你现在不去珍惜，以后会后悔的。"

　　玉莲委屈地哭道："我们之间没有爱，他爱的是别人。"

　　"你听谁说的？别信乱七八糟的谣言。我看到姐夫周末也在家里写东西，很少出去。我不相信他心里有人，就算是有其他女人，那也是人家爱慕他而已。"玉茹为李正兵争辩道。

　　玉莲摇着头，痛苦地说："是真的，我看过他俩写的诗。"

　　玉茹问："你从哪里看到的？是手机短信吗？"

　　玉莲哭着说："不是。他上班后，我上过他的QQ，看到那个女人给他写了很多情诗。"

　　玉茹问："你偷着上姐夫的QQ，他知道吗？"

　　"他不知道。"玉莲说着，带玉茹到李正兵的书房里。她打开电脑，李正兵的QQ自动登录上去，她熟练地从他的QQ空间里进入穆思静的QQ空间，点开穆思静的相册让玉茹看。

　　看着那些照片，玉茹的心里有说种不出来的滋味。

　　玉莲愤恨地说："我明知道看了会更难过，却控制不住自己去看。"

　　玉茹什么话也没说，她坐在电脑前一首一首地读着穆思静的诗，其中一首诗打动了她。

　　当你注定是一个过客／再累的路都要前行／与其频频回首／不如说一声再会／再会的时候／我已换了崭新的心情／不亢不卑　不喜不忧

　　这个"过客"不也是指的她吗？当初李正兵爱她的时候，她没有发现这份爱。如今，她爱上李正兵的时候，他心里爱的人已不是她。她注定是他生命里的过客。

　　"唉！"玉茹叹了一口气。

　　李正兵下班回家后，什么话也没说就走进书房里，一个人坐在里面默默地抽着烟。

　　玉茹走过来，轻轻地敲了几下门："姐夫，吃饭了。"

　　李正兵有气无力地说："你们吃吧，我不饿。"

　　玉茹担心地问："你不舒服吗？其实你走后，姐一直担心你。昨晚你去哪了？"

　　李正兵知道这是玉茹在安慰他。

　　"昨晚我在办公室里睡的。你们吃吧，我想静一会儿。"

　　周末，穆思静去邮局寄书，正好遇到李翔。

　　"李翔，你怎么在这里？"说着朝车里望去，她以为李正兵会在车里。

　　李翔答道："我来药房给李叔买点儿药。"

　　穆思静担心地问："他怎么了？"

　　李翔难过地说："他胃疼，出了这样的大事，对他打击很大。姐姐，你是他的朋友，请帮忙多开导开导他。"

　　"李翔，他出了什么事？"

　　"李叔被坏人诬陷了。"接着，他把大体的情况跟她说了一下。

　　穆思静听了后很担心李正兵，她急忙说："李翔，我有事先走了。"

　　就在穆思静转身的时候，李翔对她大声说："穆姐姐，有些话，我不知道该不该说？"

　　"怎么了？"穆思静回过头来，诧异地问。

　　"李叔外表看着强大，其实他的内心很脆弱。"

　　"放心吧，我知道怎么做。"穆思静启动车子，飞速离去。

就在李正兵彷徨无助时，他接到了穆思静的电话。她的来电像一盏灯，瞬间照亮了他犹如死灰的心。目前的处境下，李正兵明白自己万万不能与她相见，他说："你不要来，我不能给你带来麻烦。"

穆思静不等李正兵说完，穆思静就挂断了。

一见面，穆思静什么话也没说，一下子扑到他的怀里大哭起来。

"放心吧，没什么大碍，我是一个男人，再难也能扛过去。这些日子，你还好吗？"一句"你还好吗"，让李正兵的泪水瞬间涌了出来。

他明白自己必须要放弃这份感情，消失在她的生命里。人与人之间再深的感情，时间久了都会慢慢地逝去。

他背过身擦掉脸上的泪痕，说道："静儿，假如这次我走到很糟的地步，你要好好过你的日子。"

穆思静哭着说："你忍心丢下我吗？"

"静儿，以前你问过我一个问题：爱是什么？今天我也问你一次，爱是什么？"

穆思静不假思索地说："爱是心疼，一个人的喜怒哀乐都与另一个人息息相关。"

"你成熟了。"李正兵最后选择吃亏，做一个老实人，不再去争辩是非功过。

李正兵晚上回到家，看到屋子里坐着一大群人。玉莲的弟弟妹妹及妹夫们都来了，一看到他，都恭恭敬敬地站起来。

李正兵示意他们坐下，然后若无其事地说："怎么来了不给我打电话？我早点儿回来陪你们。"

大舅弟林建说："我们知道姐夫忙，没让姐姐告诉你。"

李正兵说："我再忙也不差这一点儿时间。"说着端起茶壶，准备去换新茶。

林建忙制止他，接着问："那事目前处理得怎样了？"

李正兵叹了一口气，坐在沙发上抽着烟，什么话也没说。

"姐夫，出了这么大的事情，你应该跟我们说，大家可以帮你出个主意。"在机关工作的二舅弟林平说道。

不等李正兵接上话，玉莲气呼呼地插嘴说："那是某人做了亏心事，怎么敢让我们知道。"

李正兵吐了几口烟，平静地说："我调换工作了，过几天去教育局报到。"

听到他这么说，玉莲"噌"地从沙发上站起来，指着他骂道："换工作了？你是不是疯了？"

林平听不下去了，生气地对她说："姐，你少说几句行不行？你成天就知道吵。你知道男人在外打拼有多不容易吗？若是不求上进，就会被有能耐的、高学历的和有后台的人挤下去，姐夫那么忙，你何时关心过他？他回到家，要洗衣做饭、要伺候你，还要挨你的骂。我告诉你，姐夫出事，有你的一大部分责任。"

林建也接着说："姐夫很不容易。如果你平时对他多体谅一些，他怎么会往外面跑？现在出了这么大的事，他竟一人扛着，你就少说几句吧！"

林平继续说："你看看现在这个家，像个家的样子吗？孩子躲着你，姐夫让着你，都被你搞得乌烟瘴气。"

李正兵叹道："别说她了，这个家就这样了。"

玉莲自知理亏，不再说他的不是，忙问："陷害你的人是不是为了女人？"

"不是，对方的目的是想让我离开这个位子。"

林平说："姐夫，你别急着离开建设局，咱们先看看情况再说。"

李正兵淡然地说："算了，我在这个部门快到期限了。既然早晚都得走，那我现在就走吧。"

"但是那样调走不一样。"

"政界就是这样，左一脚会踩到阳光，右一脚可能会踩到蒺藜。既然如此，我还是求个简单吧。我累了，失陪一下。"

李正兵坐在书房里苦思冥想。凭借多年的经验，那人的一点儿漏洞让李正兵猜到了是谁，但是能亲自去找他评论吗？能当面问他为什么这样害自己吗？不能，真的不能。原来自己成了棋盘上的那枚"马后炮"，为了改变局面，只有选择另一条路。记得有句话说："看穿一个人，何必说破呢？给别人留一条路，也是给自己留一条路，不至于把路走绝了，到时候'四面楚歌'。"

李正兵突然想起在邮政局工作的同学程铮，于是拨通他的电话。

"程铮，能不能请你帮我调一下邮政局的监控录像？大约十天前，有谁给市府里邮寄过信。"

"能是能，但私自调监控，万一出了事，谁也不敢承担责任。怎么了？出什么事了吗？"

"没事，是朋友委托我问一下。那算了，改天去找你喝茶。"

挂断电话后，他又想起了穆思静。当初若是听从她的建议，工作之外安心写作，就不会出现这样的事了。那时候他还存有私心，之所以不让她参与他的文学圈子，是不愿看到她的光芒盖过自己。男人大多喜欢在女人面前有足够的面子，所以才对她的劝阻置若罔闻，误以为是她小心眼，心胸不够宽阔。现在想想，当初她是怀着怎样的心情看着他们一帮男男女女开开心心地在一起。如今他又有什么资格让她陪着一起受难。

他叹了一口气，暗自思忖。

难道就这样让她把青春耗下去吗？况且自己今非昔比，没有大权在握，已从正局级下调到副局级岗位上。当一个人失去权力的时候，突然间发觉自己矮小了很多。

突然他脑海里想到一件事。于是他下定决心，慢慢退出纷扰的政界，好好琢磨怎么把这件事做好。

客厅里，玉莲和弟弟们仍在商议着。

林建说："我给姐夫好好地打通一下关系，他熬到今天这个位子不容易。况且他又没有犯事，不过是一群自命清高的知识分子来诬陷他。凭什么咱要栽了这个跟头，我一定让姐夫从哪里跌倒，再从哪里爬起来。"

玉莲焦急地说："可他已经答应调离了，怎么办？"

林平说："我再想想办法。姐，以后你多站在姐夫的立场上想想他的难处，别成天没事找事，行不行？家是盛爱的地方，不是讲理的地方。"

"他根本不爱我，这个家怎么能盛爱啊？"说到伤心处，玉莲又激动起来。

林建说："若是没有爱，姐夫早就跟你离婚了。"

"他不是不想离婚，是不敢离婚。他以什么理由跟上级领导汇报要离婚的原因，况且他的工资卡由我管着，离婚了他分文没有。"玉莲恨恨地说着，她冰冷的目光让人觉得毛发都立了起来。

林平愕然地望着她："以前那个善良的姐姐去哪了？"

"你以为男人没有钱就不能打拼天下吗？以姐夫现在的能力，离婚后生活保障根本没有问题。之所以你这样吵闹也没跟你离婚，他是觉得作为一个丈夫对你负有责任。爱就是责任，你懂不懂？"

林建愤愤地说："家里被你搞成这样，孩子生活在这样的环境里，会给他们留下怎样的影响。每次我们来，总是听你诉苦，听你唠叨姐夫的种种不好，我们听着也烦。"

玉茹看到大家都指责玉莲，怕她面子上架不住，忙劝道："好了，咱们都别说姐了。这次大家齐心协力，帮姐夫一起渡过难关。"说着，玉茹忍不住流下泪来。

玉莲讥讽地说："你心疼他了？"

玉茹慌忙辩解道："姐，你怎么能说这样的话呢？这些年，你和姐夫对我和孩子帮助这么多。姐夫出了这样的事，我能不心急吗？"

"姐，你闹够了没有？你再这样无理取闹，我们就不管了。"林平头也不回，气呼呼地离去。

"姐，得饶人处且饶人。把心放宽一点儿，要不早晚有一天，你会把姐夫的心伤得透透的。"林建说完也走了。

屋里只剩下玉莲和玉茹静静地坐在沙发上，谁也不说话。刚才玉莲的话深深地刺痛了玉茹的心，此时她也想负气离开，但她又一想，在李正兵有难的时候选择离开，这样做显得太没有人情味了。

今天下午若不是李翔回家告诉她，玉茹都不知道李正兵出了这么大的事。

原来午饭后，玉茹临时没有事，就回了趟家，收拾到下午四点左右，看到李翔回来了。

他显出很悲伤的样子，玉茹在围裙上擦擦手，关心地问："翔儿，怎么这么早就回来了？是不是哪里不舒服？"

"妈，我不在建设局工作了。"

玉茹急忙问："好好的为啥不在那里干了？是出错了，还是你惹祸了？"

李翔吞吞吐吐地说："我没做错事，是……"

"我不管你有怎样的理由，你都不能离开你李叔。他是我们的恩人。"

"妈，不是你想的那样。李叔在哪里，我就在哪里。"

"是不是你李叔要调工作了？"

"是的，只是他被人陷害，选择离开建设局。"

听到李正兵被人陷害，玉茹大吃一惊，她一把攥住李翔的双臂，着急地问："到底出啥事了？快告诉我。"

李翔一五一十地把事情的经过告诉了她。玉茹听他说完，马上赶回去跟玉莲说了此事。玉莲听了心里也很着急，急忙给弟弟们打电话，召集他们来商议怎么处理这件事。

骂归骂、恨归恨，他们毕竟是夫妻。玉莲也知道自己已无力挽回李正兵的心，但是她打心眼里还是希望李正兵一生平安无事。那天早上她从卧室里出来，看到玉茹给李正兵递西服，从背影里看到他站在玉茹面前，傻待了几分钟。她以为李正兵见到昔日的初恋情人后旧情复燃了，就把希望投注在玉茹身上，期望玉茹能挽回他的心，把他留在这个家里。后来她发现错了，他心里有了那个穆思静，任何人都挽不回他的心，包括玉茹也不能。

玉莲终于明白，在感情上自己已输得再也没有回旋的余地，就像棋盘上的棋子一样，已没有退路可走。突然间，玉莲觉得自己老了很多，心里累得放不进去任何东西，想把一切一切统统抛弃，连生命都不想要了。

这些日子里，她看到李正兵消瘦了很多，烟一支接一支地抽。

其实她很在乎李正兵。这么多年来，看到他发展得那么好，她发觉自己与他的距离越来越远，怕他会厌恶她、嫌弃她，更怕被他抛弃。每天在家感到孤独的时候总是想，今天他干什么了？跟谁在一起？他的身边有没有别的女人？这些疑问在她脑子里来来回回地旋转，让她忍不住一次次、一遍遍地给他打电话。只要他不接，她就觉得他身边有女人，不方便接电话，甚至接了电话，她也觉得他在撒谎。

"你瘦了！"

李正兵惊疑地抬起头，望着她。平时她除了骂和吵，今天这一句关心的话让他的心里充满了感动。

"平平安安一辈子就是福。"玉莲盯着自己细长的手指，面无表情地说，"要不咱俩离婚吧！这套房子留给你，我搬回老房子里住。"

李正兵头也不抬，抽着烟说："就你的身体状况，离了婚怎么生活？别多想了。"

"那她呢？"玉莲忧伤地问。

"没有那个她，你别多想了，我有点儿累，不想说话。"李正兵盯着烟头上升起的青烟，心里一阵疼痛袭来。

穆思静望着窗外的星光，知道此时李正兵一定坐在办公室里凝眉紧锁，敲打着文字，用指尖传递着自己的喜怒哀乐。

她想问他："还好吗？"突然觉得很疲惫，打不出这三个字。

她明白，无论他俩的感情有多深、有多真挚，在世人眼里永远是不被接受的。哪怕她为他去死，人家顶多说一句："她真傻！"没有人会赞扬这份婚外情有多么高尚。爱情既不是日子，也不是生活，与其如此，还是远离一点儿，隔着一段距离，给彼此留一段呼吸的过程。这个过程就是当你面对选择的时候，已无力选择。

这个周末，李正兵来到同族哥哥李正强家里。李正强现任李家村党支部书记兼村委会主任，住着五间平房，他承包了一块自留地，加了围墙，建了这座大院子。院子里种着梨树、苹果树、栗子树，还有核桃树等不少果树，大门口右侧拴着一条大狗，看到生人就咬。李正强正在喝茶，听到狗叫声，急忙从屋子里走出来。

李正强一看是李正兵来了，急忙笑脸迎上去。

"正兵兄弟，好久不见了，快屋里坐。"李正强一边招呼一边朝屋子里喊，"菊花，正兵兄弟来了。"

菊花从卧室里出来，热情地招呼道："哎哟！大兄弟来了。你哥哥成天念叨你，说好长日子不见你了。"说着端起茶具，要去厨房里冲洗。

李正兵忙说："嫂子，咱们都是自家人，别忙活了。刚才我在娘那里喝了不少茶，今天我来找大哥有点儿小事，一会儿就走。"

菊花谦让着说："不差这点儿功夫，你们弟兄俩好不容易凑一块儿，好好拉拉呱儿。一会儿我去做饭，中午你就在这里吃饭。"

"不了，嫂子。娘还在家里等着我，弟弟妹妹今天也来了。"

李正强抢着说："那一会儿我也过去，陪你喝两盅。"

菊花指着李正强骂道："你这个死鬼！三天两头地忘不了喝酒，一听见有喝酒，就屁股痒痒地坐不住了。"

李正强咂吧着嘴，摸着下巴，大笑道："哈哈！俺不嫖不赌，就好这一口。再说这是在自个儿家里喝，外人想请我去，我还得掂量掂量身份。"

"你就守着大兄弟自个儿吹吧！"

"言归正传，我不跟你这个娘们说废话了，正兵兄弟找我有啥事？"

"大哥，是这么回事。"李正兵拿出一包中华烟，抽出一根递给李正强，然后掏出打火机给他点上。

李正兵猛吸了几口，又吐了出来，对李正强说："大哥，我想承包咱村里的一块地，围个院子，再盖上几间房子。等退休了，我想来这里长住，跟大哥一块种点儿菜、养养花。"

李正强支支吾吾地说："好是好，就怕有人出来找事。"

"有大哥出面，我想一切都会摆平的。"李正兵说着，拿出一张卡，塞到桌布下面。

李正强会意，挠挠脑袋，满脸堆笑着说："既然你有这个想法，哥哥就帮你琢磨琢磨。"

"谢谢大哥，承包手续还有费用等你弄好了，我一块来签合同、交钱。"

"好！这个没问题，两千元一亩，十年合同期限，以后若继续使用，就按照当前行情价格续签。"

"谢谢大哥！走，到我娘那里喝酒去。"李正兵拉着李正强的手就往外走。

"好！那咱哥俩就喝两口。"李正强说着朝厨房里喊，"菊花，我去婶子家了，你自个儿在家吃吧。"

菊花从厨房里走出来，在围裙上擦着手说："少喝点儿，别喝醉了。大兄弟，有空再来玩。"

"一会儿把茶几上的烟灰缸收拾收拾。"李正强说着回头朝菊花挤了一下眼色。

菊花会意地点了一下头，把他俩送到门外后，回到屋里把桌布翻了一遍，把卡收了起来。

中午李正兵喝得大醉，他躺在娘的床上，仿佛回到了小时候。作为家里的长子，从小到大他受的委屈比弟妹们多，但是他从不流泪，只是一声不响地趴到娘的炕上。娘总是坐在他身边，抚摸着他的头。

今天娘依旧坐在他身边，抚摸着他的头，劝慰他："以后无论与她有什么争执，别去跟她计较，要学会自个儿宽慰自个儿。她若是再骂，你就躲到娘这儿来。"

李正兵的泪水忍不住夺眶而出。

"快跟娘说说，你今天是怎么了？是不是她又像疯子一样骂你？娘知道你心里苦，但如今孩子都这么大了，你们就将就着过日子吧。"

李正兵多想在娘的怀里大哭一场啊，但是他不能，他不能让年迈的娘跟着他伤心。于是，他违心地说："娘，我没事，就是觉得很累很累，想躺在您怀里休息一下。"

"娘知道你心里有苦不跟我说。从小你就什么事都能忍、都能扛。心情不好的时候就躺在娘的怀里，每次看到你这样，娘的心里就难受。"

她擦着泪，接着说："每个孩子都是娘身上掉下来的一块肉，谁过得不舒坦，娘心里都不好受。"

李正兵噙着泪，安慰她道："娘，我会好好的，您别为我担心了。"

"打小你就没让我操过心，你也为咱老李家争了门面，但是这些孩子中唯独你过得不舒坦。娘不担心你的吃穿，可是两口子成天吵架，何时能到头。那天玉莲来这里，说你有了别的女人，后来把你爹的酒瓶子都摔了，怨他不管教你。我和你爹怕你为难，没有跟她计较，该忍的忍了，不该忍的也忍了过去。你跟娘说句实话，是不是像玉莲说的那样，如今你有了别的女人。"

"她是个好女孩，既善良又懂事。"说到穆思静，李正兵的眼睛发亮。

张云语重心长地对他说："兵儿，她再懂事，你能娶她吗？你摸着良心问自己，这个婚能离吗？就算你有这个想法，我和你爹也不会让你这么做。玉莲再不好、再有错，咱老李家不能做背信弃义的事情，也丢不起这个脸。还有，你若给不了她婚姻，岂不是害了她一辈子。人这一辈子就是为了有个家，图老了有个依靠，但是你能给她依靠吗？能给她家吗？若是不能，凭什么让人家陪着你？人啊，比上不足比下有余，有多少两口子的关系还不如你的。"

"娘！我是一个凡人，也有七情六欲。守着一段没有温暖的婚姻，守着一个没有男欢女爱的家，我也很累……"

"兵儿，认命吧！"

这世上没有人会无缘无故地出现在你的面前，在你生命里出现的每一个人跟你都有一定的缘分。爱你的人给了你感动，你爱的人让你学会了奉献；不喜欢你的人让你学会了自省和改进，恨你的人让你在苦难中超度自己。

"静儿，你出现在我的生命里，我该奉献给你什么呢？爱又不能，薄情寡义也不能。"李正兵的内心苦苦地挣扎着。

# 只有原始的东西才还原着本色

## 一

倘若有一天，在熙熙攘攘的人群里，你突然喊出我的名字，我会像孩子般手舞足蹈地跑过去，忘了什么是矜持，那种笑容是渗在骨子里的美。多年以后，你提取这个片段，只有原始的东西才还原着本色。

周日下午，花园里有踢毽子的、唱戏的，还有带着孩子游玩的，人来人往络绎不绝。穆思静坐在长椅上，望着远去的白云，像自己的心情一样漂浮不定，她不知道哪里才是自己可依靠的堤岸。

李翔挽着玉茹的胳膊，边说边笑地走来。他一抬头，看到穆思静坐在那里，惊喜地喊："穆姐姐。"接着，他转身对玉茹说，"妈，我给您介绍一下，这位是穆思静。"

玉茹在看到穆思静的那一刻，突然觉得自己很矮很矮，需仰视才能看到她的眼睛。她本人比照片上更有气质和韵味，她的身上散发出一种魅力，像弹古筝的女子那样委婉，像做茶道的女子那样静柔，像绘画的女子那样飘逸。她上身穿白色的小毛衫，里面配着绿色的打底衫，下身穿浅灰色棉麻长裙，脚穿坡跟皮鞋，显得大方而优雅。再看看自己，一身运动服和布鞋，跟她站在一块，一看就是两种生活层次的人。

看到玉茹在发呆，李翔诧异地问："妈，您怎么了？"

"您好！穆老师，很高兴认识您。"玉茹说着，伸出手去握穆思静的手。

穆思静与玉茹相握，感觉到她的手凉凉的，并有点儿微颤。穆思静没有多想，忙说："您好！很高兴与您相识。李翔是我的好朋友。"

玉茹笑着对她说："翔儿回家经常夸你，说他认识了一位很有才华的漂亮姐姐，今日我终于有幸见到您了。"

穆思静谦虚地说："写作不过是一种业余爱好，就像打牌、跳健身舞一样，每个人选择的娱乐方式不同而已。"

李翔马上岔开话题说："姐姐，我请你喝茶。"

"你陪你妈去吧，我坐一会儿就走。"

玉茹微笑着说："去吧，穆老师，我们能相识就是缘分。说句真心话，刚才一见面就觉得你很熟悉，好像我们在哪里见过。"

穆思静见推辞不过，只好应道："好吧。"

他们一起来到八喜茶社，一架古筝摆在内室里，音乐放的是古筝曲《云水禅心》。穆思静点了普洱茶，耳边又响起李正兵的声音："静儿，你胃不好，又那么爱喝茶，要多喝红茶。"

她右手端着茶碗，左手微微托着碗底，轻轻地喝了一口，轻得听不到声音。玉茹也学着她的样子，慢慢地喝下去。

她一直安静地坐在那里，很少说话。玉茹听着古筝曲、品着茶，刚才因嫉妒而波动的心绪也平复了下去。

"思静，咱们相识了就是朋友。不要觉得拘束，以后咱们要常联系。你们文人都这么知书达理，说话也有分寸。"玉茹想到李正兵，他回家整天沉默不语。

"妈，别看李叔在家严肃，但是他跟穆姐姐和文友一起谈起文学上的事，能说到天南海北。他那眉飞色舞的样子，跟平时简直判若两人。"

"那是他们有共同的语言。"玉茹酸酸地说，刚才平复下去的心绪骤然又波动起来。

李翔突然觉得自己刚才说的话有点儿欠考虑。他马上岔开话题，对玉茹说："李叔这段时间血糖很高，控制不下去，你做饭的时候，单独做点儿适合他身体的饭菜。他不能吃甜，你从网上搜搜看血糖高的人平时的饮食食谱。"

玉茹心疼地说："难怪他晚上很少吃饭，有时候吃几个西红柿就出去了，谁知道他心里的苦。唉！"她对李正兵的疼是疼在心里，无法掩饰起来。

穆思静听到李正兵最近身体不好，端着茶的手猛然抖了一下，茶水流出来，滴在裙子上。

"姐姐，你没事吧？"李翔急忙递给她纸巾。

她边擦边说："没事，刚才有点儿烫手。"

"没烫着就好。"看到穆思静因听到李正兵身体不好而惊慌的样子，玉茹的心里增添了一丝恨意。于是对李翔说："小翔，一会儿你送你穆姐姐回家。我去趟超市买点儿东西，给你李叔做点儿适合他吃的饭菜。"

"妈，你上网搜搜看。"李翔再次叮嘱她。

穆思静也跟着站起来说："我们一起走吧，李翔你陪你妈去超市，我打车回去就行。"

李翔说："超市在李叔家西侧，距离很近。"

回家的路上，穆思静一直沉默不语。此时，她很担心李正兵。

"李翔，你妈为啥每天给他做饭？"

李翔对她说："李叔是我妈的表姐夫。我爸去世的时候欠下了很多债务，我妈为了给我交学费，去李叔家里借钱。他们二话没说就送给我五千元钱，还以请我妈做保姆为理由，一个月给她两千元，让我妈有个稳定的收入。李叔资助了我上大学的全部费用，我毕业后，他托关系让我留在他身边。这些年，我把李叔看作自己的爸爸，我会一辈子报答他的养育之恩，也会维护他的幸福。"

穆思静长叹一声，沉默不语。

晚上，玉茹做了海带酥鱼、菠菜炒鸡蛋，还熬了绿豆粥。

李正兵默默地喝了一碗粥，吃了几口菜，就坐到沙发上喝茶。玉茹失望地坐在餐桌旁，她用了一下午的时间为他做适合吃的饭菜，以为他会说句今晚的饭菜很好吃，可是他一点儿都没有注意到这一切。

此时她明白："梦很浅，我还未踏进去，就醒了。人与人之间的距离是我们面对面地站在一起，却在不同的层次上对望。未转身，已是天涯。"

如今他们已是两个世界的人，她不再是二十年前的她，再也走不进他的内心世界里。

穆思静坐在窗前，望着窗外人来人往的身影，多想看到李正兵出现在人群里。

看到李正兵在线，他忙给他发信息："身体好点儿了吗？"

李正兵欣喜地回复道："我很好，别担心，你好好的就是我的幸福。"

"你的血糖很高，我怎么能不担心。"

"可能是心情不好造成的，最近吃药也不管用。有你这句关心的话，我就知足了。"接着李正兵叹道，"那天我进你的空间看着你的照片，眼睛有些模糊了。"

"我看到你来过我空间的足迹，等你说话，可是你一直没有。"

李正兵痛苦地说："静儿，你知道我有多想你！"

"我也是！每次想你的时候，我就强迫自己去想别的事情。都说时间长了就会忘记一个人，但是我忘不了。"

"别这样！你这样我会更难过，你一定要学会坚强。我会听你的话，好好照顾自己。"李正兵很感慨，人生中有个知冷知热的人是多么幸福的事啊！

穆思静嘱咐道："我从网上看到血糖高的人日常饮食应该多吃些洋葱、南瓜、苦瓜、黄瓜、菠菜、小扁豆，你不要随便吃饭，不注意养生。"

"我记下了，我会听你的话。"在穆思静面前，李正兵觉得自己像个孩子一样依恋这种温存。

李正兵到家的时候，玉莲和玉茹正在喝茶。他前脚进了书房，后脚又退了回来，对玉茹说："玉茹，以后买菜顺便买些菠菜、苦瓜、南瓜、黄瓜、洋葱、小扁豆。"

玉茹惊愕地盯着他，假装不知其意地应道："好的。姐夫，今晚你吃着我做的菠菜怎么样？"

"今晚你做的菠菜汤挺好喝的。"李正兵搪塞道。

玉莲坐在沙发上，听着李正兵说的话，脸上露出鄙夷的表情。

一阵失落涌来。今晚她做的是菠菜炒鸡蛋，而他竟然说成菠菜汤。

想到这里，玉茹忍不住长叹一声。

玉莲回到卧室，打开手机，点击进入穆思静的空间。穆思静正在网上写作，看到信息提示一个叫云水禅心的网友申请加好友，并注明"喜欢读你的文字"，于是就不假思索地接受了。

玉莲看到穆思静接受了，紧张得不知道说什么好。她笨拙地按着键盘上的字母，给她留言："您好！我喜欢读您的文字，会不会打扰到您？"

穆思静回复道："我好喜欢您的网名，很有禅意。"

"谢谢！我不会写作，但是喜欢读书。您的文字，让我的内心很平静。"玉莲说的是真心话。

"我喜欢一切简单的事。闲情逸致，抒发一种情怀而已。"

网络是如此的神通广大，谁也看不到谁的表情，谁也不懂谁的心，却把两个互不相识的陌生人相连在一起。

日子在有些人手里太短，在有些人手里却很长。虽然喜忧参半，至少这份感情已经越走越深。五年了，他们的容颜也刻上了岁月的沧桑，当青春再一次浮现，留下的只有那些泛着生命的文字。

"嘀嘀"，穆思静的电脑有提示音响起，她一看是张晓宁发来的信息。

"我想跟你说件事情。"

张晓宁坐在电脑前，故意想引导穆思静的思绪回到自己的话题里，他挠着脑袋说："你听了我说的事情后，一定会骂我的，要不你先保证不骂我。"

穆思静忍不住笑了起来，每次跟他说话，心里总是感觉很轻松。她回复道："好，我保证不会骂张晓宁一句。"

"凡是成功的人，都会做出与正常人不一样的事。"张晓宁继续引导着。

"这次谁的话我也没听，我就转业回来了。我知道待在部队里很稳定，但我想靠自己的双手和智慧闯出一番事业。姐姐，你知道我是一个不听话的孩子。"

既然张晓宁已经转业了，穆思静怎好再劝他，只好问他："想好做什么了吗？"

"我要创办一个文化传媒公司。这些年写作虽然没有进步，但我认识了很多朋友，对创办文化传媒公司很有帮助。"

"记得做事一定要稳，千万不要好高骛远。"

"我想靠自己的能力建一座敬老院，我们村周边的很多年轻人去大城市里打工，老人得不到子女的照顾。我建这座敬老院，一半是出于义务，你若是喜欢，可以来这里咱们一起做。"

"上辈子你一定是天使，这辈子继续做善事。"

"人活一辈子要活出个人样来，不能只为了自己而活。"

"我支持你。说不定有一天，我还真去你那里，到时候你可别不要我。"

"我巴不得姐来呢！"

"好好干，我相信你一定会做好的。"

玉莲感觉自己变化了很多。她不再看什么都不顺眼，也逐渐和孩子们的关系融洽了，让日子有了笑声。

穆思静告诉她："禅心姐，你应该让空虚的日子变得充实起来。参加一些慈善活动，或者参加茶协会、旗袍协会，学茶道，有一天，你就会真正达到'云水禅心'的境界了。"

"思静老师，我从你的文字里读懂了两层境界：第一，走出自我；第二，活着是为了让别人更幸福，而不是痛苦。"

"这些都是你自己的改变，不是我的原因。有句话说得好，改变别人不如改变自己。"

"与正能量的人一起，体内会被灌输很多正能量。思静老师，改天我请你喝茶，咱们见面聚聚。"

穆思静应道："好！"

"周末下午两点，咱们在阳光茶社见。"

玉莲突然感到很释然，她终于不再戴着面具生活，这么多年悬着的心逐渐放下。

周日的下午，街道两旁开满了樱花，一阵清风袭来，花瓣纷纷扬扬地落下来，像一场预约的花瓣雨，装扮人的心情。

穆思静穿着浅紫色旗袍，米白色坡跟皮鞋，手提同色挎包，长长的卷发披在肩上。她迈着细碎的步子走在春天里，像一朵盛开的玉兰。

玉莲穿着浅蓝色的外套，得体的黑色裤子、黑皮鞋，挎着黑色的包，站在茶社门口。看到穆思静从车上下来，她的呼吸突然变得急促起来，心怦怦乱跳。她暗想，万一穆思静认出来站在她面前的禅心就是当年李正兵携带的夫人，穆思静会不会脸色发青、浑身发抖地愣在这里。自己是不是要上前狠狠地给她一巴掌，再一把揪住她的头发，打她、骂她，让她在众人面前狼狈不堪，让自己发泄出这么多年来的恨。

"禅心姐姐，我猜一定是你。"穆思静微笑着朝她走过来。

玉莲望着那张浅笑的脸，所有紧张的心情瞬间云消雾散。她发觉穆思静没有认出她是谁，心里松了一口气，急忙笑着迎上去。

"思静老师，终于见到你了，你比照片上还漂亮。"穆思静当然认不出玉莲就是五年前李正兵的夫人。那时候玉莲像一个没有生命力的木偶，所看到的事物都没有生机，如今她宛然成了一位优雅而知性的女人。

"姐姐，你好优雅。在我的心中，姐是一位温柔善良的女子，今日相见，果不其然。"

"妹妹见笑了，咱们进屋边喝茶边聊。"她俩挽着胳膊一起走进房间里。

一位二十岁左右的茶艺小姐走来，带着甜甜的笑容迎上来。

"您好！请问二位女士需要什么茶？"

玉莲答道："先来一壶黑茶。黑茶适合我们女人，美容减肥，抗氧化防衰老，还降血脂、血糖和血压。"

穆思静称赞道："姐姐不愧是茶协会的，懂这么多。"

玉莲笑着说："这还得感谢你。若不是你推荐朋友让我加入茶协会，现在的我还是那个守着寂寞的老女人。"

"遇到禅心姐姐，让我多了一个知心朋友。你在逆境中觉醒，又从逆境中走出来，而面临一切境界皆能不取不舍，如今达到自在之境，靠的是你自己。"

"这一切也多亏遇到了你。"

茶艺小姐接过话题说："黑茶的冲泡方法需要讲究技巧，心情不同、茶量不同、泡茶时间控制不同、温度不同，泡出来的茶口感也不同。水烧至沸时，将茶放进去，至水滚沸后，文火再煮两分钟，停火滤渣后，适合热饮。"说着往她俩面前的茶碗里倒茶。

房间内放着古筝音乐《渔舟唱晚》，壶里冒出一缕缕热气，像漫步在云雾萦绕的山峰寺庙中，让浮躁的心洗涤纯净后归隐了起来。俩人喝着茶，彼此沉默不语。

"思静，认识你之前，我的生活一团糟糕。"玉莲打破沉默的气氛说道。

"哦！"穆思静还沉浸在幻觉里，没有回过神来，迷茫地望着她。

"那时候，我老公爱上了一个女人，我觉得天都塌下来了。我常年生病，每年住院好几次，他从来没有来医院里陪过我。于是我每天跟他吵闹，希望能阻止他们发展下去，可是我发现他不但不听，反而离我越来越远，最后我的婚姻到了死亡的边缘。"

穆思静听着皱起了眉头。

玉莲看到穆思静似听非听，忙装出楚楚可怜的样子，悲悯地说："思静，你可以听我倾诉吗？这些话藏在我的心里很久很久了，又苦又闷，放也放不下，说也说不出。"

"姐姐，我在听着呢。"穆思静朝茶艺小姐摆了摆手，示意她出去。

"我妹妹和他是高中同学，也是他的初恋情人，而我妹妹却嫁给了一位生意人，后来我妹夫意外死亡，她带着孩子，日子过得很艰辛。我身体不好，说不定哪一天就走了。到那时，我老公一定会再娶，我的孩子必定会受到委屈。当初他那么爱我妹妹，何不等我走了以后，让妹妹做这个家的女主人。为此，我安排妹妹来到我家，让他们重燃旧情，现在他俩相处得很默契，你说我这样做是不是一箭双雕？"玉莲一眼不眨地盯着穆思静，观察她的反应。

"你真是用心良苦。"穆思静突然有一种不安的感觉，当玉莲说到她老公和她妹妹的一些事情的时候，她突然想到了李正兵和李翔的妈妈。但是又一想，世上哪有这么巧的事。

玉莲看到穆思静沉默不语，又问她："思静，你觉得我这样做对不对？"

穆思静答道："有些事情没有对与错，俩人在一起靠的是缘分。如果有缘，无论相隔多少年，经历多少事，俩人都会在一起。"

"我觉得他们俩有缘，上天安排妹夫早一步离开，让我早一步走，好让他们这对有缘人共度余生。"玉莲平静地说着，脸上也看不出一点儿悲伤。

"你还好好的，不要说这些伤心的话了。"穆思静忙劝慰她。

"我的身体状况我自个儿清楚，医生说我到了乳腺癌晚期。我的娘家人都知道，特意嘱咐大家都隐瞒下去，临时不告诉他。我要在死之前安排好一切后事，把钱分给我的儿女和妹妹，他若是选择我妹妹，钱还是他的。"玉莲直盯着穆思静的眼睛说。

穆思静劝道："你们一起生活了这么多年，有时候做得过分了，把感情都弄没了。"

"这些年他的工资我全部拿着，他手里没有余钱，靠他那点儿工资，无病无灾的只能够吃喝的。到那时，我看他的爱情能撑多久。"玉莲握着茶杯的手有点儿抖，她的目光变得阴森可怕。

看到玉莲瞬间变得这样，穆思静的心头升起了冷意。刚才温馨的气氛仿佛凝固了，只有茶炉上的沸水咕嘟咕嘟地作响。

世上最难琢磨的是人心，就像穆思静和玉莲，面对面地坐在那里喝着茶，以朋友的身份交谈，却不知玉莲怀着怎样的心机。善良的穆思静陪着做一个听故事的人，却不知道自己就是别人故事里安插的一个角色。然而每个人所处的立场不同，看待对方的观点也不同。穆思静的善良在玉莲的眼里是一件伪装的外衣，她是破坏别人家庭的第三者，是该被社会唾弃的人；在穆思静的眼里，面前恶毒的玉莲只不过是捍卫家庭的一个受害者，是该被社会同情的人。

回家的路上，穆思静走到糕点店里买了几斤点心，转身要离开的时候，迎面遇到玉茹。她穿着休闲的浅紫色套装，新烫了微卷的短发，穆思静突然想，她若是禅心的妹妹，李正兵会爱上这种类型的女人吗？穆思静的心里很清楚，答案是否定的。

"嗨！穆老师。"玉茹的声音打断了她的思绪，"穆老师，好久不见了，我可以留一下您的电话吗？方便的话，改天我去拜访您。"

穆思静突然想通过玉茹，了解李正兵夫妻之间真正的关系。于是不假思索地把电话号码告诉了她。

"那我先走了，周大姐。"

望着她离去的背影，玉茹的脸上浮现出一种诡秘的笑。若是穆思静回头看到，就不会跟她有下一步的接触了。

都说爱情是世上最美好的事物，可有多少人因为爱情失去了理智，变得疯狂，让爱情开成罂粟花，让好端端的人生走出邪恶的脚步。当老了后偶然想起，只有细数当年的自己有多么的无知。

今天的见面让穆思静烦躁不安，想起今天的事，感觉怪怪的："如果你的故事一定要说给我听，我就坐在离你一尺的小板凳上，陪你发出几声欢笑，流下几滴泪水。除了这些，别的都不是我所能做的。"

李正兵从网上看到穆思静写的这段话，忙问："你怎么写出这样的句子？是不是我哪里又做得不好？"

"今天我跟网上认识的女性朋友一起喝茶，但是不知为什么有一种说不出的感觉。"

"如果你觉得不合适，以后少跟她来往，别让无关紧要的人走进你的生命里，扰乱了自己的生活。"

李正兵坐在电脑前，一个字也写不下去。穆思静写的那几句话，让他的脑海里再一次浮现出与娘对话的那一幕，忍不住泪流满面。

"静儿，明天我去你家。"他给穆思静发过去。

穆思静惊喜地回复道："好！"

中午，李正兵下班前给家里打电话，接电话的是玉茹。

"玉茹，跟你姐姐说一下，中午我不回家吃饭了，单位里有应酬。"

"好的！姐夫，少喝酒。"

"知道了。"李正兵说完，匆忙挂断电话，接着又给穆思静拨了过去。

"姐，姐夫打电话说中午不回家吃饭了。"玉茹走到玉莲身边对她说。

玉莲放下手中的电视遥控器说："他不回家，那我们少做几个菜吧。"

"好的！姐，这些日子来，你变了很多。"

"有些事情，当你无能为力改变的时候，只有选择放下，不甘心又如何呢？"

玉茹不假思索地说："是啊！姐，不甘心又如何呢？无论我们怎么做，都走不进他的心里去。"

玉莲懂其话意，此时她不能再等下去，她要给玉茹争取机会。

"玉茹，我有句话想问你。如果有一天，我不在了，你会帮我照看孩子吗？"

"呸呸呸！姐，你说的什么话啊。我会好好照顾你，让你长命百岁。"

"长命百岁那些话都是远话。姐只想知道，你愿意不愿意代替我做孩子的妈？"

玉茹沮丧地说："我愿意有什么用，他爱的人是穆思静。"

"这个我来想办法，但是咱俩要配合起来，我有办法让他只能选择你。"

玉茹的眼前突然一亮，迫不及待地回答："姐，我听你的。"

"玉茹，你相信缘分吗？当初他那么爱你，你们却没有在一起，后来，上天带走了妹夫，就是为了成全你和他未了的缘分。"玉莲望着前方，神情麻木地说着。此时，她像即将泄完气的皮球，显得那么软弱无力。

"姐，你别这么说。"玉茹忍不住趴在她怀里哭了起来。

"好了好了，别哭了。去做饭吧，把你的银行卡账号给我。"

"姐，你要这个干什么？"

"你别管了，你做饭吧，我先回房间休息一会儿。"

说完，玉莲走进卧室里，打开电脑，给穆思静留言。

"思静妹妹在吗？中午有空吗？我想请您吃个饭。"

穆思静委婉地推辞道："姐姐好，中午我要回老家，改天我请您吧。"


李正兵无论做什么事情，都会把时间安排得很妥当。

他一下班就给穆思静打电话："我先去超市买饭，大约半个小时到。"

穆思静甜甜地应着。

下班后，她急急忙忙地回家，熬上小米粥，然后坐在沙发上等他。听到李正兵的敲门声，穆思静飞快地跑去开门，还没等他把手里的东西放下，就扑上去抱住他的脖子，热烈地吻他。

他被吻得喘不过气来，急忙把手里的东西顺势往地下一放，紧紧地抱起她走到卧室里。此时，相思的烈火被轰轰烈烈地点燃，他不顾一切地想占有她的全部，但是一看到她的眼睛，一个声音在告诉自己，不可以、不可以、不可以……

此刻万一和她发生了那种关系，她若是怀孕了，以此来要挟他离婚怎么办？纵然那个家没有爱，但是万一闹出绯闻来，他的前程就毁了。想到这里，李正兵叹了一口气，把燃起的欲火掐灭，颓丧地躺在她的身旁，望着天花板，沉默不语。

窗外的阳光很柔，几瓣木棉花在微风里悄悄地落下，怕惊扰了现世的这份安好。玉莲站在阳台上望着远方，远方一定是姹紫嫣红的，为什么她却领略不到这大好的时光。她真的感觉累了，很想离开这个世界。

"姐，吃饭了。"玉茹轻轻地走过来。

玉莲收回远方的目光，回到餐厅里。

穆思静枕着李正兵的胳膊，他拂去她额前凌乱的长发，轻轻地吻了一下她的眼睛说道："该起来吃饭了，别饿坏了你这小身体。"

"我不想吃，让我在你怀里多待一会儿吧！"她的话让人听着心疼，李正兵紧紧地抱着她。穆思静闭着眼睛享受着眼前的幸福，甜甜地进入梦乡。

望着她长长的睫毛、恬淡的微笑，李正兵的心里溢出一种无言的幸福，他多想这样一直待下去。他悄悄地下床，拉开她的抽屉，找到她的户口簿，又打开包找到她的身份证，然后匆匆来到楼下一家打印室。

忙完后，他把东西放回原处，把饭菜一半倒进盘子里，自己吃方便袋里剩下的一半。吃完后，他找出一张纸写上："静儿，记得吃了饭再去上班。菜凉了，用微波炉热一下，我上班去了。"他握着笔很想写下"吻你"两个字，可始终没有底气写出来，他吻着她的名字，含泪离去。

李正兵环顾四周，看到没有熟悉的人后，匆忙上车去了单位。一路上，泪水忍不住流下来，他不知道以后还有没有机会跟她共度这样的日子。

穆思静做了一个好长好长的梦。她梦见第一次跟李正兵相识；梦见他第一次吻她；梦见下雨的日子，他们打着伞一起走着。突然一个女人走来，像禅心又像周玉茹。李正兵一下子推开自己，打着伞跑了，她被雨淋透了，在后面一边追一边喊："阿兵，不要丢下我，不要丢下我……"

喊着喊着喊醒了，她猛地坐起来，看到李正兵不在身边，她顾不上穿拖鞋，光着脚丫往客厅跑。

李正兵不在客厅里，穆思静看看手机，已经下午两点半了，知道他去上班了。她也匆匆赶到公司里。

一会儿，她收到李正兵从网上发来的信息："今天的饭菜可口吗？"

"醒来后看到迟到了，我没顾得上吃饭，就来单位了。"

"你总是让人不放心，我在餐桌上给你留了纸条，嘱咐你好好吃饭，你怎么就不听话呢。"

"对不起！我不是故意的。下班后马上回家吃，别生气了，好不好？"

"回家用微波炉温热再吃。学着长大吧，别让我操心了。"

"你以前有初恋情人吗？"不知道为什么，穆思静突然问他这样的问题。

"有啊，但那是在上学的时候，后来彼此都有了家庭，就不再联系了。"

李正兵看看表，离下班时间还有近一个小时，忙拿起手机拨通一个电话。

他驱车赶到行政审批中心，来到房管局，接待他的是高中同学陈刚。他上前握着李正兵的手，热情地说："老同学，好久不见了。"

"是啊，我们上次同学聚会后一直没再相见，今天又要麻烦你了。"

李正兵从公文包里掏出几张复印件，对陈刚说："这是我表妹的身份证和户口簿复印件，她上班没有时间出来，叫我帮她办理，有劳老同学帮忙了。"

"老同学的事就是我的事，你先把这几张表填一下，这里需要本人签字。既然是你的表妹，那就由你代签吧。"

"周六上午我们去丈量一下土地面积，顺便一起吃个便饭。"

"好的，老同学，咱周六见。"

此时，玉莲和玉茹在家里商议着一件事。玉莲说："一会儿我给她发信息，然后……"她在玉茹的耳旁说了几句。

穆思静回家后，正端起饭菜放到微波炉里加热。"嘀嘀"，手机响起信息提示音，她一看是禅心发来的。

"思静妹妹您好，今晚有空吗？我想请您吃个饭。"

她连忙回复道："谢谢禅心姐姐，我才吃饱了，改天我请您吃饭。"

"好，我们改天再联系。"

"好的，改天见。"穆思静长长地舒了一口气，一边吃一边看李正兵写的纸条，心里有一种甜蜜的感觉。

"她吃了，改天吧！"玉莲对玉茹说道。

"改天我来约她。"玉茹诡秘地一笑。

"好！"玉莲嘴上这么说，心里却不是滋味。一个人若不是万般无奈，谁会大方地把自己的爱人拱手让给别人。

## 二

你可以继续哄我、骗我，甚至让我遍体鳞伤，我都可以承受。我把这一切看作叛逆期的孩子接受成熟的过程。

聚宾园里紫藤花开满了架子，一阵清风吹过，清香宜人。玉茹站在桥上，看到小溪里一片片花瓣顺着流水漂流。

"周大姐，我来晚了。"一个温柔的声音从背后传来。

玉茹忙转身，对穆思静说："穆老师，不晚不晚。走吧，我订了白云厅。"

来到白云厅，玉茹忙招呼穆思静坐下。这时，她接到玉莲打来的电话。

"玉茹，你在哪里？我今天出门忘了拿钥匙，进不去了。你姐夫在老家一时也赶不回来，你能方便把钥匙给我送过来吗？"

"姐姐，我正在外面跟朋友吃饭，要不你也来吧，我给你介绍一位翔儿的朋友。"

"我又不认识你的朋友，去合适吗？"

"咱们都是女人，没有什么不合适的，我们在聚宾园白云厅等着你。"

玉茹挂断电话后，跟穆思静说："穆老师，我姐忘记拿家里的钥匙了，姐夫没在家，她进不去了。我只好让她一块来吃饭，你可别见怪。"

穆思静笑道："周大姐，咱们女人在一起，哪有什么见外的话。"

"是啊是啊！"玉茹看到如此善良的穆思静，突然心慌起来，不忍心让她参与到下一步的计划中。

"嘭嘭"，这时门外传来了敲门声。"准是姐姐来了，我去开门。"

说着，玉茹急忙起身跑到门外，她拉住玉莲的手，低声道："姐，要不我们放过她吧。"

穆思静从门缝里看到玉茹跟一个人拉拉扯扯的，听不清楚她们在说什么。

"哼！成不了气候。"玉莲甩开她的手，一下子敲开门进来。

穆思静一看玉莲来了，高兴地站起来说："原来是禅心姐姐来了，快请坐。"

玉莲笑道："哈哈，真是巧啊！没想到我的朋友也是妹妹的朋友，一起坐。"玉茹听着感觉特别刺耳。她看到穆思静笑得那么纯真，感到很愧疚。她在一旁坐也不是，站也不是，她知道自己今天迈出这一步错误的路，怕是无法退回去了。

"玉茹，还站着干什么？快吃饭吧。"玉莲瞥了她一眼，使了一个眼色。

"好！翔儿和穆老师是好朋友，我和穆老师也是朋友。"玉茹前言不搭后语地说。

玉莲笑道："哈哈，这就是缘分啊！"接着，她又说，"李正兵今天回老家看望他父母了，晚上你买些适合他吃的菜。他这个人，时时想着我们，却不懂得照顾自己。"

穆思静听到玉莲提起李正兵，手哆嗦了一下，夹着的菜也掉在了地上。

"怎么了？思静。"玉莲假装关心地握着她的手。

玉茹不忍心看到穆思静失控的样子，她低着头说："禅心是我的表姐，是我和孩子的恩人。我老公去世以后，是她和姐夫供翔儿上完了大学。为此，我留在这个家里照顾他们。"

穆思静终于明白了事情的真相。她恐慌得再也待不下去了，忙找借口说："两位姐姐，今天我还有点儿事，你们慢慢吃，我先走一步。"

玉莲微笑着对她说："好吧！思静啊，以后咱们是一家人了，记得彼此多走动走动。"

"好的。"此时，她像一只受惊的兔子落荒而逃。她恍然明白，穆思静你真傻，自以为很聪明，还处处开导别人，岂不知人家早已经给你准备好了一张网，随时收起来，你只有想方设法逃离才能不被伤害。倘若李正兵和她一起面对，像狼一样忠贞不渝地守护他们的爱情，哪怕她受伤也会拼出一条路来。但是，李正兵会是那条守护穆思静的狼吗？

到现在，穆思静还确信眼前的一切只是林玉莲和周玉茹的计谋而已，李正兵从来不会改变对她的爱。她告诉自己，这些年经历了这么多事情，不可以为了一个不正确的答案而毁掉这份爱。她又想，若是以后她和李正兵真结合了，五十多岁的他会过得很清贫。难道让他在本该晚年享乐的时候，还去面临着生计上的压力，过着操心受累的日子吗？她怎忍心让他过这样的生活。

再想想玉莲的安排，如果李正兵和玉茹顺理成章地走到一起，对孩子也不会造成伤害。若是以后她嫁给他，他的子女会跟自己有分歧。到那时，李正兵必定会跟着两处为难，日子还是在争吵里度过。

今天发生的一幕，给了穆思静一个无声的答案。去留在于自己选择，结局如何，一切都摆在那里。爱情不是一碗饭、一口汤，口味适合不适合，只有亲自品尝过的人才懂。

下午，玉茹陪玉莲去超市买菜，遇到了陈刚，她欣喜地喊："陈刚，好久不见了！"

陈刚也兴奋地对她说："周玉茹，这几年同学聚会你也不去，你现在忙什么？"

"我在表姐家帮忙。"

"姐，这是我高中的同学陈刚。"

"嫂子好！我是李正兵的同学，上次去你家，我找正兵帮了不少忙。"陈刚上前搭讪道。

"认识认识。"玉莲笑道。其实，她还真不记得他是谁了。她是见过世面、有修养的女人，在这样的场合就算是撒谎也要顾及人家的面子，不能让人家尴尬。有时候想想人活得真累，要带着不同的面具去生活，就像她装出一副可亲、善良的样子去博得穆思静的信任，内心却是如同火山在爆发，想要吞噬穆思静；就像她和李正兵生活在一个家里，心却放不到一处，在外人面前不得不牵着没有温度的手，踉跄地走下去，怕落下半步，被人看出破绽，还要把平时积攒的笑容拿出来，装成一副恩爱的样子秀给别人看；就像对玉茹，她万般无奈下想成全他们，其实自己一次次也被揪得心痛。

"今天上午我和正兵一起去你们老家给你表妹办事情了。"陈刚无意地说道。

"哪个表妹？"玉莲诧异地问，并看了玉茹一眼。

"是穆思静，在你们老家，李正兵帮她办理了房产证手续。"

"穆思静？"玉茹一听是她，吃惊地喊道。

玉莲急忙打断她的话，说："穆思静是我家表妹，一个娇惯的女孩子，从小就依赖他表哥。"

陈刚不知其意地说："那套房子设计得不错。你们忙吧，我先行一步。"

陈刚走远后，玉莲悄声对玉茹说："以后无论遇到什么事，首先要保持淡定。今天的事情不许问他，你假装什么也不知道。"

李正兵在回家的路上遇到玉莲和玉茹，忙停下让她俩上车。当车子驶进小区大门口的时候，玉莲突然说："玉茹，你跟你姐夫到老房子里，把我那个楸木箱子搬来。还有你们顺便去趟超市，买些水果。"

李正兵今天的心情很好，一桩大事情完成了，他终于放下心来。等玉莲下车后，他掉头去超市。在路上，他对玉茹说："我们先去超市买上水果，再到老房子搬箱子。"

玉茹从后视镜里看到李正兵眉目里都带着笑，心里很不是滋味。穆思静若是把今天的事情告诉了他，她和玉莲该怎么收拾这个残局，接下来又会发生什么，她不敢再想下去了。

李正兵去停车场停好车后，俩人一起步行穿过红绿灯。这时，一辆车快速驶来，玉茹忧心忡忡地未曾注意到，李正兵急忙向前一把拽住她的胳膊，玉茹不防备，惊慌失措地扑倒在他的怀里。李正兵轻拍着她的肩膀，关切地说："好了，没事了。"说着伸出手，理顺了她额前的乱发。

这时，穆思静停在左车道上等红灯，恰好看到了这一幕。

"当初他那么爱她，何不等我走了以后，让妹妹做这个家的女主人。"

"但那是在上学的时候，后来彼此都有了家庭，就不再联系了。"

玉莲和李正兵的话在穆思静的耳边一声声地传来。

这么多年来，他们一直生活在一起，为何李正兵骗她说和玉茹没有联系了，是怕她听了会误会，还是会怕她难过？看来是到了她该离开的时候了，她应该去过属于自己的生活。

爱情是什么？／所谓的爱情／不过是你的名字／最后成了别人的故事！

晚上，她从网上给李正兵发过去信息："明天你陪我逛街好不好？"

"我们一起逛街不方便，让熟人看到不好。"

"就一次好吗？"

看到"求你，就一次"这五个字，李正兵的心一阵生疼，他仿佛看到穆思静泪眼汪汪地望着他。五年来，这么一个小小的心愿，他一次都没有帮她实现过，又凭什么让她陪着自己继续走。想想以后自己可能没有多少机会陪她了，还是成全了她这个小小的心愿吧。

穆思静再次确信李正兵是爱她的。

周日，大街上人来人往，一直堵车。李正兵怕遇到熟悉的人，内心不安地往车外看。他对穆思静说："一会儿你在肯德基门前下车，我把车停好，我们走着去大厦。"

李正兵从后视镜里看到穆思静开心的样子，忍不住叹道："静儿啊，如此简单的事情，你就这么知足吗？"

穆思静站在人行道上，等李正兵停好车跟上来后，一把攥住他的手。李正兵慌忙地用力挣脱了出来，皱着眉头说："不可以。"

她咬着嘴唇，攥紧还留有他余温的手，赌气地快步走在他的前面。

"吱"！在紧急刹车声里，穆思静"啊"的一声，被前面逆向行驶的电瓶车剐倒在地上。

这是一位二十岁左右的年轻人，他发现自己撞人后，急忙地停下车，蹲在穆思静身边惊慌地问："大姐，对不起！撞到你哪里了？"

穆思静忍着膝盖的疼痛，摇着头说："没事。"

小伙子诚恳地说："我送你去医院检查一下吧。"

这时，一群人围了上来，透过人群，穆思静看到李正兵站在不远处往这边看，却不敢过来。她突然有一种悲伤涌上心头。

李正兵很担心穆思静受伤了，可是看到这么多人围着她，他忙又停下了脚步，无奈地望着穆思静投来的哀怨眼神。

穆思静想起昨天在红绿灯路口，李正兵在危急的时刻，对玉茹那么细心呵护，而对自己，却瞻前顾后地不敢过来。穆思静的心瞬间凉得透透的。

她越想越难过，没好气地甩开年轻人的手，一瘸一拐地离去。

李正兵想打电话问她有没有受伤，告诉她他很担心她；想告诉她，刚才他很想过去，但是看到那么多人，又怕遇到熟人；想告诉她，不要生气……但是他胃疼得什么话都说不出来，只能眼睁睁地望着她坐上出租车，消失在视线里。

穆思静终于明白，能牵着手的爱才是真正的爱。那种爱是放在阳光里的爱，而藏在袖子里的爱，装下的只是两袖清风，冷暖唯有自己知道。

一会儿她收到李正兵发来的信息："我在门外，你受伤了没有？请谅解我的难处，好吗？"到了这个时候，他还在考虑自己，希望她能谅解他。穆思静一个字也没回复，含泪删除了信息。

"对不起"这三个字再也不能让她的心撑得大一点儿、宽阔一些。她怕再容下他一次，她的心就会被扯碎得无法拼接起来。

李正兵不敢在她的门前多停留，看到穆思静不开门，他只好无奈地离开。

过了三天，李正兵接到陈刚打来的电话，告诉他房产证已经办好了。李正兵拿到房产证后，开车去了明静轩。

春天就要过去了，李正兵突然有一种伤心欲绝的感觉。两年来，他处心积虑地建这个明静轩，想把这儿作为他和穆思静的栖息地，可是幸福却离自己越来越远，远得没有边际。他握着房产证，想把它藏到一个安全的地方。

他想到了娘，于是驱车到了老家。

"兵儿回来了。"一看到李正兵，张云颤巍巍地迎出来。

"娘，我回来了。"李正兵急忙上前搀扶着她。

"我呀，一天比一天老了，反而一天比一天地想你。几天不见你，我这心里头就难受。"

"娘，等我退休了，我天天在这里陪着您。"

李正兵扶她到床边坐下，从口袋里掏出一个纸包，塞到她的枕头里，然后凑到她的耳边悄悄地说："娘，枕头里我放了一件东西，你一定替我保管好。"

"你放心吧！娘会给你保管好的。"她懂儿子一定是有什么事情瞒着玉莲才来这里的。

接下来的日子里，穆思静既不接李正兵的电话，也不见他。李正兵坐在明静轩里，独自流泪，叹道："静儿啊！五年了，人生有几个五年会在岁月的等待中横亘着永远的爱，我多想一直把你宠成孩子。"突然他一阵头晕，一下子倒在沙发上，朦胧中看到穆思静一步一步迈上台阶，朝他走来。

"静儿，静儿……"李正兵挣扎着朝她喊。

"哈哈哈……"突然落下来震天的笑声，把他从迷蒙中惊醒了过来。

玉莲不知道何时站在他的面前，她嘲笑着他："真是一个痴情种。"

原来玉莲租了一辆车，暗地里跟踪李正兵。当她看到他走进这座院子里，便冷笑地跟着进来了。

李正兵气愤地对她说："你无理取闹！"

玉莲吼道："我无理取闹吗？那你说这个明静轩是怎么回事？这是谁的？不要说是你表妹穆思静的。"

"你，胡说什么？"李正兵没有底气地对她说。

"我在胡说吗？那就请你说说这是谁的？"玉莲不依不饶地问。

"这是我同学的，我只是来借个安静的地方躲避你无聊的吵闹。"

"别跟我说是你同学陈刚的。"

"咱们回家吧！"说着，李正兵拉着她的胳膊就往外走。

玉莲暗想："李正兵，你竟然还不承认。等我找到证据，看你怎么解释。"

他们一起回到老家，张云看到玉莲来了，立马热情地迎上去："兵儿，快去给你弟弟妹妹打个电话，今天咱们人多聚一块更热闹，娘一会儿给你们包精肉馅饺子吃。"

"好，我马上给他们打电话。"李正兵说着，到大门口外给他们打电话。

一会儿李正兵的姐姐李正梅、弟弟李正伟、妹妹李正花都赶了过来。大家忙着做菜、和面、剁肉。玉莲坐了一会儿，感觉累了，就到婆婆的床上躺下。

她的脑海里浮现出明静轩的一幕。那里的摆设、装修，农村地价再便宜，怎么也得五六十万吧。他哪里来的这么多钱？如果真的是他表妹买的房子，她或许会相信，但偏偏说穆思静是他的表妹，这不得不让她怀疑。李正兵有钱一定会存银行，那么他的存折可能放的地方就是父母家里。想到这里，她翻找着被褥，又拉开枕头拉链，伸进手去摸索着。突然，她摸到一个硬邦邦的东西，掏了出来是一个信封，她急忙打开，这一看，她的心一阵刺痛，信封里装的那个硬邦邦的东西是房产证，上面赫然写着穆思静的名字，她偷偷地把证件放到口袋里，扶着墙踉跄地走出卧室。

玉莲看到一家人边说边笑地忙着做饭，却沾不上一丝快乐的气息。李正梅在厨房里调好饺子馅，乐滋滋地端着往屋子里走，看到玉莲脸色苍白地站在院子里，忙关心地对玉莲说："玉莲，你若是累，就去床上躺一会儿。"

玉莲倚着墙，无精打采地说："我不累。"

"那我去包饺子了。"李正梅说着，就往屋子里走。

玉莲望着她的背影，突然问："大姐，你认识穆思静吗？"

李正梅愕然地回过头来，疑惑不解地说："不认识，有什么事吗？"她感觉玉莲今天怪怪的，怎么突然问她这个名字呢？她走进屋里，本来想告诉李正兵刚才玉莲问穆思静的事，心想还是等吃完饭再告诉他吧。

院子里凌乱地放着一堆堆树皮、木柴、锅碗瓢盆，就像二十多年前她住在这里的样子。但那时候她是多么的幸福，随着男人一步步高升，自己的身份地位也提高了。如今这所院子还是当年的院子，自己却感觉一切都那么的陌生。陌生的公婆为了儿子的私事瞒着她；陌生的丈夫没有一点儿温情；陌生的小叔子们、大姑子小姑子们。她不过是一个外人，一个给李家传宗接代的机器，机器破旧了，就被扔到一边，无人再过问。

玉莲看到他们哄笑着喝酒、包饺子，每个人脸上都洋溢着快乐的表情，她的心里突然生起一阵愤恨，她大步走到酒桌前，拿起酒瓶子"啪"地摔在了地上。"我让你们喝，我让你们喝个够！"她一边喊，一边疯狂地把盘子往地上摔，接着把桌子也掀翻了。

"你疯了！"李正兵气愤地扬手给了她一巴掌。

"我是疯了，是被你逼疯的，是被你们李家人逼疯的，哈哈哈……"她捂着火辣辣的脸，泪水刷刷地流了下来。

李灵指着她，生气地说："玉莲，以前你俩怎么吵、怎么闹，我都是睁一只眼闭一只眼地不去管，但今天你做得太过分了，怎么配做我李家的媳妇。"

"我是不配做李家的媳妇，你儿子才找了小老婆，还给她建了房子。你是他的爹，你不但不管教他，还这样纵容他，你有什么资格来说我！"玉莲愤愤地指责着李灵说。

李灵反驳道："我怎么纵容他做这样的事了，你简直是在胡闹。"

"在你们的眼里，我做什么都是在胡闹，那我问你件事，你别说不知道。他在前面一里处建了房子，难道你一次也没见过？"

"那是你们的房子，我过问干什么？"

"你睁大眼睛看看，房产证上写着谁的名字。是我的房子吗？"说着玉莲拿出房产证，翻开写着穆思静名字的那一页给李灵看。

李灵看到房产证上的名字，无言以对。他看看李正兵，又看看玉莲，摇着头说不出一句话来。

玉莲不依不饶地又问他："爹，穆思静是谁？你们若说不知道，房产证怎么在娘的枕头里放着？为什么陈刚告诉我，说她是你儿子的表妹。既然她是你家亲戚，为什么刚才大姐说不认识这个人，你们一家人为什么合伙来骗我。"

她转过身，又质问张云："妈，你来说说看，穆思静是你儿子的表妹吗？大家说说是不是？是不是？"她失去理智地喊道。张云被玉莲晃得浑身哆嗦，却无言以对。李正梅看不下去了，用力掰开玉莲的手，挡在张云的前面。

此时，李灵能理解玉莲崩溃的心情，他颤巍巍地走到李正兵身边，问道："玉莲说的是真的吗？"

李正兵像一只泄了气的皮球瘫坐在沙发上，他知道一切都完了，对穆思静做的唯一弥补的事也要泡汤了。

"啪"的一声，李灵给了他一个响亮的耳光。他边打边说："这一巴掌，我是替玉莲还的。"

一家人忙成一团，拉着李灵不让他再打下去。李灵悲切地说："这一巴掌，我是替孩子们还的。兵儿啊，虽然玉莲跟你吵吵闹闹，但爹也不允许你这样做，咱们李家不能辜负她。"

李正兵声泪俱下的说："爹，娘，玉莲，求你们放过她，不要为难她好吗？错是我造成的，与她无关。"说着，李正兵"扑通"一声跪在地上。

李灵颤巍巍地走到玉莲的身边，对她说："玉莲，要不咱们退一步，我拿这张老脸来保证，以后绝不会让兵儿再跟她有来往。"

原来爱情真的可以让人生死相依。目前来看，就算是李正兵答应离开穆思静，可他的心会在这里吗？她知道她留下的只是他的一个躯壳而已。

"好吧，我成全你。但你必须守着全家人答应我一个条件，你写下保证书，今生今世不再跟她来往，我就把房产证给你。要不我俩离婚，我会提供你背叛家庭的证据，让你身败名裂。若是做不到，你就跪在这里，等着法院给你下通知书。"

"好！我写！"李正兵跪在地上，抱着头绝望地喊道。

李正梅急忙找来纸和笔，她心疼地抚摸着他的头，不知道该怎么安慰他。曾经风风光光、令全家人骄傲的弟弟，如今狼狈地跪在一家人面前，做着这辈子再也无法圆的梦。

李正兵右腿托着纸，哆哆嗦嗦地写道："李正兵守着李家所有人发誓，今生今世永远不会再娶。如若违背誓言，不得好死！"

李正梅噙着泪水，双手哆嗦着把字条递给李灵。

"你何苦发这样的毒誓，这让爹心里有多难受啊！"李灵含泪把字条转交给玉莲。

玉莲颤抖地捏着字条，一边哭一边捶打着李正兵说："我只是让你写个保证不再跟她在一起，谁让你发毒誓了！"李正兵一动也不动地上任她打，他抚摸着房产证上穆思静的名字，悲痛地喊道："静儿，我永远辜负了你！"说完喷出一口鲜血，在家人的呼喊声中，他"砰"的一声倒在地上，失去了知觉。

这几天，穆思静都是早早地来到单位整理手中的文件，今天下班前，她抱着一沓文件来到总经理办公室。

总经理唐梦轩是穆思静大学里的闺蜜，她看到穆思静抱着一大摞文件过来，疑惑地问道："思静，你怎么抱着这么多文件过来了？"

穆思静放下文件，对她说："梦轩，我要辞职。"

唐梦轩诧异地问："就是为了那个他吗？"

穆思静没有直接回答唐梦轩的问题。她咬着嘴唇，坚强地说："我想过自己的生活，我前几天办好了去新加坡的手续。"

唐梦轩握着她的手说："你有权利选择自己的未来，但是记得要常跟我联系，不开心了或者想回来了，这里随时为你敞开大门。"

"我会的。"

我找不到一个安心的理由来告诉你 / 唯美的不是曾经 / 也不是当前 / 是一个瞬间 / 让我们成了迷途忘返的孩子

晚上穆思静收到玉莲发来的信息："在吗？思静妹妹。还记得那天我对你说过的话吗？我的愿望实现了，他不但答应了，还写了保证书不会再娶别人，我发给你看看他写的保证书。"

穆思静看到玉莲发来的图片上面写着："李正兵守着李家所有人发誓，今生今世永远不会再娶。如若违背誓言，不得好死！"

穆思静什么话也没回，她终于明白了，李正兵早已打算好离开她。她急忙搜出李正兵的网名，拉入黑名单里。网络竟是如此的神通广大，可以让互不相识的人成为朋友、敌人，甚至还可以让陪伴多年的人一下子从眼前消失。但留在心中的记忆，该按下哪个键，才能还原到当初？

春天不因你的到来 / 颜色会更深一点 / 我不因一个人的来与去 / 刹那与永恒 / 到头来不过是返璞归真 / 还原本色

不是吗？刹那与永恒，只是一个时间长短的过程，到头来，你还是你，我还是我。她径直来到五年前他们相爱的地方，坐到星星缀满夜空，坐到月牙儿穿过黎明。一阵阵的疼痛从心底再次蔓延。

一个声音在耳边回绕着："静儿，我一生不负你……"

又一个声音传来："有一天，你会想起我说过的话，在岁月的河流中，沉淀最真的是友情。"

……

这天晚上一直下着雨，她不停地写着诗：

当年的雨 / 在掌心里开出了朵朵勿忘我 / 今日我闻不到一朵花的气息 / 诗人啊！/ 你把丝丝细雨织就了一首首美丽的诗 / 却不知这雷声足以把梦惊醒吗？

穆思静写的诗是那么伤感，张晓宁看到后，忍不住打电话问她："姐，你怎么了？这么晚了怎么还没睡觉，快告诉我，到底发生了什么事？"

"我没事。"

"姐，我给你讲一个故事，你听了一定会开心的。"

"嗯，姐姐今晚就把你的快乐放到梦里去。"

于是，张晓宁给她讲小时候跟爸爸闹别扭，跟同学之间的恶作剧，讲自己的初恋，讲了很多很多。穆思静听着听着，心思又不知跑到哪里去了。

　　有些东西该放下的／就不要提起／就像这梦／无论是美丽的还是忧伤的／都得原封不动地送回去／／突然觉得特别累／以至于拥挤的世界里／唯有我坐在记忆里想你

穆思静太累了，五年来，有多少个失眠的日子，她心里唯一装下的是李正兵，可这一切，他会懂吗？如果他懂，为什么就不去珍惜呢？难道她真的错了吗？她不明白，那么多人关心爱护她，而李正兵却在欺骗她。

她记得那个画国画的骆驼对她说："我把你当作亲妹子，绝对不允许别人伤害你。"

她记得张晓宁说："姐姐，我会一辈子不离不弃，不允许别人伤害你。"

她打开电脑，坐在床上给张晓宁留言："晓宁，你在吗？我们写诗吧！"

其实，今晚张晓宁也睡不着，他总觉得穆思静最近发生了什么事，不跟他说。刚才他躺在床上，想编一些故事，让她听了能开心起来。

在没有睡眠的夜里，他俩写了一首又一首诗：

穆思静：

　　弟弟啊！你说——／姐姐，敞开你的梦／容我的快乐走进去／我把所有的梦都打开／却发现唯有你／通宵达旦地坐在那里／讲述过去的事情

张晓宁：

　　我将文字放入夜空／点亮在你无眠的枝头／当没有星星的时候／任你随意摘取／那可是我为你编织的梦呀！

穆思静：

弟弟啊！我无眠的枝头／挂满了星星／我知道那是你用文字为我筑梦

张晓宁：

大姐姐呀！／我将文字过滤一遍又一遍／把最快乐的打包给你／却未曾走进你的梦里／你知道的——／我是个不快乐的孩子

穆思静：

我的小弟弟啊！／姐姐的梦里都是潮湿的句子／我怕你的快乐／会沾上露珠的痕迹

张晓宁：

我的大姐姐呀！／我多想把句子揉成海绵／擦干你月下的露珠／再把星空挂上一弯沉睡的笑容

穆思静：

我的弟弟啊！／你柔软的句子／在几百个日夜里／临我的梦边徘徊／我怎舍得在你的微笑里睡去

张晓宁：

我说你是傻姐姐／我让春风把诗歌送去／只愿更送无眠的词曲／你又何须把笑容留我

穆思静：

我说你是傻弟弟／这春风把你的笑靥／催得像花儿一样／你又何须背起我的悲伤前行

他俩一直写到深夜。

"晓宁，我好累，真想躲到一个地方，好好地休息一下。"

"你来我老家吧，这里有山有水也适合你写作。我期盼你早一天到来，帮我管理好敬老院。"

"我明天就去。"

第二天，穆思静坐上了驶往周泰的动车，张晓宁去车站接她，然后带她来到敬老院。他边走边给她介绍这里的大致状况。

"我当初想邀请姐一起参与，就是希望这方面由你来做。"

穆思静对他说："咱们先保留这个想法，目前先把敬老院经营好。我们既然是以服务性来做，就要让老人们在这里住得舒坦、过得舒心。"

"我把传媒公司的一部分资金投资在这里，就是为了让老人们有一个更好的生活环境。在饮食、休闲、娱乐等方面，要让他们感觉到这里比家里还温馨。"

他们穿过一条长长的葡萄架走廊，然后右拐，在一座假山后面，有一座二层小楼。

"姐，你先到二楼住下。没事的时候，就跟他们聊聊天，去山上挖野菜，散散心。吃饭时间都是统一的，你看好时间表。你先收拾一下，一会儿我打电话叫你吃饭。"

"好的，你先去忙吧。"

"你可知道我爱你想你怨你念你，深情永不变。难道你不曾回头想想，昨日的誓言……"张晓宁哼着歌曲，往楼下走去。

三

所谓的缘分，只是相遇的一段路程。当走到尽头，彼此便奔向各自的天涯。一树花开，一树花落，除了置换人的心情，其他没什么两样，各有各自的路可行。

这一切都是真的吗？李正兵牵着穆思静的手，走在红地毯上。她的手软软的，还是五年前的样子，大大的眼睛像星星一样，让人迷恋。那么多的鲜花、掌声，那么多的人围着他俩，司仪站在面前问他："请问李正兵先生，你愿意娶穆思静为妻吗？"

"我愿意、我愿意！"李正兵躺在床上，闭着眼睛，一声一声地喊着。

李正梅看到李正兵在昏迷中一直说着胡话，忙对张云说："娘，我去叫医生来看看。"

何明是玉莲的妹夫，他来到病房，看着病历上的检查结果，对张云说："大娘，目前姐夫除了高血糖和胃溃疡，别的没有什么大碍。可能是他精神上受了很大的刺激，让他产生了一种厌世的情绪，不愿醒来。"

李灵拉着何明的手，流着泪说："何大夫，求你多操心，一定要让他醒过来。"

"大伯，我会尽力的，请您二老放心。"何明说完朝玉莲走过去。

"大姐，你也要多保重。"

玉莲点点头，什么话也没说。

掌声、笑声、吵闹声依旧是起伏不断。

"请问穆思静小姐，你愿意嫁给李正兵先生为妻吗？"司仪继续问。

"我不愿意、我不愿意！"穆思静突然挣脱他的手跑了。李正兵急忙在后面追，一边追一边喊："静儿，我爱你！你不要走、不要走……"

玉莲坐在一边望着他，感觉自己的心被掰得零碎不堪。

"静儿，你不要走，你不要走！"李正兵突然睁开眼睛，他看到爹、娘、大姐一群人围着自己，疑惑地问："我怎么在这里？"

"兵儿，你若是再不醒来，让娘怎么活啊。"张云一边哭，一边捶打着他的肩膀。

"娘，不哭，我饿了，想吃您包的肉馅饺子。"李正兵给她擦着泪说。

"好好！正梅，快带我回家给你弟弟包饺子去。"说完，她拉着李正梅就走。

玉莲像个陌生人一样站在一旁，这几天没有人跟她说话，好像她是罪魁祸首，发生的这一切都是她造成的。她很想快点儿离开这个世界，争来争去的那么累，争胜了又如何。留得住他的人，能留住他的心吗？到头来还是一场空空的梦，留不下他零星的温存。

"玉莲，你又生病了？快去床上躺下。"玉莲诧异地望着他，仿佛回到了二十多年前，在老家的时候，他就是这样温和地跟她说话。

"我叫何明来看看你。"玉莲说着拿起手机给何明打电话。

何明来到病房，看到李正兵醒了过来，忙说："姐夫，你睡了四天的时间，可把我们急坏了。"

李正兵疑惑地问他："我怎么睡了这么久？"

玉莲忙骗他说："你喝醉了，我们怎么叫也叫不醒。"

李正兵信以为真地说："我还真忘了这事，我跟谁在一起喝的酒？"

何明也骗他说："你们喝的是假酒。姐夫，你才醒过来，身体还有点儿虚弱，咱们明天上午回家。姐姐，你出来一下，给姐夫拿些药。"

玉莲跟何明走出病房，何明告诉她："姐夫因受了很大的刺激，把不愿提起的事封存起来，再加上摔倒的时候，他的脑部受了撞击，出现了失忆症，然而他没有把一些事情和人全部忘记，属于选择性失忆。选择性失忆是一个人对某段时期发生的事情，选择性地记得一些，遗忘一些。或许有一天，遇到一件事会突然唤起他的全部记忆。"

玉莲叹道："知道了！"

李正兵自从病愈后完全变了一个人，穆思静这个人好像从未在他的人生中出现过。他对玉莲的关怀无微不至，对玉茹也恭敬可亲，他不再上网写作，脸上不再显出忧郁的表情。玉莲在生命的最后一段时间里享受着晚来的爱情，幸福地生活着。

有时候，玉莲躺在李正兵的怀里，看到他在熟睡中露出安详的样子，不由得会想起穆思静。不知道她过得怎样了，自从那天她发给穆思静那张图片后，玉莲再也没有收到她的任何回复，网上也看不到她的信息。难道他俩在发生那件事情之前，真的已经分开了吗？是不是李正兵跟她讲好以房产证做交换，彼此分的手？原来爱情都是脆弱的，穆思静也经不住物质上的诱惑。

清明回到老家，李正兵看着到处繁花似锦，心情大好地对玉莲说："吃午饭还早，我们出去走走。"

玉莲挽着他的胳膊，应道："好啊，我也想呼吸一下新鲜空气。"

"可惜没有风筝，不然，我陪你放风筝。"

"算了吧！我们都老胳膊老腿的，还放啥风筝，随便走走就好。"玉莲幸福地跟他说。

李正梅听到李正兵想放风筝，忙说："昨天小旭玩的风筝，还在咱娘这里，你们拿去吧。"

李正兵拿着风筝，和玉莲一起往田野里走去，他们快走到明静轩的时候，玉莲有点儿紧张起来，她怕李正兵看到那座房子，会记起来往事。玉莲忙一把拉住他的胳膊，转向西边的一块田地说："咱们就在这里放吧。"

"飞起来了，飞起来了！"玉莲高兴地喊着。他俩并排着坐在地上，仰头望着风筝说笑着。一阵风吹来，玉莲没握紧手里的线，风筝脱手了，顺着风向朝东飞去，后来落在明静轩的房顶上。

李正兵望着那套房子，有种似曾相识的感觉，他疑惑地问玉莲："前面是谁家的房子？我好像进去过。"

"咱村里这么多人，我怎么知道是谁家的，一定是你做梦的时候，梦见过这样的场景。走吧，咱们回家，大姐应该做好饭了。风筝咱们不要了，改天我给孩子买一个大的。"玉莲慌忙站起来，拉着李正兵的手就往回走。

李正兵被玉莲拉着一边走，一边回头望着明静轩说："或许是在梦中见过，院子里好像还有座小木屋。"

玉莲怕李正兵继续追问下去，会唤起他的记忆，忙岔开他的话题说："快走吧，你看看几点了，咱们不能让姐姐做饭，嫁出去的女儿回娘家就成了客人，咱们应该好好招待她们。"

"你们姑嫂之间相处得这么好，是我最欣慰的事。"

"你开心了，我也开心。"玉莲挽着他的胳膊往家里走去。

幸福的爱情依然没有留住玉莲的生命，在最后的遗留之际，她把李正兵和玉茹叫到床前，握着他俩的手说："我走后，这个家就交给你们了。兵，你要好好待她。"

"兵"，这个称呼好熟悉，是谁曾这样喊过他呢？

"你怎么了？"玉茹看到李正兵愣在那里没有反应，悄悄地问他。

"你放心吧！我会好好待玉茹的。她若是有了自己的归宿，我会风风光光地把她嫁出去。"

玉茹急忙说："我哪里也不去。姐夫若是不嫌弃，我还伺候你。"

"对！你哪里也不要去，就在咱家里。玉茹，你去打开木箱子，把那个黑匣子给我搬过来。"

玉莲打开黑匣子，从里面取出三张存折，对李正兵说："这是多年来我们积攒的钱，总共三百万元。儿子、女儿各一百万元，你和玉茹一百万元，你俩拿着这些钱好好过日子。"说着，玉莲把存折放到玉茹的手里，把李正兵的手也握在一起。

李正兵噙着泪对她说："你一辈子省吃俭用，都怨我没有照顾好你。"

玉莲毫无怨言地说："这是命，怨不得别人，我只想求你一件事。你要好好待玉茹，不能辜负她，这就是你对我最好的回报。"

"嗯，你放心吧，我不会辜负她。"李正兵握着玉茹的手，对她承诺道。

"那就好！正兵，我想单独跟玉茹说几句话。"

"姐，我不要你走。"玉茹趴在她的胸前哭道。

"我已经累得走不动了，该休息了。我走后，你要想方设法找到穆思静，把这个房产证给她。我网上一直保留着她的 QQ 号，密码是我的生日。另外，你祈求她原谅我，我不该骗取她的信任，你一并告诉她，李正兵其实一直爱她，但他失去了记忆，现在过得很幸福。请她不要来打扰他现在的生活，让他余生过着平静的日子。"

"姐，你放心吧！我一定会把房产证交给她。"玉茹应道。

窗外的雪花，伴着这个隆冬飘至。玉莲踩着两片雪花，轻轻地走了，带着微笑奔往圣洁的天堂。

穆思静自从来到周泰后，把很多时间用在了写作上，用文字来抒发自己的情怀，去遗忘所有的记忆。然而，记忆一旦打开，就像开闸的洪水，奔涌不息。另外，她有些疑惑不解，自从她来到周泰后，很少看到张晓宁的身影。他偶尔来过几次，穆思静看到他脸黑黑的，显得很沧桑的样子。穆思静暗想：是不是我来到这里，他怕有闲言碎语而选择了回避。毕竟他一个单身的大男孩，自己的到访免不了给他造成不好的影响。

不知不觉来到这里快两年了，穆思静除了去张晓宁的传媒公司上班，空余的时间就来到老人身边陪他们唠嗑，教他们下棋、做健身操。对每一位过生日的老人，她都为他们送上礼物。老人们都喜欢她，把她当成是自己的女儿。在这个温馨的大家庭里，穆思静觉得每一天都是快乐的。

一天，张晓宁兴致勃勃地走来，拉着她的手说："姐，我带你去个地方。"

车子大约行驶了十几分钟，他们来到一座大山下，经过一片葡萄园、桂花园，后来在一处偌大的园子前停下。园子里有两座木板楼房，用木桩子支撑着，四周是人工砌成的栅栏，红的、白的蔷薇花缠绕在栅栏上。

"姐，这是我设计建造的园子，感觉如何？喜欢吗？此园叫静怡苑好不好？"张晓宁拍着她的肩膀，笑嘻嘻地问。

穆思静有点儿不相信眼前所看到的一切，她甩开他的手，朝他大喊："张晓宁，你为什么对我这么好？"

张晓宁两手一摊，平静地答道："没有为什么，因为你是我姐。"

"我不值得你为我这么做。"

"值不值得，由我说了算！你还记得那年我们参加颁奖活动的时候，我说过要给姐姐一座田园，还说过要把快乐带给你，放进你的梦里。"

"我以为你那是在开玩笑呢！"

张晓宁一下子把她拥抱在怀里，眨着眼睛说："玩笑不可以变成现实吗？"

穆思静从他的怀里挣脱出来，指着他问："告诉姐，你已经三十岁了，为什么你还不结婚？"

"我有必要回答你这个问题吗？"

"你总是放纵自己，不要再这样任性下去了。"

"事业和文学是我的爱人，我要娶一个志同道合的人。如果遇不到，就一生等待。这些事情以后再说，你快进去看看喜欢吗？"

"我好喜欢！"穆思静突然转过身来问他，"这里晚上会有狼出现吗？"

"这里没有狼，你放心吧，我不会把你一个人扔在这里。以后咱们就在这里吃住，直到有一天把你嫁出去。"

"该打。"穆思静扬起巴掌，佯装打他。

从大门口到房子之间有一条长长的走廊，架上的紫藤花开得正艳，一阵阵香气迎面扑来；地面上铺着鹅卵石，走廊两侧外面是菜地，种着黄瓜、辣椒、茄子、韭菜、西红柿、豆角等；东面是果园，有苹果、梨、桃、木瓜；南面是一块葡萄园，再往南一点儿是荷花池。这田园风味把穆思静的心深深吸引住了，此时她觉得自己已经身处一组油画《乡愁》里，仿佛回到了少年时代，听着草丛里的蝈蝈叫；仿佛回到了那个留在记忆中的土院子里，望着年轻的母亲在煤油灯下绣花；仿佛看到爷爷伸出大大的手掌，在河边给她洗脸；仿佛坐在奶奶家的麦垛旁，望着大山外，猜想那是什么样子；仿佛光着脚丫，坐在河边，心事重重地隔层纱。

如今她的诗情泛着麦香，泛着童年的纯真，泛着重重的心事，泛着永远割不断的愁结，在这里一一展开。张晓宁坐在对面的小楼里，望着橘黄的灯光从穆思静的窗户里流出来，望着她紧锁的眉头，忍不住长叹一声："愁有几重结，西风下，断肠人在天涯。"

他靠在椅子上，写了几句诗，短信发给她：

误把偶遇谱成了曲／回忆再也经不起一首歌的时间／不要让我出现在你的文字里／只怪笔墨太重／我承载不了你的只言片语／如若不是一叶一菩提／又为何几行文字便走进了你的世界／／不怕我的思念滑下来／落入你的眸中／最怕来不及转身／便原封不动地折射回去

穆思静望着对面楼阁里张晓宁的身影，默默地从书里拿出那根簪子。"若君为我赠玉簪，我便为君绾长发，洗尽铅华，从此以后，日暮天涯。"她悠悠地长叹着。她该何如如何释解"情琴"这两个字，任一种声音喑哑地弹唱了六年。今天她终于为他赋诗一首，《情琴》：

我不知道该以怎样的姿势／陪这重重的心事走天涯／日暮里／哪一种语言／是你枕头上谢落的青丝

晓宁，姐姐该以怎样的姿势走在你的生活里，我真怕一不小心，就把红尘的几许花红敲落成漫天的飞花。张晓宁给她回复道：

我确信你文集里的每一个字／都被我倒入酒杯醉过

这是怎样真挚的情感，让穆思静的喜怒哀乐落在一个人的酒杯里，伴着她从困境里一步步走出来，让她走向梦想的舞台。或许有那么一天，这个人该拾起自己的心情，迈向自己必走的路。

花开半朵，留一半与你，续前世未了的情缘。我不禅拜、不诵经，将高墙外的几缕花红，扯得七零八许。无缘的你啊！偏偏成为有缘人。

一天，穆思静闲来没事，坐在紫藤架下的石桌上喝茶，她望着池塘里的金鱼游来游去，听着蝉在树上一声声地鸣叫。南瓜挂在架上，木瓜、梨子、葡萄也硕果累累，一畦一畦的豆角、黄瓜、辣椒、茄子，把火热的七月点缀得五彩缤纷。她忍不住念道：

　　真希望我的文字／在此一代一代地繁衍／成为根深叶茂的农家小乐／我的
诗一定爬上竹架／见证这些温馨的日子

　　张晓宁站在她的身后，听着她念出的几句诗，也和了几句：

　　真希望这些文字一代一代地传承／在这农家小院里／繁衍出健康
成长的诗句

　　其实张晓宁站在她的身后很久了，一直没作声，他怕不小心把她的心思打
乱了。天空瓦蓝瓦蓝的，一朵朵白云飘来飘去去，在水中倒映着。倘若世间有
真情，哪一朵云会把相思带到她的身边。他懂穆思静身在这里，心却留在一个
人那里，虽然她从不说，他也能读懂一切。

　　到那时／我便在这农家小院里／期待这些诗句／见证你的温馨

　　一个陌生男子的声音传来，穆思静循着声音回过头。他大约四十五岁，戴
着眼镜，留着小平头，上身穿着得体的"国人牌"衬衫，下身穿西裤，黑皮鞋
擦得沾不上一点儿尘土。他像遇见熟人一样，笑盈盈地望着她。

　　穆思静慌忙站起来，看看张晓宁，又看看他，微微地一低头说："您好！"

　　张晓宁忙上前给她介绍："姐，这位是我的兄长赵志，他是著名的画家，
还是……"

　　赵志急忙打断他的话说："画家这个头衔太重，我不过是业余喜欢涂抹几
笔，给自己一个田地播种快乐，别无他求。"

　　穆思静对他说："画画是一种美的艺术，也是一种高雅的生活。"

　　张晓宁走过来，对他俩说："大家都坐下，咱们边喝边聊。我去换壶新茶。"
张晓宁说着端起茶壶就走。

　　赵志笑盈盈地望着她，问道："穆老师，你相信缘分吗？"

　　"缘分有个定数，不能过早也不能过晚，是在适合的路上。"

　　"穆老师说得太对了！缘分这东西不能过早也不能过晚。七年前，我遇到

一个女孩，凭直觉，有一天我会和她走到一起。"

"你们走到一起了吗？"

"我的情意或许没有种在她那儿，她不认得我了。"赵志失望地对她说。

"或许是七年的时间，你们都变了模样。"

"我没变，是她变了。她比我在网上认识的时候还要漂亮。"赵志目不转睛地望着她，仿佛要把她的音容笑貌一一地烙在心上。

张晓宁端着茶盘，提着电热壶走了过来。他在穆思静的身边坐下来，跟她说："赵兄是我最好的朋友。我想腾出一个房间，给他做画室。周末的时间，他来这里画画，姐姐也可以去他的画室学画画，或者你们合作诗配画，是不是挺好的？"

赵志抢先答道："我觉得这个主意不错。"

穆思静看到他俩意见统一，不再多说什么。

"下午咱们开始准备收拾房子。赵兄，中午在这里吃饭。走，咱们到菜地里摘菜去。"

他们摘了黄瓜、西红柿、豆角、茄子，赵志的衬衣被汗水沾在身上，他却兴致勃勃地满地里跑。他捕住几只蚂蚱，对穆思静笑着说："过会儿，我给你烧着吃。你去捡些干柴来。"

穆思静就捡来一些干草和干树枝，她蹲在赵志的身边，看着赵志把蚂蚱用狗尾巴草一只一只地串起来。接着，他掏出打火机点燃干草，在上面轻轻地放一些干树枝，单腿跪在地上，趴在火堆旁用嘴吹着火焰。穆思静的脸被火焰烤得热乎乎的，她迫不及待地把蚂蚱往火上放。

赵志一把攥住她的手，忙制止她："这样不行，火太旺，很快就把蚂蚱烧焦了。你要等到火焰快灭了，再放到火炭上烤，这样烤出来不会有烟熏味。"

赵志一直攥着她的手，直到火焰快灭了才松开。他提着蚂蚱串，在火上来来回回地翻动着，不一会儿就闻到了一股香味。穆思静单腿跪在地上，把脸往火堆前凑了凑，忍不住喊："好香啊！"

"马上就可以吃了。"

赵志吹掉蚂蚱上的烟灰，然后把蚂蚱脑袋揪下来，把内脏抽出来。接着对她说："张口。"

穆思静一张开嘴，他立即把蚂蚱塞到她的嘴里。穆思静心里觉得很温暖。不等他反应过来，赵志又把一只蚂蚱塞到她的嘴里。

张晓宁走过来，看到他俩的嘴上沾了黑乎乎的烟灰，大笑道："你俩拿出手机照照各自的嘴巴，看看像不像个乌鸦嘴，哈哈！"

听到张晓宁这么说，他俩不约而同地抬起头，望着对方大笑起来。穆思静觉得，这是多年来她最开心的一天。

赵志伸手拉她站起来，并弯腰给她拍拍身上的土说："好了，你们回屋做饭，我到车上去拿些东西。"

午饭后，穆思静和张晓宁忙着收拾屋子，给赵志准备画室。赵志看到他俩把餐桌抬出来，准备当作画案，忙说："今天不需要画案，我带着画架，明天我去买一张。"

张晓宁朝他挤眉弄眼地说："看来某人是有备而来。你先在这里收拾着，我出去办点儿事。"

赵志头也不抬地说："我的车后备厢里成天放着笔、墨、纸、颜料和画架。"他一边往砚台里倒墨，一边应着。他掏出手机，播放着轻音乐《斯卡保罗集市》，然后坐在画架前，左手在宣纸上来来回回地估量了几下，从洗笔碗里拿起毛笔，蘸上墨，开始画石头。他一边画一边对穆思静说："石头的画法是先画一块小的，再一点点地往后推的方式画，这样的画面会有层次感。"

赵志画了几块石头后，接着说："为了增添意境，可以在石头后面画上一棵柳树，柳树右侧再画一座木桥。前方部位要简单地画出水纹，能看出水波流动的样子。在桥下要画出水位从高处往低处流淌的样子，河岸的颜色画的要深一些。远处画几棵树，或者一片树林，画叶子画上三五片即可，要参差不齐，不能在一条线上。"

穆思静站在赵志的左侧，斜着身子靠近他。她闻到他身上有一种特别的味道，那是男性体内散发出来的一种味道，还有暗暗袭来的墨香。赵志在桥的右侧画了几块大石头，一会儿就画成了一座山峰，旁边画了几株茂密的大树，从山峰里向左侧伸出几枝树枝。

"在树林里画上一两棵枯死的树会增添独特的美，还可以在山峰和树林之间画上几座房子，不一定要画出整座房子，可以画出房屋或者庙宇的檐角和檐边即可。画好大体构架，还要上色。有些画开始不能上得颜色太重了，要等干一些的时候再上一次，甚至要上好几次。题字也要美，不要字体都一样大，可错落有致。"

穆思静一直站在他的身边看着他作画，大约有两个半小时，这幅画才初步完成。她完全被赵志的一笔一墨吸引进画作里，借着轻音乐，她仿佛觉得自己站在庙宇里，听到周围是行云流水的声音。记得当年骆驼画的庙宇，就给她这样的感觉。

"我突然明白了一个问题。"

赵志停下笔，抬起头来望着她问："什么问题？"

"你用半天的时间画了这幅四平尺的山水画，却蘸了一大半水和一点点墨，原来惜墨如金就是这样得出来的结论。"

"你知道我作画为什么要蘸水吗？蘸上水，墨就有了灵性，不蘸水的墨是死墨。墨分五色：浓、淡、干、湿、焦。"

"明白了，刚才看着你的画，我萌生了一首诗。"

"你说给我听听！"赵志侧过身来，盯着她的眼睛。他看到自己的影子在她的瞳孔里，被这两眼碧水温柔得醉了。

穆思静被他盯得有点儿紧张，慌乱地别过头去，念道："行者：为何你这里／总有行云流水的声音／那一定是／我的文字打此经过。"

赵志开心地说："穆老师，太谢谢你了！我把这首诗题到画上，就用这个题目参赛。你觉得怎么样？这一定是一幅很有纪念价值的作品。"

"好，合作愉快！"这时，穆思静仿佛回到了安静写作的少女时代。

赵志盯着她的脸说："七年前，我的那位牧羊姑娘经常给我的画配文字，那些画我还收藏着，一幅也没舍得卖。"

"那你怎么不向她表明自己的心意。"

"不说了！以后我画画，你看着喜欢就配上文字。我们把这些诗配画作品以诗歌的名义举办一个文艺交流会，捐献给需要资助的人。"

"太好了！我有一位网络朋友是中学校长，他画画就是为了捐赠给贫困地区，让那里的孩子能读书。"

"是吗？若是那个校长朋友出现在你面前，你会认出他来吗？"赵志目不转睛地盯着她问道。

"我只见过他用一张骆驼的图片做头像，从来没有见过他本人的照片。"

"难道就没有一点灵犀让你感觉到他在你身边吗？"

"我和他怎么会有灵犀，我们只是网友而已。他仅告诉我，他是一所学校的校长，喜欢跟孩子们一起。他是哪里人？有多大？甚至是个男的还是女的？

我都不清楚。"

赵志突然问她:"你那个校长朋友不会也有个牧羊姑娘吧?"

"我和他接触的时间不长,也很少聊天,而且我有好几年不见他上网了。"穆思静慌忙解释道。她不想把自己的事情告诉一位陌生人。

## 四

年轻的时候,我们都爱追着一阵风乱跑,却追出了虚无,以为几朵花、几片云就是浪漫的东西。到后来才发现,能顶得住风雨的才是真实的生活。比如能牵着手,一起走在众目睽睽的目光里,那才叫爱情。

秋天不因叶落凋零而感怀,人不因事物过迁而悲伤。所有入心的东西一旦久了,总会在生活中被接纳,被新的事物一层一层地覆盖起来。

周六上午,张晓宁从外面回来,透过画室的玻璃窗,看到穆思静面带微笑,专注地拿着画笔在勾勒着图形。赵志在旁边讲解着,并含情脉脉地望着她,两个人在这个秋日里成了一道别样的风景。

"你握笔的姿势要对,手指要有劲,但手心里是要空的。"赵志一边说一边把食指伸进她手心里,她的手很软,在触到的那一刻,他的身体里本能地生起一阵悸动。

穆思静站在赵志的左侧,背部贴着他的胸膛,能听到他"怦怦"的心跳声。赵志只要低头,就会触到她的长发,一股淡淡的清香让他有些乱心。此时,他多么期望穆思静能抬起头来,他会把火辣辣的目光放到她的眼睛上、鼻尖上、红红的唇上。他忍不住伸出手臂想搂着她的腰,但怕吓到她,又急忙缩了回来。

张晓宁悄悄地拿起手机,把这一幕拍了下来。他为穆思静的生命注入新的生活而开心,这么多年来,他一直期盼她过这样的日子。

赵志的体内有一股热浪频频袭来,他强忍着压下去,只好离她远一点儿,走到窗口让自己冷静下来。这时,他看到张晓宁躲在窗外拍照,急忙走出去,一巴掌拍在他头上,压低声音问:"你在干吗?"

张晓宁朝他挤眉弄眼地说:"刚才我被你俩温馨的画面陶醉了,忍不住拍下来。你看这一张,你满目柔情地握着她的手;这一张,你色眯眯地盯着她;这一张,你用手臂搂着她的腰。你俩发展得也太快了吧。"

赵志辩解道："我哪有搂着她的腰了？当时我是有这个想法，但又觉得不妥，就缩了回来，哪承想被你这么一拍，倒像成真的了。"

赵志回过头来，看到阳光正好落在穆思静的身上。她右手握着画笔，托着腮在思忖，微卷的长发披下来，显得恬静优美。"她的长发温柔了我的世界。"赵志痴痴地望着她。然后，他"唰唰"地在纸上描着特写。

张晓宁拍着他的肩膀说："目前，我只能帮到你这里。以后能不能被牧羊姑娘抓住，就看你能不能成为她乖乖的羊儿。"

原来那天张晓宁开车拉着赵志出去吃饭，他随手拿起车上的一本书翻看着。这时，他看到有一组作者叫若言的小诗。

"这个叫若言的诗风很像你当年的那个穆姐姐。我好多年不见她上网了，不知她现在怎样了。"赵志一边看书一边说道。

张晓宁从后视镜里望着他："你不会是喜欢她吧？"

"若今生有人能娶得这样的女子，该是多么幸福啊！"

"赵兄，你都四十多岁了，难道还没有遇到心仪的人？"

"上大学的时候，我喜欢上了一个女同学，她父亲是我的高中老师，希望我毕业后留在城里，而我执意选择回老家任教。她给我留言，我若是不回城里接受她父亲给安排的工作，她就马上出国，一辈子不再与我相见。我没法听从她父亲的安排，每当看到老家里那些孩子求知的眼神，就让我想起我上学时，那些上不起学的同龄朋友，他们只能趴在窗户外听老师讲课。你说我怎么能够为了一个好的前程，就撇下他们不管了。后来，她一个人去了美国，我们就再也没有联系过。"

"你爱她吗？"

"我爱她！其实她很善良，因家境好，就是有点儿太任性。她去美国后，我忍着悲痛告诉自己，只要所选的路是对的，就不后悔。她离开以后，再也没有女孩子能走进我的心里，直到遇到你姐，她让我有一种说不出来的感觉。"

"你该不会是爱上我姐了吧？"

"那时她给我的画配诗《前程》，我读后大哭了一场。你知道吗？这么多年，谁能理解我为了一个前程而弄丢了爱情。有一天晚上，你姐说坐在河边数星星，我说……"赵志说着回到七年前的记忆里。

"后来我忙于学校里的事，又被安排到乡镇上工作，不得不离开了学校。再后来我被调到市里，发现需要我为老百姓做的事更多，我终于明白，为天下人做任何有价值的事情都是对的。有一天，我生病在家，休养期间画了一幅画，想让她看看，可是发现她网上的信息动态已经两年没有更新了，给她留言也一直没有回复。身体好了以后，又因为忙，我就把这事也淡忘了。"

"你确信心里有她吗？"

"我确信！但我明白，茫茫人海中，我又怎会是你姐人生中的那一半。"

"若是你的初恋女友从美国回来，你会不会对她旧情复燃？"

"不会的，这么多年她早已经结婚生子了。"赵志态度坚决地说道。

"那我告诉你，姐在我这里，而且她一直没有结婚。"

"真的？好兄弟！请你牵个线好不好？哥哥今生永不忘记你的大德。"

"你看看你现在这样子，一点儿也不像个领导干部。这个忙我帮定了，但是你得听我的安排。"


玉莲走后，李正兵经常坐在卧室里，抚摸着枕头自言自语地念叨："玉莲，这辈子你活得太亏了。如今孩子已经长大成人了，正好享福的时候，你却早早地走了。"

玉茹看到他这个样子心疼不已，怕他旧病复发，偷着给李翔打电话："翔儿，你抽空拉着你李叔出去散散心，别让他活在痛苦里。"

"好的，我一会儿就过去。"

"放心吧，我没事。别耽误孩子的时间了，给他一份自由的恋爱空间吧。"刚才李正兵经过卧室门口，听到玉茹给李翔打电话，心里很感动。

"走，我带你去爬山。"

玉茹开心地说："好啊，姐夫，你等我一下。"

玉茹坐在副驾驶座上，李正兵急忙拉过安全带给她系上，玉茹深情地望着他，幸福地说："谢谢姐夫。"

"别叫姐夫了，叫老李吧。"

"叫正兵可以吗？"

"可以，你想叫啥就叫啥。"说着，李正兵启动了车子。

李正兵拉着玉茹来到了观音山，他不知道为要什么来这里，总觉得此处有一种特别留恋的感觉。他站在一棵千年的流苏树下，看到有个人影在他的眼前晃动，一个女子轻柔的声音传来："阿兵，给我唱首歌吧。"他转身环顾着四周，除了玉茹在一旁挖野菜，并没有看到其他的女子。他坐在泉边，闭上眼睛，听着各种鸟儿的叫声，原来大自然赋予的一切声音都是最美的。

"阿兵、阿兵……"那个女子的声音又在他的耳边响起。他循着声音站起来，看到玉茹朝他招手说："正兵，咱们去白云洞看看吧。"

进入大门，有一座高二十米的玉皇洞，分为三层，底下是楼梯，中间是三官阁，上层是玉皇阁。玉茹对他说："你在这里坐一会儿，我去进个香。"

"好，你去吧。"他坐在流苏树下，望着玉茹的背影，眼前再次浮现出一个模糊的影子，还是刚才那个朦胧之中的女孩子。突然她回过头来朝他笑道："阿兵……"

他使劲地揉了揉眼睛，眼前什么都没有，只有玉茹虔诚地跪在那里。他站起来，抚摸着那棵流苏树。一群人在树下围着石桌子喝茶，一位八十多岁的老头坐在一旁，给大家讲山上的一些传奇故事。

玉茹拜完佛出来，看到李正兵聚正精会神地听老头讲故事，便悄悄走过去。在回家的路上，李正兵开着车，一个念头从他脑海里闪过，他说："我给你唱首歌吧。那一天你拉着我的手，让我跟你走。我怀着那赤诚的向往，走在你身后。跟你涉过冰冷的河流，患难同经受。跟你走过坎坷的小路，从春走到秋。跟你饱尝过风霜雨雪，跟你共同饮过胜利美酒，千里万里呀，我也没回头。"

玉茹坐在副驾驶座上，幸福地望着他，她不敢奢望余生他们能过半辈子，感觉这日子哪怕过一天，也很知足。

回到家里，李翔正好也来了。吃饭的时候，李正兵突然说："翔儿，以后下班一起来这里吃饭。明天让你妈收拾个房间，你在这里方便多照应她。"

"照顾李叔和妈，是我应尽的义务。"

接着李正兵对玉茹说："玉茹，你若是没意见，抽个时间，咱俩去民政局把结婚证领了。"

李翔急忙阻断他继续说下去："李叔，那穆……"

"我愿意！"玉茹立即打断李翔的话，她怕他一旦说出那个名字，这辈子她再也没有希望跟李正兵在一起了。

"那好！明天我们去领证。仪式就不举办了，咱们都这把年纪了，免得让人家笑话。"

玉茹像一位初恋的少女，羞答答地说："我都听你的。"

既然爱一个人，哪怕后来是一个火坑，她也愿意跟着跳下去。如今爱情来到自己面前，为何不牢牢地抓住，她凭什么要大公无私地让给别人呢？

"妈、李叔，我吃饱了。我有点儿事，先回去一趟。"李翔的心里堵得慌，一点儿胃口也没有。他知道妈妈这么多年来抚养他长大，很不容易。他承认自己有私心：其一，他想到死去的爸爸，从内心里来说不愿意妈妈再嫁；其二，就算是妈妈再嫁，可选择李正兵，会对不起玉莲阿姨。他是妈妈的姐夫，是恩人的丈夫。难道让李叔在不能支配自己意识的情况下，去选择一个再也不能弥补的错误吗？

玉茹明白李翔今晚有心事，忙跟了出去。一进入电梯，李翔就一把攥住玉茹的手，焦躁地说："妈，您不可以嫁给他！您明明知道李叔爱的人是谁。难道还要一错再错？"

玉茹用力掰开李翔紧握的手，对他吼道："难道你忍心看着妈妈孤苦伶仃一辈子吗？我是个正常人，也有儿女情长，谁不想有个依靠。"

李翔极力地跟她争辩道："如果您选择别人，我不会阻拦，但是您选择的是我姨丈，这样做违背了道德伦理。"

"我选择他，这是你姨的心愿。当初她设下这个局，就是为了成全我和你李叔。再说我不爱别人，我只爱他。"

"但是，万一李叔恢复了记忆呢？他若是知道了真相，会恨您的。"

"万一他再也不能恢复记忆了呢？今天他选择要娶我，你忍心告诉他实情吗？"玉茹擦着泪，继续说，"翔儿，你是成年人了，妈妈求你成全我吧。就算是错，我能做一天他的妻子也是幸福的。我辜负了你爸，等我老了，你不要把我和他葬到一起，随便挖个坑，把我埋在你李叔的身边。"

李翔紧紧地拥抱着她，此时他终于懂了，妈妈对李叔的爱是至深的。

第二天上午，李正兵带玉茹去了民政局。领完证后，他对李翔说："翔儿，开车去你爷爷那里吃饭。"说完掏出手机，给老家李灵打电话。

玉茹幸福地把头靠在他的肩膀上。李翔心事重重地开着车，他从后视镜里看到妈妈的笑容很甜。他真怕当前她拥有的幸福只是短暂的一段旅程，当幸福有一天被现实无情地夺去，她会更加痛苦。她已经失去了丈夫，难道还要让她再一次失去李叔吗？

他摸出手机按了一个键，然后说："李叔，我妈很爱您。"

"我知道！这些年你妈细心地照顾我，胜过照顾她自己。"

"您会用生命来保证，余生给我妈一段永远的幸福吗？"

"当然会，翔儿放心就是。这些年，我早已经习惯了有她在我的身边。"

"万一以后发生一些意料之外的事，你会怪我妈吗？比如我妈故意做错了事，您也不会背弃她吗？"

李正兵信誓旦旦地对李翔说："神仙还有打盹的时候，何况我们是凡人，我怎会为了一点儿小事背弃你妈呢？"

"谢谢李叔，那我就放心了。"李翔收起手机，长长地舒了一口气。

李正兵握着玉茹的手，温柔地问："你还记得咱们读书的那段时光吗？"

"当然记得！现在我还记得你给我写的那首诗。"玉茹笑着念出来。

"你竟然还记着这首诗，你说缘分这东西怪不怪，转来转去，咱俩还是走到了一起。"李正兵笑着说。

玉茹此时想若是李正兵没有失忆，他会娶自己吗？难道缘分要经历过万般磨难后才叫圆满？若是有一天，他重新找回记忆，他们之间又会面临着怎样的结局呢？玉茹再也不敢多想下去了。

到家后，李正兵拉着玉茹的手对着全家人说："爹、娘、姐姐、弟弟、弟妹，今天我跟大家宣布一件事，我和玉茹登记了。"

听到他这么说，屋子里的所有人都惊呆了。这突如其来的喜讯让大家一时反应不过来，谁也没有料到，李正兵的选择是这样的结果。

"好好好！这是喜事。"李灵怕这僵硬的气氛让玉茹接受不了，急忙打着圆场。一家人立即附和着给他俩道喜。

张云悄悄地扯了扯李灵的袖子，他会意地跟着她走出去。

"他爹，你说兵儿怎么选择了玉茹呢？我知道玉茹是个不错的孩子，咱们当初逼着兵儿不要穆思静，如今兵儿又娶了玉茹，咱这不是坑骗了人家吗？还有兵儿发了毒誓，万一灵验了如何是好呢？"

李灵叹道："毒誓那只是一种迷信的说法。唉！兵儿的缺点就是做事固执又冲动。事到如今，他们的结婚证也领了，我们有啥办法呢？"

玉茹像个新媳妇一样规规矩矩地坐在那里，吃饭的时候，她麻利地帮着收拾桌椅，拿碗筷。当年玉莲的家境好，结婚二十多年来，她从未给婆家人端碗端饭。倒是一家人总觉得她高高在上的，令人生畏，彼此之间总隔着一道坎，为此他们之间很少贴心地说说笑笑。今天看到玉茹既亲切又随和，全家人都很喜欢她，而穆思静的名字，从此成了他们永远不再提起的茶后话题。

自从李正兵去过观音山后，他经常梦到那个女子，有时候她离他很远，有时候又离他很近。朦朦胧胧的身影，看不清楚的脸庞，她总是无视他的存在，朗诵着一些诗句："美丽怎会永恒，这只是爱情中的口头禅而已。亲爱的！这姹紫嫣红的春天，哪一朵花都不是为我而绽放的。"

他快步追上去，想看清她的面孔，可一伸手却不见了她的影子；他想喊她的名字，却不知道她叫什么，只能无力地喊道："喂、喂……"

五

人啊！踱来踱去，无非想把红尘中的闲杂事抛得一干二净，让自己置身于最美的意境里，站在更有品位的层次上。

穆思静站在画案旁，铺着宣纸正在作画。他从口袋里掏出一个发卡，放到她的身边："你的长发散落下来，这样会影响你作画。刚才经过商店，我给你买了这个发卡，也不知道你喜欢什么颜色的，随便挑选了这个浅蓝色的。"

这是一款蝴蝶样式带着钻的发卡，穆思静感觉到赵志做事细心又周到，她感激地说："谢谢，我很喜欢。"说着，她拿起发卡把头发夹了起来。

赵志握着毛笔，蘸了点儿墨，对她说："画画是一种修养，今天教你水墨画。水墨画就是水多墨少，该淡的地方要淡，该浓的地方要浓，而且下笔尽量不用中锋，要坡一些。由于水墨和宣纸的交融渗透，善于表现似像非像的物象特征，即意象。这种意象效果能使人产生丰富的遐想，符合中国绘画注重意境的审美理想。你的诗既有禅性又柔美，很适合用作诗配画。我给你做示范，第一步先教你画荷花，一会儿再教你画荷茎和叶子。荷茎上的刺要蘸浓墨，点三个或五个为一组。"

穆思静按照赵志所讲的认真地画着。

"这幅画的下方有点儿空，你可以随意画几株水草，朝哪个方向画都可以，这样点缀画面会显得更有情趣，整幅画也有了灵性。"

穆思静把长发夹起来后，露出长长的脖颈，顺着领口能看到她穿着粉色的内衣及隆起的胸脯。她的耳垂很大很厚，透过阳光，仿佛是一块青翠欲滴的玛瑙。他真想一口含住它，深深地吸吮着。

"你……"一阵悸动又一次涌来，他忍不住把目光移开。

听到他说着没头没尾的话，穆思静疑惑地抬起头看他。没想到额头突然碰到了赵志的嘴唇，像一股猛烈的电流袭来，俩人忍不住都后退了一步。

他们都沉默地站着，赵志忙找了一个话题问她："我们相处这么久了，你怎么从不问我的个人情况？"

"你的生活里我进不去，何须问询一些不属于自己的事情呢。"

赵志失望地答道："是啊，你怎么会走进我的生活里呢。"他们再次沉默下去，只听到赵志的笔在宣纸上摩擦出"沙沙"的声音及俩人彼此的呼吸声。

不知不觉日子临近冬季，这段时间穆思静迷恋上画画，把写诗的时间占去了一半，每次作画，让她觉得四周都是安静的。自从遇到赵志后，她的笑容多了。

一天，赵志兴冲冲地跑来，跟她说："思静，告诉你一个好消息。"

她放下画笔，笑着问："是什么好消息？你快说来听听。"

"咱俩合作的诗配画《行者》获得了一等奖，被市文联报送到省文联，挂在文化厅做展览。喏，这是获奖证书。"

"太好了！"穆思静忘了矜持，她兴奋地跳跃起来。穆思静跟李正兵相处五年来，好像她一次也没有如此毫无拘束地开怀笑过。

"思静，你就是我的幸运星，感谢上帝把你送到我的身边。"说着，他兴奋地抱起她，在房间里转圈。

穆思静红着脸说："放我下来！我头晕了。"

赵志紧紧地抱着她，贴着她的脸。他的呼吸落在她的唇上，彼此嗅着对方的味道，他又看到她的脖颈、粉色的内衣、隆起的胸脯……被欲望冲撞的他再也无法控制自己，他猛地吻住了她的唇。

穆思静挣扎着，想挣脱开他却浑身无力，只好瘫软地靠在他的怀里。

赵志捧着她的脸，用舌尖启开她的唇，疯狂地吸吮着她的舌尖，气喘吁吁地说："我爱你、我爱你，思静，嫁给我吧！"

穆思静被他吻得说不出话。此时，赵志体内的热浪一阵阵地涌来，感觉血管要爆炸了。所谓的怜香惜玉、谦谦君子，他全然不顾地抱着她走进卧室里，像一头野兽要霸占自己的领土。

他抚摸着她额头的长发，吻着她的眼睛、鼻尖，顺着脖颈往下吻，一股淡淡的清香从她的体内散发出来。穆思静发出轻微的呻吟声，这声音刺激得赵志的热浪一阵阵袭来，他轻轻地解开她的衣服，像个贪婪的孩子，在她胸前蹭来蹭去。

张晓宁从外面回来，看到赵志的车停在院子里，屋门却关着，便轻轻地敲了几下门。

敲门声把赵志惊醒了过来，他看到穆思静躺在他的身下，头发也凌乱了，胸前的衣服也敞开着。他一骨碌爬起来，愧疚地说："对不起！思静。"

"赵志。"张晓宁在屋外不停地喊着。

赵志匆忙地整理了一下衣服，紧接着关上卧室的门，去给张晓宁开门。

"你在干啥呢？磨磨蹭蹭地这么费事。"张晓宁一进屋就唠叨他。

"刚才有点儿困，我睡着了。"说着拉过来一把椅子，让张晓宁坐下。

"刚才我去我姐那里，她没在，我还以为她在这里画画。"

赵志忙骗他说："她没来这里。"

"那我给她打电话，下午我请你们去钓鱼吃野味。"说着他掏出手机，要给穆思静打电话。

穆思静听到张晓宁要给她打电话，忙掏出手机，按了关机键。

赵志怕穆思静的手机会在卧室里响，于是一把按住张晓宁的手说："先别给她打电话了，说不定她在睡觉，别吵醒了她的美梦。"

"我看到她锁着房门，没在屋子里。"说着张晓宁给穆思静拨过去电话，却传来关机的提示音。

赵志听到关机的提示音，悬着的那颗心终于放了下来，他平静地说："可能她有事出去了，离出发的时间还早，你先去准备一下要带的东西，等她一来，咱们立马启程。"

"渔具都在车里，不用准备。"

赵志看打发不走他，忙说："不能让你姐光吃鱼，你快去超市买些她爱吃的零食。"

张晓宁挠了挠脑袋说："还是你想的周到，如果我姐嫁给你，她一定很幸福。"

"别贫嘴了，快去买东西吧。"说着赵志推着他往屋外走。

张晓宁走出门口后突然又返回来，问："赵志，你把我姐追到手了吗？"

"没有！她不一定喜欢我。"赵志此刻不知道该怎么说，他朝卧室扫了一眼，怕穆思静听到，但又想让她听到。

"你让我跟你说啥好呢！一位领导有方的市长，怎么对自己喜欢的女人却没有办法。要不这样，我们干脆来个痛快的，跟她挑明你就是当年的那个'骆驼'，因爱慕她，至今还未娶。如果你不好意思说，我去跟她说。你工作那么忙，别把太多的时间浪费在这里。每次看到你深夜还在忙，我都心疼你。穆思静很难开窍，你的暗示，她也一时半会儿反应不过来。"

赵志不想让穆思静知道这些，急忙阻止张晓宁继续说下去。

"那你就慢慢地等下去，等到白发苍苍，等到太阳落在西边，等到她结婚了，你就别再埋怨错过。反正我的任务完成了，该帮的地方都帮了。"

赵志敲着他的肩膀说："我要收拾东西，你快给我滚远点儿，别再捣乱了。"

赵志送走张晓宁后，他在画室里徘徊着，不敢走进卧室。

门轻轻地敞开了，穆思静平静地走了出来，赵志望着她，窘迫地不知道说什么好。

"你就是那个'骆驼'哥哥？"

"是！我来到这里的目的就是为了你。当年我从学校调到市委，一直忙于工作，等我有空上网的时候，却联系不到你了。有一天晓宁说你在这里，我听到后欣喜若狂，但是怕冒昧地出现，会让你厌恶我。为了便于接近你，我俩便商量好建这个画室。刚才发生的事，请你原谅我的冲动，我是真的爱你，你若是恨我、讨厌我，我马上在你的眼前消失。"

穆思静咬着嘴唇沉默着，过了一会儿，她问："等了这些年，你不怕见到我的时候，我已经有家庭了吗？"

赵志走到她的身边，扳着她的双肩说："自从在网上认识你，就再没有别的女人能够走进我的心里。"

"在没遇到我之前呢？难道也没有人走进你的心里吗？"

"有，那是我的大学同学。但由于彼此的志向不同，我们分手了。她去了美国，而我留在山区任教，守护着一群孩子。"

赵志离她很近，她的呼吸再次吹到他的脸上，让她忍不住又一次悸动。

他火辣辣地盯着她问："给我一个机会，我们一起走下去好吗？"

穆思静嗅着他的呼吸，有点儿晕眩，她神色迷离地答道："给我一段时间考虑好吗？"

他轻轻地扳过她的身子，让她靠在沙发背上，温柔地抚摸着她额前的长发，轻吻着她的额头、睫毛、鼻翼。穆思静闭上眼睛，沉浸在一片迷离之中。

他捧着她的脸，唇贴着她的唇，一边吻，一边对她说："给你一周的时间考虑，行不行？人生经不起一次次的错过，余生我们会慢慢地老去，还有多少时间允许来挥霍。"说着一下子把她拉进怀里，紧紧地抱着她。

她再次感到晕眩，忍不住张开双臂环抱着他的脖子。

过了不久，他们看到张晓宁的车子驶进院子里。

"晓宁回来了，我们走吧。"说着赵志拉起穆思静的手，就往门外走去。

穆思静的手被他紧紧地攥着，心里热乎乎的，她想起那天她一把攥住李正兵的手，他却慌忙地挣脱出来。

把故事接二连三地放进梦里，梦醒了，故事也没了。我揾着眼角，希望能触摸到梦里的所见所闻，带给我一点儿真实。

如今，她终于彻悟过来，她和李正兵的梦结束了。自始至终，她都触摸不到爱的存在。

张晓宁开着越野车，他们一起去郊外的水库钓鱼。

赵志选择好写生的地方后，支起画架，他取出颜料、宣纸和毛笔，开始作画。他喜欢作画的时候听一些古筝曲，比如《云水禅心》《高山流水》《广陵散》，这些音乐伴随着他的笔墨起起落落，让浮躁的心脱离世俗，归隐在纯净的大自然里。

他用磁铁把宣纸吸在画板上，望着前方的小河、山岭、梯田，沉思片刻后，他开始勾勒画面的骨架。穆思静坐在他的一旁看着，他告诉穆思静房屋、大门等应该用怎样的比例和透视的角度来画。

穆思静托着腮边听边看，突然她看到两只鸭子并排着在水里游泳，伴着金色的阳光和优美的音乐，她被眼前美丽的画面深深地吸引了。

赵志画了片刻，不见穆思静有动静，便抬起头来看她。她穿着卡其色风衣，围着红色羊毛围巾，此时她坐在夕阳里，正托着腮望向远方。赵志立马拿出画册，把这个画面迅速地画了下来。

他伸出手握着她微凉的手，穆思静回过头来，痴痴地望着他。他的大手那么温暖，让她舍不得抽出来。赵志放下画笔，微笑地盯着她，左手微微地托着她的下颌，顺着她的脖颈来回地滑动，一股电流瞬间流遍了穆思静的全身。他凑上前轻轻地吻了一下她的唇，他的吻那么醉人，他的手触摸得让她浑身无力，她再也无法挣脱这种诱惑，晕眩地闭上眼睛，回吻着他。

张晓宁坐在水边，一动不动地盯着水面。突然鱼竿动了一下，他往岸上使劲一甩，钓上来一条一公斤左右的鲤鱼，他开心地大喊："好，太好了！"

赵志和穆思静还沉浸在热吻里，被张晓宁的喊声惊得立即分开，以为被他看到了这一幕。他拉着穆思静的手说："我们过去看看。"

穆思静那颗狂跳的心还没平静下来，在起身的一刻，突然感到一阵晕眩。赵志急忙一把抱住她，关切地说："别急，站稳了再走！"

张晓宁在岸上抓住钓上来的鱼，弄得满手泥巴。这时，他看到赵志抱着穆思静，不知在跟她说什么，表现得那么温柔体贴。此刻，张晓宁的心里突然有一种说不出来的感觉，刚才的喜悦之感顿时消失了。

赵志领着穆思静走过来，高兴地说："张晓宁，你真够厉害的，钓上来这么大的一条鱼。"

"你还不是被钓上钩的一条大鱼。"张晓宁在心里嘟囔道，他阴沉着脸，没好气地说，"今晚上你们俩可以吃我的鱼了。"

"就你这条鱼，还不够我们塞牙缝的。"赵志故意气他。

"今天你不吃东西也饿不着。"

赵志听着张晓宁说话阴阳怪气的，忙找借口离开，说："我去把那幅画画完，思静，你在这里帮他忙一会儿。"不容他们回答，赵志转身就去画画。他猜想张晓宁一定有话要对穆思静说，想给他俩留下一个单独说话的空间。他懂张晓宁对穆思静的感情胜过自己，只是碍于年龄上的悬殊，张晓宁只能把这种感情放在心里，不让她知道。

"搞艺术的人真自私的，好像时间都是他一个人的。"张晓宁嘟咕着。

穆思静笑着对他说："随他吧！别耍孩子脾气了，我来帮你。"

"难道在你的眼里，我永远是一个长不大的孩子吗？"他赌气地夺过她手中的东西去河边坐下。穆思静诧异地望着他，不知道该说什么好。

这些年来，张晓宁从未对她发过火，是不是因为他刚才看到了那一幕？她走过去，挨着他坐下来，小心翼翼地问："你是不是对姐有别的看法了？"

"没有，你别多想了，咱们去捡柴烤鱼吧。"说着起身拍了拍屁股上的土，往河岸走去。

赵志坐在夕阳里，穿着蓝色休闲大衣，围着灰色羊毛围巾，正专注地在画架上作画。穆思静拿起手机，偷偷地给他拍了几张照片。

他高高的个子，修长的身影，俊朗的面容，望着他的背影，她突然有一种似曾相识的感觉，不由得再次想起那个有梦的诗。她曾以为，梦中那个从背后拥抱她的男子是李正兵。现在想想，李正兵与梦中男子的年龄相差很大，体型也胖，而赵志与梦中的男子基本相吻合，难道上天注定他俩是一对有缘人，早在七八年前冥冥之中就为他们牵线？

张晓宁捡些干树枝，抱着往回走，看到穆思静手里握着一把干柴，望着赵志出神。他悄悄地转到一边，再从别处绕回到钓鱼的地方，望着水面发呆。

赵志在画架上专心地画着穆思静脸上的神情，他的笔在她的唇边来回地移动，心里升起一种莫名的幸福，感觉是自己的指尖点在她的唇上。想着想着，他忍不住移动目光，搜寻穆思静的身影，看到她握着一把干柴，蹲在那里望向自己。于是，他朝她幸福地一笑，穆思静红着脸回他一个浅笑后，慌忙站起来找张晓宁。

天马上就黑了，赵志收拾好画具，跟他们一起点火烤鱼。穆思静坐在火堆旁，用双臂抱着腿，膝盖支撑着下颌，望着火堆里的火焰，赵志一次次含情脉脉地望着她。

张晓宁看着这一幕，心里不舒服，他故意说："你俩看上去怎么有点儿怪怪的？"

穆思静心虚得不敢说话。

"你这家伙脑子里不知道又打什么鬼主意。"赵志一边说，一边剥掉鱼皮递给穆思静。看到她的唇边沾上了烟灰，他连忙拿出纸巾，轻轻地给她擦去。

张晓宁此时真正体会到村上春树说的那样：刚刚好，看见你幸福的样子，于是幸福着你的幸福。虽然今天他有点儿吃醋，但是看到他们幸福的样子，他的心里也充满了快乐。

"姐，你去我的后备厢里拿包调料。"说着张晓宁把车钥匙递给她。

"黑灯瞎火的不好走，还是我去吧。"赵志起身要拿穆思静手中的钥匙。

"让姐去吧，你帮我折断这些树枝。"张晓宁说着朝赵志眨眨眼睛，看到他的暗示后，赵志会意不再争执。

等穆思静走远了，张晓宁凑到他的身边，悄悄地问："说说你是怎么打动那颗芳心的？"

赵志以为张晓宁刚才看到他俩接吻的一幕，忙说："一周后，她给我答案。"

"那你抓紧好好表现。"

"明天我去东平，周末才能回来，拜托你还得帮我多说好话。"

"放心吧，为了给你俩一个幸福的家，这个忙我一定帮到底。"

赵志紧紧地攥着他的手说："谢谢了，好兄弟。"

这时，他们听到穆思静在喊："晓宁，我没找到调料包。"

"容我想想放到哪里了。"说着他拉开背包链子，假装翻找着，"我找到了，在背包里。"

赵志朝他的肩头击了一拳，骂道："你这个坏蛋，竟然这样耍她。"

"你心疼了吧！我这不是为了给你支着儿，听你说说肺腑之言。"

"嘘！别让她听到。"

穆思静回来后，他俩装作没事人一样继续烤鱼。夜晚的温度低，穆思静冻得抱紧了胳膊，赵志看到后马上脱下自己的外衣给她披上。

他握着穆思静凉凉的手，心疼地说："晓宁，天这么冷，我们抓紧吃，早些赶回去，让你姐早休息。"赵志心疼地望着她。

再回返的时候，赵志敞开后车门，跟穆思静坐在一起，张晓宁心照不宣地踩动油门。夜色在车轮下一层层地延伸，车内是寂静的，静得能听到三人的呼吸落在玻璃窗上。张晓宁悄悄地打开车 CD，一首古筝曲《我只在乎你》撒在冬日的晚上，委婉醉人。赵志握着穆思静的手，搂着她的肩膀，嗅着她发丝里的清香。

穆思静望着他熠熠闪烁的眼睛，闻着他身上散发出来的气味，醉在这夜色里，醉在他的怀中。

到了静怡苑后，赵志轻轻地拥抱着她说："我等你的好消息。"

"或许不一定是好消息。"穆思静也拿不准。

"无论什么情况，我都能接受，至少我尝试了，不会后悔。如果你选择了别人，我会真心为你祝福。我还是你的骆驼哥哥，但永远不会再来打扰你。"

"我不值得你这样。"

"值得不值得，我自个儿清楚。晚安！"

穆思静突然有点儿不舍得他离开，难道她真的爱上他了吗？那李正兵呢？这几年来，他过得怎样？会不会还在等她？万一他一直等她，她一定会选择他，那赵志怎么办？想到这里她忍不住叹了一口气，转过身往屋里走去。

"思静，我爱你。"赵志摇下车窗朝她喊道。

穆思静转过身来问他："爱是什么？"这是她第三次问这句话。

"爱是慈悲。"

"你不是弘一，怎么让爱慈悲？"

"我不是弘一，但我的爱就是成全。你选择别人，我一生祝福；你选择我，我一生呵护。"说完赵志驱车离去。

穆思静望着赵志离去的方向，望着远去的车灯，渐渐地缩成一颗流星，消失在漆黑的夜里。自此一别是不是成了天涯，她的心里陡然害怕起来。

张晓宁站在暗影里，此时他也有些担忧，怕穆思静将面临着一个最难的抉择，她会放得下过去吗？但是为了赵志和她的幸福，他忍不住走过来。

"我很了解他，他是一个值得托付终身的人，所以我才帮他一步步靠近你。姐，我所做的一切都是为了你好，希望你别生气。你过得好好的，我也会感到很开心的。"

穆思静犹豫不决地说："晓宁，可我不知道……"

张晓宁打断她的话，继续说："有些事，该放下的就要放下。我曾用一个叫若言的网名，把你这几年写的诗投稿到你老家的刊物上，地址留的是我这里，电话是我的另一个号码。如果那个人真的爱你，他一定会看懂这是你写的诗。而这三年来，他从来没有联系过我，把以前的种种都放下，去过属于自己的快乐日子，浪漫的爱情带不来柴米油盐。赵志怀有博爱之心，当初为了一群山里的孩子，他放弃了自己的爱情，还把卖画的钱捐赠给教育事业，这不是你也向往的人生吗？"张晓宁像兄长一样对她说。

"明天我回家跟父母商量一下。"

"返程的时候，你别忘了一上车就给我发信息，我去车站接你。"

张晓宁此时想到了赵志，假如穆思静选择了赵志，有他的照顾，自己就是想插手都不能了。想到这里，张晓宁的心里觉得很不是滋味。

六

曾经轰轰烈烈的爱情，最终熬不过一场花雨，自此了无牵挂。多年后，再次相遇，没有欢喜，也没有悲伤。醒目的是你满头的白发，在人群里如此夺眼。

穆思静带着风尘回到城里的家。房间里落满了灰尘，表明很久没有人来住过，其他的没什么变化，她掏出手机拨通了唐梦轩电话。

"穆思静，你这个混蛋，怎么走了后把手机号码也换了。我一直联系不上你，这三年来你过得好吗？"

"我很好，这不是回来了嘛。"

"我去接你，中午我们一起吃饭。十分钟赶到，你等着我。"

穆思静拉开窗帘，看到外面一棵棵光秃秃的树，心里突然变得萧条起来。

不知道他怎样了？此时是不是也在隔窗望着她？若爱真的心有灵犀，他会带着曾经的许诺来赴约吗？刚才她给唐梦轩打电话是有用意的，李正兵知道她俩是闺蜜，她离开后，如果他找不到她，一定会去唐梦轩那里问她的去向。而刚才唐梦轩一个字都没提到他，足以说明他没有找过自己。

突然她觉得自己好傻，事到如今，她还期望像小说里一样，自己拥有世上最珍贵的爱情，她是他永远的最爱。

"嘭嘭"，门外传来了敲门声。穆思静站在门口，心"怦怦"地跳。如果她打开门，看到眼前站的是李正兵，她会以怎样的惊喜扑到他的怀里。

她鼓足了勇气一下子把门打开。

门外站的是笑容满面的唐梦轩，穆思静的心猛地一沉，她无法伪装起失落的表情。她伸长脖子，往门外瞧了瞧，以为他会藏在唐梦轩的身后，想要给她一个大大的惊喜。

"穆思静，你在看什么呢？"唐梦轩诧异地问她。

"我看看你带着老公来了没有？"

"他哪有时间陪我，每天除了忙工作就是待在家里喝茶，大门不出二门不迈。这样的男人倒也放心，省得担心他在外面寻花问柳。"

穆思静戳了一下她的脑袋，笑着说："看你美的！"

"咱们吃饭去，晚上你去我家住下，这里脏兮兮的，一时半会儿也收拾不好。"

"晚上我回我妈家。"

这是一家才开业不久的素食馆，起名"感恩树生活馆"。馆内装饰得很古典，桌椅是仿古式，墙边有一个很大的书架，上面放着很多书籍，迎面墙上画着一棵具有代表性的树，树上结着一百个红心。她俩在靠近窗口的位置坐下，馆外是花园，荷花池里几株干枯的荷叶七零八落地贴在水面上，几支干枯的莲蓬挺立在池子深处，就像穆思静守候的一段苦恋。

穆思静看着，忍不住长叹了一声。唐梦轩假装没听到她的叹息，却为她心疼。

这个痴情的女子啊！上学的时候，有那么多男孩子追她，参加工作后，也有不少高层精英爱慕她，她都拒绝了，却爱上一个比他大那么多的有妇之夫。结果是他再次结婚，而选择的人却不是她，唐梦轩不知道该怎么对穆思静说出事情的真相。

穆思静点了一碗南瓜皮蛋粥、清炒秋葵、一块小酥饼。唐梦轩点了蒸玉米、地瓜、花生套盘，一碗紫菜粥，她们边吃边聊。

今天午休李正兵又梦见了那个长发女子。这次她站在离他不远的地方，他快步追上去，望着她的背影问："你是谁？"

她幽怨地问："你不认识我了吗？"女子啜泣着跑开了，丝巾被风吹落在地上。他捡起丝巾，扬起手臂朝她喊："别跑，你回来……"

李正兵喊醒后，看到自己手里紧紧地攥着枕巾。他叹道："唉！最近怎么总做些乱七八糟的梦？"

"可能是工作忙的原因，让你精神疲惫了。起床吧，我们去找大夫给你把把脉，调理一下就好了。"

"你总想着怎么照顾我，却不为自己想一下。"

"我愿意这样为你付出一辈子。"

李正兵感动地把她拥在怀里，紧紧地抱着她。

玉茹的心里很清楚，或许李正兵在睡梦中梦见穆思静了，他不可能一辈子活在失忆里。有一天，他恢复了记忆，必定会记起穆思静，那时候自己和他又会是怎样的结局。

"万一有一天，我们之间出现了一件很难选择的事情，你会弃我而去吗？"玉茹可怜兮兮地望着他。

"我们都老了，再也没有精力折腾了，花花绿绿的年代早已不属于我们了。这么多年我们生活在一起，彼此已经习惯了对方的存在，一个眼神都懂彼此的心意，这样的选择不是你我此生有幸吗？"

"谢谢你！正兵，快去洗洗脸，我们去药房。"说着玉茹给他披上外衣。

穆思静搅拌着碗里的粥，心中感慨万分。这世界真的这么大吗？这里与李正兵的家仅隔着几条街，彼此却见不到。她拿着手机翻看着，多想拨出去那个再也熟悉不过的电话号码，可现在她连一个数字都不敢摁下去。

"你还没打算找个合适的人一起过日子吗？"唐梦轩懂穆思静心不在焉地想着什么。她选择这家素食馆就餐，为的是这里离李正兵的家很近，她希望他们来个相遇，把一些该解决的事面对面地解决利索。

穆思静收回窗外的目光，盯着她问："我走后，他来过你这里吗？"

唐梦轩不知道该怎么回答她，她实在不忍心亲口告诉穆思静，李正兵又结婚了。她挠着头发问："你还想着他？"

看到唐梦轩支支吾吾地不正面回答，穆思静明白，他一次也没有来找过。

这时候她想起了赵志，想起他对她说的话："思静，余生还有多少时间允许我们去挥霍。"她突然很释怀，不想再把余生浪费在一段没有结果的感情上，谁也无法为逝去的青春埋单。

穆思静摸着左耳垂朝窗外望去，她想赵志今天一定望着东洲的方向，等待她早日回去。

李正兵和玉茹有说有笑地从素食馆前的人行道上经过，穆思静望向窗外的目光正好落在他俩的身上，一种冲动让她想不顾一切地冲出去。她看到李正兵满头的白发，泪水哗哗地流了下来。望着他们手拉着手很幸福的样子，她攥着匙子的手哆嗦着，把粥洒了出来都没觉察到。

唐梦轩也看到了李正兵和玉茹，看到穆思静痛苦的样子，心疼地攥着她的手，怕她会控制不住地冲过去。如果那样，穆思静该以怎样的身份站在他们面前，所谓的高傲和自尊全都没有了。

窗外的李正兵笑嘻嘻地不知道跟玉茹说着什么，玉茹笑得前仰后合，头发都凌乱了。李正兵伸出手，细心地给她整理好，玉茹幸福地望着他，不经意地一瞥，竟看到穆思静泪流满面地坐在对面窗前。

她怕李正兵会看到穆思静，慌忙拉着他的手说："咱们快点儿走吧，风有点儿凉了。"

李正兵急忙脱下外衣，给她披上。玉茹一把推开他，失控地趴在他怀里哭道："正兵，这辈子我什么都不要，只要你陪着我。"

"我不是对你说了嘛，我们俩一辈子都不会分开的。"

"我相信你。"玉茹破涕为笑了，并不为他人注意地扫了穆思静一眼，希望她能听到李正兵说的话，也希望她看到他们恩爱的样子。

"你走后不长时间，他妻子就去世了，然后他俩结合了。刚才之所以我不对你说，是怕你难过。"唐梦轩难过地对她说。

"我和他的缘分已尽了。"这时候她又记起赵志对她说的话："我不是弘一，我慈悲的爱就是成全。你选择别人，我一生祝福；你选择了我，我一生呵护。"

穆思静苦笑了一下，接着说："看到他过得很幸福，我也了却了这桩心事，从此再无牵挂。顺便告诉你一件事情，我有了所爱的人。"

唐梦轩高兴地问："他是做什么的？你快告诉我。"

"他是一位画家。"说起赵志，穆思静的脸上流露出恬静的微笑。

"这倒和你很合拍。他一定很爱你，对不对？"

"跟他在一起，我感觉很舒服，不知不觉地性格也随之改变了，整个人变得活跃起来。"

"婚姻就是适合。"

这句话张晓宁也对她说过，她长长地舒了一口气，感觉心头上好像卸下了千斤重的包袱。

东洲城南一座小院里，六十多岁的王丽华正在包水饺，老伴穆正戴着眼镜坐在沙发上看报纸。

"铃铃……"门铃响了起来。

"你快去看看谁来了？"王丽华对穆正吆喝道。

穆正放下报纸，从监控里看到是穆思静站在大门口。他急忙跑出去，打开大门，兴奋地喊道："静啊，你可回来了。"

穆思静迎上去，拥抱着他说："爸，这是我的家，我怎么会不回来呢！"

"那天你走的时候，把钥匙也扔下了。你可知道我和你妈的心里是什么滋味吗？"穆正哽咽地说不下去了。

"爸，我错了！我对不起您和妈。"

"回来了就好！"穆正拉着她的手，兴奋地朝屋子里喊，"老伴儿，你看谁来了？"

王丽华听到穆正的喊声，急忙快步走到院子里。她看到穆思静面带笑容地走来，激动得一句话也说不出来。

穆思静急忙跑过去，紧紧地抱住她。

"静静，你让妈的心何时囫囵啊。"王丽华泪流满面地捶打着她。

原来穆思静爱上李正兵后，心里很矛盾，有一天晚上，她悄悄地来到王丽华的卧室里。

"妈，我……"看到她吞吞吐吐地说话，王丽华猜到她可能有事要说。她忙问，"怎么了？静静，有什么话跟妈直接说吧。"

"我爱上了一个人。可是他有家室。"

一听女儿爱上了一个有家室的人，她的火气腾一下冒上来。

"他有家室还跟你交往，这是个十足的流氓、骗子。静静，咱们是正经人家，你不能跟这样的人交往，我也不许你去破坏别人的家庭。"

穆思静解释道："他说他老婆有病，治不好了。他会等她去世了再娶我。"

"你是真傻还是缺心眼？这种骗人的鬼话，你也相信？他说等他老婆死了后娶你，是一天两天、一个月两个月，一年两年，还是十年二十年？我告诉你，说什么我也不会同意你们交往。第一，你面临着要承担破坏别人家庭罪名的处境；第二，从年龄上来说，他比你大，以后走得早，就算是他走之前给你安排得妥妥当当的，可你连一个亲生的孩子都没有，那个时候妈已不在人世了，有个头疼脑热的谁来照顾你；第三，他的子女必定会掺和到你们当中，就算是你们俩感情一直很好，但你们夫妻俩的关系久而久之会因他的子女而产生烦琐的矛盾，变得冷淡下去。别忘了，毕竟他是孩子的亲生父亲。"王丽华伸出手指，数着一条条对穆思静不利的方面。

"可我很爱他，不能离开他。"

王丽华气急败坏地说："离不开也要离。难道你要不清不白地做人家的小三吗？让我和你爸这张老脸往哪里搁？"

"妈，您要是觉得我给您丢脸，可以不要我这个女儿。"

"啪"的一声，王丽华狠狠地给了穆思静一个耳光，指着她气愤地说："静静，从小到大，妈没对你动过一根手指头。今天我把这话撂在这里，从今往后你若是还跟他交往，就别再进这个家门，我们丢不起这个脸。"

本来穆思静知道了李正兵和玉茹俩人的关系后，心里很难过，想跟妈商量一下，该怎么选择。但是王丽华不但不好好说，还说她给家人丢脸。顿时她觉得自己像一棵被人随意践踏的野草，失去了生机。

"好，我走。"穆思静把钥匙扔在床上，捂着生疼的脸，哭着跑了出去。

穆正在客厅里，看到穆思静哭着往外跑，连忙起身在后面追："静啊，你这是咋了？这么晚了你要去哪里？"

穆思静头也不回地驱车离去。穆正没有追上穆思静，急忙跑回屋子里，看到老伴儿在哭，他忙坐在她的身边问："刚才你娘俩为啥吵架了？"

王丽华一下子扑到他怀里，哭着说："咱家闺女爱上了一个有妇之夫。你说静静一直是那么乖的孩子，怎么会做出这么丢人现眼的事呢。"

"事到如今，咱们不能和她急，要好好劝她回头才行。"

王丽华一把鼻涕一把泪地说："我养她这么大容易吗？可她竟然为了那个男人，做出这么狠心的事来，说走就走了。你看她还把钥匙扔下了。"

穆正心里清楚，就算是王丽华说的话有点儿过分，但是哪个父母不是为了自己的孩子好？女儿这次确实做得不对，不该这样跟父母赌气。他想过几天，等穆思静冷静一些，再跟她好好谈谈。

到了周末，他来到县城的房子里，看到里面收拾得很干净，只是衣橱里她的一些衣服不见了。过了几天后，穆正收到女儿的短信，说她去了新加坡，他怀疑穆思静和那个人一定私奔了。儿大不由娘，事到如今，他也没有办法。逢年过节时，他只好对亲友说女儿在新加坡进修。这三年来，他一次次给穆思静打电话，却一次次听到手机关机的提示音。可孩子毕竟是自己的骨肉，哪怕做错了事，做父母的也盼望她平平安安地回来。

如今女儿回来了，王丽华那颗悬着的心也终于落了下来。

穆思静挽着唐梦轩的手，一同走进屋子里。王丽华急忙吩咐道："老伴儿，你去烧水沏茶，还有去冰箱里给孩子们拿点儿吃的。"

"妈，您还是老样子，不管有没有外人，对爸像孩子一样呼来喝去的，不给他留点儿面子。"

"啥叫面子啊！我们这样活了大半辈子了。你爸就爱吃这一口儿，习惯了，改不了了。我一天不支使他，他就不知道该干啥！"

"妈，爸就是因为太爱您，这么多年甘愿做您的奴隶。"

王丽华转过身，笑着对唐梦轩说："梦轩，都说女儿是妈的小棉袄，我怎么觉得倒是像他爸的小棉袄呢！"

唐梦轩笑着说："人家不是说嘛，女儿是爸爸前世的情人。"

"爸、妈，今天我回来是想告诉你们一件事情。"穆思静打断她们的谈话，一本正经地说。

穆正坐在她身边，紧张地一把攥住她的手，怕她说出让他们不能面对的那件事。穆思静明白爸爸紧张的原因，她的脸上洋溢着幸福，她羞涩地说："我想近期结婚。"

王丽华听到女儿又谈到个人问题，一把握住她的手。穆思静明白，妈担心的是什么。她平静地说："他叫赵志，老家是周泰的，现在在东平工作。他以前教过书，业余时间画画，比我大四岁，因为忙于事业，还单身。"

听到女儿说这个人还单身，王丽华终于放心了。

"他的为人处世怎么样？"

穆思静打开手机，给他们看那天钓鱼的时候，她给赵志偷拍的照片。夕阳下的赵志，穿着得体的蓝色大衣，围着灰色围巾，面带沉思地拿着画笔在画板上作画。穆思静不知道，她给赵志拍照的时候，赵志正在为她画下夕阳里甜美的笑容，是以怎样的风情熏醉了这个冬天。

王丽华端详着照片说："这个孩子长得方方正正的，一看就是个正派人，不流里流气的。他的外表给人一种很踏实的感觉，个子不矮，有一米八多吧。"

唐梦轩在一旁打趣道："丈母娘看女婿，越看越恣儿。"

"快给我看看。"穆正一把抢过手机。

"你看把你猴急的。"一家人都忍不住大笑起来。

穆思静撒娇地晃着王丽华的胳膊说："好了！妈，咱不闹了，我饿了。"

"好好好！饺子马上就包好了。老头子快点儿去烧水，别掺和了，这里没你什么事。"

幸福原来是这么简单，如同我们沐浴着阳光，连同每天磕磕绊绊的斗嘴，都是一种快乐的表达方式。

晚上王丽华一边给穆思静收拾床被，一边唠叨着："静静怕冷，我特意给你做了这床厚棉被。等你结婚的时候，妈把你的棉被里多添上些棉花。"

"妈，我结婚时不用做棉被，现在都买羽绒被。"

"我不管！妈就要给你做棉被。我就你这么一个宝贝疙瘩闺女，不舍得你挨冻，再说羽绒被轻飘，不如棉被盖在身上踏实。"

穆思静搂着她的腰，撒娇说："妈，我都听您的，今晚您搂着我睡好不好？"

王丽华疼惜地摸着她的脑袋说："好好好！妈搂着你睡。"

上弦月像一把镰刀，悬挂在夜空里。不知道今晚会不会有星星蹦出火花，落到月尖上，把赵志的相思带到她的梦里。穆思静听着妈妈唠叨一些琐碎的事情，渐渐地进入梦乡。梦里有很多星星，像萤火虫，又像赵志开着车远去的车灯。她像个孩子一样到处乱跑，不小心一脚踩空掉进了深谷里。这时候横空伸出来一双大手，托住了她。他的眼睛好亮，是李正兵吗？不像他。是赵志吗？他望着她的眼睛说："别乱跑，我陪你一起看星星。"

"我的星星不见了。"

"我做你的星星，可以吗？可以吗？……"

王丽华起身欲关台灯，看到穆思静在睡梦中蹙着眉头，忍不住给她按摩着。

穆思静睁开眼睛，看到妈妈还没睡，忙说："妈，我已经长大了，别为我操心了，您快睡吧。"

"不管你多大，都是妈心里长不大的孩子。"

"妈。"穆思静把脸贴在她怀里，紧紧地抱着她。

今晚玉茹心里沉沉的，穆思静回来了，万一李正兵和穆思静碰了面怎么办？她应该提前和穆思静取得联系，把房产证交给她，并告诉她李正兵目前的状况。她假装去扔垃圾，走到街上给穆思静打电话，想约个时间跟她见面，手机里却传来关机的提示音。

今晚她趁着李正兵睡着了，悄悄地打开电脑，找出玉莲告诉她的 QQ 密码，登录上去，给穆思静留言。

"思静老师您好，请原谅我们欺骗了您。请原谅我和姐姐违心做出了不该做的事。正兵是爱你的，他为你建了一座庄园，后来被我们发现了，他怕你受到连累，也为了给你争取这份带有他心血的礼物，在家人面前写了保证书，保证不再和你来往。写完后他就晕倒了，醒来之后他失忆了，你们俩经历的一切，对他来说好像从来没有发生过，医生诊断说他患了选择性失忆症。失忆后的日子里，他对姐姐很好，姐姐是带着幸福走的。她临终前托付我，一定要我把这个房产证给你，并且不能让正兵知道，怕他会找回记忆，再次回到痛苦里去。姐姐还要我对你说，请你原谅她。今天我也请你原谅我，姐姐走后不久，我和正兵就结婚了。现在他生活得很快乐，很幸福。自从他病愈后，每天过着简单而平静的日子。希望你找个时间，咱俩见个面。"写完后，她按了发送键发出去。

她坐在电脑前等了很久，也没收到穆思静的回复。这时候李正兵推门进来了，看到玉茹愣愣地坐在电脑前，他疑惑地问："玉茹，这么晚了怎么还不睡？"

玉茹怕李正兵看到网上的留言内容，慌忙地用脊背挡着屏幕，搪塞着说："睡不着，就上网看看。走吧！咱们睡觉去。"说着拉着他的胳膊，往书房外走。

李正兵朝电脑扫了一眼，说："还没关电脑呢。"

"先开着吧，我正在下载着一个软件。"

玉茹躺在床上，翻来覆去地睡不着。她想起床关电脑，又怕吵醒了他，只好睁着眼望着天花板，直到天亮才迷迷糊糊地睡着了。

李正兵醒来的时候，玉茹还在熟睡。他怕吵醒她，便轻轻地掩上门，走出卧室。他看到书房里电脑黑着屏，主机上的灯还亮着，忙走过去欲关了电脑。但是又一想，自己对电脑的操作不熟悉，若是把她下载的东西弄没了，还要重新下载。想到这些，他转身离开了书房。

或许缘分这东西是上天早已安排好的，不是你的终究要错过。倘若他刚才碰一下鼠标，真相就会一切明了，或许还能换回他的记忆。然而，一个放弃的念头，让他今生再也不能面对面地对穆思静说出一个"爱"字。

赵志想给穆思静打电话，但又不忍心半夜三更地吵醒她。他相信若是有缘，他们一定会走到一起，若是无缘，怎么求都求不来。他不想以一时的热度来感化她，他想用一辈子的时间去暖着她。

明天是周五，他要回周泰来等待她的答案。他躺在床上看着手机，看到那天给她偷拍的照片，情不自禁地放在唇边吻着。他闭着眼睛，回味着与她重逢后的每一段日子，渐渐地进入梦乡。

他梦见穆思静拿着一本书，朝他边跑边喊："骆驼哥哥……"

"静静、静静……"他抱起她在原地转圈。

穆思静举起手中的书，歪着脑袋对他说："骆驼哥哥，你看这是什么？这里面的每一首诗都是我为你写的。"

"真的？快给我看看。"说着他一把抢过来她手中的诗集。

"诗集封面竟然是我给你画的画，你从哪里找到的这幅画？"

穆思静嘟着嘴说："我在你的书房里找到的，快点儿告诉我，你何时偷着给我画的？"

他轻吻着她，盯着她的眼睛说："那天你站在画室里作画，我感觉特别美，就偷着拍下来，抽时间画好了。《遇见》这个题目用得真好。"

"因为遇见，我们今生才走到了一起。"赵志激动地把她紧紧地搂在怀里。这时，他觉得自己的体内有一股热浪要喷射出来。

"嘀嘀嘀"，设置起床的铃声响了起来，他睁开眼睛，看到手里还握着手机。他自嘲地笑了笑，晃了晃脑袋，让自己从梦境里走出来。

他滑动右键，看着昨晚睡觉前相册里穆思静的照片，禁不住哑然一笑。今生他第一次梦见喜欢的人。此时，他更加确信，穆思静就是他这辈子最爱的人。

穆思静在下午回周泰的路上一直堵车，她焦急地一次次从包里拿出手机看时间。接近四点才到了火车站。看到马上就到点了，她快步跑到检票口，可是怎么也找不到车票了。记得临走的时候，她特意拿出来放进手包里，怎么会不见了呢？她来到一个角落，把包里所有的东西都拿出来，翻遍了还是没有找到。看来这趟车怎么也赶不上了，她只好重新买了下一趟的车票。

下一趟发车时间是七点，穆思静怕张晓宁在车站等太久，忙给他打电话。

"喂！姐，坐上车了吗？"张晓宁前天接了一笔大生意，接到穆思静电话的时候，他正在公司里忙着。

穆思静哭丧着脸说："没有。"

张晓宁的心里一阵沉闷和不安，他最怕穆思静选择那个人。于是，忙说："难道你还没看明白，赵志才是最爱你的，也是最适合你的人。为了你，他堂堂的一个副市长，委身做你的画家老师。他白天教你画画，晚上还要处理很多事情。他把周末的大部分时间给了你，晚上的时间才回家陪父母。"

"你听我说……"听到张晓宁误会了，穆思静急忙解释。

张晓宁想把穆思静的心结彻底打开，不容许她有反驳的机会。

"我们那天去钓鱼，也是他提前跟我说好的。他想带你出去接触大自然，增加你写作和画画方面的灵感。他做的这一切还不够吗？你对感情的这份执着，我不但不反对，而且很敬佩你。但是你对感情的付出，要放在正确的地方，若是放在错误的地方，不但走火入魔，还害人害己。"

不等穆思静插上话，张晓宁继续说："这么多年来，我费尽心思地为你创造一切快乐。我有自己的理想和事业，没有那么多精力成天围着你转。你记住，这世上没有人欠你的。你不要以为自己长得漂亮、有点才华，别人就有义务为你做这做那，赵志没有义务为你做，我也没有义务为你做。若是你依然坚持自己的选择，我也不阻拦你，但是我不再认你这个姐姐，你也别来周泰了。"

"不是你想的那样。"穆思静急得哭出声来，全然不顾周围的人怎么看她。

听到穆思静的哭声，张晓宁立马心软了下来，安慰她道："那你说，我听。"

"我把车票弄丢了，只好买了下一趟车票，到站后大约在九点五十分。"

"我的姑奶奶啊！你这个笨蛋什么时候做点儿事不再添乱了。"张晓宁既无奈又没办法，只好骂她几句来泄泄火。

穆思静委屈地说："只有你骂我笨蛋，我都被你骂傻了。"

"好好！你是我把你骂笨了，是我把你骂傻了，行不行？我求你了姑奶奶，今晚一定要顺利地到站，我在出站口接你，不见不散。"

穆思静来到车站对面一家饭馆，她坐在临窗的桌子旁，望着外面来来往往的行人，忍不住感慨万分：人的变化真大，五天前她为了一个男人回来，现在又为了另一个男人回去。这么多年，她为了坚信自己的爱情，地位、名声什么都不在乎，可是最后还是自己一个人。来来去去，真正属于自己的那个人，不卑不亢地等了她好多年。

穆思静心里感慨道："当我们爱上一个人的时候，总是放下身段，委曲求全成一朵花的模样，一窝蜂地涌入春潮里。当青春散尽，谁为之埋单？"

这时候手机铃声响了，她一看是赵志打来的电话。此时，她对赵志喊出的一个"喂"字都带着笑意，让人听着也柔暖。

"思静，你现在在哪里？"电话那端，听出赵志很焦急的声音。

"我在东洲火车站。"

"外面冷，你到候车室里等着，大约两个半小时我就能赶到。"

"你不用来，车票也买好了，到站的时候张晓宁去接我，你就放心吧。"穆思静嘴上这么说，但是听到赵志这么关心自己，心里甜滋滋的。

"现在我已经动身了。你能回来，你可知道我有多么开心。既然你择了我，我应该借此机会去拜访一下岳父岳母。你现在把车票退了，在候车室里等着，到车站后我给你打电话。"

今天牵扯到穆思静的原因，赵志在办公室里一直心不在焉。他不知道穆思静这次回去，以后还能不能再见到她。

"嘭嘭"，门外传来了敲门声。

赵志马上调整好心态，应道："请进。"

秘书李敏拿着一份文件，来到他面前。她是一位三十多岁的女孩，研究生毕业，个子高高的，文雅清秀，至今未嫁。赵志除了工作，从不过问她的私事。每个人都有不嫁不娶的理由，包括他自己，没必要探知别人藏在心里的秘密。

"赵市长，明天冯氏电业集团参观的活动，您去吗？我给您准备一下资料和发言稿。"

"我今天回周泰有个很重要的事情，一会儿我打个电话，让组织部安排其他领导同志去吧。今天还有没有其他重要的事情？"

"有几封来信，请您过目。"说着，李敏马上呈给他几封信。

赵志打开后，看到是一些关于民事纠纷方面的信，有人向他反映一些问题。

"嘀嘀"，赵志一看是张晓宁打来的电话。

"喂！张总，你给我打这个电话，是告诉我好事还是坏事呢？"

张晓宁叹道："唉！"

听到他在叹气，赵志的心里不由得一惊，他想可能是穆思静给了一个他不想要的答案。一股寒气从他的心底冒上来。他镇定地答道："那就祝她幸福吧。"

"你祝谁幸福？我看你还是先祝自己幸福吧。"张晓宁在电话那端皱着眉头说。

"你到底要告诉我什么事情啊？你明知道今天穆思静要给我答案，却张口就说要告诉我一件坏事情，你让我怎么想？"赵志责备他道。

张晓宁想起跟穆思静通话的时候，他也是不给她留下插话的余地，看来今天是自己的脾气不好。于是，他马上和悦地对赵志说："你俩的事，你的岳父岳母也同意了。但是……"张晓宁故意拖拖拉拉地说，"但是我那笨蛋姐姐把回程的车票弄丢了，现在她又重新买了下一趟的车票。本来说好的，我去车站接她，但是我明天有个很重要的会议，今晚必须做好方案。今天你若是回周泰，请帮我去车站接她，这也是给你一个表现的大好机会。"

"我今天回周泰。你去忙你的吧，我去接她。"

挂断电话后，赵志看了看时间是接近下午五点，他上网搜了搜从东平到东洲的路程，大约两个半小时到达。他忙给司机打电话说不用送他回周泰了，接着又给穆思静打电话，此时他一刻也等不及地想见到她。

穆思静去窗口把车票退了，然后坐在一旁等赵志。她回头望了望李正兵居住的方向，叹了一口气。

相处五年来，纵有百般委屈她都没有怨言，只希望有一天能够在亲友的祝福里，和他一起走进结婚的殿堂。然而，他们始终没有走到那一天，甚至在她摔倒的时候，他都不敢伸出手来拉她一把，更不用说会跑到几百里之外的地方接她。而赵志敢拉着她的手奔跑，敢在张晓宁的面前承认爱她，敢到几百里外的异地接她，这才是真正的爱情。

爱是分享着对方的幸福，自己也幸福。这些年来，每次她有需求的时候，李正兵都很少出面支持，也不敢给她帮忙。他这是出于私心还是真的不敢，穆思静希望他是不敢，那样她还有理由来辩护自己高尚的爱情。

有一次，她靠自己的成绩晋升了，过了好多天，他没带任何喜悦的语气，只是应付地对她说："祝贺你高升，以后你要把握好自己，跟人交往要有分寸。我知道有很多人喜欢你，也知道你会慢慢地忘了我。"

"请不要拿你处世的方式来看我，我想做出让人信服的事，是靠自己的实力说话。"

每次她想进步，李正兵总是打击她，却不鼓励她去闯一闯。

而赵志呢？她坐在长椅子上，望着周泰的方向。

"思静，你是我的幸运星，感谢上天把你送到我的身边来……"穆思静想到这里，忍不住感叹："你是我的幸运星，还是我是你的幸运星呢？"

"目前我们都被一些俗事绊住了，不能去更好地发展和深造。你要多学习，我相信，以后你会走得更远。多出去参加活动，结交更多有知识的人，那样你进步得更快。"

"但是我怕耽误了工作，若是一个人不能养活自己，哪有精力去做自己喜欢的事情。"

"舍不得孩子套不住狼，不要被眼前的小成绩而让自己感到满足。有时候人生就得有一次破釜沉舟的决定，趁着还能迈步，有些路就得闯一闯，只有砍倒身边的小树，才会看到更宽阔的森林。其实，你若是走远了，我也很舍不得。但是我还是鼓励你走出去，无论你走多远，我都愿意支持你。"

她舒了一口气，把背包揽在怀里，托着腮望着前方，她的脑海里再次闪现出赵志教她画画时的情景。

"墨要做到浓、淡、干、湿、焦，构图要知白守黑。画竹子的时候，疏可走马，密不透风，吊弯杆不弯。画画的同时，要练习写字，笔尖一定要压弯下去，那样写出来的字才有劲、有力度，墨是渗透进宣纸里的。若是你轻轻地一划，墨不会渗透进去，只留在表面。"说着，他把写过字的宣纸翻过来，让她看两种字的写法，在宣纸的背面留下怎样的墨迹。

记起那天在河边，他握着她的手，上几笔色彩就吻她一下，那种感觉很美好，两人的目光里含着两眶汪汪的秋水。天已暗了下去，她冷得抱紧了身子，望着远远近近的灯光。灯火阑珊处，谁的相思无可渡？她感觉到两人之间的距离越来越近了。

赵志开着车，拨通了她的电话，并设置到免提上。

接通他的电话后，穆思静急忙跑出室外。

"我在高速路上，担心你会寂寞，陪你说说话。"

"你安心开车吧，晚上开车一定要注意安全。"

赵志幸福地问道："你在担心我吗？"

她羞答答地应着。虽然声音很低，却足以让人听出万种柔情含在里面。

"我给你唱首歌听。"

"好，但是要好好开车。"

"我有一帘幽梦，不知与谁能共，多少秘密在其中，欲诉无人能懂……谁能解我情衷，谁将柔情深种，若能相知又相逢，共此一帘幽梦。"

"你为什么给我唱这首歌？"穆思静泪眼婆娑地问他。

"因为这首歌是你的心声，你就是那个让人疼爱的汪紫菱，只有遇到懂你的人，你才能倚在他的怀中施展自己的才华。"

"我遇到懂我的人了，那个人就是你。"

"谢谢！此时你就是给我幸福的人。"

穆思静抱着膝，闭着眼睛听着赵志说的每一个字都落在心坎上。她的长发披散下来，落在脚踝处，那种美是渗进骨子里的美，把这个夜晚撩拨得无法安宁。她激动地说："感恩老天让我遇见你，我的余生都是你。赵志，你好好开车吧。"

"我已经到了。"

穆思静开心地站起来，环顾四周寻找他。她看到赵志坐在车里，朝她笑着打招呼，急忙拖着行李箱兴奋地跑过去。

赵志从车上下来，笑着迎上来，一下子把她拖进怀里，紧紧地拥抱着她。穆思静抱着他的脖子，喃喃地说："你怎么才来找我。"

"对不起！我应该在七年前就来找你。"他低下头，热烈地吻着她，完全不顾及周围的人。有的人在一旁嘀咕："现在的人越来越不像话了，都老大不小了，竟然无视他人的存在，在大庭广众之下这般亲热。"几位路过的游客，拿出手机对着他俩晃来晃地拍照，其中一位还把拍照发到了网上，并留下一段文字——冬天里的一把火，燃烧了谁的心窝。

"嘀嘀"，赵志的手机响起来，他一看是张晓宁打来的电话。

"赵志，接上我姐了吗？"

"接上了。"

"好！今晚我不回去了，在公司里睡了。"然后他压低声音说，"我腾出地方来，给你俩提供方便。"

赵志看了看穆思静笑道："我俩正在一起呢！"

张晓宁故作惊讶地喊："啊！你俩睡一起了？"

"你能不能往好的方面想想，算了，不跟你解释了。"

穆思静一把夺过赵志的手机，对张晓宁吼道："喂！你这个坏家伙，我们在火车站，还没回家呢！"

"我故意逗他一下，还不行吗？我这个媒人不能白当。这样也很好，赵兄去拜见一下你父母，老人家才放心把你交给他。赵志的空闲时间很少，你们可以提前做好结婚的打算。还有他的身份不方便暴露，做任何事都必须要低调，若是你真心爱他，以后要多体谅他。"说完挂断了电话。

上车后，赵志握着她的手，贴近她的脸说："第一次去拜访岳父岳母，我还没给老人家买点儿像样的礼物。"

"没事，他们不会怪你的。"

"那也不合适。你给家里打电话报平安，我们先去超市一趟。"

"你还没吃晚饭，我们明天再去买礼物。"

"我只想吃你。"说着他低下头吻她。穆思静被他吻得浑身发热，软软地躺在副驾驶座上。

晚饭后，穆正夫妇坐在沙发上看电视。王丽华不住地唠叨："你说静静这个孩子，总是不让人省心。这个时间该到周泰了吧，也不给家里打个电话。"

穆正忙安慰她："或许孩子到了宿舍后再给我们打。"

"你就是心宽，对孩子啥事也不管。"

"你一时不唠叨，就闲得难受。"穆正气呼呼地走到院子里，掏出手机给穆思静打电话。

"静啊，你到周泰了吗？"

"爸，我刚要打电话跟您说，我今天不回周泰了。赵志来东洲了。他现在还没吃饭，一会儿我们就到家了。"

"我让你妈给他煮饺子，冰箱里还冷冻着一些。"

赵志听到后，急忙朝穆思静摇手，示意不在家里吃饭。

穆思静朝他撒娇道："回家吃吧，我也饿了。"

赵志飞速地吻了一下她的唇，坏笑着说："你还饿不？还没被我喂饱？"

"坏蛋。"夜色在笑声中蔓延，赵志握着方向盘朝穆正家驶去。

穆正进屋后，跟正在看电视的王丽华说："老王，静静带着赵志来家里了。他们还没吃饭，你抓紧从冰箱里拿出水饺，我去烧水。"

王丽华一听大喜，她急忙穿上拖鞋，换了一身正规点儿的衣服。她一边去开冰箱拿饺子，一边热火朝天地指挥着穆正："老头子，你把沙发上的睡袍拿到卧室里，快拿拖把拖拖地。一会儿你拿出瓜子来，洗点儿水果放在茶几上，还有拿出好茶，把茶几上的水用抹布抹一下……"

老两口儿热火朝天地忙活着。

大约半个小时，赵志的车经过一排排带院的二层小楼。穆思静对他说："左转，门牌号 X 号就是咱家。"

"这片居民区都是别墅。"

"以前这里是一片平房，后来市里大力发展新农村建设，统一规划成带院的二层楼房。"

"一方发展带动一方百姓的生活，这也是我的梦想。这几年来，我一直强调狠抓新农村建设，期望家家户户都脱离贫穷，过上富裕的生活。"

"赵志，我为你骄傲。真遗憾，我们错过了这么多年。"

赵志握着她的手说："以前是我们的缘分浅，所以才错过。今生能让我得到你，是老天厚待我，我会好好珍惜你的。"

"我也会珍惜你，下车吧，爸妈还在家里等着我们呢。"

# 一池墨香

## 一

世界有时候是这般的软，初见倾心，再见倾情，三见便倾国了，从此我的梦里多出了笑声。我隔着纱，隔着万重山河，做你阳光下的信使！

穆正听到开大门的声响，急忙打开院子里的灯，从屋里走出来。

赵志看到一位六十多岁的老人，穿着整洁的休闲服，个子高高的，大大的眼睛，面色和蔼地站在院子里。他猜到这是穆思静的爸爸，急忙走到他的身边，恭敬地喊："叔叔您好！"

"开车走这么远的路，一定累了吧。"穆正亲切地拉着他的手往屋里走。

赵志急忙上前去开门，彬彬有礼地说："叔叔，您先请！"

穆正看到赵志长得一表人才，又彬彬有礼，越加喜欢他。

王丽华听到他们进屋，急忙从厨房里小跑出来，热情地迎上去。

穆思静忙给赵志介绍道："这是我妈。"

赵志鞠了个躬喊道："阿姨您好！"

王丽华端详着赵志，看到他高大帅气，还这么礼貌，感觉很满意。真是应了那句老话：丈母娘看女婿，越看越欢喜。

她握着赵志的手，高兴地说："快坐下休息一会儿。我去煮饺子，马上就好。"

穆思静跟着她来到厨房里，她搂着王丽华的腰，撒娇地喊："妈……"

女儿的一举一动，做妈的都懂其意。王丽华背对着她，搅拌着锅里的水饺说："我一眼就相中了这个孩子，只要他对你好，家里穷富我都不嫌，也不会挑三拣四地为难他。"

穆思静把脸贴在她的后背上，幸福地问道："那我俩的事就这么定了？"

"就这么定了吧！妈终于不再为你成天心里不能囫囵了。"说着她的眼睛湿润了，"人得认命，以前是老天爷在考验你，真正适合你的人还未到，才让你一年一年地等下去，直到赵志的出现。"

穆思静经历了这么多的事情后，曾经不信迷信之说，如今她已相信命运的安排。

客厅里，穆正陪着赵志喝茶，俩人唠叨着一些家长里短的事。赵志手勤眼快地一会儿递烟，又一会儿端茶。

"赵志，你父母身体都好吧。"

"他们的身体都很好。我爸做了一辈子教师，退休后成天在家读书看报。我妈偶尔有点感冒，别的还没什么大毛病，每个周末我都回家陪他们。"

"你家里有几口人？"

"四口，还有我兄妹二人，妹妹已经结婚了。"

"你有空就多回家陪陪他们。人啊，岁数大了不服老，还爱唠叨，你们年轻人要多担待一些。"

"我记住了！叔叔，以后有什么事，您可以给我打电话。现如今交通很方便，到周泰说远也不远，两个多小时就到了。我和静静结婚以后，您二老可以搬到我们那里住，我在东平工作，每周才回家一次，由你们陪着她，省得她想家。"

"你们夫妻俩的小天地，我们做父母的尽量不去掺和。年代不同有代沟，如果我们掺和多了，说不定跟亲家也会有误会的。"

"静静那么讨人喜欢，我爸妈一定会对她好的，请您和阿姨放心。"

"静静是个乖孩子，打小她就很善良，她的个性随我很倔。有时候你要对她多细心照顾，她是一个宁愿受冤受屈，也不为自己辩解的孩子。还有静静有些家务活不太会做，这一点你也多担待一些。"

"爸爸，不！叔叔。"赵志不知道怎么喊出了"爸爸"两个字，他感觉自己好像在亲生父亲面前，跟他自然地谈心交流。

"就叫爸爸吧！这早晚都得叫的。"

"爸爸，家里有朱姨，每天按时给我们做饭，打扫卫生。"

"不过，生活中一些简单的家务活，该她做的还得让她做。咱们都是平常人家，不能过衣来伸手饭来张口的日子。"

穆思静端着饺子放到餐厅里，拌上蒜泥和醋，倒进小碟子里，然后来到客厅里，看到他们俩谈得很热乎，就凑到赵志的身边坐下，歪着头问："你们说什么呢？"

"傻丫头！我们当然说你了。"穆正慈爱地望着女儿开心的样子。

穆思静撒娇地晃着赵志的胳膊问："你们说我什么了？"

"说你很乖，又懂事。"

"你别骗我了，吃饭去。"说着她拉着赵志的手，往餐厅走去。

吃着饭，穆思静又忍不住好奇地问："刚才你们说什么了？"

"我在跟爸爸谈论我们结婚的事情。"

"噗嗤。"穆思静差一点儿把饭喷了出来。她指着赵志问，"你刚才喊他什么？爸爸？煮了一锅水饺的时间，你就成准女婿了？"

赵志认真地答道："这有什么不妥，早叫晚叫不一样吗？反正这辈子，我娶定你了。"

"我还没答应嫁给你吧！"穆思静故作认真的样子，但是她满含柔情蜜意的眼神已经出卖了自己。

赵志神秘兮兮地对她说："过来！我跟你说件事。"

穆思静好奇地靠到他的身旁，不解地问："什么事？"

赵志猛地把她拖进怀里，用力吻了一下她的唇。穆思静立即像触电了一样，她晕眩着说："你……"

"快说说我怎么了？再说不答应，我继续吻……"

"我答应你。"穆思静靠在他的怀里，目光尽显得迷离。如今她心甘情愿地做他的俘虏，愿意陪他下地狱上天堂。

吃完饭，他们回到客厅里，陪穆正夫妇喝茶聊天。赵志一直攥着穆思静的手，对他们说："我想谈一下我个人的想法。当然，你们可以提出任何条件，我尽量地做好，不让您二老失望。"赵志的目光很诚恳，就像他坐在台上跟下面的机关工作人员和千千万万个老百姓讲话那样，说出自己内心最真实的想法，同时留着几分余地来让他们选择。

穆正对他说："小志，你们现在都是成年人，我和你妈相信你说的事情合情合理。"

"遇到思静是我一生中最幸福的事情。我很想给她一个既隆重又浪漫的婚礼，但是目前我的工作和地位不允许这样张扬，我这样做一不是心疼花钱；二不是不看重静静在家里的地位。作为一名干部，我首先要带头厉行简约，从而也避免招来不必要的闲话。"

穆正说："这一点你做得很对。说句真心话，咱们挣个钱也不容易，那些铺张浪费的事情，我也不赞成，那都是花钱买给别人看的。"

"我们机关工作人员结婚请客的人员名单，都要先递交给纪委审查，在符合规定的情况下，才允许至亲的人参加。"

王丽华也通情达理地对他说："你那边简单地请你家人到场，我们这边请客，不用你操心。你若是忙，就不用过来了，我们别无他求，你对静静好是我们最大的心愿。"

赵志感激地说："谢谢爸妈的宽宏大量，我会一生好好地待她，不会让她受到半点儿委屈。毕竟我是俗人，所做的不可能样样都令人称心，生活中难免有些我想不到或者顾及不到的地方，会让静静受到委屈，就请静静多原谅我。"赵志握着穆思静的手，诚恳地望着她说道。

穆思静靠在他的肩膀上，什么话都没说，感觉他是那么真实。赵志以为她不高兴，温柔地望着她说："静静，你有什么不同意的意见，守着爸妈一块提出来，我会做好的。"

穆思静目光真挚地望着他，一本正经地说："我们之间就算是没有婚礼也不重要，我们登记后，简单地拍个婚纱照，和家人吃顿饭就可以。"

王丽华听她这么说，欲言又止。穆正忙说："话虽然是这么说，但我只有你这么一个女儿，我怎么向亲友们交代，面子上也过不去，好像我的闺女是个叫花子，随便就打发走了。"

"婚礼只是一种形式，只要我们真心相爱，等赵志退休了，让他给我一个独一无二的婚礼。"穆思静夸张地说着。

穆思静说得这么坚决，穆正不再坚持自己的看法："那就随你吧！你不后悔就行。"

赵志望着善解人意的穆思静，感动得说不出话来，他紧紧地握着她的手，也不避讳穆正夫妇在身边。

"你快上楼去休息吧。今天你开了这么远的车，一定累了。"

穆思静牵着赵志的手，来到二楼最西边那间卧室，她按开灯后还未说话，赵志一下子抱紧了她，疯狂地吻她。穆思静被他吻得浑身软弱无力，任他抱到床上，一点点褪去身上的一丝一物。静谧的夜晚，万家灯火把这个小城点缀得无比温馨，一切都变得柔和了。

清晨的阳光是光鲜亮丽的，穆思静被邻家画眉鸟的叫声吵醒了，她睁开眼睛，看到自己赤裸裸地躺在赵志的身边，忙羞涩地把脸埋在他胸膛上。赵志也醒了，忙伸出手臂搂着她，抚摸着她滑滑的脊背，彼此静静地聆听着对方的心跳。

过了一会儿，他吻着她的额头，悄悄地说："小懒虫，该起床了。"

穆思静羞涩地望着他。

"周一我们就去登记吧。我很想有个家，跟心爱的人一起幸福地生活。"

"赵志，我爱你！生死不离。"

"我爱你，静静。一生一世。"说着他翻过身把她压在身下，狂吻着她。

他们下楼的时候，穆正夫妇已经把饭做好，出去逛街了。赵志拿起一个熟鸡蛋，剥去了皮，塞到穆思静的嘴里，逗着她说："多吃点儿补补身子，给我生个漂亮的女儿。"

"你好坏！"穆思静娇嗔地在他肩膀上捶打了一下。

"今天你找好户口簿和身份证，我一会儿打个电话，看看周一能不能请半天假，我们先去民政局登记。"说着赵志拿起电话给李敏打电话。

"李秘书，你查查周一有没有重要的事情？"女人是敏感的，在穆思静面前，赵志没有直呼李敏的名字。

"上午九点有个常务会议，十点半有个会议，王市长主持。下午一点半出席鑫源外贸公司活动，由您陪同省里来的领导去考察。"

"好，我知道了。"接着赵志又翻出常发刚的电话，拨了过去。

看到赵志一个又一个地打电话，穆思静靠在沙发上，给唐梦轩拨通了电话。

"喂，穆思静，你到周泰了？"唐梦轩忙着工作，把手机按到免提上回话。

"还没有，赵志来了。中午大家见个面吧，周一我们要去登记了。"

"你终于把自己嫁出去了，我真为你高兴。要不要请我做伴娘啊？"

"我不喜欢热闹，不想举办婚礼，登记后简单地吃个饭就行。"

"这样太委屈你了吧！"

"两个相爱的人在一起是幸福，哪有什么委屈。若不爱，给一个隆重的婚礼都感觉不到快乐；给一声声再美丽的誓言，都是空空的梦。"穆思静想起李正兵当初给她一个个美好的梦，最终却把美梦给了别人，禁不住增添了一丝伤感。

"把过去的事都忘了吧！好好珍惜现在。"

"从此萧郎是路人。"穆思静看到赵志走过来，匆匆地挂了电话。

"谁是萧郎啊？你在给谁打电话呢？"赵志把她拉进怀里问。她伏在他的胸前说："是我的闺蜜，约好了中午一起吃饭，她要见见你。"

赵志逗她说："你就这么着急地把我晒出去了。"

"你不觉得这是多么幸福的事啊！"

"我当然幸福了，不过吃饭不能耽误太久的时间，我们还有很多事情要做。我们回去要置办一些婚后用品，家里的事不用你管，你要是继续上班，我就重新给你安排一个工作，晓宁的公司不适合你。你要是想一心画画写作，我也能养得起你。"

"我必须上班，不能靠你养我。"

"那好吧！我尊重你的选择。过几天我找找熟人，在东平给你安排一份工作，免得咱俩两地分居。"

"赵志，换工作的事以后再说吧。目前我不能离开张晓宁，当初我和他说好的一起把养老院做好，现在我不能为了自己撇下他。"

"好！都依你。"

中午，唐梦轩夫妇一起过来了。穆思静给他们相互介绍。唐梦轩见到赵志的一瞬间，忍不住惊呼起来。她凑到穆思静的耳边悄声说："他好帅啊！有唐国强的风度、有陈道明的睿智、有钟汉良的眉宇，你俩真的很般配。"

"他有那么好吗？我怎么没看出来。"

唐梦轩逗着她说："你是故意说反话吧。"

"静静，这位是？"赵志看到她们光顾着私聊，把一男子冷落在一边，忙提醒她。

此男子有四十七八岁的年龄，个子高高的，穿着得体的西装，一看就是机关或者企业领导。唐梦轩忙说："我来介绍一下，这是我老公陈刚，在行政审批中心工作。"

赵志与陈刚相互说着客套话。

"陈刚，这是我闺蜜穆思静。"唐梦轩指着穆思静对他介绍道。

"您好，陈哥。"穆思静朝陈刚伸出手。

"穆思静？"陈刚在行政审批中心工作，每天来来往往办事情的人很多，却觉得穆思静这个名字好像在哪里听说过。突然他记起来了，李正兵那天来，给他表妹办理房产证的时候，就是用的这个名字，难不成这是同一个人？

看到陈刚没有反应，穆思静伸向他的手又尴尬地缩了回来。赵志和唐梦轩疑惑地望着发呆的陈刚，面面相觑。

唐梦轩急忙用胳膊捅了他一下。陈刚回过神来，急忙歉意地说："刚才我想起单位里的一件事情，一时走神了，请各位多多包涵。"

"没事没事，快请坐吧！"赵志忙打圆场。

吃完饭后，他们彼此相互道别。

一到家，唐梦轩就忍不住埋怨陈刚。

"男人都是一群好色之徒。穆思静是很漂亮，可你也不至于守着人家未婚夫的面，两眼直勾勾地把魂弄丢了吧。"

陈刚皱起眉头，对她说："女人就是小心眼。我再没有素养，也不会这样不能控制自己。"

"那你愣在那里是为什么？"

"我是一听到她的名字，就想起了一件事。"

唐梦轩追问道："什么事？"

"三四年前，我同学李正兵找过我，说是代她表妹办房产证。奇怪的是，这么重要的事情，她表妹没有亲自来，竟托付李正兵代办。我当时还有些疑惑，又觉得这事与我有何关系，也就没在意，私下给他办理了。还有，他表妹的身份证照片我也见过，今天一听说她的名字，我就有点儿好奇了。"

"你同学还代穆思静办了一套房产证？"唐梦轩惊疑地问。

"是啊！当时我就想辨认一下。"

唐梦轩接着问："这件事你对别人说过没有？"

"你是说李正兵给穆思静办理房产证的事吗？我没有告诉别人。"

"那就好！"听陈刚这么一说，唐梦轩心里悬着的一块石头也落地了。

"难不成穆思静不是李正兵的表妹？"

"你别问了，记住关于房产证的事，你对任何人都不许说，因为这是你的职责所在。"

陈刚皱着眉头，生气地说："神秘兮兮地，他们的事跟我有什么关系。"

突然，他想起了什么，忙说："房产证的事，我跟李正兵的老婆提过。"

"什么？你告诉他老婆了？"

"是啊，那天在超市里遇到她，我无意中提到的。"

"你说你这张破嘴，李正兵找你办事，你告诉他老婆干吗？"

"是不是你闺蜜不检点，做了什么不正当的事，不然怎么不能说？"

"你这是违反了职业道德。算了，不跟你说了。"唐梦轩说完气呼呼地跑进卧室里。她现在终于理清了一个问题，李正兵为什么不再找穆思静，一定是关于房产证的事被他老婆知道了。可能他怕把事情闹大了，最后选择跟老婆妥协，不再跟穆思静来往。但是他后来又娶了玉茹，这又怎么解释呢？

赵志和穆思静回到周泰的时候，接近下午四点半。他带她来到郊区一座别墅里，这是赵志的爷爷留给他的房子。这座院子大约有五六百平方米，赵志重新设计了图纸，并找人翻修了一番。外墙是咖啡色的瓷砖，白色的门窗，院内修建了一条小溪，溪边是一座亭子，亭子里有一石桌子、石凳子，人们可以坐在里面读书、喝茶、下棋。西侧墙边栽着一排竹子，东面墙边有一架十米长左右的葫芦架。从大门口通往房门，连着一架长长的弧形葡萄架，其他闲杂地种上了一些草皮、果树。

赵志双臂环抱着她的腰，温柔地问她："这是我们的家，喜欢吗？"

穆思静望着他，平静地说："只要跟你在一起，哪怕给我一座茅屋，我也满心地喜欢。"

"谢谢你给我这个答案。走吧，进屋先去卧室休息一会儿。"他们挽着手走进房间里，客厅的装饰是复古式的，桌椅、沙发及一些家具是大红酸枝木、巴西花梨木、非洲花梨木材质的，整个布局厚重又有档次。

一位六十来岁的老太太，笑盈盈地迎过来。穆思静以为她是赵志的妈妈，忙亲切地喊："阿姨您好！"

"朱姨，这是我媳妇穆思静。"赵志忙给对方介绍道。

老太太握着穆思静的手夸道："这么文静的姑娘，朱姨一看就喜欢上了。"

穆思静被她夸得羞红了脸，赵志忙对她说："这是朱姨，以后你想吃什么，就跟她说。"

"朱姨，让您受累了。"

"小志是我从小看大的，这是我应该做的事。"她始终面带微笑，一直目不转睛地追随着穆思静，仿佛穆思静是她心中至关重要的人。

赵志脱下西装外套，挂到衣架上，然后拉着穆思静的手上楼去。复式的卧室真大，是欧式的风格，落地窗帘和床灯的颜色是穆思静喜欢的米白色。她感觉很累，几步奔到床前，不顾礼节地躺在上面。

"你休息一会儿，我给民政局的朋友打电话，联系明天的事情。"

"嗯。"穆思静只回了一个字，就疲惫地闭上了眼睛。赵志给她脱了鞋，盖上蚕丝被，在她的脸上轻轻地吻了一下，关上门出去。

李正兵饭后坐在客厅里看报纸，这时候手机铃声响了，他一看是局里王龙的电话。

"喂！王局。"

"李局，今天我去市里开会，要求局里年底上报两名先进人物代表。我考虑了一下，觉得你和张局很合适，一会儿你把个人简历和电子照片发到邮箱里。"

"王局，要不局里还是先推荐年轻人吧。我年纪大了，也到了快退休的年龄了，把机会让给年轻人，对他们以后的发展有很大的用处。"

"李局，年轻人毕竟阅历少，放着一些有所作为的老同志不上报，真的不合适。"

"我是觉得自己年纪大了，还占着位子。他们年轻人也想进步，这次先进个人报上我和张局，会不会带来不良的影响？"

"不会的！"

这几年来，李正兵在家里从来不开电脑，单位里有年轻人去干，开个会，也有秘书早早地打印好讲稿。若不是今晚急着要简历，他是不会去书房开电脑的。

电脑是开着的，他在电脑前坐下，看到电脑上显示着一段云水禅心跟穆思静的聊天记录。

穆思静是谁？他们相爱过？难道他真的失忆了吗？他使劲地搜索着大脑里的记忆，房产证、保证书，可是他一点儿印象都没有。他放大穆思静的头像，好像在哪里见过她。对！是在梦里，她一次次地朝他喊："阿兵、阿兵……"

穆思静、穆思静……突然他觉得头痛欲裂，血压也升高，他想找降血压的药，但是眼前发黑，什么也看不见。他想喊玉茹，却喊着："静儿、静儿……"他慢慢地倒在地上，失去了知觉。

这几天，玉茹的心情不好，她怕穆思静的出现会让李正兵恢复记忆。今晚她又迫不及待地打开电脑，坐在旁边等穆思静的回信，但是依然没有收到她的回复。她刚才突然肚子疼，疼得来不及关电脑就去了洗手间。

当她回到书房里，看到李正兵一动不动地躺在地上，电脑还开着，显示着云水禅心跟穆思静的聊天记录。她明白李正兵看到了一切，谎言已经被揭开了。

她抱着李正兵恐慌地喊着他的名字。

目前什么也不能顾虑了，她必须马上拨打 120，并给李翔打电话。

李翔接到电话后，快速赶到家里。看到玉茹抱着李正兵，傻傻地坐在地上，像一具没有灵魂的躯体。

"妈，您怎么了？我是翔儿，您看看我。"他使劲地摇晃着她，而玉茹麻木地坐在那里，一点儿反应都没有。

一会儿 120 救护车来了，李翔和医护人员把李正兵和玉茹一起抬上车送往医院。

夜是神秘的，至少在这里一切是那么美丽温馨。穆思静醒来的时候，屋子里黑乎乎的，突然她摸到身边躺着一个人，吓得"嗖"地坐起来。

"你醒了。"赵志扭开台灯，把她拥在怀里。

穆思静看到已经是晚上八点多了，忙对他说："我睡了这么久，你怎么不叫醒我？"

"我看到你睡得很香，不忍心把你叫醒。这几天确实够你累的，忙这忙那的不说，还伺候我。"说着他的脸上露出坏笑的表情。

穆思静一边捶打他，一边挠他。

"不说了，不说了。姑奶奶，起来吧！咱们该吃饭了。"说着，他凑到她跟前，在她脸上亲了一下。

紧接着，穆思静搂着他的脖子，俩人相互吻着，紧紧地拥抱在一起。

餐厅的面积很大，大约三十多平方米。一张三米多长的非洲花梨木餐桌摆在餐厅中间，十把椅子围成一圈，靠墙边是花梨木酒柜。

赵志拉着她在餐桌旁坐下来，朱姨笑盈盈地往碗里盛着红枣小米粥，赵志接过勺子，对她说："朱姨，您去休息，我来吧。"

"我家小志终于找到心爱的人了。静静，你们慢慢吃，我去收拾一下厨房。"说完，她知趣地离开。

赵志边吃边往穆思静的碗里夹菜，突然他抬起头盯着她，一本正经地问："红枣补血养气，加上小米一起熬粥，是为了给你增加营养，好给我生个娃娃。"

"你怎么学的这么贫嘴了？"穆思静娇嗔地捶打着他。

"以前你看到我很正经，是为了给你留点儿好印象，让你爱上我。现在我卸下面具了，不需要再伪装下去，还原男人风雅的本色。"

穆思静托着腮不再说话，浅笑地望着他。原来爱一个人，哪怕不说话，静静地望着对方，也是很幸福的事。

赵志放下饭碗，带着孩子般任性地说："我不想吃了。"

穆思静诧异地问他。

"被你摄魂了，我想吃你。"不等穆思静说话，赵志拉着她的手，往楼上跑去。

穆思静躺在床上，幸福在眼睛里流转，每一个眉目都柔情似水。米黄色的灯光落在她的身上，像圣洁的维纳斯，在赵志的眼前是那么婉转诱人。

早上，他们匆忙地喝了一杯牛奶，吃了几块蛋糕，带上身份证和户口簿去了民政局。

今天的阳光很好，道路两旁的法国梧桐树上还挂着一些枯黄的叶子，在阳光下摇曳着。赵志穿着藏青色西装，白色衬衣，系着酒红色的领带，显得飘逸大方。穆思静穿着米色羊绒大衣，黑色靴子，红色围巾。他俩挽着胳膊，走进民政局大厅里，俩人的出现，把众人的目光都吸引了过来。

赵志拿出手机拨通了他朋友的电话，不一会儿，一位四十多岁的女子穿着蓝色的职业装，笑盈盈地朝他们走过来。

"赵志，终于等到你踏进这个大门了。"一看到赵志，她不顾大厅里那么多人，就大声招呼他。

赵志给她们介绍道："这是我同学张玉红，当年她可是我们学校的校花。这是我媳妇穆思静。"

张玉红一拳打到赵志的肩膀上，笑道："守着老婆还敢贫嘴，我哪是什么校花啊！你这家伙挑来挑去，挑到一位这么漂亮的媳妇，恭喜你啊！"

"谢谢。"

"把你们的户口簿和身份证给我，跟我去拍合影照。"

在摄影师的镜头下，穆思静像一只温顺的小鸟倚在赵志的身边，留下他们幸福的一刻。

"你何时办喜事？我给同学们下通知。"张玉红说着把结婚证递给他。

"工作忙，日子还没定。这件事你不要跟同学们讲，我不想惊动太多人，找个适当的机会，咱们几个要好的同学一起吃个饭，不一定非要在婚礼上聚。"

"好，祝你们幸福！"

走出民政局大厅，赵志牵着穆思静的手说："今天是我一生最幸福的日子。"

走！我们去买戒指。"

"下个礼拜你休班的时候再买吧，一会儿我们回家吃饭，你抓紧去东平，别耽误了工作。"

"也行，回家还能再……"赵志嬉皮笑脸地跟她说着。

穆思静羞涩地捶打着他。

"很晚才遇见你，余生都是你。"这是网络中盛行的一句话。在一个人的旅途中，命运让你兜兜转转，或许是为了让你遇见更好的人，发现更美的风景。从此风轻云淡、无忧无惊。

爱上一个人，你便是天，又是地，你是生命里的呼吸。人再正经、再清纯，毕竟是俗人，不是圣人。赵志不是圣人，穆思静也不是，他们都是俗人，享受着人生中的七情六欲，身心欢愉。穆思静躺在赵志的怀里，他的每一个动作，每一个指尖的触摸，每一个吻，都让她神魂颠倒，她愿意做他一辈子的俘虏。

等她睡着了，赵志才悄悄地起身赶往东平。

穆思静醒来的时候，已经中午十二点多了。她看到枕头上赵志留下了一张字条，上面写道："亲爱的老婆，刚才看到你睡得很香，我从你的发丝看到脚跟，不舍得走，但我还是忍痛割爱地离开了你。银行卡和车钥匙，我放到你包里了，密码是我的出生年月，家里有需要的东西，你去买吧。我走了，吻你。爱你的骆驼。"

她忍不住"扑哧"一声笑了，把银行卡从包里拿出来，放到赵志的枕头里，洗漱一番后，去商场买东西。

穆思静忙活了一下午，买了一些日常用品，又给赵志买了几套西装和衬衣。第二天，她去静怡苑把一些衣物和画具带回家，看到张晓宁没在庄园里，忙给他打电话。

"我和赵志登记了，我要搬到他那里住。"穆思静有点儿害羞地说。

"很好啊！我一直期盼着这一天，你们打算什么时候结婚？可别忘了我这个媒人，我可是要做伴郎的。"

"婚期还没定。考虑到赵志的工作，我不打算举办婚礼了，再说我也不在乎表面的事情。他真心对我好，就是最大的幸福。"

"我支持你，好了！我接个电话，有空再聊。"

穆思静坐在窗前，望着东平的方向，心想赵志一定很忙。记得张晓宁说过他以前都是忙到深夜，她想给他打电话，又怕扰乱他的心思，耽误了他的工作。

她打开电脑，注册了一个微博，从今往后，希望自己的文字都是为赵志而写。于是她写下了几句："走遍群山为草稿，从此南辕北辙，我是你笔下的一山一石、一草一木。请原谅，我无法开出一朵花，瞬间惊艳你的眉目。"

她想把对赵志点点滴滴的爱，用这样的方式一一放在这里，等到老了的时候，每一次翻出来的回忆都会带着甜甜的笑声。

赵志来到单位后，下午召开了一个领导班子会议。

会议由赵志主持，他说："同志们，这次会议关乎我们领导班子调整有关方面的问题。下面有请我们的常发刚书记，对这次会议作重要讲话。"

市委书记常发刚是一位山东汉子，一米八左右的个子，五十多岁的年纪，魁梧的身材，浓眉大眼，深邃的眼睛里仿佛藏着很多难以捉摸的事。

"同志们，现在咱们的领导班子成员有所调整，原市长赵群因身体原因，办理了病休。鉴于目前，我们很多同志在工作上都取得了很大的成就，通过我们向上级推荐市长的民意测评程序，推选出四位候选人员。他们是赵志、张立强、王浩波、孙志勇。"

常发刚继续说："同志们，我们是通过公平公正的原则选出来这四位候选人员。会后请工作人员对这四位候选人员的名单进行媒体公示，让全市人民监督，我们选的不是什么官，而是一名合格的党员干部，是一位贴近老百姓、懂得老百姓心声的带头人。"大家对常发刚的讲话爆发出热烈的掌声。

掌声是鼓舞和振奋人心、激发斗志的，然而在掌声的背后也会暗藏玄机，藏着一场无声的战斗。对与错、公与私、黑与白都在毫无预料之中出现，防不胜防。

会议结束后，赵志、张立强、王浩波等相继走出会议室。

张立强走到王浩波身边，不经意地用胳膊肘轻轻地碰了一下他。王浩波若无其事地看了他一眼，彼此走进各自的办公室。

赵志回到住处后，看到时间已快到凌晨一点了，他猜想穆思静可能睡了，于是关机睡觉。

## 二

曾在最好的年华，在最好的时光里，爱过最好的你。你却喜欢观花赏草，春去秋来，花不见，草无影。有一天，你寻着旧路归来，请原谅，我已把自己藏在你的视线之外，饮一樽清风，知冷知暖。

网络是透明的，一旦有一点儿风吹草动在网上传播，就会博得众人的眼球。赵志早上一开机，就收到常发刚发来的短信："请赵志同志看到信息后速来办公室。"

赵志看到这样的信息，心想常发刚一定是打不通他的电话，又有重要的事情急着找他。他简单地洗漱后，匆忙赶往市委大院。

办公大楼高高地矗立在大院里，是带动东平市发展的领衔地。平时赵志来上班，感觉没有什么异样。今天他一踏进大院，感觉有一种有威慑力，仿佛四周弥漫了一层层厚厚的空气，把他层层包围起来，压得他透不过气来。

他来到办公室，放下公文包，将要去常发刚的办公室。常发刚就带着纪委工作组的王海波、吴玉民、宋玉涛，神情严肃地走了进来。看到这样的阵势，赵志立马有一种不祥之感。他明白，只要有纪委工作组的人员插手，一定是自己在某个方面犯了错误。赵志自我感觉没有地方犯错误，但他看到常发刚的神色，心里不由得有点儿犯怵。

"常书记，这是怎么了？"

"赵志同志，你先坐。"常发刚打开赵志的电脑，从百度里搜出一个网址，接着点出几张照片，对赵志说，"你过来看看，这几张照片上的人，你认识吗？"

赵志走上前，看到是贴吧上发的一个帖子，题目是《冬天里的一把火，燃烧了谁的心窝》。下面是几张照片，其中一张是一位穿蓝色风衣的男子和一女子在拥抱着亲吻。这是上周五晚上在东洲火车站，他拥着穆思静亲吻的照片。当时他沉浸在幸福中，没注意到被人偷拍，传到网上去了。

下面很多人发帖："现今社会，人都变得不要脸了。找小三也在大庭广众之下，不避人耳目。""就算是情侣，也该回家亲热吧！这么大年纪了，怎么这么不检点呢！"……

赵志大体浏览了一番，心虚地说："这是我……"

"赵志同志，请你谈谈这是怎么一回事。在大家的心目中，一致对你评价很高，工作认真，作风正派，从未出现过流言蜚语。我对你的期望也很高，各个部门的工作人员也爱戴你，你给大家树立了一个典范。但是就在选拔你为市长候选人的节骨眼上，怎么会出现这样的丑事？有一点我必须挑明，推选你为候选人，我们没有任何的私情，就是大家一致认为，你能为东平的老百姓做出点儿事来。现在倒好，你还没为老百姓做点儿事，自己倒惹出大事了。"

"常书记，我辜负了您的栽培，也辜负了大家对我的期望。这件事当时做得太冲动，确实很不妥，没有注意到自己的身份。"

"凭着这么多年来的工作经验，我相信自己的眼光，这些推选的候选人，他们不会给社会带来负面影响，更不会给老百姓带来困扰。一开始我以为这是制作的合成照片，可能是有人看到你成为候选人后，故意来陷害栽赃你。为此我特意安排纪委工作组的几位同志，加班加夜地做了技术研究，而事实摆在这里，照片不是合成的。"

赵志解释道："常书记，我承认照片上的男子是我，但这女子是我的合法妻子。"

常发刚"嗖"地站起来，他围着赵志转来转去地盯着看，冷笑道："哈哈！我们的赵志同志也学会撒谎了。市府大院里谁不知你单身未娶，你从哪里冒出来的老婆，又何时结的婚，拿出证据来让大家看看，证明你们是合法夫妻。"

"她是我未过门的妻子，这张照片是上周五我去车站接她时被拍的。周日我跟您打电话请假一上午，当时您准了我的假，我们是去办理结婚登记手续了。"说着他从公文包里拿出结婚证给他看。

常发刚接过结婚证，看了看，又转交给身边的几位工作组人员。

"鉴于目前这个形势，出现这样的绯闻现象，对你来说确实不利。我确实很看好你，可是摆在眼前的负面事情，让我怎么去做。昨天邮箱里收到的这个发帖人声明要我秉公处理，不要能让品行不端的人做东平老百姓的领头人。"

"常书记，我不在乎这个位子，做不做市长无所谓，但是我问心无愧，只希望这件事情不要牵连到我未婚妻身上。她是一个很单纯的女人，我想给她一个平静的生活。"

常发刚在他的肩膀上重重地拍了一下说："赵志，今天此事调查的真实情况，我必须在论坛上发表声明。现在麻烦你把结婚证给我们借用一下，让工作组工作人员发个照片，在网上声明你们是合法的夫妻。当然，关于个人的隐私方面，我们会做技术处理的。"

"好的，谢谢常书记，谢谢工作组的弟兄们，辛苦你们了。"

李正兵再次梦到了那个女子，她背对着他，他想拉她的手，但她一撂胳膊推掉了。他想扳过她的肩膀来，看看她的模样，她转身就跑，他在后面边追边喊：“静儿，你不要走。静儿，求求你回来……”

“正兵，李叔，大哥，小兵……”这是来自哪里的声音，怎么四面八方都是吵闹声，他捂着耳朵蹲下来，藏到一个大桌子下面，想安静一会儿。

玉茹坐在旁边的病床上，目光呆滞地望着他。从昨天到现在，她一句话也不说，别人跟她说话也不回应一声，像是一具没有灵魂的躯体。

梦里的路真长啊！穆思静走了很远很远。谁说梦里是黑的，那里的阳光真暖，到处是格桑花，白的、粉的、红的……她看见有个穿白衬衣的男子站在花丛中，朝她微笑着招手。

记得有人说过，格桑花开在离天堂最近的地方，而这里就是天堂吗？这时候，她听见那个男子朝她大喊：“静静，过来！我给你采了好多花。”

她笑着朝他走去，突然面前落下一个插满鲜花的天梯，挡住了她前行的小路。一个黑衣人一把拉住她，喊道：“静儿，跟我走！我带你去一个美丽的地方。”

“静静，跟我走、跟我走，我带你去更美的地方……”

“静儿，你不是说今生今世我们都要生死相依吗？”

穆思静从梦中惊醒。她大汗淋漓地蜷缩在床上，吓得浑身发抖。她拉开窗帘，外面黑乎乎的，听不见任何声音。

赵志熬过了漫长的两天，李敏给他端来一杯热咖啡，关切地说：“赵市长，您喝杯热咖啡提提神。今天上午八点在会议室召开一个领导班子会议，九点召开人大会议。”

“好！”赵志面带憔悴地回答。

七点五十，赵志衣装整洁地走进会议室，众人把目光齐刷刷地投向了他。

“请坐！赵志同志。”常发刚拉过一把椅子，让他坐在自己右侧的位子上。这足以看出来，赵志在常发刚的心里占据着很重要的位置，甚至敢为了他，不怕得罪人，也要捍卫一个正义。

“同志们，今天在召开人大会议之前，我们提前开个班子会。我想对一起共事的同志们说，如果你是合格的干部，无论身上被泼上怎样的脏水，都会被正义洗刷干净。如果你的心里肮脏，在正义面前依然洗不掉那些龌龊。”

大家把目光投向赵志。赵志腰板挺直，泰然处之地坐在那里。

“前几天，关于赵志同志被网上制造的舆论之事，今天我清清楚楚告诉大家事情的真相，给在座的同志们、全市父老乡亲们一个交代。照片上的一男一女是赵志和他的合法妻子，俩人异地相见，因相互拥抱着被人拍下了照片。对于一个普通人来说，这是人家两口子的事，外人瞎操什么心。但是赵志同志是一名肩负着重大使命的干部，所以被有心人举报到市纪委，不能不引起轰动。我们都是俗人，谁都有七情六欲，在面对自己的亲人时，会流露出最真实的一面。纵然赵志夫妇在这样的场合下，做出过分亲昵的行为很不合理，但不至于犯下了滔天大罪。通过确切的调查，我们已经在网上公开声明了事情的真相。"说着他带头鼓掌起来，会议室里响起了热烈的掌声。

赵志站起来，朝在座的人深深地鞠了一个躬。

张立强和王浩波坐在常发刚左侧，彼此对视了一下。

常发刚摊开手掌，做出平息的手势："但是有些人还是不死心，对赵志同志死死地抓住不放，非要揪出一点儿事来。权力有太大的诱惑力了，让有些人走火入魔，不顾一切地对自己的战友加以攻击。"

他端起杯子喝了一口水，接着说："有人举报赵志同志在周泰有一座别墅，于是我们纪委工作组的人员马不停蹄地赶到周泰，通过到房管局调查证明，那座别墅是赵志的爷爷留下来的房产，房产证上还是他奶奶王菊的名字，今年秋天才过户到赵志的名下。我们还通过走访调查了解到赵志同志这么多年来，从他做校长开始，就把自己的画义卖，捐赠给很多贫困地区，捐赠给很多中小学校。我们也到银行做了详细的调查，他的财产收入是每个月的工资。为此，今天我对大家说，我们的同志谁有能力，大家都是有目共睹的。有能力就有发挥的地方，我们不但不会埋没人才，还会大力推荐。但是我们也绝不能不分青红皂白地去冤枉一位好同志。好了，今天我就说这么多。大家准备一下，九点准时召开人大会议，散会。"

在人大会议上，赵志以全票通过当选东平市市长。王浩波当选常务副市长，张立强当选副市长。

面对媒体大众，赵志再次深深地鞠了一躬，说："感谢在座的各位对我的信任，把这份重任交给我，我一定不会让你们失望的。"

一阵阵热烈的掌声在会议室里经久不息。

终于忙完了当前的工作，赵志查了查今天是周四，周五若是没有特别的事，是他回家的日子。想想穆思静对结婚这么大的事，从未对他提任何要求，他总觉得自己很亏欠她。

他拿起电话给家里打电话。接电话的是赵志的妈妈林芳。一位六十岁左右的知识女性，烫着卷发，戴着眼镜，穿着白色外套，里面穿着红色毛衣。

"妈，您和爸爸最近还好吗？"

"我们很好，你安心工作，不要挂念我们。"

"我记得您曾经说过，若是我有了媳妇，您就把咱家传的玉镯送给她。"

"是啊。我和你爸样样顺心，就是你的人生大事让我们成天的不安心。"

"妈，您和爸就别操心了，改天我给您领回家一个乖巧的儿媳妇。"

林芳高兴地问："儿子，这是真的吗？你真的有媳妇了？快跟我详细说说你媳妇的情况。"

这时赵志的手机显示办公室打过来的电话，他急忙说："妈，我有事先挂了。"

"你去忙吧！记得早点儿带她来家里，让我们看看。"接着，林芳跑到客厅里，开心地说，"天雄，咱们的宝贝儿子终于有媳妇了。"

赵天雄也欣喜地说："这回总算让我们放心了。"

林芳兴奋地流出了泪水。赵天雄拿纸巾给她擦着泪水，说道："这是咱家高兴的事，你哭什么？哎呀，可怜天下父母心啊！"

"志雄，等儿子带她来了，我要亲自给她戴上咱家传的玉镯子。"

晚上有点儿冷，一阵阵寒意袭来。赵志裹紧了大衣，走进一家商场里，他站在首饰台前，看得眼花缭乱，不知道选哪一款好。服务员不厌其烦地给他介绍着各种款式，他拿起一款亿奇珠宝一克拉群镶结白金钻戒，说道："这一款不错。"

"先生，您真有眼光。这款是新设计的款式，大方简洁漂亮，您夫人戴上一定很漂亮。"

"那就这款吧。给我包装起来。"

服务员给他开单据后，赵志拿着去收款台。他想象着在婚礼的现场上，穆思静穿着白色的婚纱，他单膝跪地把这枚戒指戴在她的无名指上。

"砰"的一声，他没注意迎面撞到一个人，还把对方的手包撞到了地上。

他来不及抬头，急忙蹲下捡起手包，忙道歉说："对不起，对不起……"

"你这人是怎么走路的呀？"一个熟悉而又陌生的声音传来。

就在抬起头来的刹那，他愣住了。他以为今生再也不会遇见这个人，以为她已经淡出了自己的心里。当他看到她的那一瞬间，还是不由得心颤了一下。

"宋乔乔。""赵志。"俩人同时喊出了对方的名字。

"乔乔，你何时回来的？"乔乔这个名字曾经带给赵志无限的幸福，带给他初恋最美的记忆。如今再次从他的嘴里喊出来，发觉有点儿生硬，过去的一切老得只剩下"乔乔"两个可怜巴巴的字。

"我回来有一周了。"宋乔乔面带哀伤地看着曾经爱过的人。她以为在大洋彼岸会忘记这个人，以为今生再也不会对这个人动心，当她看到他的一刹那，发觉自己所有的伪装都不复存在了。

"我们多年没见了，总不能就这样站着说话吧！"

"我请你喝茶，你等一我下，我先去付账。"

赵志结账后，他们一起回到柜台前，把收据交给服务员。服务员接过收据留下一份，把另一份收据放进戒指盒里，然后递给宋乔乔说："有什么质量问题随时来找我。祝你们幸福！"

赵志窘迫得不知道该怎么回答。

宋乔乔望着服务员递过来的戒指盒，怕赵志难堪，急忙接过来。接着她大方地挽着赵志的胳膊，随手把戒指盒放到他的大衣口袋里。

街上人来人往，赵志怕遇见熟人，便带着她来到一处位置僻静的茶馆。宋乔乔何其聪明，看到赵志带她来这人客稀少的地方，足以证明在他的心里，她是一个不愿被众人认识的人。

服务员热情地迎上来，带他们来到白云间。

房间里播放着古筝曲《我只在乎你》，宋乔乔突然觉得今晚发生的一切，都发出了自己的心声。她回国后，不敢去赵志的家，通过打听同学才知道他还未成家，并在东平工作。她一遍遍地翻出他的电话号码却不敢拨出去，怕拨过去无言以对。于是三天前她直接来到东平，天天在机关大楼附近转悠，期盼能与他来个偶遇。她的内心在狂喊："赵志，你知道吗？这么多年来，我只在乎你。我想你一定也在乎我，要不然十几年了，你怎么还未成家？"

窗外的夜色带着流光，绚丽夺目，赵志却不敢把记忆拾回来。

服务员在一旁给他们沏上茶，然后知趣地退了出去。

"你在国外这几年还好吧？"

"还行吧！你呢？你还没有成家吗？"宋乔乔火辣辣的目光逼向赵志的眼睛。

赵志躲开她的直视，低着头握着手中的茶碗说："我一直忙工作，都没有时间想这事。"

"今天你买的是结婚戒指吗？"宋乔乔忧伤地问他。

赵志不敢抬头看她。他望向窗外，不知道该怎么回答她，是理直气壮地跟她说自己要结婚了？还是要告诉她，这么多年因为她拖到现在才结婚？

他们各自想着自己的心事，都没注意到炉子上的水开了又回又一回，茶水在碗里也凉透了。

"何时办喜事？"

"还没定下日子。"

宋乔乔听后心里窃喜，既然他还没定下日子结婚，那么她还有希望得到他。她咬着嘴唇，怯怯懦懦地说："赵志，我……"她很想告诉他，因为自己心里放不下他，所以她到现在也没有结婚。

赵志怕她说出让彼此都心疼的话，急忙插上话说："天不早了，咱们改天再聊！"

"我能记下你的电话吗？"其实她已经打听到赵志的电话，却假装不知道。

赵志一字一字地背着自己的电话号码，宋乔乔佯装存下，然后给他拨过去。

"我回去存在手机上。天不早了，我送你过去。"

一路上他俩谁也不说话，只有两边的夜景在车轮下后退，让人觉得唯一有活力的东西在动。这时候赵志的手机铃声响了，他不自然地看了宋乔乔一眼，然后接起来。

"静静。"宋乔乔看到他喊出这个名字的时候，眉目里都带着笑，她假装不在意地望向车窗外。

"明天你回家吗？"一个女人温柔的声音传来，让宋乔乔听得心痛，痛得忍不住用手捂着胸口。

"我明天下班后就回去，这么晚了你怎么还不睡？熬夜可不好。"

"想你想得睡不着了，一周的时间过得好慢啊！"

"傻瓜，明天我就回家了。好好睡吧！我在开车。"他温柔的声音让宋乔乔听的心里一阵阵发凉，从头皮凉到脚底，一种彻骨的冷让她捂紧了大衣。

到了莱城区汶阳大街，宋乔乔说："我到了，你在路边停车。"

赵志默不作声地停下车。

"你……"看到宋乔乔拿起包要下车，突然赵志很想拉住她的手。

"怎么了？"宋乔乔盯着他问。此刻，她多想他会说出一句我爱你，或者很想你之类的话。

"天冷注意保暖，照顾好自己。"

"谢谢，我走了！"宋乔乔往前走了几步，突然她转过身来问他，"为什么你不问一下我的个人情况？"

赵志不敢看她，他紧紧地握着方向盘，目视着前方答道："我知道你会生活得很好。"

"可我没有你就没有幸福。"宋乔乔的泪水忍不住夺眶而出。刚才她以为他会问她为什么会出现在东平，当所有的期待化为乌有，她再也无法控制住自己的情绪。

看到宋乔乔满脸泪水，赵志不知道该怎么去安慰她，也不知道该说什么。他狠了狠心，启动车子，消失在宋乔乔的视线里。

穆思静在睡梦中，再次梦到有人叫她："跟我走吧，我是你的阿兵啊！"

"不，阿兵，我不能跟你走，求你不要带我走。"穆思静从梦中喊醒的时候，天已经亮了。

曾在最好的年华，在最好的时光里，爱过最好的你。你却喜欢看花赏草，春去秋来，花不见，草无影。有一天，你寻着旧路归来，请原谅，我已把自己藏在你的视线之外，饮一樽清风，知冷知暖。

她倚在床头上，想到梦里的情景，感觉越来越恐惧。

三

爱终归是有层次的，你是高高在上的。正面侧面反面都是条条直线，甚至你的目光都是直射而来，让我无法在你面前天真地笑一声。爱，就是让一个女人成为你天真无邪的孩子。

穆思静知道赵志今晚回家后，特意嘱咐朱姨做了他平时爱吃的饭菜。

赵志到家的时候，接近晚上七点了。穆思静一听到他的车笛声，马上从楼上跑下来，却不小心在楼梯拐弯处摔了一跤。她揉了揉疼痛的膝盖，往院子里跑去。

借着灯光，赵志看到穆思静穿着单薄的毛衣站在院子里。他一边倒车一边朝她大喊："快回屋子里，外面冷。"

"不冷！"穆思静打着寒战答道。

赵志来不及拿公文包和大衣就急忙下车，心疼地把她抱在怀里，抱着她往屋子里走。穆思静搂着他的脖子，迫不及待地吻他的唇，赵志被她吻得有点儿喘不过气来。

赵志逗着她说："亲爱的老婆大人，咱们一会儿去房间里恩爱好不好？这个大冷天，实在是有点儿让人扛不住。"

穆思静被他逗笑了，她耍着赖皮说："我要你抱着我进屋。"

"好！抱着老婆进屋。"赵志幸福地抱着她往房子里走。

"静静，我发现你变了很多。"

"哪里变了？"穆思静搂着他的脖子问。

"你以前都不敢大声笑，现在倒好，一蹦一跳地往我的怀里钻。"

"我也不知道自己怎么会变成这样。我不是刻意的，每次想起跟你在一起的时光，感觉神经细胞都是兴奋的。在你面前控制不住地想撒野，我都陌生到不认识自己了。"

"这就是爱情的魅力所在。遇到一个真心相爱的好男人，会幸福一辈子；遇到一个坏男人，会一辈子生活在痛苦里。"

这时穆思静突然想起了李正兵，她在他面前都是顺着他的心意做事，做他身边乖巧的女人，不争不吵，不惊不喜。她刻意地想跟他一起逛街、一起做事，一起吃饭，他都以种种借口来应付："你知道，我不便与你在公开的场合同时出现。""要不你和朋友逛街去吧，我工作很忙。"

而在赵志面前，穆思静觉得自己成了一个天真无邪的孩子。想到这里，她忍不住叹了一声。

"怎么了？"穆思静的叹息声虽然很低，赵志还是听到了。他以为自己刚才说的话有点儿过分，让她接受不了。

"咱们快去吃饭吧，我饿了。"她用撒娇来掩饰刚才的失态。

"好！我也饿了。"赵志把她放下来，拉着她的手去餐厅。

"你的包和大衣还在车上呢。"穆思静这才看到他没穿大衣，也没拿公文包。

赵志忙说吃完饭再去拿吧，在自己家里丢不了。

在餐厅里,赵志望着桌子上的菜,坏笑道:"我喜欢吃的东西,怎么感觉都成了补品。看来朱姨要给我增加营养,好给你……"

不等赵志说完,穆思静拿起一块薯片就塞到他嘴里:"吃饭还堵不住你的嘴。"

"哈哈……"赵志边吃边笑。

一吃完饭,他就急忙拉着穆思静去卧室里。他一下子抱起她,吻着往床边走。

今晚的月亮是圆的,整幢小楼像是月色里的一株树,世上有多少人想攀上这株树开花结果,长成一个叫作家的模样。

李正兵一直处于昏迷状态,时不时地喊:"静儿,不要走……"

李灵佝偻着身子,蹒跚着走出住院部大楼。他坐在长条椅子上,灯光拉长了他的身影,他最担心的事情还是发生了。如今他无法劝慰儿子,当初若不是他加以阻拦,或许儿子不会发生这样悲痛的事情,这些痛是他给儿子造成的。但是老李家为了儿子的幸福,能忍心看着玉莲失去幸福吗?这样对玉莲来说不公平,对孙子孙女来说也不公平。凭什么他为了自己的爱情,去伤害三个人,这不是太自私了吗?为此李灵觉得自己的阻拦是对的。也许像老伴说的那样,人得认命,这是李正兵的命,命中与穆思静是有情人,却是无缘人。

穆思静躺在赵志的怀里,小鸟依人地枕着他的肩膀。赵志握着她的手温柔地说:"明天我们逛街买点儿东西,周日一起去见爸妈,让他们瞧瞧,这个宝贝疙瘩怎么找了个这么好的媳妇。"

"他们不嫌我笨就好,我们明天多买些东西去。"

"你喜欢什么就去买,卡上的钱别不舍得花,我还能养得起这个家。朱姨和全叔的工资也从里面支付,每人每月两千元,一共是四千元。他们年纪大了,去银行不方便,你给他们现金就行。"

赵志的手在她身上到处游走,她幸福地闭着眼睛,享受着这份温存。

早上赵志醒来后,拉开窗帘,看到外面下了大雪。望着熟睡的穆思静,她长长的睫毛,穿着白色的睡衣,像个天使一样。她是脱俗的女子,却生活在现实的俗事里。他想为她创造一切快乐,打开所有的浪漫,让她无忧无虑地生活,淋漓尽致地把内心的文字都激发出来,施展自己的才华。

他轻轻地回到床边,抚摸着她的长发,把穆思静弄醒了。

"我睡觉的样子,是不是很丑?"

"不丑，像个天使一样美。外面下雪了，我刚才想，一会儿吃完饭，我带你去雪地里写生。"

穆思静不想起来。忙说："你不是说我们今天要去爸妈那里吗？"

"今天不去了，我们明天再去。难得遇上这么好的美景，我岂能错过。"

"咱们不去了吧，下雪天你也没法画。"穆思静说着又钻进被窝里。

"懒猫，不许再钻被窝，快起来。一会儿我们开着张晓宁的越野车去，把画架放在车里，开着空调画画，不会冷的。"赵志说着给她掀开被子，拉她起床。

吃过早饭，他们穿上羽绒服，戴上帽子和棉手套，围上围巾准备出发。赵志收拾好作画的用品，还特意背上一个旅游包，里面装着满满的东西。

雪下得有一尺多厚，一路上赵志都不敢开快了。看到很多骑车子的人摔倒了，穆思静紧张地捂着嘴，不敢作声。

行驶了大约有四五十分钟，临近上午十点，他们才到了山区。穆思静被眼前美丽的雪景惊呆了，这里来往的人很少，雪地里除了飞鸟走兽的脚印，几乎看不到别的痕迹。山是白的，田野是白的，周遭的树木也是白的。穆思静感觉到了一个童话王国里，自己被度化成一个孩童，肆无忌惮地望着这个纯洁的世界。

车子一停稳，她就迫不及待地跳下去，不料脚下太滑，"扑通"一下子摔倒在地上。

"小心点！"赵志急忙下车去拉她，也防不胜防地摔倒在地上。

看到彼此浑身是雪的狼狈样子，他俩忘记了疼痛，忍不住哈哈大笑起来，惊得树上的野鸟"扑棱扑棱"地飞上天。笑够了，赵志爬起来伸手去拉穆思静。穆思静攥着他的手一用力，他一时站不稳，俩人再次滑倒在地上。

"哈哈哈……"在空旷的山野里，他们的笑声一波又一波地散出去，再被高高的大山一波又一波地反弹回来。

赵志突然翻身抱着穆思静在地下滚动起来，让她趴在自己的身上，然后捧着她的脸，让她的脸贴着他的脸，鼻尖碰着鼻尖，唇贴着唇。他伸出舌尖，启开她的唇，吸吮着她的舌尖。空旷的山野里除了落下几声鸟鸣，便是他们粗重的呼吸在此不息地回荡着。

过了好久，穆思静抬起头来，轻轻地拍着他的脸。赵志拍打着身上的雪，对她笑着说："刚才的一幕，会成为你今生最美好的记忆。"

那天他们回到家的时候，接近下午四点半。赵志回到书房里把今天画的两幅作品用磁铁吸在墙上，他在画前来来回回地走动着，看到哪里还有不妥的地方，就再添加上几笔。

梦里总是那么窄，怎么一转身又遇到了他。他面容憔悴地站在她面前，朝她伸出手说："静儿，跟我走吧，跟我走吧！"

她吓得一边往后退，一边喊："不不！阿兵，我不能跟你走……"

赵志用胳膊支撑在床上，斜着身子望着她在睡梦中惊恐的样子，他的心里生出一阵阵疼痛。他何尝不懂得她在梦中喊出名字的人，一定是藏在她内心深处的人。对他来说，嘴上一次次说今生不会再爱宋乔乔，当她站在他的面前，无论自己伪装得多么坚强，他内心告诉自己，她是他的心里永远抹不去的回忆。

穆思静心里藏着的人，与他内心深处藏着的人都是生命里的唯一。他突然觉得这次跟她结婚登记，有些太仓促，他根本没有给她留下选择的时间，就按照自己的意愿去占有了她，情理之中也有些过于强迫和她发生那种事。他确信她是爱他的，但不是藏在她心里的那个最爱。

他倚着床头，望着窗外，不知道宋乔乔有没有回到周泰。他打开手机，看到那天晚上她拨过来的电话，想储存起来，又怕一看到她的名字就灼伤了自己。但是又怕不储存起来，以后再也联系不到她。犹豫了半刻，他把宋乔乔的名字输入手机里。

然后他侧着身望着穆思静，叹道："静静，我伸出手就能摸到你，低下头就能吻着你。我的音容笑貌也在你的身边，难道就不能供你入梦吗？"

穆思静醒来的时候，赵志坐在她身边看报纸。看到她醒了，赵志忙把报纸放到一边，轻轻地为她按摩着额头。他能想到，刚才的梦一定让她睡得不踏实。他向来很自信，她是爱他的，是因为真爱才和他走向婚姻的生活，他要用一颗滚烫的心，把她的心暖得四季如春。

他俯身褪去她的睡衣，轻轻地吻着她的额头、眼睛、脸颊、唇、脖颈……她再次被他的欲火点燃，烧得昏昏沉沉的。他用男性的威力征服着她，一边吻一边疯狂地说："我爱你，静儿。我爱你，你是我唯一的爱。"

"静儿……"是李正兵的声音吗？

此时，她感觉回到了李正兵的怀里，正被他吻着。她的大脑立马一片空白，热浪一次又一次地袭来，赵志明显地感觉到她已经被他推到了高潮，于是更猛烈地喊："静儿，我爱你。"

"阿兵。"穆思静不假思索地喊了出来。此时她分不清自己是在梦中还是在现实中，分不清眼前的人是李正兵还是赵志。赵志抖动的身体霎时僵硬了起来，他和她在做爱最疯狂的时候，她竟然喊出了另一个男人的名字，这让任何人都难以接受。

他粗暴地吻着她的脖颈与肩胛骨，然后狠狠地咬了下去。

穆思静没想到自己会喊出那个名字，当时她只想快点推开李正兵这个人，不想让他再来打扰她。看到赵志痛苦的表情，她想对他说一声对不起，但是她知道就是说了，也无法抹去带给他心灵上的伤害。

她披散着长发，面色苍白，躺在那里一动不动。看到她的颈部被咬出一圈椭圆形的齿印，并渗出了血，像那个醒目的名字一样烙在那里，刺痛着他的心。俩人沉默无语地坐在床上，曾经深爱过的两个女人都带给他伤害，赵志再也不相信"爱情"这两个字。

他以为穆思静带他回到了正常的生活，但现实却把这份美好摧毁了。他觉得除了父母家人和工作，其他的都没有意思。他更期望有一天，她把心里的那个人放下后，自愿来到他的身边。但他真的能不计前嫌，放下一切再接纳她吗？

赵志平静地对她说："明天我们去办理离婚手续吧。"

"既然选择了你，我生是赵家的人，死是赵家的鬼。"穆思静抱着被角，裸露着肩膀，悲戚地说道。

看到她这个样子，赵志很心痛，忙给她往上拉拉被子，但是手指一触到她的肌肤，突然他觉得很恶心，立马缩了回来。他冷笑道："我该被你这些肺腑的话感动吗？"

"我们吃饭去，一会儿咱们去给你爸妈买东西。"穆思静说着，掀开被子穿衣服。

"以后再去看他们吧！今天我约了朋友谈事。"说完，他头也不回地走出了卧室。

卧室门"咣当"一声关上了，穆思静的心也凉到了脚底。她明白他们之间所谓的爱情，随着这道门的关闭声结束了，那些甜蜜的日子已被生生地关在门外，怕是再也不能追回来了。她蜷缩在床上，忍不住抽泣着。

赵志去餐厅喝了一杯五谷豆浆，然后坐在那里发呆。

朱姨看到穆思静没有下楼，赵志面带阴沉不吭声，猜想他们之间可能发生了什么事。她轻轻地走过去，问他："静静怎么没下来吃饭？"

赵志回过神来，急忙说："她有点儿不舒服。"

赵志把脸转向别处，无精打采地说："今天您买些蜂蜡给她炒个鸡蛋吃。她做事总是毛毛躁躁的，昨天不小心把膝盖碰破了。"

"你小的时候，放学回到家经常这里碰伤了，那里又流血了，我都是给你用蜂蜡加上艾叶炒鸡蛋，连吃三顿。"

"冬天没有艾叶了，就用蜂蜡炒鸡蛋吧！"

"家里有干艾叶，每年端午节的时候，我都晒一些嫩艾叶尖。俗话说得好，家有艾叶草，郎中不用找。"

"以后给她做饭，不要任着她的性子来。她的胃不好，你多给她做点儿有营养的饭菜。"

"静儿这个孩子很乖，一直嚷着要我教她做你爱吃的饭菜。"

听到朱姨这么说，赵志的心里很不是滋味，他想回到卧室跟她道歉，但是他放不下这个面子来，忙说："我最近很忙，回家次数会少一些，劳您费心照顾好她，多观察一下她的情绪变化。如果看到她心情不好，多开导她，陪她出去走走、逛逛街。还有你……"

穆思静在楼梯口听到赵志对朱姨说的话，心里很感动。她感激这个时候，他还能想着她。调整好心态后，她面带微笑地朝他们走过来。

"静静，快吃饭吧！"朱姨说着去餐厅里倒热牛奶。

"我有事先走了。"说完，赵志无视地从穆思静的身边走了过去。

"外面很冷，我给你买了件羊绒大衣，你穿上再走吧！"穆思静追过来，从衣架上取下大衣给他披上。

赵志机械地伸出胳膊穿上，穆思静拿一条酒红色的领带给他系上。他低下头看着她，多想把她拥在怀里，听她小鹿般的心跳声。但是如今他却不能，一点儿也不能。他曾经对她说过爱是慈悲，如果她还爱着那个人，他只有成全和祝福她。

"中午我不回家吃饭，你不用等我。"说完头也不回地向门外走去。

穆思静穿着淡蓝色针织连衣裙，她来不及穿上大衣，就跟着他跑了出去。

赵志从反光镜里看到她衣着单薄地跑出来，站在雪地里冻得直打哆嗦。想想前天晚上在这里，他还担心冻着她，像宝贝一样把她抱在怀里，今天她却成了一个与他毫不相干的人，视若无睹。

他调好车头，驱动前进挡，欲踩动油门离去。穆思静快步跑到车旁，敲了几下车窗。赵志摇下玻璃冷冰冰地问："还有什么事？"

他冰冷的眼神，比这冬天还冷千倍，把穆思静的心霎时封冻了起来。她小心翼翼地说："把你昨天穿的大衣给我，我给你熨烫一下。"

赵志从副驾驶座上拿起衣服，从窗口递给她，然后一脚踩下油门，车子发出"嗡嗡"的声音，疾驰离去。

穆思静望着赵志从她的身边飞速驶去，不知道他何时才能回来。她抱着衣服跟在车后追赶着，含着泪大声喊："赵志，你早点儿回来！"

赵志从后视镜里看到她在车后追，很想停下车，把她紧紧地抱在怀里，但是他强忍着控制住自己的情绪，无视地离开。他猛踩着油门，不知道该往哪里去，眼前总是晃动着穆思静泪流满面地跟在车后追的情景："赵志，你早点儿回来……"

他摇了摇头，让自己冷静一下。这时候，他的手机铃声响了，他一看是宋乔乔打来的电话。他的眼前浮现出那天在东平，她泪眼婆娑的样子。

他叹了一口气，接通了电话："喂！乔乔，你在哪儿？"

"我在周泰。"

"你何时回来的？"

"昨天我打出租车回来的。"

听到她这么说，赵志感到很自责，就算是俩人之间没有爱情了，同学一场，他可以拉着她一起回周泰。

"赵志，我请你喝酒或者喝咖啡，可否赏光？"

"我不喝酒，我们还是去上岛喝咖啡吧！"

"好。"宋乔乔"啪"的一声合上手机，心里美美地驱车去上岛咖啡馆。

赵志赶到咖啡馆的时候，宋乔乔已经早到了。赵志坐在靠近窗口的地方，一言不发地搅动着杯中的咖啡。金色的阳光落在杯中，恰似往昔的一段流年，被他一点一点地翻出来，再一点一点地倒进去，封存起来，他怕这味道一下子消失了，再也追不回来了。

"你怎么了？"宋乔乔觉得赵志今天有些异样，忙伸出手放在他的手背上，关切地问。

赵志慌忙地抽回手，苦笑了一下，没有言语。

"我点了特级曼特宁咖啡豆，你明白其意吗？"

"你无论做什么都要讲究品位。"

宋乔乔盯着杯中的咖啡，叹道："我点特级曼特宁咖啡豆，不是为了在你面前显摆它的价位和品位，而是为了一种口味。它焦糖般的特殊香味，口感香醇浓郁，性甘苦。好比你此时的心情，当你心里有苦衷时，总是把一切默默地藏起来，不让别人跟你分享。那年我离开的时候，你也是这个样子，明明不舍得分开也不说。"

这么多年过去了，她还是那么了解他。当初她宁愿跟家里闹翻了，也要维护与他之间的爱情，只要他不舒服或者不开心，她都会一直陪着他。按理来说，她的选择并没有错，每个人都有自己的志向。她的志向是要过一种高层次的生活，做一个不平凡的人。而赵志的选择与她背道而驰，他的志向不是要做那种高层次的人，而是满足现状，陪在父母身边，让自己的家乡走出贫穷。

穆思静，她懂他吗？懂他为了她付出了多少，用了多少心思吗？为了给她一个安逸的生活，他工作上遇到不顺心的事情，他都不敢告诉她，怕她担惊受怕；为了给她制造浪漫，他放弃了跟父母团聚的日子，陪她在雪地里写生。难道这一切还代替不了她心中的那个人吗？想到这里，赵志长长地叹了一口气。

他调节好自己的心态，望着宋乔乔，问道："你在美国过得还好吗？"

"我在那里一切都挺好，但是……"说着她捂着嘴，哽咽着说不下去了。

赵志明白，她会说没有忘记他，而他又怎能说忘就能忘了她呢？

"过去的事就让它过去吧！当作是我们之间的一段美好回忆。"他劝慰道。

宋乔乔十指交叉着，指尖深深地插进肌肤里。她强忍着不让泪水流出来，悲戚地问："这次回来，不知道我能不能赶上你的婚礼？"

"日子都没定，说不定今生永远都不会有这一天。"他沮丧地说着。

听到他这样说，宋乔乔的心里又一阵窃喜。她太了解他了，如果他和那个女人之间没有发生什么事情，是不会说出这种丧气的话。今天她一定要抓住这次机会，不让他从身边再次错过。

"你怎么不问问我的个人情况？"她用祈求的目光盯着他问。

赵志淡然地一笑："你说吧！"

"给你看张照片。"说着宋乔乔从包里拿出一张照片递给他。

赵志看到是宋乔乔与一位十三四岁女孩的合影照，女孩大大的眼睛，有一对深深的酒窝。他说不出什么原因，看到这个女孩的身上有一个熟悉的影子。他仔细地端详着照片，对宋乔乔说："这是你的女儿吧，好漂亮！"

宋乔乔紧盯着他的眼睛问："难道你没有发现她身上有你的影子吗？"

"什么？这是……"听到她这么一说，赵志吃惊地望着她。十五年前，在那个春花飞扬的夜晚，他和宋乔乔躺在一棵山楂树下，把彼此的第一次交给了对方。她真的是自己的女儿吗？

"对！这是我们的女儿赵静怡。孩子从小聪明灵慧，很喜欢画画。"说到女儿，她的脸上洋溢着幸福的笑容。

赵志有种迫切想见到她的欲望，急忙问："她跟你一起回来了吗？"

"她现在还在上学，以后会回来的。从她懂事起就一次次地问我，为什么别人家的孩子有爸爸，而她没有。我对她说你爸爸在很远的地方做着伟大的事情，等你长大了，妈就带你去见他。"

赵志听到她这么说，心里更加难过。他摩挲着照片问她："你没有给她再找一个爸爸吗？"

宋乔乔搅动着杯中的咖啡，摇了摇头说："我跟你赌气来到美国后，靠家里的人际关系，我在工作上以及其他方面都很顺利。但我忘不了你，我的心已经被你占据了，让我如何去跟别的男人一起生活呢？我这次回来，只想了却一个心愿，看看你过得好不好，如果你有了家庭，我会把你放下，全心去过自己的生活。"

"不要说了！"赵志一下子把她拥在怀里，紧紧地抱着她。宋乔乔环抱着他，幸福地闭着眼睛，重温这十五年来的温存。十五年来，她在梦中有多少次出现过这样的情景，可她想紧紧地拥抱着他的时候，梦总是在那一刻醒来。她只好望着空荡荡的房间，回味着那份空落落的记忆。

面对重新归来的宋乔乔，赵志不知道该怎么办。女儿的突然出现，让他渴望有个家，一个简单而幸福的家。但他该怎么安置穆思静呢？

穆思静在床上抱着膝，感觉头晕晕的。她的耳边响起张晓宁对她说的话："穆思静，我没有义务为你做这做那，赵志也没有义务为你做。"

其实她已经把李正兵放下了，在她喊出他的名字的那一刻，本意是想让李正兵从她的生命中离开。现在她的心里只有赵志，她真的很想和他一起共度余生，愿意用所有的爱为他生儿育女，孝敬公婆。只是这梦太短了，短的还没来得及转身就醒了。

她打开微博，写下几行字："你不是我故事里的你，我不是我故事里的我，别把这些乱七八糟的东西硬生生地搬到我头上。若爱，请别在打开我的心扉后，放下一个梦远去，我想睡得再久一些！"

朱姨做好午饭，没看到穆思静下楼，以为她睡着了，便坐在客厅里等。一直等到下午两点，还没见她下来，就上楼去叫她。但是听到没有动静，她急忙给穆思静打电话，卧室里传来手机响的铃声，却一直没有人接。她突然想起来了，今天早上赵志的脸色发青，好像很生气的样子。还有他在离开家的时候，那样叮嘱她……她恍然明白了，他们之间一定发生了什么事情。

于是她急忙给赵志打电话。赵志接到电话的时候，还在咖啡厅里跟宋乔乔说着这几年来经历的事。看到朱姨打来了电话，他恐慌起来，是不是穆思静出什么事了？

"小志，你在哪里？"

赵志看了宋乔乔一眼，答道："我在东平和朋友谈点儿事，你有事吗？"

朱姨本想跟他说穆思静在卧室里一天没出来，电话打通了却没有人接。但是听到赵志说在东平，又怕他担心。只好说："没什么大事，静静一不小心，把卧室门锁上了，没拿钥匙进不去了。"

赵志突然有一种不祥的预感，若是钥匙落在卧室里，为何穆思静不给他打电话？但又一想，可能今天早上发生的事，穆思静还耿耿于怀，不愿意跟他说话。于是，他忙跟朱姨说书桌下面的抽屉里有备用钥匙。

"改天你带我去看看朱姨好吗？当初朱姨经常给我做好吃的。十几年不见她了，我还真有点儿想她了。"

"等我有空的时候，再约你们见面吧！"赵志怕宋乔乔与穆思静相见，会对穆思静造成伤害，他不忍心让软弱的她再经受什么打击。他猜想，那个人一定给过她一段痛苦的日子，不然她不会在梦里喊着不让带她走。他也有一段过去，没有资格让她清清白白地嫁给自己。但是人心都是自私的，他想让她完全放下那个人后，一心一意地跟他过一辈子。

"好吧！我等你的时间。"

朱姨气喘吁吁地爬到二楼，急忙从抽屉里找到钥匙，打开门进去。这时，她看到穆思静蜷缩着躺在床上，也没有盖棉被。她急忙来到她的身边，轻轻地喊道："静静，静静……"

穆思静费力地睁开眼睛看了看她，又昏昏沉沉地闭上了。

朱姨看到她脸红红的，忙摸了摸她的额头，觉得很烫手。她急忙给穆思静盖上棉被，心疼地说："你这孩子，大冷天的怎么不盖被子？这倒好，着凉发烧了吧！"

她来到厨房里，取来三棵葱根、几片姜和白萝卜，在火上熬汤。熬好后加了一点儿红糖，端到卧室里让穆思静服下，然后扶她躺下，轻轻地关上门。

朱姨的一通电话，让赵志越想越觉得心里不安，他急忙赶回家。

宋乔乔开着车，偷偷地跟在他的车后面，看着他进了院子。然后，她转动方向盘，悲伤地离开此地。

看到赵志回来了，朱姨诧异地问他："你不是说在东平吗？怎么这么快就回来了？"

赵志笑着说："我是说跟东平的朋友在一起，您找到钥匙了吗？"

"找到了。刚才我怕你在东平担心静静，就没跟你说实话。"

朱姨就一五一十地把今天的经过告诉了他。

"我抓紧送她去医院。"说着他就往楼上跑。

"你回来！不要送她去医院。万一她怀上了，打针吃药对孩子不好。"

赵志悲伤地叹道："她怎么会愿意怀上我的孩子呢！"

看到他的脸色不好，朱姨忙劝慰道："刚才我熬了一个偏方给她服下，她出出汗，睡一觉就好了。"

赵志蹑手蹑脚地走到床前，看到穆思静的脸烧得红通通的，额头上的虚汗把头发都粘在了一起。早上她穿得那么少，大冷的天怎么会不冻得生病。想起她跟在车后面追赶的样子，他就怪自己为何对她那么狠心。他疑惑地问自己，若是真的爱她，怎么会像个禽兽一样待她。况且他也不清白，还没结婚就有了女儿，应该是自己配不上她。

此时他很彷徨无助，对她是放也放不下，拾也拾不起。他流着泪水，痛苦地望着她："静静，我该怎么办？我该怎么办？"

他失魂落魄地来到朱姨的房间里。朱姨从小看着赵志长大，明白他做事向来很有分寸，而今天他的举动很反常。朱姨盯着他说："静静从早上到现在都没吃一口饭，你俩是不是吵架了？"

"俩人意见不统一就吵了几句。朱姨，最近我很忙，请您替我多照顾她。"

"你就放心吧！我会照顾好她的。"朱姨慈爱地摸着他的头说。

李正兵醒来的时候，他已经昏睡了半个月。这半个月的日子，让他的头发全白了。他靠在床头上望向窗外，一言不发。窗外曾经有他美好的时光，却一去不复返了；窗外有他一生挚爱的人，却再也不能一起走下去；窗外有他不得不面对的人，哪怕她做错了，也不得不与其共度余生。

他闭上眼睛，心里在一声声地骂自己："李正兵，你就是一个混蛋！亲手毁了自己的爱情，欺骗了那个善良的女孩，你还有什么资格活在世上。"

李灵看着满头白发的儿子，禁不住老泪纵横。儿子的白发刺得他心好疼，他都八十多岁了，头发也没有这么白。

"既然事情都这样了，过去的事就别再提了。该忘记的人还是得去忘记，该原谅的人还得原谅，日子得照样过下去。不要让我们这把老骨头成天陪着你们担惊受怕了，我和你娘还能活几天啊！"

李正兵面无表情地说："爹，事已至此，我知道该怎么做。"

自从李正兵醒来后，玉茹一直不敢来见他。她坐在家里像个木偶一样，傻待着。

今天李翔来到医院里，他鼓足了勇气对李正兵说："李叔，我知道，这件事是我妈和姨做错了，但是她们的出发点是因为爱您。您就原谅她们吧！这么多年来，妈妈有多么爱您，您应该看在眼里，记在心里。如今您一旦离开了她，我不敢想象以后的日子她会怎么过。"

"可就算是爱我，她们也不该这样去伤害她啊！"

"李叔，在爱情观上，一旦爱上一个人，就分不清对与错。穆姐姐确实很好，我也很欣赏她。但是您想过没有，如果她跟着你，毕竟会背上一个小三的骂名。还有，如果不是您当初有意放手，又怎会错过她呢？"

是啊，如果当初不是为了保全自己，他怎会意志不坚定而选择了放手，到如今怎么把错误全部推到真心爱自己的人身上。

"李叔，这件事既然走到了这般地步，只有我们一家人知道。我希望您放下穆姐姐，就当您从来没有认识过她，这样也是为她好。假如您现在跟我妈闹翻了，势必牵扯出穆姐姐来。万一她已经结婚生子了，也会给她以后的生活带来不愉快。"

"是啊！我不能再害她了。"

"希望您宽厚仁慈，原谅我妈吧。当初您二人登记的时候，我就反对，但是您亲口对我保证过，无论我妈做错了什么，您都不会抛弃她。"说着李翔掏出手机，打开一段录音。

李正兵听着录音，不知该说什么。在失忆的这段日子里，自己到底做了多少的糊涂事呢？

他记起娘那天对他说的话："孩子，咱们认命吧！"

"这辈子我认命吧！"他叹了一口气，接着说，"一会儿你去给我办理出院手续。我要回家，吃你妈做的饭。"

四

我愿意把花儿送给你，把梦也让给你。没有你的梦，再美丽的花开，都白白地被浪费了。

李正兵出现在家里的时候，玉茹正傻愣愣地坐在沙发上。看到他满头白发，嘴唇哆嗦着说不出一句话来，她知道，李正兵今天成了这个样子，都是她一手造成的。她"扑通"一声，跪在李正兵的面前。

李正兵对她所有的怨恨，在她这一跪地之后，一个字也不敢再提。

他急忙弯下身，拉她起来，说道："玉茹，你这是咋了？快去做饭，这辈子，只有你做的饭菜合我的胃口。"

听到李正兵这么说，玉茹有点儿不相信自己的耳朵。她含着泪看向李翔，李翔朝她点了点头，示意李正兵是真的原谅了她。

"翔儿，快扶你李叔坐下，给他沏上茶，我马上做饭。"爱情是一味最好的良药，刚才还如行尸走肉般的玉茹，因为李正兵的原谅，立马精神焕发了。

原来，圆一个家那么容易。把过往的悲伤藏在内心深处，压缩再压缩，直至缩成一枚坚硬无比的陨石。多去念对方的好，家就围成了一个圆满的圈儿，囤下每个幸福的日子，变得坚不可摧。这个冬日，他们一家人围着电磁炉，吃着热气腾腾的火锅，把悲伤抛在九霄云外。

玉茹躺在床上难以入眠，知道李正兵会去收集穆思静的讯息。她明白，李正兵原谅她是因为忍着悲痛，牺牲他个人来顾全大局。此时，她是不是该理智地离开这里呢？

第二天，李正兵驱车去陈玉家里，想侧面向他打听一下关于穆思静的消息。看到李正兵满头的白发，陈玉愕然地愣在那里说不出话来。他明白不便问李正兵什么话，于是，若无其事地沏茶招待他，摆出棋盘下棋。

李正兵端着茶，假装随意地说："我突然想起来，有好几年不见穆思静来你这里玩了。"

陈玉明白，李正兵是故意套他的话，于是顺着他的心意说下去。

"是的，有三年不见她了。三年前的那个秋天，她来我这里，一直哭，问她什么也不说。后来，我再也联系不上她了，她的手机号码换了，那个 QQ 号也不再用了。"

听到陈玉说的一席话，李正兵感到一阵钻心的痛。他能体会到当年穆思静是忍着多大的痛苦，看着所爱的人跟别的女人结婚，手挽着手一起逛街。当初她求他陪她逛街，他也不肯去，甚至看到她摔倒在地，他都不敢去拉她一把。如今茫茫人海中，想见她一面都无处找寻，更别奢望握着她的手了。

他叹了一口气，随手拿起沙发上一本杂志翻看着。这时他看到一位叫若言的作者写的一组诗，不知为什么，读着读着，他的心里猛地咯噔了一下。这首诗的每一个字，像一嘀嘀泪水打在他的心尖上。

揽一书于怀 / 不知道谁在读谁 / 窗外下着雨 / 我听不到你的诗

这个若言会不会是穆思静？或者他跟穆思静有什么关系呢？

想到这里，他起身对陈玉说："我要出去办点儿事，这本杂志我拿回去看看。"

"你拿去看吧，路上开车小心点儿。"陈玉看出李正兵的表情突然转变，明白他有秘密的事情要做。

在起身的那一刻，李正兵感到一阵晕眩，慢慢地倒了下去。

梦里没有风，也没有雨，只有穆思静来来回回的影子。他曾经不相信爱情，认为那些所谓的爱情只是属于电影剧本，属于文学作者笔下的臆造。而如今他信了，他相信季羡林大师的异国情恋，也相信金岳霖对林徽因一生忠贞的痴恋。

"静儿，你在哪里呢？我的时日不多了，还有多少年可以等呢，难道我们这辈子再也不能相见了吗？"他躺在床上，泪水一滴一滴地往下流。

玉茹难过地望着他，不知道该怎么劝他。她私下对李翔说："翔儿，你李叔身体还没复原，若是他开车出去，你在后面跟着他，以防他出事。"

今天李正兵所去的每一个地方，李翔都偷偷地跟在他后面。

玉茹抚摸着李正兵的白发，心疼地说："等你身体好点儿了，我陪你去找她行吗？你现在这个样子，一个人在外面，真的让我不放心。"

"我只想了却一个心愿，别的什么也不强求。玉茹，余生我会一直陪着你，直到有一天我走不动了。"

玉茹握着他的手说："我相信你，也明白你的心意。有你这句话，我知足了。"

李正兵出院后身体一直很虚弱，无法正常上班，只好跟单位协商，办理了病退手续，在家安心休养。

在朱姨的精心照顾下，穆思静很快康复了。她除了上班就是躲在家里写作、画画，她不想再做以前那个多愁善感的女人，不想用悲伤来惩罚自己。她要开开心心地活出一个全新的自己，迎接赵志回家。

这个星期天，她突然想起好多天没来例假了。是不是有了？她急忙去药房买来试纸测试，看到试纸棒上出现两道红杠时，她开心地跳了起来。

她打开手机，对着赵志的照片说："赵志，我们有宝宝了。你何时回家呢？"此时她感恩上天对她的厚待，感恩赵志留给她一份这么珍贵的礼物，感恩有宝宝陪她一起走过余生。倘若赵志今生不再原谅她，为了肚子里的孩子，她也要开开心心地生活下去。

于是，她下楼跟朱姨说，以后要多做几样有肉的菜。

这时候门铃响了。穆思静以为赵志回来了，激动地跑去开门。

门外站着一位四十岁左右的女人。她穿着咖啡色大衣，戴着黑色礼帽，齐耳的卷发，穿着黑色长靴子，手提一个白色手包。

"请问您找谁？"

"您好！请问朱倩云阿姨在吗？"

穆思静带她进屋后，朝厨房里喊："朱姨，有人找您！"

朱姨在围裙上擦着手，从厨房里走出来。她一眼就认出了眼前这位笑盈盈的女子是谁。她看了穆思静一眼，表情不自然地问来客："乔乔，你何时回国的？"

宋乔乔上前握着她的手，亲热地说："朱姨，我回来有半个月了。我特意给您和全叔带来了一些美国的特产。"

"你还想着朱姨，我就很开心了。干吗还破费买东西呢！"

"我在国外经常想起您给我做好吃的日子。本来打算早一步来看您，可赵志总忙得没时间带我来，所以我就捷足先登了。"

宋乔乔一说到赵志，朱姨神色不安地又看了看穆思静。穆思静忍不住好奇地望着朱姨口中的乔乔，她猜想：眼前的这个乔乔出过国，以前还经常吃朱姨做的饭菜，难不成她就是赵志当年的那位初恋女友？

她走上前，热情地招呼道："朱姨，你们好好聊，我去沏茶。"

宋乔乔装作疑惑地问朱姨："朱姨，这位是……"

朱姨不知道该怎么给她们俩介绍，但是又不得不说出实情："这是小志的媳妇。"说着，欲对穆思静介绍宋乔乔。

不等朱姨开口，宋乔乔抢先说："我叫宋乔乔，是赵志的同学。老同学好有眼光，娶了一位这么漂亮的太太。"

穆思静感觉出来，宋乔乔语气中带有挑衅之意。她觉得自己坐在这里有点儿多余，忙找借口离开。"朱姨，你们聊，我去厨房做饭。"

"赵志这个家伙这么狠心啊，竟然让这么漂亮的娇妻做饭。"宋乔乔带着尖叫的声音说。

朱姨怕穆思静会多想，她看得出来，宋乔乔见到穆思静的那一刻，就对她表现得很刻薄。

"静静，你去书房画画吧！过会儿，我去做饭就行。"

"那你们聊！"她的脸上显现不出一点儿不高兴的表情。

"朱姨，赵志娶的是一位画家？"宋乔乔带着不服气的口吻问。

"她不但会画，写作还很好。小志对她很宠爱，事事都嘱咐我好好照顾她，这个孩子心地善良，也通情达理，从不恃宠自骄。她每天下班回来，不但跟我一起做饭，还帮着做家务。"朱姨没有考虑到宋乔乔的心情，不假思索地说出心里话。

宋乔乔听着，心里很不是滋味。她酸溜溜地说："既然赵志对她这么好，怎舍得让这么娇滴滴的媳妇去上班受累呢？"

"小志跟她说过不用她上班。但这她说不能依靠别人来生活。"

"搞文艺的人很浪漫，不出去怎么跟男人打交道，能在家里憋得住吗？"宋乔乔听到朱姨越是夸她，心里越是来气。

朱姨听出宋乔乔带着火药味的语气，忙岔开话题说："乔乔，你在美国过得好吗？这次回国，你们一家人都回来了吗？"她在暗示宋乔乔，你已经是有家庭的人了，不要对赵志的家事评头论足。

"我自己回来的。朱姨，我忘不了他，所以我一直没有结婚。"她一把握住朱姨的手，那无助的眼神让人看着心酸。

"什么？你还没结婚？"朱姨终于明白过来了，宋乔乔今天来这里的目的，是为了探听情况。

"朱姨，不打扰您了，我还要去拜访一位老同学。"宋乔乔此时一刻也待不下去了，想立即离开这个曾经属于她的"家"，如今虽近在眉梢，却遥不可及。

朱姨觉得她的到来，是在这个家里放了一颗炸弹，说不定什么时候就突然"嘣"的响了，炸得家不叫家了。她忙说："路上滑，你慢点儿走。"

"好的！"宋乔乔强忍着泪水走出去。

这里曾经有她一段多么美好的时光啊！她在书房里看赵志作画，他会不时地吻一下她的脸颊，累了的时候，她拉风琴，他唱歌，然后一起吃朱姨做的饭，而这一幕幕只能留在回忆里无法取出来。她来到院子里，抚摸着长椅，希望能摸到当年那份跳跃的快乐。突然她看到旁边有个红色的东西，特别刺目，好奇心促使她走过去。

她拍打了一下那个红色东西上面的雪，看到是一个戒指盒子。她捡起来，打开一看，里面竟然是赵志前几天在东平买的钻戒。宋乔乔暗想：这戒指怎么会在这里呢？难道冥冥之中老天也在撮合我和他重新走到一起吗？竟然让它再一次落到我的手里。想到这里，她把戒指盒放进包里，微笑着走出院子。

宋乔乔站在大门口，望着这座熟悉的房屋，她再次笑了。相信过不了多久，她就会成为这里真正的女主人。她启动车子，驶向下一个目的地。

穆思静明白过来了，宋乔乔就是赵志口中的那个初恋女友。今天她的造访，无疑是给她下了一封战书，而她根本就不想去跟宋乔乔争，仿佛这些事与她无关。倘若赵志还会来到她的身边，她会好好珍惜这份感情；倘若赵志和宋乔乔重新走到一起，她会衷心地祝福他们。

赵志曾经对她说过："爱是慈悲，你选择别人，我一生祝福；你选择我，我一生呵护。"不是赵志不爱她，是她没有好好把握住，错过了这个好男人。穆思静现在既不奢求他会不会原谅她，也不奢求他会不会选择她，对她来说，什么都不重要了，她只想把孩子平平安安地生下来。

她觉得今生最富有的，就是有了与赵志爱的结晶。想到这里，她微笑着抚摸着肚子，喃喃自语地说："宝宝，你爸是一个很有责任感的男人，是世上最值得女人爱的人。"

朱姨小心翼翼地敲门。她看出来了，穆思静是故意避开她俩，可能她已从宋乔乔的语气里，猜到宋乔乔与赵志曾有过不同寻常的关系。

"朱姨，我马上就来！"她关上电脑，去楼下餐厅里吃饭。

穆思静看到朱姨做了好多菜，她兴奋地说："朱姨，您做了这么多好吃的，快坐下，我们一起吃。"

"你先吃吧！过会儿，我和你全叔一块吃。"

"我把全叔叫来，我们一起吃。朱姨，现在这个家里，只有我们三个人。您是长辈，就像我妈一样，我们不要像外人那样分开吃，好不好？"

"不！这个家里有我们四个人，还有小志。"

穆思静假装没听到，急忙出去找全叔。

朱姨望着她的背影叹道："唉！这么好的孩子，希望小志好好珍惜，千万别做错了事。"一想到宋乔乔还没结婚，朱姨的心就忐忑不安。

宋乔乔开着车来到赵天雄家。她站在大门口，看到还是十几年前的样子：红色油漆的铁大门，水泥外墙，五间砖混平房，唯一变化的是大门口旁的那棵枣树长得很粗了。那时候，每到秋天，赵志都拿一根长长的竹竿在树上打枣，她在树下捡枣，捡到哪个好就塞进嘴里。想想那些日子好温馨啊！倘若不是自己一意孤行地去了美国，此时她和赵志带着女儿，每个秋天也在这里捡枣，女儿的笑声一定会穿透天边的云彩。

每个周末都是赵天雄夫妇等待儿子回家的日子。今天赵天雄坐在沙发上看着报纸，听到大门口有关闭车门的声音，他以为是赵志回来了，急忙朝大门外走去。

宋乔乔一看到赵天雄出来，忙热情地迎上去："赵伯伯您好！我是乔乔。"她怕赵天雄认不出自己来了，先报上名字。

"乔乔，你何时回来的？来来，快进屋。"赵天雄看到她很高兴。当初他很看好乔乔，她家境好，人也长得漂亮，大方又懂事，他觉得只有乔乔才能跟儿子相配。

宋乔乔挎着他的胳膊，边说边笑地往屋子走："伯伯，我回来好几天了。一直想来看您，可赵志总是那么忙，我实在是等不及了，就自个儿来了。"

"乔乔，这也是你的家。你何时想来就来。"

他们进屋时，林芳正坐在沙发上看电视，因背对着光线，没有认出她是谁。宋乔乔跑到她的身边，喊道："伯母您好！"

"这不是我家乔乔吗？你何时回来的？"林芳握着她的手，亲切地问道。

"伯母，我回来好多天了。本来想和赵志一起来，但是他挺忙的，我就提前过来看您二老。"宋乔乔把谎言编得形象而逼真，她接着说，"伯父伯母，我从美国给您二老带回来一点儿小礼物。"

林芳谦让着说："你带什么礼物呢，你能来看我比什么都好。你这孩子，总是事事想得这么周到。"

宋乔乔从包里拿出一个首饰盒子，对林芳说："我给您买了这条白色珍珠项链，配上您这套毛衫，一定很好看。来，我给您戴上。"说着她取出项链给林芳戴上。接着她又给赵天雄一块劳力士手表。

"你这孩子，花这么多钱干什么。"林芳知道她的项链也不便宜。宋乔乔以前来的时候，总是花钱很大方。

"只要您二老喜欢，我就很乐意。"说着宋乔乔撒娇地挽着林芳的胳膊，头枕着她的右肩膀。

"你一直这么懂事，当初若是小志跟你一起去美国，那该多好啊！那样也了却了我们的心愿。"林芳叹道。

"伯母，当初都怪我太任性。若是我不执意离开他，我的女儿也不会成天问她爸爸在哪里。此时我们一家人其乐融融地在一起，该多幸福啊！"

"怎么，你和小志有了女儿？"林芳和赵天雄齐声问。

"是的！到了美国后，我才发现自己怀孕了。"

林芳焦急地问："那你老公对你和孩子好不好？"

"我在美国这几年，一直放不下赵志，到现在还没有结婚。"宋乔乔说着，从包里拿出女儿的照片给林芳。

"我的孙女太漂亮了。一半随你有酒窝，一半随小志的浓眉大眼，还有这嘴巴，太像小志了。"林芳越看越爱不释手，急忙对宋乔乔说，"把这张照片送给我好不好？我要每天看着我的乖孙女。"

"好啊！等孩子毕业后，我就带她来见您二老。"

林芳开心得合不拢嘴，她握着乔乔的手问："乔乔，这次回来，你们有没有打算重新在一起？"

"我……这是赵志买的戒指。"说着宋乔乔拿出戒指，给他们看。

"那天这小子给我打电话，说他有媳妇了，要带她来见我们。还问我要家传的玉镯子，说是要送给她。"

宋乔乔心里很清楚，赵志给他们打电话是要把镯子送给穆思静。但她从林芳夫妇的语气里听出来，他们还不知道有穆思静这个人，误以为自己就是赵志要带回家的媳妇。今天干脆一不做二不休，以赵静怡做砝码，取得二老的信任。

她假装害羞地低着头。

"老伴儿，你快去把镯子拿来，今天我要亲自给乔乔戴上。戴上了赵家祖传的镯子，就是赵家名正言顺的媳妇了。从今日起，你要改口喊我妈了。"林芳开心地说。

这一刻，乔乔被感动得流下了泪水。这么多年了，林芳夫妇对她还是这么信任，而她却为了得到赵志而欺骗他们。

"来！妈给你戴上。"林芳握着宋乔乔细嫩的手，把镯子套进她的手腕。

"谢谢妈！"

赵天雄欣慰地望着她俩，对林芳说："如今小志的事，咱们也终于放心了。你该去做饭了，别饿着咱家乔乔。下午我去买个相框，把孙女的照片放进去。乔乔，孩子叫啥名字？"

"爸，她叫赵静怡。"

"静怡，一听就是大家闺秀。"赵天雄抚摸着照片，开心得合不拢嘴。


时间过得好快，还有半个月就要过春节了。

穆思静很想打电话问问赵志何时回家，她握着手机，翻出他的名字，就是没有勇气按下去。

她在微博里写道：

春天不因你的到来，颜色会更深一些；我不因一个人的来与去，置换欣喜与悲伤。刹那与永恒，到头来，不过是返璞归真。

赵志站在窗前，望着周泰的方向。他想打电话问穆思静病好了没有，但是翻出她的手机号码，却按不下去。他不知道以后的路该怎么走，更不知道如何面对她。

一边是宋乔乔在等着他，他们的女儿也在大洋彼岸要见他。另一边是穆思静，他怎么忍心去伤害她。跟她登记才几天，就要抛弃她吗？全市的人都知道了穆思静是他的未婚妻，还有网上也都公开了。若是为了她的心里藏着别人而抛弃她，他怎么有脸面对全市的人，自己的良心又何在，他何曾不是也在心里藏着一个人。

他的耳边响起和张晓宁之间的谈话。

他又记起在画室里和穆思静的交谈，那时候他曾信誓旦旦地向她承诺。赵志烦恼地摇了摇头，他很想找个地方让自己大醉一场，把内心的苦恼全部发泄出来。但是他不能，他肩负着东平市几百万人口的重担，不能因儿女私情做出让天下人耻笑的事情，更不能为了穆思静、宋乔乔、赵静怡三人，辜负常发刚对他的重托。想到这里，他埋头工作。只有工作，才会让他忘记那些不快乐的事情。

"宝宝，如果你是男孩，叫赵穆，如果是女孩叫穆赵，好不好？赵穆的意思是朝朝暮暮妈妈都在想你爸爸，穆赵的意思呢，就是妈妈暮暮朝朝地在想你爸爸。"

她抚摸着肚子，继续说："快过春节了，你爸爸也该回家了。好了，宝宝，陪妈妈画画去。"她铺开宣纸，拿毛笔蘸了水，然后笔尖蘸点儿墨，在宣纸上画了三棵树，随后由近而远地画着树叶。

她想起那天赵志站在她的右侧，拿着毛笔，一边看一边教她："树叶要三片一组或者五片一组，远处的树叶要用淡墨，近处的要用浓墨。画完后，等到墨干了的时候，把近处的树叶再点一下墨。因为墨干了，颜色会显得淡一些，如果不突出浓墨的叶子，层次就不分明，整幅画就没有厚重之感。然后再画上几块石头，右侧画一片芦苇，整幅画面有山有水，这样才更美。"

"我想画一座茅屋，外面的围墙是木栅栏。"

"你就是一位不食烟火的女子。等我春节放假的时候，一定会给你画一座茅屋。"

"不许食言，我等着那一天。"

晚上穆正坐在客厅里喝着茶，接到赵志打来的电话。

"爸，春节我都是很晚才放假，年前怕是没时间去您那里了。今天我买了些年货，给您快运过去了，明天就能收到。"

"小志，你不要为我们操心，我和你妈什么都不缺，身体也很棒。你和静静就放心吧，有空你们就来，没空就先忙工作。"

"好的，爸。麻烦您跟妈说一声，我有事先挂电话了。"赵志的鼻头一酸，不敢跟他们多说话，怕问及太多，他会失控得不知道怎么回答。他辜负了他们，没有给穆思静一份舒适的生活。如今春节在即，自己还躲着不敢回家。

"好的，去忙吧！"

今晚朱姨正坐在客厅里看电视。那天穆思静对她说："朱姨，以后您没事就来这里看电视，我会学着做一个好媳妇，好好伺候您。您若是见外，那我就不开心了，在这个家里，咱娘俩相依为命。"

"傻孩子，谁说只有咱娘俩啊，不是还有小志吗？"朱姨故意提到赵志，她懂穆思静那颗孤寂失落的心。她才来这里不久，赵志竟然好长时间不回来，换作哪个女人，心里都会堵得慌。

"朱姨，宋乔乔是赵志昔日的恋人，对吗？"穆思静苦笑着把脸转向窗外，窗外是否有一双眼睛望着这个叫作家的地方。

"他们是同学，以前乔乔总来这里玩，后来去了美国，这不最近几天回来了。你可别多想，你和小志是最合适的一对，对过去的事情不要去在乎。"

"我去楼上了。朱姨，您自己看电视吧！"

穆思静走到楼梯拐角处，听到朱姨的手机铃声响了。穆思静听到是赵志打来的电话，急忙躲到暗角处听他们通话。

"朱姨，您和全叔都好吧！"

"我和你全叔都挺好的，这个你不用挂念。倒是你，一个多月没见人影了，快过节了，你何时回家啊？"

"我还说不定是哪一天，这里年底工作很多，成天忙着开会。"

"那你可要照顾好自己。静静才上了楼，要不叫她下来接电话？"

"不用了，一会儿我给她打电话。"

"那好吧！小志，静静真是个好孩子，她一直把我当作婆婆对待。让我和你叔一起跟她吃饭，在客厅里看电视，这孩子一点儿架子都没有，很招人疼爱。"听朱姨说的话，赵志能想象到她脸上洋溢着怎样的表情。

赵志听着心里很不是滋味。

朱姨往楼上看了看，接着说："我去房间里跟你说个悄悄话。前两天，宋乔乔来咱家里了。"

"怎么？她去咱家了？见到静静了吗？她俩有没有发生冲突？"赵志突然很惊慌，他最怕宋乔乔的到来会给穆思静带来痛苦。

"她俩碰面了。不过，乔乔的语气句句带着火药味儿。"

"她俩吵架了？"赵志心里清楚，若是她俩吵起来，穆思静绝对不是宋乔乔的对手。

"她俩没有吵架，静静是个懂事的孩子，听到乔乔那样说话，就避开上楼去了。但是我得跟你说，不管你和乔乔以前的感情如何，既然现在有静静了，你必须跟乔乔离得远一点儿。"

赵志叹了一口气，不知道该怎么回答。早知道事情会发展到今天这个地步，当初他就不该鬼迷心窍地去追求穆思静。如今，他该怎样面对眼前的事。听到赵志没回答，朱姨忙说："咱做人可要有良心，静静远道而来跟你过日子，咱可不能坑了人家。"

"我知道，朱姨，我挂电话了。"赵志突然觉得自己特别累，累得连多说一句话的力气也没有。他靠在沙发背上，攥着手机，他多么希望穆思静能给他打一个电话，如果她给他打一个电话，他今晚再累也要赶回去。但是等了大半个小时，一直没有接到她的电话。

他再次想起那天她穿着单薄的衣服，跟在车后跑的情景。想到这里，他忍不住把头埋在臂弯里啜泣。

穆思静听到赵志和朱姨在通话时，说要给她打电话，她开心地坐在卧室里等着。算算日子，从她最后一次例假到现在，怀孕接近三个月了，孩子应该能听到自己说话了。她摸着肚子，幸福地说："宝宝，一会儿你爸要给我们打电话，妈妈要跟他报喜，告诉他你来到我们的生命里。"

可等了一个多小时，穆思静也没有收到赵志的任何音讯。她坐在书房里，望着窗外。不知道窗外是否有一颗星星，在朝着家的方向眨眼。

赵志停止了啜泣，抬起头望着家的方向。不知道此时，她是否在窗口也望着他。


宋乔乔站在阳台上，望着东平的方向。她不知道赵志知道家传的镯子给了她后，会做出怎样的选择。她戴上赵志买的那枚戒指，灯光下的钻戒闪耀着光芒，可她的心里却没有一点儿喜悦之感。她明白赵志向来做事顾全大局，何况他和穆思静已领了结婚证，更不会轻易地抛弃那个女人。当前自己所拥有的镯子、戒指只是临时的替代品，来慰藉一颗失落的心而已，说不定最后还得统统归还。现在唯一的砝码就是女儿，她要用血浓于水的亲情关系，来拯救自己如灵堂前即将熄灭的烛火般爱情。

林芳早上起来后，觉得心慌还头晕。她想给女儿赵明打电话，可一想到现在竞争这么厉害，怕耽误她的工作，又怕老伴担心，于是瞒着他，自己来到市中心医院检查一下是什么原因。

今天单位里没事，穆思静来到市中心医院做产检。

林芳在一号挂号窗口前排着队，可能是站得久了，她突然感到一阵晕眩，不由得扑倒在穆思静的身上。穆思静因前面有人挡着她，没有歪倒。周围的人看到一个老年人往别人身上歪倒，怕招惹到麻烦，迅速地撤到离她远一点儿的位置。

穆思静急忙转身扶住她，关心地问："阿姨，您哪里不舒服？"

林芳忙对她道歉。

"阿姨，您没摔着就好。谁陪您来的？"

林芳靠在她的怀里说："我怕老伴儿担心，就瞒着他自己来检查一下。"

"阿姨，您怎么不叫您的子女陪着来呢？您这么大岁数了，以后出门身边要有人照应着。"

"他们都忙，都在忙！"林芳感叹道。

"阿姨，您先缴费。"说着穆思静让林芳排到她的前面。

妇科医生是一位中年妇女，她一边仔细地给穆思静做着检查，一边说："你现在怀孕 12 周，胎儿身长约 9cm，体重约 20g，胎儿四肢可活动，肠管已有蠕动，指趾已分辨清楚，指甲形成。"

穆思静的眼前仿佛有一个可爱的婴儿，躺在她的怀里做着美梦。

"记住 16 周前按时来做唐筛，现在国家提倡'三免'惠民政策：为育龄妇女免费做优生、优育检查，免费做唐筛。胎儿后期会长得很快，也逐渐会动了，你平时多学习一些孕期保健的知识。多休息，注意营养搭配，保持好的心情对胎儿的成长是非常有利的。"

检查完后，穆思静驾车离开医院。离医院大门不远处，她看到林芳站在公交车站牌边等车，忙靠近路边停车，摇下玻璃，朝她打招呼。

"阿姨，您要去哪里？若是顺路，我捎带您一程。"

人与人之间有一种感觉，初次见面仿佛曾熟悉了多年；熟悉多年的人，有时候彼此之间却像陌生人一样。穆思静和林芳虽然是第一次见面，但是她们彼此之间，仿佛有一种情连系着。这种感觉她和张晓宁有，和赵志也有。

"我家在藩镇，你快去忙吧！我坐客车回去就行！"

"我在藩镇工作。阿姨，您若是信任我，就上车，我捎着您回去。"穆思静看着跟妈妈相仿岁数的林芳，大冷天还要去车站坐客车，将心比心，她真的想把林芳送回家。

上车后，林芳感激地问她："姑娘，你叫什么名字？"

"阿姨，您叫我静静吧。"

"静静。我怎么觉得，好像我们多年前就打过交道，或许上辈子你是我的女儿。"

这尘世中最难琢磨的是"感情"两个字。不管是爱情、友情还是亲情，皆不是预约而来，亦不是用同等的价值交换而得。这时候，她想起张晓宁说的话："姐姐，上辈子我们俩一定是亲姐弟，要不就是情人。因前缘未尽，今生让我们再次相遇。"

"静静，听你的口音，不像是当地人。你家住哪里？"

"我家在高铁站附近。我娘家是东洲的，我结婚后居住在这里。"

"我婆家也在高铁站那边。以前那里还没修高铁的时候，景色很好。"

"现在也不错。"

## 五

今晚看不到月亮，星星也不知道躲到哪里去了。我不敢入眠，怕有梦前来，我像个失真的孩童，喊出一句无心的话，硬是生生地把你挤跑了。

上午赵天雄买来相框，把赵静怡的照片装进去，摆在客厅的博古架上。不知不觉忙活到十二点多，他坐在沙发上，满怀欢喜地抚摸着静怡的照片。

这时候，他才想起一上午没看到林芳的身影，忙给她打电话："你去哪里了？怎么都十二点多了，还不回家做饭？"

"我一会儿就到家了，你把冰箱里的肉和菜拿出来。"

在一座四合院前，林芳示意穆思静停车。她拉着穆思静的手，一再要求穆思静留下来吃饭，穆思静推辞不过，只好答应了。

这是一座二百多平方米的院子，大门口有一棵很粗的枣树。正房是五间平房，院子很大，靠近北屋向阳的地方搭建了一座花棚。

"静静，快来屋里暖和。"林芳的话让穆思静收回目光。

进屋后，林芳热情地招呼她坐下。穆思静打量着这个温馨的家，看到对门的墙上挂着一幅山水画《旭日东升》，穆思静觉得这幅画的线条有点儿熟悉。她走近一瞧，看到落款题字是赵志。

赵志？这两个字像平静的湖面上突然被投入了一粒石子，在她的心里激起一阵波澜。

"静静，快过来坐。"林芳一边热情地招呼着她，一边给赵天雄介绍："天雄，我给你介绍一下，这是静静。今天早上我有点儿不太舒服，怕你担心，就瞒着你去了中心医院。后来，我头晕歪倒了，多亏了静静扶住我，还把送我了回来。"林芳把事情的来龙去脉跟他说了一遍。

赵天雄握着穆思静的手，感激地说："谢谢你，静静。今天我老伴儿多亏遇到了你，要不然还不知道会出现什么意外。"

"伯父，不要说见外的话，这说明我们有缘分啊！"

"你若不嫌弃我们啰啰唆唆的，以后常来玩，陪我们说说话。"林芳诚恳地望着她说道。

穆思静微笑着说："我会的，阿姨。"

林芳紧紧地握着她的手，笑盈盈地说："我给你做手擀面吃，吃几块巧克力补充能量。"

穆思静痴望着那张写有赵志名字的山水画，对赵天雄说："伯父，这幅画笔墨有力，整幅画面很有层次感，显得错落有致。"看着赵志的画挂在这里，穆思静很为他骄傲。

"这是我儿子画的画，很多人都说这幅画不错。"赵天雄开心地笑道。

他们竟然是赵志的父母？

说到儿子，赵天雄的脸上洋溢着幸福。"我这个宝贝儿子，从小就对画画感兴趣。他考上了师范大学，整个假期两个月时间，他闭门不出，在屋子里专心临摹名家山水画。后来，面对亲友他都木讷得不会说话了。"

穆思静说："不寻常之人，必会做出一些不寻常之事。"这是张晓宁对她说过的话。

"或许是吧！我儿子做事从来不和我们一个思路。他既然这么喜欢画画，可以去报考美术学院，但他却选择做教师，说是为了家乡的孩子。还把业余时间画的画都捐了出去。亲友想讨他一幅画，他都顾及不上画，让我这面子上也过不去，好像他的画是多么贵重的宝贝似的。再后来，他被当地政府提拔到市里去，现在又到了东平市政府工作。这辈子他为了自己的事业和理想，把婚姻大事都耽搁了。"

"说不定他已经有了喜欢的人，还没来得及带回家。"穆思静想告诉赵天雄实情，却又说不出口。考虑到目前她和赵志的关系，怎能说自己就是他的儿媳妇，况且从赵天雄的话意中听出来，赵志还没有告诉他登记的事情，老两口甚至还不知道有穆思静的存在。

"前些日子，他给我们打电话说已经找到心仪的人了，打算近期结婚。还说改天要带着她来家里，让我们把祖传的玉镯子给她，作为定亲的礼物。"

穆思静心里窃喜。她好期待有那么一天，赵志带着她来这里，婆婆为她戴上玉镯子，名正言顺地做赵家的媳妇。

"还有让我们更高兴的事呢，还没等他把媳妇带回家，我这儿媳妇自个儿来了。"

听他这么一说，穆思静既惊又喜，难道他们已认出她就是赵志的媳妇？是不是赵志给他们看过她的照片？

"我们一看，原来她是我儿子的同学，俩人打小青梅竹马，她经常在我家里吃饭，后来俩人因志向不同而分手了。这个女孩子去了美国，一直念念不忘我儿子，到现在还未嫁。后来，又看到我儿子早已给她买了钻戒，我和他妈就趁热打铁把镯子给了她。还有更开心的事在后头呢。我儿媳妇去美国之前，已经怀上了我们赵家的骨肉。"他指着相框里的照片给穆思静看。

此时，一阵凄凉的悲痛感瞬间涌上了穆思静的心头，心好像被放上了一块大石头，压在那里，慢慢地往下沉。

这时，林芳端着一大碗面条，放到餐桌上，她拉着穆思静的手说："静静，我们吃饭去。"

穆思静像器具一样被林芳牵着，机械地走进餐厅里。她夹着面条一根一根地往下咽。这满满的一大碗面条，每一根都是她与赵家人的情缘，当她吃完最后一根，他们的情缘也走到了尽头。

难怪这一个多月来他不再回家，原来是给乔乔买钻戒，准备结婚了；难怪乔乔会到她那里挑衅，原来他俩已经走到了一起。

"天雄，刚才你跟静静谈什么了？听到你说得那么开心。"林芳转身问。

"刚才我跟静静谈咱儿子的事情。"

"这个孩子，有什么好谈的。明天就要过小年了，还不知道他回不回来。咱们年纪大了，多想儿女围绕在膝下。我俩都这把年纪了，有个头疼病灾他也不能陪着。说句心里话，有时候看到人家的孩子带着父母去逛街，我很羡慕。人啊！不图什么大富大贵，一家人相聚在一起，才叫幸福。今天要不是遇到了静静，我有个三长两短的也没人知道。"

一想到赵志，她就心酸得难受。她以为找到了可以终身依靠的人，最终还是被抛弃了；她以为只要用心等下去，他就会回来。现在想想，或许他回来的那一天，就是自己离开的日子。

穆思静匆匆地吃完面条，然后与他们告别。她明白她与赵志一家人，从此以后再相遇，她只能像个过客一样，在擦肩而过时，相互道几声嘘寒问暖的话而已。


在农村过小年，家家户户都包饺子、吃糖瓜、供灶神。赵志望着家的方向，他想爸妈一定在翘首盼望着他回去，穆思静一定倚窗望着街上，等待他的身影出现。他该回去吗？思忖一番后，他决定还是回家。

他拿出手机想跟穆思静说今天晚点儿回家，但是翻出她的名字，依旧没有勇气按下通话键。有句话说得对：一个人面对的强敌是自己，要想走出困惑，必须自己战胜自己。此刻，赵志在穆思静的面前，却无法战胜自己的懦弱。

他望向车外，离家更近了，他的心里更慌乱了起来。他再次拿出手机，编辑了一条信息："今晚回家。"搜出穆思静的名字，按了发送键。他长长地舒了一口气，觉得心里轻松了不少。

到达周泰的时候，已是晚上六点多了。赵天雄听到车响，急忙出来迎他。赵志进屋后看到爸妈已包好了饺子，等着他回来下锅。他突然觉得很亏欠他们，像他们这把年纪的人，孙子、孙女都差不多上高中了，而他们却还在为他的终身大事操心。本想带着穆思静来，但现在他俩的关系这么僵，半路上又杀出来个宋乔乔，如今是进退两难。

他看到手机上收到很多亲友发来的过节问候信息，却没有看到他最期望的那个人的名字，顿时觉得心里失落落的。他再次编辑了一条信息："我在藩镇。"望着这四个字许久，他终还是删除了。

吃着饭，林芳看着看到他一言不发、心事重重的样子，忍不住问他："小志，你打算何时结婚，你们商量好日子了吗？"

赵志无精打采地说："近期工作很忙，还不打算办婚事，等忙完这段时间再说吧。"说着离开了餐厅。他仰靠在沙发上，突然他看到博古架上宋乔乔和赵静怡的照片。

他急忙跑到餐厅里，焦急地问："爸、妈，宋乔乔是不是来过？"

"是啊。"老两口儿一起开心地应道。

赵志此时觉得很彷徨无助。当朱姨跟他说宋乔乔去过她那里后，他就应该想到宋乔乔必定也会来这里。但他能阻止不让她来吗？赵静怡是赵家的骨肉，他没有理由不让大家知道。

"她是不是对你们说静怡的事了？"

"她不但说了静怡的事，还说了你俩的婚事。我和你爸一致赞成，接着我就把家传的镯子给她戴上了。"林芳说着，脸上洋溢着幸福的笑容。

赵志吃惊地喊道："您竟然把镯子给她了？"

"对啊，这不是我们一直期待的大事吗？那天晚上你不是打电话跟我说，准备带她回家把镯子给她吗？况且我还看到你在东平给她买的钻戒，既然你都给她买结婚戒指了，我们就不用等到订婚的那天再拿出来吧。"

赵志一听更加疑惑了，他不知道宋乔乔暗地里在搞什么名堂。他生气地吼道："你们怎么不等我回来就草率地把镯子送给她呢？"

林芳听到赵志埋怨她，委屈地说："小志，你说说看，像我们这把年纪的人，哪家不是孙子孙女都上初中高中了，可我们还成天为你的终身大事操心。我儿子出个门是风风光光地有车有人接送，而我们呢？我和你爸这么大岁数了，去趟医院还要坐客车，你能体会到我们心里是啥滋味吗？我理解你们兄妹都很忙，昨天我不舒服，也没让你们知道，又怕你爸担心，就自个儿去了中心医院。若不是遇到一位好心的姑娘，我死在外面都没有人知道。"

听到林芳这么说，赵志握着她的手，担心地问她缘由。林芳就把昨天发生的经过一五一十地告诉了他。

"您记下她的电话了吗？我给她打个电话，向人家表达一下谢意。"

"没有记下她的电话，我只知道她叫静静。"

穆思静站在窗前，眼睛望着窗外的大街。那天晚上，她听到赵志对朱姨说要给她打电话，但是等到今天也没有接到他一个电话。在一次次的期盼中，她把所有的希望都放下了。她知道，今天他若是回家，一定会跟宋乔乔、赵天雄、林芳开开心心地在一起，他们才是一家人，自己只是一个临时雇用的护院工而已。

城郊车辆少，有时隔一段时间才看到有车灯光射过来。她期望有一辆是他的，然而站得腿脚都麻木了，也没有看到转向这座大院里的车。这座院子好大好深，伸出手指，周边冰冷得触不到温暖。她不再抱有任何幻想，洗漱一番后，便上床睡觉了。

赵志心不在焉地坐在客厅里，陪爸妈看电视。"妈，我恳求您不要乱掺和我的事好吗？您不明白一些事情的缘由，就着急地去做，最后会让我面临着无法解决的困境。我是有了喜欢的人，但是最近出现很多烦心事，我不想谈婚事。"赵志怕没敢把心里话透露出来。当更多的苦水一下子涌来，口就像关不住的闸门，只想淋漓尽致地发泄出去。

赵天雄看到儿子紧皱的眉头，猜到他藏着不能说的心结，忙让他回去休息。赵志抬起手腕，看到已是晚上十点了，他飞快地开车往回赶。

客厅里，大灯已经关了，只开着周边橘黄的小灯，给人一种孤寂之感。朱姨听到门响，忙从房间里走出来。

"小志，你怎么这么晚才回来？"

"我吃完饭，陪爸妈多待了一会儿。"

听到他这么说，朱姨摇着头叹道："小志，有些话，朱姨不知道该不该说。"

"您有什么话，就请说吧！"

"你和静静都住到一起了，结婚证也领了，为什么不能名正言顺地带她去见你爸妈呢？你一走就是两个月。今天是小年，你都回来了还把她晾在这里，自个儿去跟家人一起过节。这么晚才回来，这样做有人情味吗？"

"我很想早一点儿过来。可是他们不让我走，就多陪了他们一会儿。"

"你跟你爸妈是亲人，懂得在一起是为了亲情，但你有没有把静静看成是你的亲人呢？她不需要你的陪伴吗？如果你把她看成是你的亲人，怎么不带着她跟你爸妈一起过节，干吗还藏着掖着呢？如今你的官做大了，可别把心做坏了。如果你不想娶她，就放开她，让她去找个好人家。"

但赵志对穆思静说不出这句找个好人就嫁了吧。他爱她，怎舍得让她嫁给别人。他一屁股坐在沙发上，两手插进头发里，疯狂地抓着。

书房里的灯还亮着，他悄悄地开门进去。看到盘子里的水饺都粘在了一起，一个也没动。穆思静没在书房里，手机也扔在一边，他翻看着她手机里接收的信息，她竟然还没看到他发来的信息。

他急忙把这条信息删除了。电脑还开着，赵志看到她发在微博上的一段文字："今晚看不到月亮，星星也不知道躲到哪里去了。我不敢入眠，怕有梦前来，我像个失真的孩童，喊出一句无心的话，硬是生生地把你挤跑了。"

原来她不再给他打电话，不再给他发任何信息，只因当初她说了那句话，已经令她害怕再对他说一个字。

宣纸上她画了一棵柳树，是代表离别伤感的意思吗？他能体会到，今天穆思静是怀着怎样的心情在等待他的归来。

赵志悄悄地来到卧室里，台灯还开着，她枕着一束米色的灯光，不知道梦里是什么颜色。她的长发凌乱地落在枕头上，眉头微微蹙起，他忍不住给她按摩着额头，想为她抚平一腔愁事。

"谁？"穆思静在梦中感觉到有人摸她，吓得立即从床上坐了起来。

"是我。"说着他伸手想为她理一下凌乱的头发，穆思静急忙用胳膊挡开他伸过来的手。是啊，他的心已不纯净了，怎可再去碰她呢。

穆思静不知道为什么要挡开他伸过来的手。其实，她多想扑到他的怀里，幸福地告诉他，她的肚子里有了他俩爱的结晶；多想把多日的思念，一一向他倾诉。但她什么也说不出来，也开心不起来，她紧紧地攥着双拳，抱在胸前，预感到自己快要离开这个叫作家的地方。

看到她哆哆嗦嗦地靠在床头上，赵志多想把她拥在怀里，跟她说一声对不起。但是如今他没法求得她的原谅，宋乔乔和赵静怡的事，不但让她知道了，而且当初对她的承诺自己也没做到。

他想为她往上盖一下被子，她迅速地把被子拉到下颌处。他只好把伸出去的手又缩了回来，起身去换睡衣。这时他看到那件灰色大衣挂在衣橱里，顿时想起了戒指的事，急忙里里外外地翻着每个口袋，却什么也没有找到。

他叹了一口气，她已不再信任他了，不再把他看成是她的港湾了。看到她不停地摇着头，显得那么惊慌无助。赵志好想给她一个坚实的胸膛做靠山，但是他却不敢再碰她一根发丝。

他俩睁着眼睛，一动不动地望着天花板。在这寂静的夜里，除了彼此沉重的呼吸声，就是邻家传来的鞭炮声。

"我那件灰色大衣口袋里放的东西呢？"赵志打破寂静问道。

"什么东西？那天我拿回来直接挂在衣橱里，一直没再动。"

"可能我记错了吧。"赵志在心里犯疑，既然她不知道戒指的事，那么宋乔乔的戒指是从哪里来的呢？会不会是宋乔乔特意去买的？那他买的戒指到底放哪里了？难道弄丢了吗？记得那天上车后，他脱下大衣的时候，戒指还在口袋里装着。他转过头看到穆思静闭着眼睛，以为她睡着了，就没忍心打扰她。想到她明天还要上班，决定还是改天再告诉她实情吧。

赵志醒来时，穆思静不在床上。他急忙穿好衣服下楼，看到她系着围裙，在厨房里做饭。他站在餐厅门口，望着她的背影，内心无比感慨。这正是他理想中的生活，虽然他说不希望她做饭，但是作为丈夫，回到家里吃上妻子做的饭是何等的幸福。

穆思静端着熬好的玉米面粥，放到餐桌上。她从锅里捞出两个煮鸡蛋，端上一盘蛋糕、几个油花卷和一小碟咸菜，放在他的身边，说道："趁热吃吧！"

"好，谢谢。这些事，还是让别人来做吧。"赵志剥着鸡蛋说。

"作为女人，有些事情可以做不好，但是必须会做。生活在笼子里的金丝雀，一旦离开了主人，说不定会饿死。"

"到点了，我得走了。"赵志一看时候不早了，急忙起身离开。

穆思静望着他的背影，看到他们之间的距离一步一步地拉得越来越远。

赵志回到单位后，上午连续开了两个会议，已到了午饭时间。在食堂吃着饭的时候，他接到了宋乔乔打来的电话。看到食堂里很多人，他急忙走到外面接电话。这时在不远处一双眼睛紧紧地盯着他的一举一动，看到他离开后，那人也起身跟了出去。

赵志捂着嘴悄声问："有什么重要的事吗？"

"难道没有重要的事，我就不能给你打电话吗？你不至于这么无情吧。"宋乔乔的嗓音很高，震得他的耳朵嗡嗡地响，他只好把手机移得离耳朵远一些。

他压低声音说："你小点儿声说话好吗？我下班后再说吧，中午我还有其他的工作安排。"

"赵市长，您吃饱了？"

赵志回头一看是副市长王浩波，忙说："王市长，一会儿到我的办公室坐坐，咱们研究一下上午传达的有关会议精神，看看还有哪些方面需要再补充的。"

王浩波面带微笑地说："好，我这就去您办公室谈。"

"他们来到 602 办公室。王浩波双手插在口袋里，在办公室里慢慢转悠到书橱前。

"上午开会期间，我关了手机，竟然忘了开机。"王浩波说着掏出手机，却一不小心把口袋里的钥匙带了出来，"啪"的一声掉到地上。

他急忙弯下腰，一边捡一边说："人不服老还不行，这手脚都不利索了。"就在他站起来的那一刻，不小心把一个小物件踢到了书橱下。

"哈哈，你才五十岁就说自己老，那我也跟着你一起老了。"

冬天的阳光落在窗子上，玻璃也暖了起来。房间内他们的笑声此起彼伏，也落在玻璃上，一个是冷，一个是热，却心照不宣地谈着同一个话题。

下午五点，赵志在办公室里再次接到宋乔乔的电话。

他有点儿不耐烦地说："工作期间，我几乎没有时间接电话。"

"我明白，不会怪你的。下班后，我们一起去吃西餐吧。"

"去也可以，但你要实事求是地告诉我，你手里的戒指是怎么回事？"

"我说了的话你要一定来吃饭，也不许生气。"

"我答应你。"

于是，乔乔把捡到戒指的经过跟他说了一遍。难怪穆思静一直不知道戒指这件事情。有一种可能，他从车里没好气地把大衣递给她时，戒指盒从口袋里掉在地上，又因沾上了雪，穆思静没注意到。后来雪慢慢地融化后，正好宋乔乔经过那里发现了。难道这真是天意吗？那晚买戒指的时候，服务员曾误把戒指给了她，现在又歪打正着地到了她的手中，难道他与穆思静仅是一段小小的故事插曲？想到这里，赵志一阵心痛。

赵志看到还有十几分钟就该下班了，急忙把桌子上的文件整理好，接着给穆思静拨过电话去。她的声音很轻，让人听着心里也是柔软的。

"静静，我想跟你说明白一件事。"

穆思静知道，赵志迟早会说出他的抉择，该来的总会来。

"以前我跟你说过，我有个初恋女友去了美国。前段时间她回来了，并且告诉我，我和她有个女儿。"

穆思静不想打断他说话。只想听到这一切是从他的嘴里说出来，纵然最终不能和他走到一起，她也懂那是他别无选择。

"那天我去商场买戒指……"赵志还没说完，听见有人敲门，他忙忙对穆思静说，"有空再跟你说。我有点儿事。"

穆思静猜到赵志下面会说："那天我去商场给她买了戒指，要准备结婚了。"这样的摊牌，她并不觉得难过。她明白，假如自己处在赵志的位置上，为了亲情、为了曾经的爱情、为了父母，这样的选择是最正确的。

穆思静坐在办公室里，觉得这个家对她来说，有或没有已经不重要了，这个家始终不是她的，只是路人暂居的客栈。她起身去洗手间，经过管理科时，听到有人在议论她与张晓宁之间的谬论。听到这些闲言碎语，穆思静明白，在这个公司，她已经惹恼了很多爱慕张晓宁的女人，也给他增添了很多麻烦。她把办公室收拾了一番后，拿起包，头也不回地离开了传媒公司。她走得干脆利落，不带一丝留恋地迈出大门。

夜晚的灯光是迷人的，高脚酒杯里的红酒更让人多出几分迷离。宋乔乔面如桃红，握着酒杯，痴痴地望着赵志。

赵志被她看得很不自在，忙找了个话题，打破这种尴尬的气氛。

"你跑到朱姨那里，仅仅是为了见她吗？"赵志了解乔乔是直爽的人，喜欢直来直去，颇有男子汉的气概，只要她认为是对的，就没有什么不敢做的。

宋乔乔放下酒杯，挑着眉头答道："我不是只为了见朱姨，主要是为了见识一下，你的静静到底是何方神圣，能把你给俘获了。"

"她是一个内心很简单的女人，不懂得跟别人争来斗去。拜托你不要在她的身上打主意，好吗？"

"你在官场经历了这么多年，难道不明白一个不懂得与对方较量的人，注定是失败者的道理吗？在弱肉强食的世界里，要想生存下去，就要先学会自保。一个没有勇气跟别人争的人，我打心眼里瞧不起。在不食人间烟火的文字里，这种人被称作高雅，如果连饭都吃不上，甚至在大街上风餐露宿，为了生计填饱肚子，把爱情也搞得丢盔弃甲，有什么资本故作高雅。"宋乔乔不屑地说着。

"那你拿着别人的戒指，说是我给你买的，算不算高雅呢？"

宋乔乔笑道："我从来没说自己有多高雅，戒指既不是我抢来的，也不是偷来的，怎么说是我拿着别人的东西呢？这是我捡到的，上面也没刻着谁的名字，在我的手里就是我的。还有这枚戒指本来就是你买的，我对伯父伯母说是你买的戒指有错吗？"

"为什么在你嘴里，说来说去都是你有理。"

"赵志，你可以不爱我，甚至可以为了那个女人诋毁我，这些我都不在意。我所做的一切不过是为了捍卫自己的爱情，但是我没有用下流的手段来达到自己的目的。我敢于跟穆思静争，敢于跟她正大光明地PK。"

"乔乔，我很欣赏你的个性。有时候觉得咱俩的性格太像，就像一母生的双胞胎一样。"

宋乔乔一边玩着手机，一边说："赵志，我不和你做双胞胎兄妹。要么我做你的爱人，要么做你的同学。我还是那句话，不会强迫你跟我生活在一起，我要你心甘情愿地选择我。就像十五年前那样，你愿意跟我走，我们就一起走；你不愿意跟我走，我还是会一个人走；你想让我留下来，我会毫不犹豫地留下来，不再回美国，一辈子跟着你。"

听到她说的一番话，赵志很感动，但是他如今别无选择。

"我和她一起去民政局领的结婚证，如果我为了自己去伤害她，那我的良心何在。乔乔，这样的男人也不值得你去爱。"

"赵志，为什么十几年来我迟迟未嫁，就是因为你的人品太好，这是最值得我爱的地方。为此我千里迢迢来找你，哪怕有一线希望也不想放过。当然你可以不选择我，也可以不再爱我，但我必须回来赌一把，宋乔乔可以一辈子只爱一个人，但绝不会守着一个永远都没有希望的梦过一辈子。"

这时候，宋乔乔的手机响了。宋乔乔朝对着手机喊道："静怡。"

"妈妈，你在那里还好吗？见到你的初恋情人了吗？"

"见到了，正跟你爸爸一起吃饭呢。你等一下，让你看看我的初恋情人。"她朝赵志招手示意，"过来，看看咱们的女儿。"

赵志忙凑到她的身边，从视频里看到赵静怡穿着粉红色睡衣，大大的眼睛，长长的头发披散下来。他高兴地朝她喊："静怡，我的乖宝贝。"

"老爸，你真帅！"赵静怡张开双臂做出夸张的样子。

赵志笑着说："你这调皮的小家伙！爸爸都老了，不再帅了。"

"爸爸，一会儿我们加好友，以后我们就可以视频聊天了。春节放假期间，您来美国好不好？好想好想您陪着我。"

"爸爸真的没有时间过去，我不能像一般人那样随便就可以出国的。"

"十五年了，您一次也没来看过我。妈咪总说您忙，难道您忙得连女儿也不要了吗？"赵静怡说着抽泣起来。

"爸爸怎么会不要自己的女儿呢，假期时间太紧张了，而且爸爸的工作也不允许，必须上报纪委，经过核查才准许出国探亲。现在我就是想申请去你那儿，也来不及了，马上就要过春节了，爸爸要陪你爷爷奶奶过个团圆年。在咱们国家，孝不只是让老人吃好穿好，也要多陪伴他们。春节是咱们国家最隆重的节日，也是一家人团聚的日子，爸爸怎么忍心在这团圆的日子，抛开年迈的老人到国外去呢？希望宝贝能谅解爸爸，好吗？"

赵静怡抽泣着问："爷爷奶奶是您的亲人，我不是吗？"

"好了，静怡，不要为难你爸爸了。他真的没有时间过去，明年假期的时候，妈咪带你来这里，好不好？到那时我们一家人在一起，永远不分开。"宋乔乔忙为赵志解围。

赵静怡哭着说："不好不好，我就要爸爸。这么多年了，每次看到人家女儿跟父母一起，我有多么羡慕啊。"

"静怡，别哭了。爸爸试一试，若是办不到，宝贝千万别难过，好吗？"

此时，宋乔乔觉得幸福已朝她一步步地靠近。在饭店门口，宋乔乔趁着赵志没有防备，突然伸出双臂紧紧地抱住他。赵志慌忙掰开她的手说："乔乔，我的身份不允许在公开场合跟异性有亲昵的接触。请你谅解。"

宋乔乔扫兴地说："这么说是我破坏你高雅的形象了？如果是穆思静，你会拒绝她吗？"说完，转身气呼呼地离去。

此时谁也没有注意到，在不远处停着的一辆车里，有人把这一幕录了下来。

赵志回到住宿的地方，立即给林芳打电话，把静怡让他假期去美国的事说了一番。紧接着，他又给穆思静打电话。他小心翼翼地对她说："我想跟你商量一件事。放假期间，我想去趟美国探望女儿。如果你觉得不合适，我就不去了。"

穆思静把悲伤隐藏起来，平淡地说："我怎么会觉得不合适呢？不过，我有一个条件跟你交换。正月初二是女儿回娘家的日子。你回来的时候，不管是哪一天，希望你能陪我回一趟娘家。"她哽咽着擦去脸上的泪水。

听到她的哽咽声，赵志的心中五味杂陈，百感交集。她的交换条件看似是一件简单的事情，其实是在暗示他，只有嫁出去的女儿才能在初二这天回娘家。如果是还未出嫁的女孩，春节会在娘家过。在岳父岳母面前，他曾信誓旦旦地说要好好待她，可如今他不但没有给她一场婚礼，就连婚纱照也没有。

"我争取早点儿回来，陪你去看爸妈。"

第二天早上，赵志给纪律检查委员会递交了申请书，假期去美国旧金山探亲五天。下午审批通过了。赵志忙跟宋乔乔打电话说了此事。宋乔乔急忙从网上订了十二月二十九日晚上十点的商务舱往返飞机票。

赵志打电话告诉穆思静行程的日子。

"你是从东平还是周泰坐车去机场？"

"我先回周泰一趟，给爸妈买些过节的东西。下午四点坐高铁去机场，时间紧迫，我就不回家看你了。卡里我给你汇了些钱，多买点儿自己喜欢的东西。"

"嗯！"穆思静说完就挂了电话。

"还有，喂……"赵志握着手机，惘然若失。他多想跟她说句贴心的话，可是他的手能焐热手机，却暖不透电话里的声音。

早上穆思静练了一会儿画，准备十点去敬老院，这时乔乔来了。虽然朱姨不希望乔乔跟穆思静争赵志，但她心底里还是很喜欢乔乔。

"朱姨，静静在家吗？"她一边坐一边往楼上看。

"她在楼上画画。"

"我去看看她。"说着她起身就往楼上走。朱姨想阻拦，但是宋乔乔已经跑到楼梯拐角处。

穆思静坐在窗前，阳光暖暖地落在身上，她想起那天跟赵志在雪天写生的情景。那天她靠着赵志的肩膀，看他画画，阳光也是这样的温暖。她闭着眼睛，晒着暖洋洋的太阳，不一会儿就迷迷糊糊地睡着了。

赵志看到她睡着了，轻轻地把车座放平稳，然后拿出背包里的毛毯给她盖上。他画完一幅画后，悄悄地下车，向雪地里走去。

穆思静醒来后，发现赵志没在车里，急忙坐起来四处环顾。透过玻璃窗，她看到赵志在雪地里堆了一个雪人，用毛笔画上眼睛、鼻子、嘴巴、睫毛，还把围巾围在雪人的脖子上。

她悄悄地下车，捧起一把雪，攒成雪球，朝他身上扔去。赵志冷不丁地被雪球砸到脑袋上，他回头一看是穆思静在搞恶作剧。他立刻从地上捧起雪，攒成雪球朝她身上扔去。穆思静紧接着攒雪球，不停地往他身上扔。他俩像一对十几岁的孩子一样，疯玩着打雪仗。

"扑哧"，想到这里，她忍不住笑出声来。

"静静，是什么大喜事让你这么高兴呢？"一个声音打断了穆思静的回忆。

她转过身，看到宋乔乔穿着黑色的貂毛大衣，提着酒红色的包，倚在门口。穆思静知道她的来意，带着讥讽地口吻问。"你今天不是又来看朱姨的吧？"

宋乔乔并不在意穆思静对她的态度，她觉得一个人只有能忍辱负重，才会做出常人不能做到的事，站在常人不能及的地方。她开门见山地答道："今天我是专门来会会你的。我这个人不喜欢拐弯抹角，也不喜欢藏着掖着，更不喜欢做事嘴上一套心里一套。我来是要告诉你，我和赵志坐今晚十点的飞机去美国。"她往穆思静身前靠了靠，摆出一种挑战的姿势。

"你这是特意来跟我炫耀这件事情的吗？"穆思静不屑一顾地问。

"你说呢？"宋乔乔带着胜利者的口吻说道。

穆思静镇定自若地说："我知道，他昨天就跟我说了。"

"你知道了此事，那你为什么不阻拦，除非你不是真心爱他。若爱他，你不会这么轻易地让他走。你应该懂得，这次他抛下一切去和女儿团聚，就等于接纳了我们母女，他最爱的人是我。"

"爱是相互的。不管我付出怎样的真心，倘若他的心在你那里多一些，我何必阻拦。就是想阻拦也拦不住，不如置之不理，任其选择。"

"你为什么不跟我争？以我对他的了解，加上你们已经登记了，如果你跟我争，他会顾全大局留下来的。"

"争来的爱有意义吗？费尽心机去争来一个家，他的心却留在别处，这样的家不是我想要的。与其把心思放在无用之处，还不如好好地活出新的自我。徐志摩与张幼仪之间的故事，留给我们一个深刻的道理：今天你对我爱理不理，明天我让你高攀不起。"穆思静的回答，让宋乔乔对她刮目相看。

"我们是青梅竹马的一对，从小两家就相互来往。我在他家里吃住，就像在自己家里一样。后来……"

"后来的事，他对我说过。曾经他在我面前信誓旦旦地说，假如有一天你从美国回来，哪怕是你一直未婚，你们也不会再走到一起。然而，他对你的感情战胜了对我说的话，我不如干脆利落地放手让他走，不留什么念想。"

"假如不是为了赵志，或许我们会成为好朋友。我很欣赏你的心态和处事方式。决绝利落，不留后患，看似无情却有情。"

"假如不是为了赵志，或许我们这一辈子都不会相见。"穆思静拿起画笔，用食指轻触着笔尖，对她说："这笔墨下的一景一物、一笔一画都有渊源。"

"我也该走了。希望我们今天见面的事，不要让赵志知道。"

穆思静带着嘲讽的口吻对她说："乔乔姐还怕他知道？况且不等我和他再见面，你们已飞往美国了。难道你对他还没有信心？"

"说实话，今天跟你谈了这些话，我终于明白他为什么对你割舍不下。我突然觉得有点儿不自信了。我走了，祝你好运！"

中午下起了大雪，饭后宋乔乔和赵天雄夫妇忙着收拾出发的行李。

赵志站在窗前，望着窗外。他想起那天和穆思静在雪天里写生的情景。他和她滚在雪地里接吻、打雪仗……

"嗨！快过来，咱们和雪人拍个照。"赵志长长地舒了一口气。他打开手机相册，翻出那张他们合影的照片。照片上的穆思静脸上露出幸福的笑容，如今她的笑声还在耳边回荡，而他们之间却像陌生人一样，仿佛隔着一层无形的防护罩，谁也不敢向对方打开，让彼此相融。

宋乔乔看到他发愣，知道他心里在想穆思静。她挽着他的胳膊说："行李收拾好了，咱们走吧。"

出租车司机帮着他们把行李放到后备箱，然后驶往高铁站。他们过安检后，拉着行李箱乘电梯去二楼候车室。赵志突然有一种异样的感觉，觉得后背有一股冷风吹来，直刺入骨髓。他忍不住回头望去。

这时，他看到穆思静在安检口不远处注视着他。他不假思索地放下行李箱，跑到穆思静面前。她穿着浅灰色大衣，冻得脸色青白，围巾上、头发上、身上落满了雪花。

"这么冷的天，你来干吗？也不知道带把伞，你看看，身上落了这么多雪。"他心疼地说着，急忙伸手拂去她头发上的雪花。穆思静立即抬起胳膊，挡住了他伸过来的手。

她咬了一下唇角，从包里拿出一个信封递给他："祝你们幸福。"说完转身离去，雪花一片一片地落在她身上。她的背影，在拥挤的人群中显得如此形单影只。

赵志一阵阵心痛，望着她的身影渐渐地消失在拥挤的人群里，他知道他们之间再也回不到当初了。晚上十点，他们顺利登上了飞往旧金山的飞机。宋乔乔闭着眼睛，幸福地靠在他的肩膀上。

赵志望着她，不禁回忆起十六年前的那段青春。那天他俩坐在山楂树下，她也是这样把头靠在他的肩膀上。白色的花瓣就像这雪花一样，在五月里漫天飞舞，一片一片地落在他们身上，他忍不住俯身去吻她。

他们的唇轻轻地一碰，彼此就像触电一样，迸出了灼热的火花。宋乔乔紧紧地抱着他的脖子，狂烈地回吻着，她的舌尖就像烈火一样窜来窜去，烧得他无法呼吸。她细嫩的手抚摸着他敏感的部位，然后解开自己的衣扣，搂着他的头，让他的脸靠在最诱人的地方。

他被刺激得血管像是要爆破一样，再也控制不住自己，粗鲁地把她放倒在草地上。他们的呼吸漫过一丛丛野花，漫过一树树山楂花，漫过一朵朵白云，把彼此最珍贵的东西交给了对方。

谁知不到一个月的时间，他们为了各自的理想，竟然各奔东西。而如今，俩人再次相逢，却各自怀着不同的心情，再也不能回到过去重温那份甜蜜的激情。想到这里，他不由得叹了一口气。

这时他又想起穆思静，想起在画室里，俩人暗自欢喜地望着对方；想起在东洲的那晚，她柔弱得像一朵游云，他轻而易举地得到了她，从此他就是她的故乡；想起她冒着大雪来到车站，穿着单薄的衣裳孤身离去，他的心又隐隐地疼了起来。


除夕这一天，穆思静早早地收拾好房间，把合影照相册包起来，准备放到行李箱里。突然，她想起一件事，忙从包里拿出车钥匙，放到赵志的枕头下。然后，她提着行李箱来到客厅里。

朱姨拉着她的手，温和地说："哎呀，你的手怎么这么凉，这大冬天的要穿得暖和一点儿，过几天我给你做件棉袄。"

"不用了，朱姨，做棉衣太麻烦。"穆思静的鼻头一酸，这个家里只有朱姨是真心疼爱她。她知道赵志也爱她，但他更爱宋乔乔和赵静怡。

"不麻烦的，静静。朱姨只有一个儿子，他总是在国外忙工作，你的到来就像我亲生女儿一样，让我心暖。"

"您若不嫌弃，我就做您的干女儿。"

"我上辈子一定积德了，修得今世有你这么好的干女儿。"

穆思静微笑着说："妈，今天是除夕，我晚上要在敬老院里陪他们一起过节。赵志去新疆慰问那里的贫困群众，也代表一名党员干部去贫困地区做支援。您和爸在家里，好好照顾自己。"

朱姨知道穆思静对她撒谎了，望着她瘦弱的背影，无奈地摇了摇头。

穆思静拉着行李箱，慢慢走出大门口。她回头望着这里熟悉的一切，想起了第一次来这里的一幕，而时隔三个月，这里已成为她离别的客栈，今天踏出这道门，她也许永远不会再迈进来。

望着大门口的左前方，那天赵志开着车飞快地朝这个方向驶去，今天她却朝相反的方向走去。

# 朵朵向阳花都开在你来时的方向

## 一

人总是自欺欺人，坐享美梦成圆。好像醒得最快的梦都夹着春雨，来时惊天动地，去时寂寞无声。从此南北两极，朵朵向阳花都开在你来时的方向。

穆思静坐着出租车来到敬老院，不等张晓宁细问缘由，忙说："晓宁，我要搬到敬老院来住一段时间，他们年纪大了，很空虚，需要有人疏导他们。为需要帮助的人做点儿事情是一种幸福，我希望一直这样幸福下去。"

张晓宁没有追问下去，他猜到穆思静的心里必定有不可告人的苦衷。他不想在喜庆的节日里问起缘由，让她不快乐。

穆思静来到房间里，把行李箱里的衣物拿出来。这时她翻遍了箱子，也找不到那个相册。她失望地坐在床上，哀叹这段结束的缘分。

张晓宁等穆思静走远后，急忙给赵志打电话，却传来关机的提示音。他猜测他俩之间一定出现了问题，会不会是穆思静以前的事让赵志知道了，他必须想办法为她再次争取这来之不易的感情。

除夕晚上，敬老院里其乐融融。张晓宁和穆思静在老年活动室里，拿着话筒，主持今晚的年夜会。

"新年快乐！新年快乐！"大家齐声喊着，这时院外鞭炮齐响了起来。

接着张晓宁对大家说："各位大伯大妈，今晚咱们组织一些娱乐节目，有喜欢说唱吹弹的，可以登台献艺。"

"晓宁，我来弹琴，你和静静合唱一曲吧。"

"好吧，姐姐，请。"张晓宁伸出右手，礼貌地做出邀请的姿势。

穆思静被他牵着手，走到台前。

假如爱真的有天意 / 你会不会忘记 / 我们走过的点点滴滴 / 我的记忆里你是那么清晰 / 你的记忆里可有我的呼吸 / 如果注定你我各奔东西 / 为何来来去去 / 我们还是面对面站在一起 / 我的笑里装着了你的回忆 / 你的笑里收藏着谁的秘密

你的爱会不会老去 / 我把思念的日子 / 放在每一个有你的梦里 / 等待你成为我今生的天使

穆思静想起跟张晓宁一起经历的一幕幕画面，想起深夜里那个穿军装的大男孩陪她写诗，她的泪水顺着脸颊流了下来。

张晓宁走过去，紧紧地拥抱着她，台下响起一阵阵热烈的掌声。

"静儿，你在哪里呢？"他一遍遍地读着《文学诗刊》里若言的诗，他有一种预感，这个若言可能是与穆思静有亲密关系的人。他想起这本刊物的主编刘湘是他的好朋友，或许从她那里能知道若言是谁。

后来查到若言是周泰的，记得穆思静有个好兄弟是周泰的，会不会是他呢？于是，他拨通了那个电话。

"您好！请问您是若言吗？"

"我不是若言，我是她的弟弟张晓宁。"

"请您告诉我她在哪里，好不好？"李正兵可怜巴巴地问他。

"你知道她在何处又怎样？你能给她什么呢？况且你就是找到她，也太晚了。我曾以为你是一位有情有义之人，特意用若言的网名，在你们当地的刊物上发表了她的诗。三年了，你才向我问及她。现在，她结婚了，而且生活得很幸福。如果你还有点儿良心，希望你不要再来打扰她平静的生活，她的爱人很爱她。"

"请您把她的地址告诉我，可以吗？"

"我凭什么把她的地址给你？我该相信你吗？你连最爱你的人都欺骗，又怎能让别人相信你。刚才我说过，希望你不要打扰她的生活。难道你愿意看到她再次为你陷入痛苦中吗？"不等对方回话，张晓宁就挂断了电话，并把电话卡抽出来扔进了垃圾桶里。

二十个小时左右，赵志到达美国旧金山。他们走出飞机场，看到一位高大的美国男子和一位十五六岁的中国女孩在出站口朝他们招手。一个女孩张开手臂大声喊着，朝他们跑来。

赵志放下行李箱，兴奋地迎上去，抱着她转圈。赵志抱着她一圈一圈地转着，突然觉得自己仿佛站在画室里，恍惚看到怀里抱着的是穆思静。他开心地喊道："静静，静静。"

"爸爸，我好想你。"赵静怡浑然不知赵志口中的静静是另一个人，只有站在一旁的宋乔乔明白赵志喊的是谁。

她叫我爸爸？赵志低下头望着怀中的女孩，这哪里是穆思静，分明是自己的女儿。

他放下静怡，因不是穆思静而觉得很失落，又因把亲生女儿当成穆思静而愧疚。这一连串错综复杂的感情，让他的心情瞬间感觉很沉重。

"好了，你们父女俩回家再亲热。我来介绍一下。"宋乔乔挽着那位美国男子对他介绍道："赵志，这是杰克，我的合作伙伴。"

赵志忙伸出手，礼貌地握着他的手。然后，杰克提着行李箱，领着他们去停车场，然后驱车往家的方向驶去。

一个小时左右，他们到达一个小镇。又走了没多远，赵志看到一座三层的别墅立在一块农田里，三面是农场。

宋乔乔望着赵志说："这是我们居住的地方。来美国两年之后，我跟杰克在这里建了这所学习基地。春、夏、秋、冬四季，我们的学员喜欢在野外弹琴、吹箫、吹萨克斯。"

"音乐是你最热爱的事业，祝贺你一直坚持着自己的梦想。而我的理想却遥不可及，如今每天需提防那些围着自己转的人，小心地分析他们是出于什么目的，有时候一不小心，就会成为他人的眼中钉肉中刺，他们就会想尽各种方法来拔掉这根刺。"

"可是没有人逼迫你做那些明争暗斗的事。如果你愿意，可以留在这里成就自己伟大的梦想。"

"我不能背弃自己的祖国和家人留在这里。除非有一天，我以深造的目的来这里。"这时，他又想起了穆思静。倘若有这么一天，他真想放下身边的俗事，带她走进这样的环境里，一个画，一个写，俩人的每一个对视都是含情脉脉的。

"好吧，我期待有一天，你来这里深造。我会等到那一天的。进屋休息一会儿吧。这个是你的房间，进去换一下衣服，一会儿叫你吃饭。"

这里是早上六点多，赵志估算着在老家大约晚上九点多。正是家家户户团聚在一起最快乐的时刻，吃着年夜饭，看新春晚会，然后热热闹闹地放礼花。他想给穆思静打电话，但他该怎么对她说，在这欢庆春节的时刻，难道对她说一声新年快乐，而她孤身一人真的快乐吗？此时跟她通电话，只会让她更加难过。既然已对她负义，索性就让她认为自己是一个狠心的人吧。他无法做到样样周全。

他忙给朱姨打电话表示新年的问候。朱姨埋怨道："小志，你到底去了哪儿呢？"

"朱姨，我跟乔乔来到了美国。当我知道有了女儿后，我控制不住地想要见她。静静怎么样？"

赵志既担心又牵挂穆思静，他最怕穆思静会出事。此时，他真的后悔冲动地来到这里。

"今天早上她带着行李箱去了敬老院，说是在那里过春节，今晚不回来了。现在家家户户都开开心心地过节，可她孤单单地一个人去了那里，我一想心里就不好受。"朱姨不忍心再说下去了。

这时，赵志听到手机里传来鞭炮声，他仿佛看到周泰城的上空，绽放着一朵朵美丽的烟花，穆思静孤独地站在窗前，忧郁的眼神不知道随烟花飘落何方。

他挂断电话后，又给王丽华打电话，把事情的经过跟她说了一遍。现在不管他们用怎样的眼光来看他，他今天一定要向他们说出实话。哪怕穆思静永远不再原谅他，他也要像亲生儿子一样照顾他们。

宋乔乔等了一段时间后，看到赵志还没出来，忙去卧室叫他。她走到门前，听到赵志在房间里打电话。

"请爸妈原谅我，好吗？我不应该在过节的日子里，把静静一人留在家里，自己来到美国看望孩子。妈，错是我造成的，但孩子是无辜的，我要担当起一个做父亲的责任。"

"小志，我们不会怪你的。你敢把这件事情告诉我们，说明你是一个敢作敢当的男子汉。我和你爸更加相信，你会对自己所做的每一件事负责任，负责任的男人才是真正的男人。静静是个通情达理的孩子，她也会理解你的苦衷，若是她对你带有情绪，我们会开导她的。"

赵志听到岳父岳母这么通情达理，他暗暗发誓，这次回去一定要想办法让穆思静原谅他。挂断电话后，赵志拉开行李包，准备换件衣服。这时，他看到临行前穆思静交给他的信封，于是他迫不及待地打开。信封里装着一本红红的结婚证和他以前交给她的银行卡，还有一封信。他突然有一种不祥的预感，穆思静已展翅飞走了，他再也追不回来了，他们之间的缘分已走向了终结。

题头写的五个字，仿佛是一根针狠狠地扎在他的心头上，疼得他想用尽所有的力气大声喊出来。

### 离婚协议书

穆思静与赵志因性格不合，经俩人协商自愿离婚。本人一分财产都不要，在相处的时间里，赵志留给本人的银行卡，分文未取，如数归还。

签字人：穆思静

╳年╳月╳日

信从他的手中无声地滑落。他一屁股坐在沙发上，把头埋在臂弯里，泪水刷刷地倾泻而来。

宋乔乔在门外等了好长时间，听不到房间里有动静。于是她轻轻敲了几下门，也没听见回应。她急忙打开门进去，看到赵志把头埋在臂弯里，床上凌乱地放着信封、银行卡、结婚证，她急忙从地上捡起信纸，看了上面写的内容。

她轻轻地拍打着他的肩膀。她知道，赵志此时的心情不是用语言能形容的，也不是用什么语言就能劝慰的。她早该清醒过来，他的人在这里，心却不在这里，爱也不在这里。甚至在机场时，面对自己的亲生女儿，他的心思还留在穆思静的身上。在高铁站就应该斩钉截铁地让他回去，那样他今天就不会这样痛苦，这样备受煎熬。

赵静怡兴致勃勃地跑进来，看到赵志一言不发地坐在那里，惊愕地愣在那里。宋乔乔伸出手指，在嘴边做了一个停的姿势，接着朝静怡摆了摆手，拉着她走到门外。

"妈妈，你跟爸爸吵架了吗？刚才他还那么开心，怎么一会儿就变成这个样子了？"静怡追问着她。

"宝贝，妈妈没有跟他吵架，他是因有无法解决的事而痛苦。"

"我们可以帮他吗？"

"我们帮不了他。静怡，你已经十五岁了，我们之间的一些事，妈妈不想再隐瞒你。"于是她把她与赵志、穆思静之间的关系，从十几年前详细地说到了现在。

静怡明白了一切，她轻轻地走进赵志的房间里。看到他那么憔悴，她心疼地扑上去，搂着他的脖子说："爸爸，您怎么变成这个样子了？你知道吗，看到您这样，我好难过。十五年了，我好不容易把您盼来了，可您为什么没有给我期望的幸福呢？"

"静怡，爸爸错了。等一下，我洗洗脸，马上来陪你。"赵志为自己不能控制好情绪，让静怡难过而自责。

"爸爸，一会您吃点儿饭，教我画画吧。我已经学了五年，想请您指导我一下。"

"好啊，没问题。"

穆思静吃过早饭，打开电脑，在微博里写道：人总是自欺欺人，坐享美梦成圆。好像醒得最快的梦都是夹着春雨，来时惊天动地，去时寂静无声。从此南北两极，朵朵向阳花都开在你来时的方向。她和赵志之间就像一场夹着春雷的梦，明明知道彼此再也回不去了，却还盼望他能回来。

吃过早饭后，穆思静简单地收拾一番后，开车去了藩镇赵天雄家。

赵天雄送走了一拨又一拨前来拜年的邻里乡亲后，累得腰酸腿疼。他坐在沙发上，突然觉得心慌难受，他想喊林芳，却怎么也说不出话来。接着他的手脚开始麻木，茶杯也握不住了，"啪"的一声掉在地上。

林芳听到杯子的破碎声，急忙从卧室里走出来，看到赵天雄眼睛斜视，嘴角哆嗦着说不出话，吓得她一边给他掐人中，一边喊着他的名字。

穆思静把车停到大门口，走进院子里，去敲门。林芳听到有人敲门，像遇到了救星一样，大声喊："快进来救人，快进来救人。"

穆思静听到求救声，急忙推门进去，她看到赵天雄浑身抽搐着躺在沙发上，林芳则在一边急得满头大汗。

穆思静急忙对林芳说："阿姨，快帮一下忙，把伯父扶到我背上。"说着她蹲下来，用力拽着赵天雄的一条胳膊，放到肩上。

林芳帮着把身材高大的赵天雄扶到穆思静的背上。她背着赵天雄，吃力地往前挪动步子，林芳在一旁抬着赵天雄的双腿，艰难地往门外走去。

救护车赶到后，医务人员迅速把赵天雄抬上车，驶往市中心医院。一到医院，赵天雄立即被送往抢救室。林芳瘫软在手术室旁的椅子上抽泣。

护士抱着文件夹走过来，说："一会儿去交押金，办理住院手续。"

林芳哭着说："我急急忙忙地出来，忘了拿钱包，我该怎么办啊？"

"阿姨，我带着银行卡。您坐在这里等我，哪里也别去，我去交押金。"穆思静安慰着她，怕她太激动会出现意外。林芳紧紧攥着她的手，像握着一根救命稻草一样不敢松开。

谁说缘浅？两个月前，她与林芳在这家医院相遇，今天去探望他们，无意之中遇到这么救急的事。若不是一家人，上天怎会把这么多的巧合一次次降临到她的身上。

抢救室的门一直关着，林芳觉得天旋地转，她想给赵志打电话，但是又怕他在国外担心，况且他一时也赶不回来。

"静静，今天多亏了你。我们两次遇难，都是你及时出现，你真是我们家的恩人。"林芳说着就要下跪。

"阿姨，您快起来！您别这么说，两次都碰巧遇到你们有事，说明咱们之间有缘分。"穆思静扶她到椅子上坐下，安慰着她。

林芳紧紧地握着她的手说："上辈子我们一定是母女。这辈子你就做我的女儿吧，好吗？"

不知道为什么，当前林芳把穆思静看作自己最依赖的人，她甚至忘记了这个时候，应该给自己的亲生女儿打个电话。事到如今，为了不让林芳难过，她不再推辞。

"我的好女儿。"说着林芳就扑到她的怀里哭了起来。

这时候，穆思静接到家里打来的电话。王丽华在电话里温和地对她说："静静，有句话妈要对你说一下。昨晚赵志给我打电话了。"

穆思静惊疑地问道："赵志给您打电话了？他说什么了？"

"小志是个既有责任感，又忠诚的孩子，他把去美国的前因后果都告诉了。静静，你可要大度一点儿，他只是去看看孩子，不要斤斤计较他以前的事。"

穆思静看到林芳一直往这边看，怕她听到有关赵志的事，急忙结束了通话。

"哪个赵志？"林芳听到刚才穆思静在电话中说起"赵志"的名字，急忙问她。此时，穆思静不想让林芳知道真相，忙说是自己的一个同学。

"赵天雄的家属在不在？！"护士从抢救室里出来，拿着病例喊，"病人是突发性脑梗死，因为抢救及时，避免了病情继续恶化。目前，病人已经脱离了危险，一会儿送往监护室。"

"太好了，是老天保佑，让我家天雄躲过了这场灾难；是老天眷顾，把静静送到我们身边，才得以保全天雄的性命。"

"这时候，林芳收到女儿赵明打来的。林芳告诉她，当前发生的事情。赵明听到后，急忙往医院奔去。

"一会儿我女儿赵明过来，你好好休息一下。你的发卡快掉了。"林芳说着把她的发卡从头上摘下来。

"铃铃……"穆思静的手机响了。她看了林芳一眼，走到一边接通电话。

"静静，昨晚小志打电话问起你，我知道你很委屈，快回来吧，有干妈在，谁也不敢再欺负你。"

林芳虽然六十五岁了，但她眼不花耳不聋，她听到穆思静电话里那个女人的说话声音很像朱倩云，还听到她提起小志。小志是赵家人对赵志亲昵的称呼，难道这个静静是倩云的亲戚？如果她是倩云的亲戚，可能会认识赵志。林芳对穆思静的身世越来越好奇，为了能听得更清楚一点儿，她若无其事地往穆思静身边靠去。

"今天我还不能回去，还要在敬老院帮忙做事。"穆思静看到林芳靠过来，不等朱倩云回话，她迅速地挂断了电话。

穆思静想尽快脱身，她不想接触赵家太多的人，让赵志误以为她是有目的地去接近他的家人。忙找借口辞行。

电梯口，赵明急急忙忙地进来，一下子撞到了穆思静的怀里，穆思静毫不在意地离去。

赵明来到病房，焦急地问林芳："妈，我爸呢？"

"你爸被送到监护室里了，医生说已经度过了危险期。"

"那就好。妈，您的干女儿呢？"

"她才走了不到五分钟。"

赵明说："她回来后，一定要记得把钱还给她。你想想啊，就算是她成了您的干女儿，可怎么说人家也是跟咱们没亲没故的，一个打工族为爸爸垫上这么些钱，不是个小数目，咱们不能这样占人家的便宜。"

这时，护士进来告诉她们可以有一位家属进监护室探望病人了。

监护室里，赵天雄的鼻子里插着氧气管，面色苍白地躺在床上。看到林芳进来，他想伸手握住她，但是手脚麻木得几乎没有知觉，只有手指头微微地可以动几下。他想说话，却吐不出一个字，只有喉结在上下翕动。

林芳明白他的所想，忙凑近他的耳边说："放心吧，医生说你没事了。你是得了脑梗死，多亏了年前我认识的那个静静来到咱家，这才救了你。"

赵天雄的眼角溢出了泪水。林芳给他擦着泪说："好了，你好好养病。等你好了，咱俩一起去看静静。"


赵志在画室里教静怡画画。此刻，宋乔乔坐在钢琴旁，弹着一曲《假如爱有天意》。

假如爱有天意，静静，你会给我一个机会让我们从头再来吗？

这里的天空与中国的没什么两样，白云也是从故乡飘来的。赵志站在窗前，想起那天穆思静在画案旁，握着画笔沉思，恰好阳光落在她的长发上，她像一位天使在世间撒播美丽的风景。艺术家的眼光是敏锐的，别人不易觉察的事，他们总能洞察秋毫，把每一丝风情都印在脑海中。想到这里，他马上拿起一张宣纸，钉在墙面的毛毡上，蘸着墨，在纸上勾勒着。

赵静怡坐在离他不远的画架前，托着腮，望着他一笔一笔地专心作画。房间里安静得只剩下他的笔摩擦出的"沙沙"的声响。

他一直没有停歇地画着。

两个小时左右，他画出了富有饱满意境的整幅画：一位女子穿着长长的连衣裙，手握着画笔，站在画架前，做出沉思的神态。她的前方是一片荷花湾，风儿扬起她的长发，遮住了半边天。

女子眼带笑意，眸若清泉，能对一个人的眼神画得如此传神，足见这个人在作画者的心里，有着特别的地位。他能读懂她的每一个眼神、每一次呼吸，甚至每一句语言。

赵静怡不动声色地看着，她怕自己的一个声响会影响到爸爸作画。此时，她明白了，爸爸的内心深处藏着对另一个人深深的爱。这份爱任何人都取代不了，就算是她和妈妈也不能。

她马上十六岁了，已经有了自己的判断能力。爱是平等的、相互的，她爱妈妈，也爱爸爸，但她不能为了妈妈，让爸爸失去所爱，余生痛苦地生活。

她悄悄地走到赵志身边，说："我已经是大孩子了，大人的事我也懂一些。

在美国，我们小孩子和大人是可信任的朋友。可不可以请您讲讲画上这位女子的故事。"赵静怡瞪着水汪汪的大眼睛望着他。

于是赵志把他与穆思静相识的点点滴滴跟她说了一遍。赵静怡托着腮，认真地听着。

"爸爸，真希望有一天，我能见到这位阿姨。"

"等你放假的时候，我带你去见她。你快去练画吧，一个人无论有多高的天赋，勤奋是很重要的，最忌眼高手低，所以你要多练。我也要静下心来画完这幅画，你在身边会影响我的创作。"

人往往喜欢较真，以为爱情是心有灵犀的，我的念想你会得到感应。我们背对着走各自的路，把彼此的距离拉得越来越长。亲爱的，这春暖花开，我面对的每一朵花，都在离你很远的地方。

晚上，小镇上空的星星显得特别亮，赵志望着北极星，找到指向家的方向。他不知道穆思静是否会站在窗前，也望着他所在的方向。

赵志握着画笔，想起穆思静忧伤的眼神、孤单的背影，他的心一阵生疼，走是疼，站也是疼；远是疼，近也是疼。那天的雪下得那么大，她的长发上落满了雪花，就像这星光一样，灿烂夺目，直逼人心。

赵静怡从外面进来的时候，赵志正在专注地作画。他画的是穆思静站在雪地里，穿着浅灰色的大衣，围着红色的长围巾，望着前方一列远去的火车。雪花一朵一朵地落在她的长发上，她如水般清澈的眼眸，是刻在眉目上的孤寂。

赵静怡凑到赵志的身边，轻轻地说："爸爸，能不能给我讲解一下这幅画的含义？如果您不是对阿姨太痴爱，怎么能凭着记忆，创作出这样震撼人心的作品呢？爸爸，请把你们之间的故事继续讲给我听，好吗？"

赵志放下笔，起身走到窗前，望着缀满繁星的夜空，说道："她是一位温柔善良的女人……"接着他把买戒指遇到宋乔乔的前前后后详细地跟静怡说了一遍，"如果这次我不来，你会很伤心，我也很渴望见到自己的女儿。但是我选择来，春节期间把她独自留在家中，会让我们之间的裂痕更深。若是我俩已经举办婚礼了，以她的为人处世，她不但不会加以阻拦，还会鼓励我来。而我至今未给她一个婚礼。"

他苦笑着在静怡的身边坐下，抚摸着她的长发说："我和你妈去坐动车时，她孤身一人冒着大雪去了车站。你可懂得，她是带着多大的勇气和痛苦来成全我和你妈。"

"爸爸,我真为您和阿姨之间这伟大、高尚的爱情而感动。等我回国后,我一定去找阿姨,让她接纳您。"

"小孩子家,好好学习就行,大人的事不用你操心。"赵志抚摸着她的脑袋说道。

赵静怡瞪大眼睛说:"谁说我是小孩子了?在美国,很多小孩子能做大人做不了的事。"

"好了,快去休息吧。"

正月初二是出嫁的女儿回娘家的日子,穆思静早早地开着车驶往东洲。

一进门,王丽华就兴奋地迎上去。她端着一杯红糖水过来,说:"快喝点儿红糖水暖和暖和,外面那么冷。"

"妈,车上有空调,冻不着。"

王丽华拍了一下她的脑袋,佯装生气地说:"你这孩子,怎么不识好歹,说句话总跟我顶嘴。"

穆思静笑道:"哈哈,忘了妈是'常有理'。"

穆正也笑着说:"你妈这好胜的脾气,一辈子也改不了。无论什么事她说什么就是什么,你别跟她反驳。"

"你这个老东西!我好胜的脾气还不是被你逼的。你成天像个木头一样,我若不厉害点儿,咱们一家人还得被外人欺负。"

穆思静忙两边劝和:"你们俩都别争了。我每次回来,你们总是吵来吵去的。"

"这哪是吵架,我不大声说话,你爸他耳背能听得见吗?你看你爸,这个不会,那个也不会,光会看电视。烦死人了!"王丽华得理不饶人地唠叨着。

"我听一位心理咨询师讲过课,一般来说,女人一天比男人要多说两千句话。因此,就让我妈把那两千句话讲完才行,要不没地方放,会憋得难受。"

"你爷俩总是一个心眼儿。"她坐在穆思静的身边,一边剥着橘子皮说,"静静,我跟你说。小志这个孩子比亲生的还好,年前给我们买了油、米、鱼、虾、肉、瓜子、茶叶等,用快递寄来了,还在茶叶盒里塞进了2000元钱,让我和你爸买衣服。"

穆思静没想到赵志会这么做,其实到了今天这个地步,她从来没有恨过他。

"他对我说了他以前的事情,过几天就从美国回来看我们。静静,你也别为难他,况且那些事都是以前的,他去认自己的孩子,说明他是个有责任感的男人。他主动跟我们坦白，可见他是真诚实在的人，他若是想瞒着不说，自然会有办法不让我们知道。再说这些事情落在谁的身上，都很难处理，不可能做到双方都满意。"

穆思静不想继续谈论下去，怕对赵志勾起更多的思念。王丽华看到她不接话，拿着剥好的橘子递给她，起身往厨房走去。

穆正坐在一旁，望着穆思静说道："你回到周泰有三个多月了吧，怎么还没跟我们说何时办喜事。"

"他的工作一直很忙。"

"工作忙就不过日子了，这是不结婚的理由吗？当初咱们说好了，理解他的工作身份，不会很招摇，但是结个婚，简单地办喜事也不行吗？当年毛主席还提倡结婚披红花，坐花轿呢。"

"我和他回到周泰的第二天，就去民政局领了结婚证。"说着，他翻出用手机拍的结婚证给他看。

"他真的对你好吗？我怎么觉得你这次回来心事重重的。一说到他，你总是找借口避开话题。"穆正担心地问她。

"爸，他真的对我挺好。"

"你是我的女儿，爸当然希望你生活上过得幸福开心一点儿，怕你有事总是藏在心里，有委屈也不告诉我们。"

穆思静表现出很平静的样子，说道："爸，我真的没事，您放心吧。"

这时穆思静接了唐梦轩打来的电话。她忙走到一边接听："穆思静，你这个忘恩负义的家伙，有了新欢就忘了旧友，最近怎么不给我打电话了？"

"最近工作有点儿忙，你还好吧？"

"我怀孕了，你说我该怎么办呢？我不想生孩子。"唐梦轩在电话里撒娇地说道。

"梦轩，你不是小孩子了，生儿育女是正常人的生活。姐夫岁数也不小了，你得为他考虑一下，他想不想要个孩子？"

"他当然想要了。他说若是我敢去做流产，就跟我离婚。"

"两个人有两个人的幸福，孩子带给我们的是不一样的幸福。上天不会把无缘无故的人带到我们的面前，闯进我们生命中的每个人，都是有缘人。"

"你好像信佛了。"

"与佛无关，只是自身的感悟而已。"

二

莫怨梦里太窄，我还没来得及打开通道，你已转身离开；莫怨梦境太浅，我还未熟睡，你已大步远去；莫怨梦中太冷，我面向阳光的地方，你总是背道而驰。

晚饭后，赵志坐在客厅里，对宋乔乔说："明天我要回国了，你以后遇到合适的人，就把自己嫁了吧。"

"你就这么急着回去吗？"宋乔乔失望地望着他说。

赵志苦笑了一下，说："我向她父母承诺过要给她一个幸福的家，而今我却辜负了他们。"

"你没辜负任何人，是你们之间的缘分太浅。"

"我不相信缘分，只相信心是连接彼此的纽带，只要彼此用心为对方付出一点儿，就不会分离。她愿意为我放下一切，简单地过日子；她愿意成全我，孤身一人离去；她愿意为了我，把爱藏在心里。她也一定会愿意为我做很多我不知道的事……"说这些话时，赵志的眼睛一直望向门口，好像门外站着穆思静。

"可我比穆思静更爱你，比她更适合你。她留给别人的只是一件美丽而又没有活力的艺术品，是一个不食人间烟火的梦。她只是你们一群浪漫者无可捉摸的梦境而已。她不懂风花雪月，不懂生活上的情调，也不懂怎么在现实生活中求生存。"

赵志伸出手，想打断她的话。宋乔乔视若无睹，竭尽全力喊道："为了你，我千里迢迢地跑到中国；为了你，我不顾茫茫人海，在东平一次次地等待你的出现；为了你，我丢弃尊严，去面对她，清清楚楚地告诉她我爱你。这些你能做到吗？穆思静能做到吗？我不像你们那样，不敢爱也不敢恨。"

"我懂你为我付出的一切，但是我们之间的爱情已经结束了，当年你把它终结在你的一意孤行上，让静怡成了我俩的牺牲品。"赵志吸了一口气，继续说，"我和穆思静不是懦夫，不是不敢爱不敢恨。我们只是懂得为对方着想，希望对方能够最幸福。她不是不懂风花雪月，也不是不食人间烟火，在周泰的这些日子里，她用自己微薄的工资开支着家里的一切花销费用，一分钱都未用我的，她活出了自己的骨气。"

赵静怡站在楼梯处，听着他俩的对话。她觉得爸爸是一位特别伟大的人，阿姨也是那么伟大。她相信有一天，自己一定能跟阿姨成为好朋友，成为一种比母女之情还多一层的知音关系。

宋乔乔抱着胳膊，一动不动地坐在沙发上。

赵静怡悄悄地坐在她的身旁。她轻轻地说："妈妈，对爸爸放手吧，他最爱的人是阿姨。我是学画画的，如果面前没有参照物，凭着记忆，对一个人的神态画得形象而逼真，而且是把那种忧伤和快乐的神情一笔一笔地画出来，那么这个人一定在作画者的心里占据着最重要的位置。"

宋乔乔转身问她："你是怎么知道这些的？"

"爸爸来美国的这几天，为同一个人画了两幅画。我祈求他把每幅画的故事告诉我，他就把他与阿姨之间的点点滴滴告诉了我。"说着她拿出手机，打开图片，给宋乔乔看赵志画的两幅画。

宋乔乔瘫倒在沙发上，失望地说："难道我就这样永远地错过他吗？他是我一生中唯一爱过的人。"

"妈妈，不要说爸爸是您一生唯一爱过的人。他只是您前半生的至爱，谁也无法预言自己的后半生。当初你们彼此相爱，但是您却为了自己的打算，抛下他来到这里。因为您的固执，让我和爸爸分离了十五年，现在才得以相认，让本该属于我们一家人的幸福，只能分成两份或者三份。我爱您，却要离开爸爸；我爱爸爸，却要离开您。您就算强行把他留在身边，可他的心不在这里，这样的爱迟早还是要分开的，这让我们的尊严何处安放。"

宋乔乔叹了一口气。她痛苦地摇了摇头，不再说话。

"这么多年来，杰克叔叔一直未娶，有很多女孩子爱慕他，但他始终跟她们保持着距离，那是因为他的心里只有您。这些年来，我都习惯了他对您的陪伴，在我的心中，他就是我的家人，像一位父亲陪在我身边，呵护我成长。"

宋乔乔舒了一口气，抚摸着她的长发说："你小小年纪，看事情竟然比妈妈还要清醒。明天你爸爸就要回国了，今晚去陪陪他吧。"

宋乔乔坐在琴旁，弹奏着《假如爱有天意》："多少恍惚的时候，仿佛看见你在人海川流，隐约中你已浮现，一转眼又不见……"

她按着琴键，脑海中浮现出这次回国的一幕幕画面。想到穆思静那个文弱的女人，特别是那天她们的见面，她说的话犹在耳旁。她又想起车站上的那一幕，想起赵志画穆思静在雪地里的神态，她终于彻底明白了。

第二天，飞机载着赵志朝中国的方向飞去。

宋乔乔抬头望着远去的飞机，感觉像孩时玩的风筝，飞着飞着就断线了，风筝消失得无影无踪。此时，赵志就是那只断了线的风筝，她再也找不回他的爱了。赵静怡抬头望着远去的飞机，飞机带着她挚爱的爸爸，去见他挚爱的人了。有一天，她也要回到那里，去见这位爸爸挚爱的人。

杰克抬头望着远去的飞机，长长地舒了一口气。他知道这次赵志的离去，终于让宋乔乔放下心结，他可以伸开臂膀，拥她入怀了。


初三上午，穆思静接到唐梦轩的电话，邀她过去聚聚。她开着车，朝右方驶出巷子。接着一辆黑色的帕萨特从左方驶进来，然后在穆思静的家门口停下来。从车上下来一位高大的男子，他穿着黑色大衣，花白的头发，被风迎面吹起。

来客轻轻地按了一下红色大门上的门铃。

穆正看到一位六十来岁的老人站在门口，忙问："请问，您找谁？"

"您好，我叫李正兵，是穆思静文学上的朋友。"

穆正一听来客说是女儿的朋友，怕怠慢了人家，忙招呼他进屋。

李正兵望着眼前和蔼的老人，猜到他可能是穆思静的爸爸。他左手插在口袋里，跟着穆正往屋里走。此时，他多么希望再迈过一道门槛，就能见到日夜思念的人。

"大叔，您先请。"李正兵礼貌地谦让着。一声"大叔"，让穆正不由得眉头蹙起。但他看到对方待人有礼，风度儒雅，也就没多想。

王丽华听到陌生人的说话声，忙从卧室里出来。

李正兵急忙起身礼貌地喊道："阿姨您好！"

"您好！"王丽华不由得皱了一下眉头。我有这么老吗？这个人看上去比她小不了几岁，头发比老伴的还白，竟然还装嫩喊她"阿姨"。

此刻，李正兵没有发觉自己的失误，他尽量想在他们的面前表现得好一点儿，纵然有些事已无望，他也想要给他们留下好印象。可能是习惯了跟穆思静一起同辈相称，以至在穆正夫妇面前，忘记了自己与穆思静已无任何关系。又因他头发全白了，所以看上去比实际年龄大十几岁，他的称呼让穆正夫妇对他有了一点儿偏见。

穆正礼让着说："请喝茶。"

"谢谢大叔。"他左一声"大叔"，右一声"大叔"，让穆正哭笑不得。

李正兵环顾四周，没看到穆思静，感觉很失望。他只好开门见山地说："大叔，我叫李正兵。不知小穆以前是否对您提到过我？"

王丽华知道了来客的身份后，不由得怒火中烧，她生气地说："原来你就是让静静离家出走的那个人。我女儿是那么乖巧的孩子，是你害了她！"

"阿姨，是我对不住她，也对不起您二老。"

"别叫我阿姨，你不看看自己，都已经是个半老头子了，还好意思张口叫我阿姨。"

"我知道自己配不上静静，今天我来这里，不是要纠缠她，是想给她一件东西。"李正兵虔诚地说。

"不要叫我女儿静静，你不配！你马上给我滚！"

穆正急忙摆手制止王丽华过激的行为。他语重心长地对李正兵说："老李，我跟你说句掏心窝子的话吧，因为你的原因，这几年静静跑到外地待了三年。现在她好不容易把一切都放下了，请你不要让她再回到过去了好不好？你也是做父亲的人，希望你能理解一下我们做父母的心，谁家父母不盼望儿女生活得好一点儿。虽然我们当初不赞成你们相爱，假如你能够光明正大地跟她生活在一起，看在女儿的情分上，我们也会接纳你。我不问你们之间到底是什么原因，既然没有在一起，就说明你们没缘分。静静才结婚不久，夫妻感情也很好，我求你别再掺和进来，好吗？"

"年轻人有文化，思想都很新潮，也不搞封建迷信那一套。我们家静静活到这么大，从来不拜天、不跪地，可却为你跪了一炷香，磕了一百个头……"王丽华把五年前穆思静离家出走的一幕，对他说了一遍。

那天穆思静无精打采地回到家中，一动不动地坐在沙发上。后来，她开口说："妈，您在菩萨面前帮我点上一炷香吧。"

"你怎么突然想烧香了？你不是反对我成天烧香拜佛吗？"

"妈，您别问了好吗？"说着穆思静抽泣起来。

看到女儿哭，王丽华猜到她的心里一定有事。为了表示诚心，王丽华选了一炷长香，在菩萨画像前点燃，插在香盒里。然后，她把屋门留了一道缝，偷偷地站在门外，观察着女儿的举动。

穆思静跪在硬邦邦的地上，双手合十，泪流满面地说："求菩萨保佑李正兵顺利地躲过这一劫。我会为您老人家跪一炷香，磕一百个头。"说着她弯下腰一个又一个地磕头。王丽华在门外听着女儿的念叨，数着女儿磕了一百个头，心疼得要命。

她跪在硬邦邦的地上，膝盖跪疼了就挪动一下，疼了再挪动一下，后来疼得椅着墙跪在那里，一直跪到一炷香燃完。这时，她很后悔，若是早知道女儿要跪这么久，她应该选一炷短香。

王丽华说着，泪水止不住地往下流。穆正和李正兵也忍不住泪流满面。

她擦了擦眼泪，继续说："今天我们穆家求你，放过我的女儿吧！如今她好不容易找到了自己的幸福，请你不要再来打扰她了，行吗？"

"只要她过得好，我向您保证，绝对不会再来打扰。我走了！"李正兵觉得眼前恍恍惚惚的，一个趔趄，差点儿摔倒。他挺住不让自己倒下去，一定要体面地离开这里。


唐梦轩和穆思静像孩子一样聊着孕期的一些事，陈刚像个佣人一样，开心地为两位"功臣"服务着。一会儿送水果，一会儿送营养品，一会儿送喝的，他忙得不亦乐乎。

看到陈刚对梦轩照顾得这么无微不至，穆思静不由得想起了赵志。假如他们之间不曾出现这些意外，赵志也一定会如此照顾她的。

这时，她收到是赵志打来的电话。

"静静，我才下了飞机，明天早上我赶过去。"

"你有空就来，没空就以后再说吧。"穆思静知道，赵志回家若是看到父亲病了，是没法脱身来这里的，她不能为了圆一个面子，让他不顾病中的父亲。假如他们还有缘，她不在乎是哪一天相见，假如彼此不能续缘，这个圆场总有一天还是会散开的。

赵志到家的时候，已是深夜，家里熄灯了。他悄悄进屋，打开灯。屋里冷飕飕的，好像长时间没有生暖气了，沙发上凌乱不堪，卧室里一点儿声音都没有。他突然觉得不对劲，急忙推开门，打开卧室的灯。卧室里空荡荡的，一个人影都没有。

他掏出手机给赵天雄打电话，却传来提示关机的声音，接着他又给林芳拨过去。

此时，林芳在赵明的家里，和外甥萌萌说着话。她接到赵志的电话，忍不住哭了起来。

"妈，您怎么了？快告诉我！"

林芳于是把赵天雄生病的事情告诉了他。并对他说："这次又多亏了静静。

要不然，我一个老婆子真不知道该怎么办了。"

难道又是穆思静吗？他疑惑地问："哪个静静？"

"就是上次我在医院里遇见的那个女孩。"林芳接着把那天发生的一切详细地跟他说了一遍。

赵志问道："你把钱还给她了没有？"

"没有，她一个外地打工者，挣点儿钱多不容易。那天我和你妹妹通完电话后，她接了一个电话，就急急忙忙地走了。她走的时候，我又忘记问她的电话号码了。"

"这个静静是不是周泰的？"赵志听到林芳说她是外地打工者，再次想到会不会是穆思静。

"那天她送我回家的路上，我好像听她说老家是什么州。好像是……滨州。"

"妈，今天不说了，您先睡觉吧，我们明天再谈这些事。"

赵志躺在沙发上，再次思忖这个静静是不是穆思静。他拨通了穆思静的电话："明天我去不了东洲了，咱爸住院了。"赵志想试探一下，看看穆思静的反应。

他多么希望她会说一句"你爸病了，你就在家陪他吧"，那样他就能确认那个静静就是她，而她什么也没有说。

"祝愿伯父早日康复，天不早了，你休息吧。"

一声"伯父"，让他确信那个静静不是她；一声"伯父"让赵志听得特别刺耳，本来这个人是她的公公，而他至今还没有带她去与他们相认。

穆思静挂断电话，坐在沙发上沉思不语。

"怎么了，静静？"王丽华担心女儿是不是被那个李正兵骚扰了。

"赵志回国了，但是他爸住院了，他现在不能来了，希望您别怪他。"

"我们怎么会怪他呢，谁都有脱不开身的时候。既然你公公住院了，你得赶紧回去，和小志一块儿照顾他。"

"他爸已经脱离危险了，有他和妹妹在医院里照看着呢。"穆思静此时很想避开赵志。

"不行，谁在医院里陪着，也代替不了你这个做儿媳妇的，你要想明白你在家里所处的位置。等你公公身体好了，你在娘家住一年我也不会赶你走。"

穆思静为了不让她起疑心，只好应道："好吧，午饭后我就赶回去。"

"这就对了。婆媳之间虽然没有血缘关系，但成了一家人，就要两好合一好。

先不跟你说了，我去给亲家准备点儿咱老家的特产和礼物。"

赵志和林芳一早急忙赶到医院。赵天雄昨天从监护室转到了病房里。

看到眼前的赵天雄，赵志有点儿不敢相信所看到的一切。五天前，父亲还生龙活虎地走到大门口送他，此时竟呆滞地躺在那里。

他趴在赵天雄的身上哭道："爸，对不起，我不该撇下您和妈去美国。"

记得穆思静对他说过："简单就是幸福，别去追求太多想要的东西。"当初他若不是鬼迷心窍地跟着宋乔乔去美国，他跟穆思静的感情就不会出现更深的裂痕，也不至于让年迈的父亲差点儿丢了性命。此时，赵志的心里有着深深的内疚和自责。

赵天雄的嘴唇哆嗦了几下，喉结翕动着。林芳明白，他是想告诉儿子别难过，却说不出话来。

"小志，你不要难过。现在他说不出话来，你越哭，他就越着急，不利于他康复。"

赵明也劝道他。他擦了擦泪水，对她说："我和妈在这里陪爸爸，你俩快回去休息吧。"

赵明拿起包就走，突然她又停了下来，从包里拿出发卡对赵志说："哥，静静走的时候，把发卡落下了。她来的时候，你还给她吧。"

赵志看到赵明手里的淡蓝色蝴蝶结发卡，失控地一把夺过来。这个发卡是他买给穆思静的，原来这个静静就是穆思静。为什么她一句也不对他提爸爸生病的事。难道她还不知道这是他的父母。如果她还不知道，那么这一切巧合，足以证明她和赵家人有着千丝万缕的缘分，连老天都安排她及时出现在爸妈危急的时刻。

林芳看到他发呆地握着发卡，疑惑地问："这次去美国是不是出什么事了？"

"妈，您相信缘分吗？"他情不自禁地问林芳。

"我当然相信缘分。这么多年给你介绍了一个又一个女孩子，要么你相不中，要么就不去相亲。你和乔乔经历了十五年的离别，最终你俩还是走到了一起，这不就是缘分吗？"

"我说的缘分，是上天不经意把一个人带到你面前。她的出现，一个眼神的落定，便成了别人生命中的一部分。妈，这个发卡您好好收着，等她来了还是您给她吧，我一个大男人给她不合适。"说着他把发卡放到林芳的手里。

他来到走廊里给王丽华打电话，跟她说自己不能去东洲的原因。

"小志，静静已经告诉我你爸的情况了。你不要急着来，我和你爸好着呢，你在医院里好好照顾你爸，多宽慰一下你妈。还有，今天我催着静静回去了。"

"妈，您不要让她着急回来，让她在家里替我多陪陪您二老。我爸已经没事了，现在只是每天上午打针，有我和妹妹在这里就行。"

"本来我们老两口儿想一起去医院看看你爸，可静静说大过节的，路上车辆多，不让我们出远门。"

"您和爸身体健健康康的，是为我们做子女的减轻负担。其他的都不重要，人情上的事怎么都能说得过去，静静回来，什么都代表了。"

穆思静赶到周泰后，急忙来到张晓宁家。张晓宁七十多岁的奶奶戴着花镜，正开心地和他打着扑克。

穆思静提着大包小包的东西来到张晓宁家。张晓宁不解地问："大过节的，什么事情让你这么神神秘秘的？"

"咱俩在东洲合伙建一座敬老院好不好？"

"姐姐想好的事，我会大力支持。但是合适的地方和环境的选择很重要，繁华地带地皮贵，成本高，我们的收费标准就高，这样只适合少数有钱人来。另外，周围的环境若是很喧嚣，也不利于老年人休养。"

"我们东洲是一座山城，距离城区大约七八公里，有好几处环境优美的旅游风景区；再往南五公里还有一个画家村，有很多画家住在那个山村里，他们用石头盖了一所所小院。我们可以选择在那里投资建设。"

"听你这么一说，我很想去考察一番。那后天去吧！"

"好！我还有点儿事情，那我回去了。"

一路上，穆思静看到家家户户贴着红对联，不禁哀叹道："家是温暖的，而我的家在哪里？奔到哪里才有一个属于自己温暖的家？"

这时候，她接到赵志打来的电话。

"妈说你今天回来，你到家了吗？我做好饭等你。"

穆思静好想好想有一个这样的家，吃着爱人做的饭，享受着爱人的温情。但是她和赵志之间再也回不去了，她只想把孩子生下来，给他一个好的生活环境，让他健康地成长。

"我的家在哪里？"说完她痛心地挂断了电话。

赵志握着手机，失神地坐在走廊的椅子上。穆思静痛心的话，一次次在赵志的耳边回荡着。他镇定了一会儿，给张晓宁打电话约他在画室见面。

春节到处洋溢着喜庆的气氛，而赵志一点儿快乐的心情都没有。他一见到张晓宁就把辜负穆思静的事情跟他说了。"砰"的一拳，张晓宁打在他的脸上，赵志的嘴角马上流出了血。

"当初你信誓旦旦地对我承诺，即使我姐离过婚，你都会爱她。而她只是在梦中提到一个人的名字，你就嫌弃她了。你知道吗？前几天，那个人给我打电话了，被我狠狠地骂了一顿。这件事我对谁都没说，也没让姐姐知道。我对那人说我姐已经结婚了，老公很爱她，而且生活得很幸福。但是，你给她的是怎样的幸福生活？"

"我只是很想见见我的女儿。十五年了，她一直盼望能见到自己的亲生父亲。错是我犯下的，但是孩子是无辜的。"

"我姐难道不也是无辜的受害者吗？她憧憬着幸福，开心地跟你一起过日子，而你至今都没带她去见你父母，你有没有考虑过她的感受？为什么你不带着她去见你父母？为什么你不带着她一起去美国看你女儿？"

"我……"是啊，当初自己若是冷静一下，带着穆思静一起去美国，那么他俩说不定就和好如初了。

"她那么善良，如果你带着她一起去美国，她不但会支持你，而且也会对你女儿很好。"

"晓宁，我现在很后悔，做错了这么多事。求你帮我最后一次，我对天发誓，永远不会再伤害她，我是真的很爱她。"

张晓宁想起除夕晚上，他们唱的歌。当时张晓宁就明白，合唱的时候，他的心里想的是她，而她的心里想的是赵志。

"这次我帮不了你，你还是靠自己来把她的心暖过来吧。还有，你不要太心急，太急了，就把她吓跑了。"于是，张晓宁把穆思静跟他商量在东洲建敬老院的事跟赵志说了一遍。

"你能不能带她回这里住，让她回忆起我们曾经的快乐时光。我想她的时候，也可以来看看她。"

"她很要强，从来没有对我提过你们之间发生的事，目前还不能让她知道我已经知晓了这些事情。为了你们的幸福，我只好再做一次小人，编造谎言来骗她了，这世上她永远最相信我的话。"

"谢谢你!"

"别谢我,还是那句话,我不是为了你,我是为了我姐的幸福。如果我和她年龄差不多,我早就把她抢到手了,还能轮到你吗?我自信,如果不是因为年龄上悬殊,姐会选择我的,我俩才是最默契的。"

李正兵从穆思静家回来后,默默地坐在窗前发呆。他的家处在城区的繁华地带,窗外车水马龙,人来人往。他多想在人流中突然看到穆思静的身影,他不祈求她能跟他说一句话,也不祈求她能看到他。即使这是一秒钟的梦,现在都难以实现了。

倘若有一天,在熙熙攘攘的人群中,你突然喊出我的名字,我会像孩子般手舞足蹈地跑过去,忘了什么是矜持,那种笑容是渗在骨子里的美!多年以后,你提取这个片段,只有原始的东西才还原着本色。

这是穆思静写的文字,李正兵今天再读,仿佛感觉她就在眼前。

他打开电脑,在百度里搜索她的信息。这时候,他搜到网站上一条信息,时间是十一月二日,标题是《冬天里的一把火,温暖了谁的心窝》。上面有一对男女在火车站拥抱的照片,李正兵看到那照片中的女人虽然只露了侧脸,他还是一眼认出了她是穆思静。他顺着网站上的帖子读下去,看到有很多人在下面留了帖子,也看到帖子下面经过有关部门证明,他们是一对合法的夫妻声明。

他失望地坐在电脑前。张晓宁没有骗他,穆正夫妇也没有骗他,一切事实已经证明他和她今生再也不能走在一起了,这个梦彻底结束了。

这时候他觉得自己开始血压升高,心跳加快,眼前出现一些模糊重叠的影子。他知道自己的血糖已经高出常人很多,已经引起发了一些病变,但是他不想告诉任何人。

他拿出笔,找出一叠信纸,写了一封信。听到开锁的声音,他知道玉茹回来了,忙把信放到书桌下面的小匣子里,锁了起来。

"正兵,今天你在家吃的什么?"玉茹走进书房里,关心地问他。

李正兵温和地对她说:"我简单地煮了一碗面条。"

"你要是再这么简单地吃饭,我真不放心把你一个人留在家里。"玉茹说着握住他的手,坐在椅子扶手上。

李正兵拍着她的手背说:"玉茹,万一有一天我走了,你要在我还未发送出去之前,打开我书桌下的这个匣子。"

"呸呸呸！我不想听你说这个。"

"玉茹，别任性了，到了我们这把年纪，要学会面对现实。那个地方，每个人都会去的，只不过有的人去得早，有的人去得晚。"

"但是等有一天我们去了那个地方，我还要和你在一起，生死不分离。"

"好，让我们生生世世不分离。"说着李正兵把她拥在怀里，两人依偎着，不再言语。当年，他和穆思静也说过同样生死不离的话，而如今呢？他在望眼欲穿，她在茫茫人海。

穆思静带着张晓宁来到东洲，先带他参观了东洲文化园、几处风景区，后来又带他来到画家村。

"这个地方真的不错，姐，你太有眼光了。咱们就在画家村对面的山上建一座疗养院，给老年人提供一个以养生为主的生活场所。周泰敬老院的范围太小，周边地区的老人就那么多，扩展再大，人员也有限。现在我考虑好了，还是把二期工程放在这里吧。"

"我越来越喜欢服务行业了。跟老年人打交道，受益很大，他们有常年积累的丰富经验，听他们聊自己的亲身体会，像捧读半部天书，能知晓很多事。"

"若是没有盈利，我们是不可能做成事的，但我们又不同于其他行业的商人，纯粹为了利润。我们的付出是通过为他人服务，而赢取自己的地位和人生价值。"

"说得太好了！祝愿我们成功。"穆思静伸出手与他击掌。

接着，他们找到穆思静的舅舅王大权，一起来到村委会，找村支书商议关于土地承包的流转程序。

村支书张富来和村主任张玉贵早早地等候在这里。一看到他们走进院子，马上迎了上去。张富来五十多岁的年纪，胖乎乎的，一米八左右的个子，他的脸色是山里人普遍的被风吹日晒的赤色。

在山区，村民的收入除了出去打工，就是靠农作物的收成，生活水平还是很低的。若是土地被承包出去，收入会比种植农作物翻很多倍，还可以解决部分村民的就业问题，就是做个看大门的临时工，也比在家闲着好。他跟村主任张玉贵商量后，一致赞成将山坡承包出去。

看到他们的到来，张富来老远就喜笑颜开地朝他们打招呼。

王大权笑着对他说："张书记，我给你们介绍一下。这是周泰志远传媒公司的总经理张晓宁。"

张富来堆起满脸笑容，像一尊笑佛立在张晓宁的对面："您好，张总。我是这个村的党支部书记张富来，这是村主任张玉贵。我俩代表全村的父老乡亲，欢迎您来这里发展。"他一把握住张晓宁的手，热情地说着。

村主任张玉贵大约有六十岁，黑瘦精干，留着寸长的胡子，像是生活在二十世纪六七十年代腰插旱烟袋的人。他披着棉袄，不紧不慢地伸出手，跟张晓宁打着招呼："欢迎张总的到来。"

"谢谢张书记、张村主任，在这方宝地上给我们提供方便。"

张富来大手一摆，说道："外面冷，咱们进屋谈。"

屋子里空荡荡的，只有靠墙的两张长条桌子和几把破旧的木头椅子摆在里面，连个取暖的火炉都没有。冷飕飕的风，时不时地从门窗缝里吹进来，真应了那句老话：针眼大的窟窿，斗大的风。

"这里的条件有点儿简陋，平时我们都不上班。镇里规定每周要轮流坐班，但是我们庄户人事情多，只有周四的时候，我和张村主任来这里碰碰头。"张富来带着歉意解释了这里的情况。

张晓宁忙说："我老家也是农村的，情况和这里差不多。"

张福来忙把话题转移到正事上："咱们言归正传。我们这里是山地，一户人家以家庭为单位来计算的，没有准确数。"张富来首先把话题转到正事上我们这里的耕地，都是大约估量一下有多少，按一个山头多少钱来估算。"我的意思是说从路边算起，到山顶都一起承包给你。"

在来的路上，张晓宁看到山上种着很多柿子、核桃、山楂、杏树等多种果树，山顶上是大片的松林。这些树木释放出很多氧气，是一处天然的氧吧。于是，张晓宁问："村子北边这个山头一年得多少租金？"

"我和张村主任商量过，北山头是靠阳的地方，地面也平缓，相对来说，收成比其他山头要好，交通也方便。因此，我们决定一年租金二十万元租给你们使用。"

"张书记，二十万元有点儿多吧！这里山坡陡，施工有难度，我们的机械费用花费也高，您得为我们考虑出这方面的费用来。"

张富来眼珠子转了转，说道："那就十八万元，给你们让出两万元的施工费用。"

"张书记，我们来贵地转了一圈，觉得这里确实不错。这不请舅舅带我们来跟二位领导商量，在这里共谋创业，共同发展。今天咱们一家人不说两家话，若是您觉得合适，我们出十六万元，图个吉利数字，马上跟您签合同。”

张富来和张玉贵对视了一下，彼此点头同意。

“好吧，看在张总这么有诚意的分上，我们双方各让一步，十六万元成交，但是签合同不能急着签。因为乡镇上有规定，村里有什么大事，必须在村党组织领导下，按照‘四议’‘两公开’的程序决策实施。这个‘四议’即：村党支部会提议、村‘两委’会商议、党员大会审议、村民代表会议；‘两公开’即：决议公开、实施结果公开。因此，这件事我和张主任同意了还不行，必须要召开党员和群众代表大会，他们一致通过后，我们再签订合同。”

“张书记办事认真负责，让晓宁敬佩。那我们先走一步，等待您的消息。”张晓宁步步逼近地说道。

“明天我们就召开会议。若是大家一致通过，四天后就可以签合同了。”

张晓宁知道穆思静喜欢听音乐，回返的路上，他打开CD，播放了一首萨克斯曲《我心永恒》。俩人沉浸在音乐里，想着各自的心事。穆思静想起跟赵志在一起的一幕幕往事：火车站、画室，还有那个爱的巢穴，而俩人永恒的爱在哪里呢？

“你对静怡苑有感情吗？”

“这还用你问，当然有感情了。三年了，你陪我度过了一段最难熬的日子，让我获得了新生。谢谢你，晓宁。”

“那里留给你的快乐时光，你还怀念吗？”张晓宁暗指她与赵志相处的点点滴滴。

“那就搬回来住。我知道，你住在敬老院是为了加深与老人们之间的感情，可你有自己的生活，那里虽然充满了亲情和友爱，但是画画、写作需要安静的空间。赵志大多数时间在东平，你住在那个大房子里也很孤单，我建议你搬回静怡苑住。周末或者假期，赵志回来后，你们可以回到那个家，也可以住在静怡苑，一个地方没有人住，时间久了就没有人气了，再好的环境也是白白糟蹋，我不希望我苦心经营的这个地方成为一片荒园。”

这是穆思静最期望的选择，既然选择了离开赵志，就不能再回他的家，但是她没法跟张晓宁开口说想搬回来住，怕他问其原因。他该有自己的生活，真的不能让他再为她的事操心了。张晓宁的话，正中下怀。

穆思静握住他的手，深情地说："谢谢你，晓宁！"

赵志看到爸爸的病情稳定了，能结结巴巴地说出一些简单的话，他的心里感觉轻松了不少。

他到家的时候，已经晚上六点多了。他一进屋，朱姨马上迎出来，说："小志，你今天才回国的吗？"

赵志不想让她知道父亲生病了，他隐隐约约地看出来，朱姨和爸爸的感情不一般。小时候他每次提起朱姨，妈妈总是表现得很冷淡。这么多年来，她宁愿住简陋的平房，也不愿搬到别墅里。谁都看得出来，她是在避免与朱姨碰面。

从小赵志就知道奶奶比较偏爱朱姨，她临终前特意留下遗嘱：把房子留给赵志，但是必须让朱姨和全叔在这里安度晚年。林芳是一位有修养、善良的女人，从来不对赵志说她与朱姨之间有什么瓜葛。

赵志小的时候，林芳除了周末回家，平时她都在学校里加班加点，大多数时间，赵志待在朱姨这里，和她的儿子赵航一起吃一起睡。说真心话，他对朱姨的感情特别深，彼此就像亲生母子一般。

"静静自从除夕那天去了敬老院，一直没有回来。我给她打电话，她总说忙，一会儿你去看看她，把她带回家来。"

"我知道了，朱姨。我先上楼去收拾一下，明天还要上班。"

面对朱姨，赵志会把心里的话跟她说，她会陪他分担所有的喜怒哀乐。有时候，赵志会隐约地觉得朱姨就是自己的亲妈，他们彼此之间就像心有灵犀一样，甚至他感冒了，朱姨就会打电话问他是不是生病了，好像她是先知一样。

走进空荡荡的房间，赵志闭上眼睛，幻想着穆思静正在洗手间里卸妆，突然从他身后蹑手蹑脚地走来，一下子抱住他的腰，咯咯地笑着，他立即转过身，抱着她在房间里转来转去。她的笑声一定是落在了鞭炮上，不然刚才美丽的幻想，怎么突然被惊跑了。

摸着她睡过的地方，赵志眼前浮现出她的身影：她满目柔情地望着他，他轻吻着她的额头、鼻尖、唇、脖颈；画面突然又变成她面色苍白地倚在床头上，脖颈处流着血；还有那天她躺在那里，惊恐地望着他。

这是他给她的幸福之家吗？在这里，她充满了恐惧和悲伤，她把这一切藏在心里，独自承受着。

这时，他看到穆思静把车钥匙放在了床头柜上，衣橱里她的衣服都带走了。

她的东西什么也没有留下，不是她的东西一件也没有带走。

他痛苦地抱着头。过了一会儿，他给张晓宁拨过去电话，问穆思静搬回静怡苑了没有。

张晓宁就把一路上对穆思静说的话告诉了他。接着说："你把静怡苑卖给我吧！"

"我凭什么要把静怡苑卖给你！你一个上班族，买得起吗？"张晓宁不是嘲笑赵志，他俩太熟悉了，所以才会直言不讳。

"我可以分期付款给你。"

"你以为我是开银行的，你不知道地皮都是升值的。等你攒够了钱，我这个地方的价值要高于你买时的好几倍。"

"别挖苦我好吗？我想给她一个有美好回忆的地方。"

"赵志，我明白你此时的心情，但是你仔细想一想，你买下这个地方，若是将来遇到了什么麻烦事，它会给你带来扯不清的麻烦。我不是诅咒你，向来官场无平静，万一有人想排挤你，会不会暗地里调查？你哪里来的这么多钱，有别墅还有庄园。到那时，你有多少张嘴都无法澄清自己，谁会相信你分期付我钱？咱们有什么凭证？哪怕是写个收到条都会被证明是在造假。"

"谢谢你的提醒。"

"我说过别谢我，我是为了姐才这样做的。静怡苑我谁也不卖，这个地方是我给姐的一个承诺。"

"她有你这样的兄弟太幸运了。这世上只有你最懂她，也只有你才有资格拥有她。我自愧不如。"

"赵志，你不要这么说。我们给姐的感情是不一样的，我给她的是亲情，你给她的是爱情。她很爱你，我希望有一天能亲自把她交到你手上。"

"我一定会做到的。"

赵志挂断电话后，伸手去关台灯，这时他看到一个相册反放在一旁。他拿起相册，看到是他与穆思静在雪地里的合影。这是她落在这个家里唯一的东西，他无比珍惜地把相册抱在怀里，紧贴着胸口。

他急忙下楼驱车驶出院子，从这里到静怡苑开车需要十五分钟左右，赵志却觉得像是走了一个小时。路上的车辆很少，一盏盏路灯冷清地挂在水泥杆上，像一个人孤独地站在那里，像他又像穆思静。

院子里的灯还亮着，护院员李大爷可能睡了。赵志将车停在大门口，望着穆思静栖身的小木屋，微弱的灯光从布帘子里透了出来。

关上门窗／星星就挡在外面了吗？／真遗憾，非要我闭上眼睛／你才进入梦中聊一个话题／为了挽住你这颗童心／我不得不假寐

穆思静托着腮对着电脑发愣。她在微博留下几行文字后，就再也写不下去了。今晚她有一种异样的感觉，扰得她心神不宁。

她明白张晓宁是故意让她搬回来的，他和赵志的关系那么好，可能已经知道了她与赵志之间的事。她其实也存有私心，为了有个安身之地，不得不假装钻进他设下的套子里。她关掉房间里的大灯，坐在阳台上的藤椅里，遥望着天上的星星。突然，她看到大门口停着一辆最熟悉不过的车。

她抚摸着肚子，对着胎儿说："宝宝，你爸爸在跟我们玩捉迷藏的游戏呢，你看到他了吗？他就站在咱家大门口呢，这个大傻瓜，也不知道打开门进来，只要来到阳台上，就能找到我们了。"

这时胎儿在她的肚子里乱动了几下，穆思静笑着说："宝宝，别心急啊，玩捉迷藏的游戏，要学会沉住气，等他找到了咱们，才能分输赢。"

赵志坐在车上望着小木楼，十几分钟后，他从车上下来，走到大门口。

穆思静屏住呼吸，双眼不眨地望着赵志。若是他一步踏进来，她所伪装的坚强会全部塌陷，她会不顾一切地扬起手臂，扑到他的怀里。

赵志多想推开这扇大门走进去，里面有他最想见的人，但他怕进去会把她吓跑，到那时他更难找到她。看到她房间的大灯已经关了，猜到她休息了，赵志在门口待了十几分钟后，转身上车离去。

望着赵志远去的车消失在夜幕里，穆思静的泪水唰唰地流下来："你这个笨蛋竟然找不到我们。我们赢了，你却输得一塌糊涂。"

立了春的天气还有点儿冷，穆思静来到医院里做检查。给她做B超的是一位二十多岁的女孩子，戴着蓝色的一次性口罩，露出大大的眼睛像蝴蝶着扇动的翅膀。

"你的眼睛好美！我一直盯着你的眼睛看，像在读一首美丽的小诗。"

"姐姐说话像诗人一样。"

"我喜欢写诗。"

"我也喜欢写诗。我叫李颖，我们加好友好不好？"

"我叫穆思静。我们留下电话，以后相互联系。"

李颖仔细给穆思静做着检查。

"姐姐下次来的时候，别忘了带着计划生育服务手册。"说完，她把自己的姓名、电话写在了体检单后面。

穆思静这才想起来，她和赵志登记后，一直没有办理生育证。没有生育证，生下来的孩子就属于违法生育，到时候孩子户口落不上，上学也没有学籍，会有很多麻烦。现在她的户籍不在这里，计划生育关系只能落到东洲。

她上百度搜索了一下办理一胎生育证所需要的材料：夫妻双方结婚证、身份证复印件以及照片等。她立即给赵志打电话，却无人接听。她看到才上午十点多，于是来到神经科赵天雄的病房。

林芳一看到穆思静，急忙握着她的手说："静静，把你的电话号码给我。"

穆思静拿起林芳的电话，把她手机卡2的号码输进去，名字输入静静。然后，又用林芳的手机拨了过来，存上林芳的电话。

然后，她来到赵天雄的病床前。赵天雄看到穆思静，朝她微笑着点了点头。

赵志开完会，看到穆思静打来的电话，忙拨过去。林芳听到茶几上穆思静的手机响了起来，想要拿给她。她一瞥，看到手机上显示的名字是赵志。

这个赵志是自己的儿子还是她东洲的那位同学？那天在医院里，她隐约听到电话里，穆思静跟一位酷似朱倩云声音的女人说到赵志的名字，难道静静、朱倩云和赵志三人认识？

穆思静一看是赵志打来的电话，急忙走到走廊里，接通电话。

"我想用一下你的身份证和结婚证的复印件，可不可以给我快递寄来？"

"今天就给你快递寄过去，你要做什么用？"

穆思静不想告诉他实情，忙说："你放心好了，我不会骗你财产的。"

"如果你愿意，我所有的财产都是你的。"赵志对她说的是真心话。

"最近先不要谈这事好吗？我很累，想静一会儿。"

"那份离婚协议书，我是不会签字的，除非有一天你遇到了你最爱的人，我才签。"

"现在我们都要冷静地考虑好自己的选择，别为了一时的感情冲动，做出后悔的事。当初我们就是欠考虑，太鲁莽地结合在一起。"穆思静明白，他们彼此都深爱着对方。

　　林芳故意把房门留了一道缝，贴着耳朵听穆思静打电话，她隐隐约约地听到电话里说到结婚证、身份证、财产，还模糊地听到离婚协议书签字的事。假如电话那端的赵志是她的儿子，不管静静有多好，她是坚决不同意儿子爱上一个有夫之妇的 。

　　穆思静回到病房后，林芳从包里给她拿出发卡，并且说："静静，你何时结婚的？老公是做什么的？"她想进一步打探清楚这个赵志是谁。

　　穆思静望着林芳，觉得她的眼睛里藏着一种说不出的东西，于是骗她说："我们去年结的婚，老公去了国外。"

三

　　更多的人喜欢待在梦里，敞开心扉，做一个无拘无束的孩子。难怪我的文字，总是掐算着月的圆缺而来。

　　赵志上午九点开了全市机关干部动员大会，十一点召开班子会议，安排部署每位领导干部对各乡镇街道实施包靠的方案。

　　"嘭嘭"，门外传来敲门声。王浩波笑盈盈地走进来。

　　"王市长，新年好！快坐。"赵志忙站起来，热情地招呼他。

　　"东北老家冷不冷啊？"

　　"东北比这里冷很多。这次回老家，我除了走亲访友，平时都被冻得不愿意出门，哈哈！"他的笑容被脸上堆起的横肉埋起来了，让人看着像是皮笑肉不笑。

　　赵志沏了一杯日照绿茶，放到他面前。

　　"赵市长，茶咱不喝了，马上到午饭时间了，咱们一起去食堂吃饭去。"

　　赵志和王浩波前脚刚走进电梯里，张玉强就来到赵志的办公室门外。他轻轻敲了几下门。

　　赵志的办公室有两个房间，李敏在外面的房间，赵志在里面办公。除了常发刚，其他人有事找赵志，都是先跟李敏打招呼，李敏再去请示赵志，约定他们见面的时间。

　　看到张玉强进来，李敏忙站起来："张市长您好，赵市长去食堂了。"

　　"真不凑巧，我过来把这份材料给他。李秘书，要不我先放到他桌子上，一会儿在食堂见到他，我跟他说一下。"

李敏打开赵志的房间，让张玉强进去。他把材料放到赵志的办公桌上，回头看到没人，迅速蹲下，从书橱下摸起一个东西攥在手里，急忙走了出去。

等张玉强走后，李敏把房门锁好，去食堂吃饭。

午饭后，赵志拿着结婚证和身份证，让李敏各复印了两份。看着他俩的结婚证，李敏心里像刀扎一样难受，这么多年来，从未有人能走进她的心中，她默默守候在赵志的身边，期望有一天他会牵着她的手，走进那座高高的殿堂。此时，她知道所有的梦都化作了泡影，她再也不能做着这个残缺的梦等他来圆。

第二天，穆思静就收到了赵志的快递。她把准备好的材料一起放进信封里，寄往老家，让穆正找当地计生部门，帮她办理计划生育服务手册。


不管在哪里，不管走多远，张晓宁总是喜欢坐最后一班公交车，然后选个靠窗的角落，看着夜景回家。他喜欢怀旧，喜欢带着年轻时的诺言走到老。当别人听完周杰伦又开始听许嵩的时候，他依旧听着孟庭苇的歌，他习惯戴着耳机靠在车窗，回忆一段似水流年，喜欢浓浓的旧日情怀。这么多年，穆思静在他心里已经成了虽不能生活在一起，灵魂却紧靠在一起的精神伴侣。

他拿着手机，打开音乐，听着孟庭苇的歌曲《野百合也有春天》："你可知道我爱你想你怨你念你，深情永不变……"可能是音量调大了，一位坐在他旁边比他大几岁的男子突然说："为什么你的手机里一直都在放孟庭苇的歌曲？"

"你也喜欢孟庭苇？"张晓宁以为遇上了知音，欣喜地问他。

他摇摇头说："我不是她的粉丝，但我女朋友是。如果不是我女朋友，我连孟庭苇是做什么的都不知道。"

话不投机，张晓宁没有再理会他。然而那个人打开手机音乐开始放流行DJ，还故意把音量调得很大，完全盖住了孟庭苇柔美的音色。等他下车后，张晓宁推开车窗对他喊："兄弟，我确定你女朋友一定会离开你的，等着瞧吧！"

那人气得朝他比出一个骂人的手势。

下一公交站上来一位二十来岁的女孩。她径直来到张晓宁身旁，朝他嫣然一笑，然后在他旁边的空座上坐下。

她的眼睛大大的，睫毛很长，一眨眼一扑闪，张晓宁忍不住多看了她几眼。

"冬季到台北来看雨……"电话铃声响了，张晓宁一看显示，是张富来的电话。

"您好！张总。咱们协商的事，我们昨晚开会，大伙一致通过了。"

"那太好了！张书记。明天我们去跟您签合同。"他挂断电话，继续听歌。

公交车行驶了五分钟左右，旁边女孩的手机铃声响了。

"不忍心让你看见我流泪的眼，只好对你说  ，你看你看，月亮的脸偷偷地在改变……"她看了一下手机，没接就按了结束键。

"你也喜欢孟庭苇的歌？"张晓宁对她的印象突然特别好。

"是的，我的手机里下载的都是她的歌曲。之所以选择在你身边坐，是因为刚才我听到你也在听她的歌。"他俩瞬间从陌生到熟悉了，聊起孟庭苇就像伯牙遇到钟子期一样，滔滔不绝。

"人与人之间是有层次的，不同层次的人，心是走不到一块儿的。纵然面对面坐着，彼此之间也像横亘着一条缝隙，各自想着各自的风景。"

"我叫李颖，谢谢你告诉我这些。"

"我叫张晓宁。"

她在中医院对面的站牌下了车。张晓宁拉开窗玻璃，朝她招手："我在志远传媒公司，欢迎您来做客。"

她也朝他招手："我在对面的中医院工作。"

公交车缓缓地启动了。张晓宁关上窗玻璃，望着她的影子被抛在车后，越来越模糊。

张晓宁下车后直接来到静怡苑，跟穆思静商量签合同的事。

"既然我们选择了这个合作项目，以后避免不了会在很多方面遇到各种困难。姐姐，无论多么艰难，我们都要坚持下去，一定要做好、做大、做强。"说着张晓宁把手放在穆思静的手背上，用力地握着。

"嗯，我会的。放心吧！"

"嘀嘀……"穆思静的手机响了。

"穆姐姐你好，我是李颖。今晚我值班，现在没事做，就想给你打个电话。"

"谢谢妹妹还记着我。"

"遇到姐姐我很开心，你住哪里啊？改天我去找你玩。"

"一会儿我把地址发到你手机上。"

张晓宁等穆思静通完话后，起身告辞。他走到门口，又退了回来。

看到他欲言又止的样子，穆思静忙问他："怎么了，晓宁？"

"只要你过得幸福，我也觉得幸福。"张晓宁说完后，转身离去。

穆思静看着他的身影从院子里走到大门外，直至上了车，消失在夜幕里。她突然觉得他像一只飞鸟，展翅欲起飞了。是啊，他该有自己的生活了，不能一直守着她的。她不能再做他羽翅下的绒毛，永远在他的庇护下生活。

张晓宁开着车，满脑子想的都是这九年来他跟穆思静相处的点点滴滴。姐姐，这么多年来，我一直活在有你的梦里，多想我的梦里就是你的人生，可你的人生终究留不下我的梦。

他知道梦总是虚幻的，不能成为现实，只要她过得幸福，他再累、再难也要做。明天合同签订后，他终于帮她完成了一个心愿，他知道穆思静很希望用自己的力量在家乡做出一番事业。他更知道，她一个人根本没有能力建起这座疗养院，如今为了成全她这个心愿，他选择把第二期工程建在那里。


今天李正兵开车经过邮政局，突然想起了程铮，他忙停下车，走进大厅里。程铮正在邮政局大厅里为前来办业务的人员服务着。

李正兵忙说："路过这里，想你了，就过来看看你。"

"我们好久不见了，这几年同学聚会，你怎么也不参加了？"程铮愕然地望着李正兵满头的白发，不好意思问其原因。

"您好！麻烦问一下，我要领取一个稿费单，但是稿费单上写的是我的笔名，可以领取吗？"一个熟悉的声音从他们左侧传来，李正兵不用回头，只听声音就知道是谁。

"我们尽量为您解决，我安排工作人员看看需要办什么手续。"程铮听到后，忙转过身对那女人说。

"谢谢！我叫李丽，您的服务态度太好了。这是我的名片，我可以记下您的电话吗？我回去一定要写篇稿子，报道一下您这里的服务是一流的，我十万分满意。"

李正兵在不远处望着李丽的笑容，想起他们第一次见面的情景。这笑容仿佛是一朵绽放的罂粟花，只可远观，不可亵玩。

程铮怕冷落了李正兵，忙回头对他说："正兵，你先到我办公室里等一下，我忙完就过来。"

李丽听到正兵两个字，立马转过身来。她惊讶地望着他满头的白发，愣在那里说不出话来。李正兵朝她笑着点了点头，没有说话。

程铮回来后，对李正兵说："你说怪不怪，有种人，即使从未与之打过交道，但见过一次面，就能给人留下很深刻的印象。"

李正兵笑着问他："你说的是刚才那个女人吧？是不是被她迷惑了？"

"你说到哪里去了！怎么说我也是久经江湖的人，还能看不出那是一个什么的女人吗？"程铮不等他说完，忙打断他的话。

"她来邮局寄过一封信。虽然她戴着口罩，但她的声音很特别，听起来很刺耳，而且她右手上的那个瘊子很显眼。还有，既然她喜欢写作，有什么事会让她给市纪委寄信呢？"

"她来邮局给纪委寄过信？大约什么时间？"

"大约是三四年前的秋天。那天我有急事，转身时不小心撞到她身上了，把她的包也撞到了地上，她包里的东西撒了一地，我看到有一个写给纪委的信封……"程铮对李正兵回忆着那天发生的一幕。

"程铮，你还记不记得三四年前我问过你，如果有人来邮寄东西，你能不能调出监控来？"

"是啊，我还记得，那时候就是秋天。"


张晓宁最近坐公交车，每次经过中医院时，都忍不住朝那里多看几眼。甚至在看不到期望的结果后，他的心里会有一丝丝的失落感。

今天他戴着耳机，靠在座位上听着"不忍心让你看见我流泪的眼。只好对你说，你看你看，月亮的脸偷偷地在改变……"不知道为什么，他近来特别喜欢听这首歌，每次听这首歌的时候，他的脑海中总是浮现出那对大大的眼睛，扑闪扑闪的长睫毛，但看着看着又成了穆思静的样子。

突然，他感觉到一阵寒意袭来，在不远处，一个胡子拉碴的男人正瞪着眼看他。他想起来，此人正是前段时间他对其说"你女朋友早晚会离开你"的那个男人。

他心里不由得一惊，祸从口出，看来今天的这场斗争是躲不过了。只见那男人径直走过来，坐在张晓宁身旁的座位上。

张晓宁又一想，不如先和他道个歉吧，毕竟那一天是自己先惹他的。

"对不起，兄弟！那天我对你的态度不好。"没想到那人先跟他道了歉。

张晓宁有些受宠若惊，忙说："不好意思，那天我的态度也不好。"

男子沮丧地说："兄弟，你说的没错，我女朋友真的和我分手了，原因是我不喜欢孟庭苇。"

这时张晓宁才意识到口袋里的手机还播放着孟庭苇的歌曲，他赶紧拿出手机把音乐关了，转过头怯怯地问他："你女朋友是做什么的？"

他抬起头疑惑地望着张晓宁，答道："医生。"

张晓宁恍然明白了什么。


午饭后，李正兵坐在藤椅上小憩，在温暖的阳光下，他渐渐有了睡意。他看见一只羽翅上带着红色花纹的蝴蝶从窗口飞进来，围着他转来转去，然后竟停在他的手背上，朝他不停地扇动着翅膀，待了一会儿，蝴蝶又扇动着翅膀飞出窗外。

他觉得此时自己的身体很轻，轻得像是能飘起来。他追逐着蝴蝶飞过一座座山、一片片海，最后来到一处很大很大的花园里。这里到处盛开着五彩缤纷的花，他看到玉莲穿着长长的裙子，站在一株木棉树下，朝他笑着招手。

"玉莲。"他边喊边朝她跑去。

玉茹在厨房里洗刷完毕，回到客厅里坐着休息。过了一个多小时后，听到书房里一直没有动静，她好奇地走进去。她从背面看到阳光落在李正兵的白发上，像浮动着一缕金光。

"正兵。"她朝他喊了一声，却没听见他有任何的反应。玉茹以为他睡着了，忙到卧室拿来一件毛毯给他盖上。他的脸上带着微笑，好像梦到了很开心的事，很久没见到他有这样的笑容了。她顺手拢顺他额前凌乱的白发，突然发觉不对劲，他的脸是冰凉的，她忙把手伸到他的鼻子下，竟感觉不到他的呼吸。

"正兵，你怎么了？"玉茹一边喊，一边摇晃着他。李正兵依旧一动不动，僵硬地躺在藤椅里，毛毯顺势从他的身上滑落下来。

玉茹擦了擦眼泪，赶紧拨打了120，并给李翔打了电话。李翔赶到家的时候，救护车也正好赶到。医护人员翻看了李正兵的眼皮，拍着李翔的肩膀说："准备后事吧！"

"你怎么能这么狠心地抛下我呢？"玉茹趴在他身上哭喊着。

"妈，您别哭了。李叔是带着快乐走的。我们为他祈愿吧，祈愿他在天堂里幸福快乐。我们先给爷爷打电话"李翔擦着泪，宽慰她。

李灵接到电话后，很快赶了过来。他泣不成声地摸着李正兵冰凉的脸庞。

张云坐在李正兵的身边，像以前那样温柔地抚摸着他的额头说道："兵儿啊！每次你不开心的时候，都是跑来跟娘说说，今天你怎么不跟娘说一声就走了呢？娘想走在你前头啊！"

"他娘啊，咱兵儿走了，你可不能倒下。"

"这一切都怨你这个老糊涂，当初是你逼着兵儿写的保证书，还让他发了毒誓。兵儿，你这是去履行自己的誓言了吗？"

"娘，都怪我！如果我不和他结婚，说不定他现在还活得好好的。"玉茹觉得，李正兵的死是她害的。

李灵知道刚才老伴说的话有点儿言重了，忙劝慰玉茹："玉茹啊，不许你这么说，你对兵儿的好，大家都看在眼里。"

"爹，正兵是不是很早就知道自己身体不好，却不告诉我们。"玉茹把那天李正兵对她说的话，对大家说了一遍。

她马上去书房里找到钥匙，打开匣子上的锁，里面是李正兵留下的一张盖着公章的遗书。李灵双手颤抖地拿起遗书，流着泪，一字一血泪地念了下去。

亲爱的爹娘、玉茹，还有我亲爱的孩子：

如果有一天我离去，这座房子留给周玉茹。银行卡上所有的钱，由周玉茹、李诺、李言、李翔四人平分。亲爱的家人啊，请原谅我弃你们而去，倘若生命允许我重新选择，我会好好陪着你们走下去。玉茹，感谢你用生命来照顾我，如果我走了，等你老了后，如果你愿意跟我葬在一起，我会万分高兴。倘若你选择跟李震在一起，我会为你们祝福。

我走后，希望你们尊重我的选择，把遗体捐献出去。如果我的眼角膜还能用到别人的眼睛上，我会看着你们幸福地生活；如果我的心脏还能用，我会开心地装着你们每个人的样子，来生我会一眼认出你们。

李正兵

2 月 18 日

还有一封给李翔的亲启信。

翔儿：

我的好孩子，如果有来生，让我们还做一对父子。我走后，你务必把这个房产证交到穆思静的手里。其他的话都不说了，只说一句，她过得幸福，是我唯一的心愿。

李正兵

2 月 18 日

李翔泣不成声地读着李正兵给他的信。他哭喊道："李叔，下辈子我们还做父子，我要做您的亲生儿子。"

此时谁也没有注意到，玉茹默默地走到窗前，打开了窗子。

"正兵，等着我！"说着，她从窗口跳了下去。在众人的喊叫声中，她像被春风吹落的花瓣，在打着旋儿飘落。她脑海里闪现出上学的时候，李正兵送给她的那首诗；在观音山回返的路上，他为她唱的歌……她看到，李正兵握着一束百合花，站在楼下微笑着朝她伸出双臂，来迎接她。

赵志坐在办公室里，想着跟穆思静相处以来点点滴滴的时光。想起张晓宁对他说的话："赵志，如果我和你同龄，我一定不会把她让给你。"

赵志想了想还是放弃吧，让她去寻找属于自己的幸福，他知道这个能给予她幸福的人，一定是张晓宁。于是，他拿起手机，编了一条信息发给她：这辈子，如果我再也不能拥有你，下辈子，我一定不会再错过。

这时候，常发刚来了。

他夹着公文包，脸上严肃得一点儿笑容都没有。赵志的心里一沉，暗想又出什么事了，平时常发刚待人很和气，很少摆架子。

穆思静看到赵志发来的信息后，回复道："我从来不相信缘分，你我的相识只是一场偶然。"

赵志听到收到信息的提示音，并没有看手机。他望着常发刚铁青的脸，等待他说话。

常发刚点上一支烟，摇了摇头，叹道："赵志，我该怎么说你呢？"

"常书记，您有什么话就直说吧，我……"赵志的话还没说完，常发刚就打断了他，冷笑道，"你太让我失望了。来来！你先听听这几段录音，再给我一个合理的解释。"说着他从包里拿出录音机，按下了开关。

这是赵志跟宋乔乔、穆思静两人的两段通话，被人录了下来，又刻意地减头去尾。

"你怎么解释跟这两位女子的通话录音？"

"静静是我的妻子。乔乔是我十六年前的初恋女友，我俩当初因志向不同，分道扬镳了。年前她回来告诉我，我们有个女儿。"

"你去美国，是为了乔乔这个女人吧！"

"不是，我去美国是为了见女儿。如果为了乔乔，我是不会把这些事情告诉我妻子的。孩子长这么大，从未见过我，每次说起我她都很伤心，错是我造成的，却给孩子带来了伤害，我应该去见见她。"

"人情归人情。但是现在出现这样的事，确实给你造成了不良的影响。赵志，我们身在官场，是步步惊心啊！"

赵志气愤地说："这是十六年前的事，有人竟然拿这些事来做文章。"

"赵志，你应该明白，这些人偷着给你录音并不是无事找事，他们收集你的材料，为的是绊倒你，进而取代你。今天我坐在你这里，说不定也被人录了音，那些人在一旁监听呢！另外，你说与前女友没有那种关系，谁来为你证明？"说着他从公文包里掏出一沓照片，"啪"的一声，放在赵志的面前。

赵志拿起照片一张一张地看下去，看到那天晚上在酒店门口，他和乔乔拥抱在一起；看到他们拉着行李箱在高铁站，亲密地搀扶在一起；还看到穆思静交给他一封信……他把照片往桌子上一摔，气愤地说："这些人挖空心思弄这些，不就是为了这个位子吗？好！今天我给他们腾出来！"

常发刚拍着他的肩膀，安慰他："我先行一步，明天上午九点，我们召开一个会议。就拿你这事在大会上讨论，看看那些人有什么举动。"

等常发刚走后，李敏悄悄地走进来。刚才她看到常发刚神情凝重地来到赵志的办公室，感觉一定有重要的事，就悄悄在门外偷听了这一切。

她打开一个公文夹，对赵志说："来您办公室的人很多，谁来我都一一做登记。那天张副市长给您的材料并不急用，正常情况下，他安排秘书送过来就行，何必亲自送来；还有，当时您不在，他可以上班的时候再给您送过来。我有一种预感，他是不是知道您不在，才故意过来说送材料，目的是放或者取一个东西。虽然不到两分钟的时间，但已足够完成这些事了。按常理来说，他放下这份材料，马上出来，不到一分钟时间就能完成。"

"就因为这些，你对他起了疑心？"

"因为距他来您办公室两天时间，常书记就带来了这段录音，时间未免太巧了吧。"

"他来放窃听器是不可能的，录音内容是年前放假之前，我要去美国以前打的电话。这说明有人在年前就放了这个东西，但没找到机会取走，所以假期结束后，一上班就着急取走。"

"您翻看一下手机通话记录，查看一下录音中跟她们通话的日期，再核对一下我的来客登记录上来访人员时间，大体就能知道是谁。来访的外人对您的位子不感兴趣，感兴趣的肯定是咱们办公楼里的人。"

赵志翻看手机通讯录看到与穆思静和乔乔通话的时间分别是阳历二月一日十六点三十二分和十六点五十五分。

李敏找出二月一日所有来客的登记名单人员：上午 9:10 规划科科长刘正孔、11:15 宣传部副部长王刚；下午 12:50 副市长王浩波，13:30 有个两会议，16:20 结束，会议期间从未有人进过赵志的办公室。从登记名单上可以看出，谁是最后的访客。

对于李敏的为人，赵志相信她绝对不会做出伤害自己的事。当一个人深爱着另一个人，她会认真地把那个人的每一个细节都放在心上。这些年来，李敏特意准备这个登记簿，就是避免有人在背后攻击他时，他们找不到一点儿线索。

李敏和赵志会意，指着来客中的同两人。如果赵志倒了，接替他位子的人只有这两个人。但是他们单独一个人没有能力掌握太多对赵志不利的证据，所以他和他只有联手，到时候各有一半的希望。

自古以来就是这样，世上没有永远的朋友，只有永远的利益合作伙伴。无论哪一方获益，当利益一旦达成，他们彼此都回到原点，又会开始新的针锋相对，都想踩着对方的肩膀，站在比别人高一层的地方，指天画地。

"如果有一天我离开这里了，你要多加小心。那些人知道你是我的秘书，说不定也会暗地里攻击你。我离开这里，会有充足、自由的时间来实现画画这个梦想，而你不同，你还年轻，前途无量。一直以来，你做事稳重又聪敏，以你的才干，以后会有大好的前程，切不可为了我而放弃，这也是你在帮我完成未完成的心愿。"

"我一定不辜负您的期望。"

"不是不辜负我，是不辜负全市的老百姓。"

晚上赵志坐在沙发上，想着今天发生的事和明天要面对的问题。他拿起手机，看到穆思静发来的信息：我不记得前世，怎会相信有来生。当我蜕变成一只蝴蝶，请原谅，春去秋来，遇见的哪一朵花开，都是出于偶然，绝非是我今生的相约。

此时，他疲惫得一点儿心情都提不起来去谈论什么男女之情。他咀嚼着几片茶叶，直到嚼碎了咽下去。他用拇指和食指摩挲着下颌，闭着眼睛，仰靠在沙发背上，忍不住长长地叹了一口气。

第二天上午，常发刚坐在会议室里，面色沉重地说："同志们，我很悲痛啊，为什么有些同志，不把精力好好用在工作上，用在怎样为老百姓谋福利、为这座城市创效益上，而是成天捕风捉影，抽点儿空子就去算计别人。对自己的同事、一个战壕里的战友一点儿猴年马月的事，也要死死地揪住不放过。"他目光如炬，横扫着在座的每一位。

他握着拳头，"砰"的一声，在桌子上狠狠地砸了一下，继续说："念人之好，嘴角成元宝形，脸上会聚光，人就会得好运，这是正能量；念人之过，每天算计他人，脸上会聚阴，好运也躲着走，这是负能量。我们大家聚在一起是缘分啊，应该相互照应一个锅里摸勺子的大家庭生活。春节刚过，我们才重整旗鼓地投入工作中，昨天就收到了匿名寄来的信，是关于收集赵志同志私生活方面的材料。我不是袒护赵志同志，他的为人处世和工作能力，大家是有目共睹的，人无完人，倘若赵志同志真的犯了错误，我作为带头人绝不姑息养奸，一定会上报给予他相应的处分。今天我衷心地跟大家说几句掏心窝子的话，赵志跟妻子以及前女友的电话录音，如今在我的手里，倘若不是有人一心想针对他，怎么会有这盘录音磁带和照片。看这些照片中，我可以相信酒店门口的照片属于巧合遇见拍下的，而赵志跟前女友去高铁站，以及他和妻子站在高铁站上的照片怎么会被同一人碰见，这难道也是巧合吗？"常发刚说着把一摞照片"啪"的一声摔在桌子上。

"有本事搞阴谋，为什么不拿出真本领去做几件让大家刮目相看的事情，让全市的人都服气。"

赵志站起来，跟常发刚说："常书记，我插几句话可以吗？"

常发刚一挥手说："好，我们先听一下你的解释。"

赵志站在那里，一字一句地说："尊敬的常书记及在座的各位同仁，我想把这段录音和照片的事跟大家说明一下。录音内容是我在办公室里给十六年前的女友以及现任妻子的通话；酒店门口的照片上是我跟前女友，她在国外习惯了人与人见面相互拥抱，在那个场合下换作她任何一位熟悉的亲友，她都会这么做。若是我们之间真的有暧昧关系，又怎么会在大庭广众之下，做这种不适合自己身份的举动。还有在车站被拍的照片，大家想一想，作为一个大男人，当我们遇到不熟悉的女同志时都会帮忙拉一把，况且我们是同学，相互搀扶着应该没有犯错误吧。还有我妻子去车站为我们送行，这说明我妻子深明大义。我今生何其幸运啊！拥有这么一位通情达理的妻子。"

接着，赵志拿出两张 A4 纸，举过头顶，继续说："我深入地分析研究过，在我办公室里放窃听器的时间应该是阳历二月一日下午，取走窃听器的时间是前天。我的秘书李敏同志对工作尽职尽责，对每一位来我办公室的访客，都做了详细的日期和停留时间记录。事实摆在面前，通过登记材料，我知道这是两位同志联合做的，一位负责放，另一位负责取，俩人配合得天衣无缝。但今天在这里，我不想说出这两位同志的名字，也不想让他俩当众难堪，更不想追究他们对我造成的伤害。如果他们贪图我的这个位子，今天我就让出来。"说着赵志当众把那份来客登记的复印件撕得粉碎。

随后，他从包里取出一封辞职信，递到常发刚的面前。

"赵志同志，作为一名党员干部，你就经不住这点儿打击吗？"

"常书记，不是我经不住这点儿打击。这辈子我最大的理想就是做一名教师，一名画家。当初，我为了坚持这份理想，没有去美国，才和前女友分道扬镳，造成了今天女儿身在异地的这个局面，也让别人有机可乘，抓到我的这个把柄。身在官场太累了，我没有那么多的精力想整天怎么去提防别人，我要践行一名党员干部的职责，努力地工作，争取为咱们的老百姓创造更多的财富。我妻子知道我工作的特殊性，她对我说婚礼不要搞什么排场，可是到现在，我还没给她一个确切的婚礼日期。如今，我六十多岁的父亲正躺在医院里，我都不能在床前尽孝。你们说，我连对自己的亲人都给不了他们一个做丈夫、儿子应尽的义务，又有什么资格站在这里面对大家，还有什么脸面位居高位而沾沾自喜。如果一个人连身边的事情都处理不好，那所谓的高人一等，不过是自欺欺人的假象而已。"

李敏满含热泪地望着他，常发刚的眼睛也湿润了。

"我没有多大的抱负，也没有什么野心。当初在学校里，面对孩子们清澈的眼睛，我的心很平静，眼前都是充满朝气的画面，在这样的环境里，我每天的心情都是愉悦的。今天请常书记批准，让我回归校园和孩子们一起，我也能有时间陪陪妻子和父母，过个安稳日子。作为一名党员干部，不一定非要留在官场上，学校里的孩子们更需要我。这是我办公室的钥匙，我怎么来的还是怎么去。"说完在众目睽睽之下，赵志昂首挺胸地大步离去。

会议室里鸦雀无声，沉寂了几分钟后，常发刚打破僵硬的气氛，说："让赵志同志先回去休息一段时间。李敏同志熟悉赵市长的业务，临时先做代理市长，我们一起等他回来。"

四

天涯终究要作别的，那些掏心窝子的暖话，还是被硬生生地憋了回去。若是掏出来，很快就会凉透了。

这几天，气温回升到最适宜的温度。穆思静在阳台上，望着院子里几只麻雀蹦来蹦去地觅食，再次想起她和赵志在这里烤蚂蚱的情景。街上车来车往的，她望着远方赵志工作的方向。那里就是我们的天涯吗？

这时她接到林芳打来的电话，让她中午过去吃饭。

穆思静找出一件宽松的米色风衣，遮住隆起的肚子又围上一条红围巾，开车去林芳家。去藩镇要经过一个集市，她把车停在一旁，准备买些肉和青菜带过去。就在她打开车门的时候，她看到一个熟悉的身影朝她迎面走来。她屏住呼吸，紧张地盯着那个人。那人穿着一身藏青色的运动服，白色旅游鞋，戴着黑色的旅游帽，背着一个大大的旅游包。

竟然是他！今天不是周末，他怎会出现在这里？

她不由自主地走下车，目不转睛地望着他。他在她的面前停了下来，嘴角扬着微笑，仿佛彼此是熟悉多年的朋友。

穆思静突然觉得自己很失态，这样冒失地盯着一个男子。她忙低下头，匆匆地离开。难道他们之间是天涯相隔吗？他望着她的背影越走越远。

穆思静回到车上，已经不见那位男子的踪影。她失望地环顾四周，望着熙熙攘攘的人群，她又想起了赵志。她长长地舒了一口气，驱车离去。

赵天雄躺在卧室里，听到院子里林芳喜悦地喊："静静，你这孩子，来就来吧，还带这么多东西。"

"爸爸最近咋样了？"

"他好多了，我扶着他能下地走几步了，说话也比之前流利了一些。"说着，林芳领着她来到卧室里。

"爸，今天您的气色很好！"

"静啊，多亏了你。"

"爸，咱一家人不说见外的话。"

"静静，那天在医院，妈忘了把钱还给你。"林芳拿着一沓钱走过来，递到她的面前。

"妈，您要是还钱，就是没有把我当成是您的女儿。您要是执意还钱，那我这就走。"

赵天雄见穆思静说啥都不要，很赏识她的为人。他想以后用别的方式来补偿她，于是对林芳说："那收下吧，别辜负了孩子的一片心意。静以后就是我们的亲生女儿，小志是老大，明明是老二，静是老三。"

赵志来到以前任教的学校，看到当初那里的平房教室不见了，变成了几排三层教学大楼矗立在那里。一面五星红旗在大楼前方高高地飘扬着，教室里传来琅琅的读书声。此刻他的心情大好，上午的不愉快瞬间消失。

午饭后，赵志悄悄地回到家里。进屋后，他看到客厅里没有人，以为他们午休了。这时，他听到厨房里有洗刷的声音，他怕吵醒了爸爸，便蹑手蹑脚地走到厨房门口。

这时，他看到穆思静系着围裙，在洗碗池里接着水洗碗筷，她洗好后，拿一块白色毛巾，擦着湿漉漉的碗筷和盘子。眼前的这一幕，让赵志的眼睛湿润了。他多想冲过去，站在她的身边，拿毛巾帮着把碗筷擦干，和她一起享受这种柴米油盐的生活。

穆思静为什么从来不告诉他，她和赵天雄夫妇之间的关系，难道她还有什么顾虑吗？若今天他把关系挑明了，是不是会让她很难堪，也会打破她和爸妈当前的幸福。

他思忖了一会儿，悄悄地退回来，走出了院子。穆思静在厨房里听到屋门的关闭声，以为是林芳出去了。

林芳在卧室里背对着窗户给赵天雄按摩着胳膊。赵天雄听到屋门响，从窗口看到一个熟悉的背影从院子里一闪而过。

他忙对林芳说："我好像看到小志走出去了。"

"你胡说什么呢！今天不是周末，小志怎么会来家里？我这就给他打电话问问。"

穆思静将碗筷洗刷完毕，想跟林芳说一声要回去。当她走到卧室门口时，听到林芳夫妇的对话，便悄悄地站在门外。她也有点儿疑惑，上午她见到的那个人确实很像赵志。

赵志戴上墨镜走在街上，收到了林芳打来的电话："小志，你爸说刚才看到一个人很像你，从咱院子里出去了。我跟他说你在东平忙工作，他还不信，固执地说是你回来了。"

赵志很想说刚才那个人就是我，但是若说出来，他们一定会问他回来的原因，他不知道该怎么回答。于是，他说："是爸爸的错觉，我正在办公室里呢。我要挂电话了，马上去开会了。"

林芳挂断电话，对赵天雄说："听到儿子说的话了吧！"

赵天雄此时相信了刚才是自己的错觉。穆思静听了林芳和赵志的通话后，也确信了上午遇见的那个人不是赵志。


穆思静回到敬老院不久，就接到张晓宁的电话。明天就要赶往东洲，开始施工。

张晓宁忙到天都黑了，他突然想起还有件事要跟穆思静商量，于是直接开车赶到静怡苑。他推开院门，直接朝穆思静的房间走去。怕冒失地闯进屋里会吓着她，便敲了几下门，大踏步地走进去。

这时，他愣住了。沙发上坐着一位大眼睛的女子，这位女子最近经常出现在他的脑海里。今天她穿着黄色紧身上衣，下穿一条长款喇叭裙，平跟短靴子，齐耳的短发，整个人充满了青春的活力。

"李颖。""张晓宁。"俩人同时惊喜地喊出对方的名字。

"你们认识？"穆思静惊讶地望着他俩。

俩人同时答道："是的！"

张晓宁挨着穆思静坐下。李颖望着他们，心里泛起了一丝失落。她看到穆思静给张晓宁理了理额前凌乱的头发，对他照顾得如此细微，心里有一种说不出来的滋味，她只好坐在一旁，不动声色地望着他们。

穆思静笑着问他们："你们怎么认识的？说来听听。"

"我们是在公交车上认识的。"张晓宁把事情的经过大体说了一遍。

穆思静浅笑着没有言语。她有一种预感，张晓宁和李颖之间会有更进一步的发展，她要想办法撮合他们，那样她的心愿也了了。只要张晓宁过得幸福，比什么都重要。

张晓宁希望从她脸上的表情看出什么变化，但她显得那样平静，他心里充满了失落。穆思静从他的神情里读懂了他的失意，她假装若无其事地问："你陪李颖喝茶，我去做饭。"

看到他俩为对方如此细心地照顾，李颖感到非常羡慕。自从那天与张晓宁相识后，她对张晓宁萌生出一种无法言说的情愫。

"喝茶，李颖。"

张晓宁的招呼声打断了她的思绪，她急忙说："这座庄园真美。"

"自然而又有风情的生活环境才合适姐姐写作、画画。很多时候，我觉得她就像一位不食人间烟火的女子。"说着他的脑海里浮现出穆思静穿旗袍的样子，还有那天他们的合唱。

李颖看到张晓宁失魂的样子，明白他和穆思静之间有一种胜似姐弟的情感，她忙找借口离开："我去帮穆姐姐做饭。"

说完来到厨房里。穆思静看到李颖一个人进来，忙说："姐姐拜托你一件事，请妹妹替我保密，不要跟张晓宁提起我怀孕的事，我不想让他为我担心。如果你还没有男朋友，我希望你俩多接触一下，他是一个既优秀又有责任感的男人。"

"姐姐，我会替你保守秘密。至于我和他能不能走到一起，我觉得彼此之间不只是要有缘分，还要有包容之心。"

"请相信姐的话，谁拥有他，谁将会是最幸福的人。"

"那姐怎么不去拥有他？我看得出来，他对你很关心。"

穆思静恍然明白，刚才当着李颖的面，她对张晓宁的动作太过于亲密，以至于让李颖产生了错觉。

"我已经结婚了，还是晓宁做的媒。他跟我老公是好哥们，而且我们夫妻彼此都很爱对方。"

李颖知道事情的真相后，心里豁然开朗，她像小鸟一样哼着歌，来来回回地端菜。

"他这么优秀，身边一定有不少美女围着，姐为什么要撮合我和他？"

穆思静望着她，微笑着说："我有一种预感，你们俩很适合。"

"不忍心让你看见我流泪的眼，只好对你说，你看你看，月亮的脸偷偷地在改变……"张晓宁坐在沙发上听着李颖哼的歌，陷入了沉思中。

一晃一个多月过去了，天气越来越暖和，路旁的柳树也发出了新芽。山坡上，有些苦菜、荠菜、车前草都能吃了。穆思静被山风吹得黑乎乎的，她蒙着头巾，戴着口罩，挺着日渐变大的肚子，费力地蹲下去挖野菜。

"大姐，我来帮你挖吧。"一个熟悉且年轻的声音从她背后传来。

她慢慢地转过身，看到背后那位年轻男子的面庞，惊喜地喊道："李翔。"

李翔看着她黑乎乎的脸庞，又挺着大肚子，既惊喜又疑惑地说："穆姐姐，你怎么在这里？"

"这是我的工地，你怎么来这里了？"

李翔搀扶着她，在一个木墩上坐下。他挠着脑袋说："我现在买了两辆运输车，跟你们工地上的卢建丽联系，负责运送沙子。"

"你在教育局上班，怎么还有闲工夫干这个？"

李翔摸着脑袋，不好意思地说："我不去教育局工作了，这才买了车，还不到一个月呢。姐姐的工地是我揽下的第一个活儿。"

"他……还好吧？"穆思静本来不想提到那个人，但是听到李翔说不在教育局工作了，有点儿担心那个人是不是又出事了。

李翔心虚地别过头，望向山野。他该怎么对她说呢，是跟她说李正兵又结婚了，还是跟她说他最近去世了？她现在有孕在身，无论哪一方面让她知道，都对她不利。于是他撒谎说："他还好！"

此时，穆思静一点儿也不觉得难过，她没想到自己会这样轻松地面对现实，看来她真的把他放下了。

"姐，我记一下你的电话吧。"

"但是你不能告诉他，也不要对他提起我。现在我有了家庭，不想任何人来打扰我平静的生活。"穆思静说着拿出一张名片递给李翔。

"我要回办公室了，风有点儿凉了。"

望着穆思静远去的身影，李翔的心久久不能平静。他该怎么告诉她事情的真相，房产证现在给她合适吗？

一天，穆思静看到李翔在工地现场指挥着司机倒车，心里感慨万分。李翔最近又瘦又黑，头发也很凌乱，与几年前开着小车的模样判若两人。

她思忖了许久后，来到他的身边："李翔，我有句话想对你说。"

此时，李翔很怕她问李正兵的情况。既然她回来了，有些事是瞒不住的。

"我现在身子笨重，行动不是很方便，你能留在这里帮我吗？"穆思静很想借让李翔帮她为理由，让他来到疗养院工作，既是帮他也是帮自己。张晓宁目前在周泰，她的身边必须要有一个可靠的人。她了解李翔的性格，以请他帮忙为由，他是不会拒绝的。

"好！只要姐需要，我会的。"果然，李翔毫不犹豫地答应了。李翔知道穆思静一个女人挺着大肚子创业很不容易，既然她需要他，再苦再累，他也会留下来，这也是替妈妈赎罪。

穆思静握着他的手，激动地说："谢谢你！我知道你一定会帮姐姐的。"

时间过得真快，一晃满山野都葱绿了，山坡上到处弥漫着花香。山鸡咕咕地叫着，各种鸟儿、虫儿的鸣叫声在春潮里一起涌到穆思静的窗前。她托着腮望着前方正在修建的楼房，望着一座座大山，望着赵志所在的方向。不知为什么，每次望着窗外，她经常会想起琼瑶的小说《窗外》里的女主人公。

赵志，你还好吗？我多想靠在你的肩膀上，闻着花香，乘着山风，你作画，我静静地看着，就很幸福。你曾说余生我们还有多少时间可以浪费，但是我们却在浪费着余生。

她收回思绪，拿起画笔，画了一处小院，一张石桌，院子里落下几只觅食的麻雀。这时，她接到张晓宁电话，告诉她要跟李颖订婚了，并指责穆思静不该对他隐瞒与赵志之间发生的事情，期望穆思静放下过去，原谅赵志。

"我从来没有恨过他，何来原谅。只是目前我和他彼此需要冷静一些，考虑清楚彼此的选择，只有经历过考验的感情才牢固。"

张晓宁挂断电话后，马上给赵志打电话，把穆思静的话转述给他。赵志何尝不知穆思静对他的感情，其实他更爱她，但目前他不想出现在她面前，他想等到合适的时候，让她再也无法拒绝接受他。

"工地上资金流转怎样，够不够？"赵志明白，建这样一座疗养院需要很多资金。

"最近我一直忙着资金周转的问题，怕她着急，只好跟她说公司忙，没时间过去。我知道，姐遇到难事一般不会告诉我的，她都是自己逞强应对。"

有一天，张晓宁来到工地上，望着穆思静隆起的肚子，不知道该怎么对她说。穆思静看到张晓宁这样看她，明白他心里想问什么。

"你还不打算让他知道吗？"

穆思静的泪水顺着脸颊流了下来。其实，她很想念赵志，也期望相逢时赵志看到她挺着大肚子而惊喜的样子。但他竟然狠心到一次都不来看她。

"为什么到现在你还不跟他说？你逞什么强！一个女人挺着大肚子容易吗？如果不是看在你怀孕的份上，我真想打你一顿。"张晓宁既生气又心疼她。

"我知道你是为我好，既然我瞒到了现在，就不差再多几日。希望你尊重我的选择。"

张晓宁一下子把她拥在怀里，紧紧地抱着她，问："如果你没认识赵志，你会选择我吗？姐，我从来没有在乎年龄的问题。"

穆思静挣脱出他的怀抱，含着泪说："晓宁，我们之间已经无法选择了。"

"是啊，我们再也无法选择了。李颖也怀孕了，我多想你像她一样，可以跟爱人一起分享这种幸福。如果不是李颖怀疑你肚子里的孩子是我的，我到现在还不知道你怀孕了。"

"你要好好珍惜她，她是个好女孩。"

"你不觉得我选择她，是因为她的眼睛很像你？"

穆思静不敢看他，低着头说："我没发现。晓宁，既然我们无法选择，就要学会面对现实，好好珍惜身边的人。"她转过身背对着张晓宁，强忍着不让泪水流出来。

"如果你过得不开心，我也会不开心。当初我把你让给赵志，是觉得他的涵养、地位都比我高，我以为他会给你最好的爱。"

"我和他就是真心相爱的。都是姐不好，我伤害了他。"穆思静苦笑了一下。

第二天早上，张晓宁驱车赶回周泰。穆思静站在一堆乱石旁，望着张晓宁的车渐渐地消失在视线里。他走了，他找到了属于自己的幸福，他再也不能像以前那样随心所欲地来到她的身边。

最近赵志经常梦见一男一女两个小孩围着他叫爸爸，他抱着他们高兴地笑醒了。今晚他躺在学校的宿舍里，望着窗外的星星，想着在同一天空下却不能相见的那个人，心里不免增添了一丝伤感。

这时候李敏打来了电话。

"赵市长您好，您在哪里？"

"请不要再叫我市长了，我已经回到母校做了一名代课教师，现在正躺在宿舍里，看天上的星星呢。"

"赵市长，您回来吧，这里的老百姓很需要您。"

"东平的老百姓离开了赵志一样生活得很好，市委大院里离开了赵志，一样有人比他干得更好！"

这时候，赵志听到电话那端传来常发刚的声音。

"赵志，我是常发刚。我命令你明天上午十点之前必须赶到东平，不然我带人去把你绑回来。"

赵志大笑道："哈哈哈！常书记，我还真不信您会带着人来绑我。"

"哈哈哈！赵志，你给我听好了，这次我还真跟你赌上了，我等你到明天上午十点。"说完常发刚挂断了电话。

赵志看着手机，苦笑着摇了摇头。

第二天，赵志上完课后，在宿舍里画画。十一点半的时候，听到"嘭嘭"的敲门声。他忙喊道："进来！"

"咣当"一声，房门被人一下子撞开了。

赵志一看到来人，惊得瞪大了眼睛。他张着嘴，好久才说出一句："常书记，您还真来了。"

常发刚一巴掌拍在他肩上，笑道："我说过这次和你赌定了。"

"常书记，您这不是强人所难吗？您看，我现在多自在，上完课没事就能画画。"

"你想自在就自在啊！我们党组织不允许，东平的老百姓不允许，我也不允许！你马上跟我走，刚才我已跟李校长说明了来意。今天我常发刚就是要把你绑回去。"说着，他拉起赵志的胳膊就往外走。

赵志挣扎着说："我收拾一下纸笔。"

"还要它干吗！到了东平，我安排李敏给你买一大包。"说着，常发刚拖着他就走。

"这又拉又拖的，哪有您这样逼迫下属的。真有点儿像绑匪。"

"哈哈哈！我常发刚今生第一次为了最中意的同志做一回绑匪。"

常发刚停下来，盯着他的眼睛，一本正经地说："赵志，我很看重人才，你我都明白，权力的诱惑力很大。你离开东平后，有很多适合这个岗位的人在翘首等待，可我一直没有在你的人事调动上签字，你难道不明白我的用意吗？干完这一届，我也到了内退的年龄，我来这里十年了，对这里有着深厚的感情，我不希望这些年我们打拼出来的一切交到不可靠的人手里。"

"常书记,我懂!"赵志在全校师生的注目下挥手离开了此地,跟常发刚踏上了去东平的路。

那天赵志一气之下离开东平后,常发刚安排李敏做了代理市长。

这段时间常发刚怎么联系赵志,赵志都不回话,他为这事感到很头疼。他明白,那些收集赵志材料的人一定是这座大楼里的人,逐步排查后,他把目光锁定在副市长王浩波和张立强身上,只有这俩人才会对赵志的位子感兴趣。他相信以赵志敏锐的判断力,早已经猜到是他俩所为,但是赵志深明大义,没有在会议上指出他们来,还把已经掌握的证据当场撕毁了,这是给他们留着面子呢。这样宽厚、仁慈的好干部,怎能让他离开,他一定要想办法把他找回来委以重任。

这时,王浩波来了。他一进来,就堆起满脸的笑容。

常发刚每次看到王浩波的笑容,就觉得不舒服,但他不得不热情地招呼道:"浩波同志,请坐!"

王浩波拿出一份辞职报告,递给他,说:"常书记,我最近体检,查出我的心脏有点儿问题。我想办理病退,回老家做手术,想想自己都要奔六了,也到了该退休的年龄。"

常发刚明白,这是王浩波为自己找的退路。他看到赵志走了以后,常发刚让李敏做了代理市长,实际上是让李敏给赵志占着位子,赵志迟早还会回来,这个位子永远不属于他。那天会议上,赵志的话已经明确地告诉他,赵志知道是谁在陷害他,常发刚也能查到是谁。等赵志回来的那一天,自己是两面受夹击,不如现在找个合适的理由离开这里。

常发刚看了王浩波的辞职报告后,长长地舒了一口气,心中不禁暗喜:这块绊脚石终于自己挪走了。

"人活一辈子,就图个健康的身体。既然你提出这样的申请,我只好忍痛割爱,批准我们的元老归隐山林。"说完,他在辞职报告上重重地签上了自己的名字,仿佛要把"常发刚"这三个字深深地烙在那里。

王浩波听出常发刚的话里含着顺水推舟之意,更多的是带有讽刺的味道。明明是想打发他走,还给他一个虚拟的高帽子戴,让他无从反驳。

赵志听着常发刚的叙说,一言不发地望着外面。

穆思静最近总是觉得头晕。张晓宁忙着筹办婚礼，工地上多亏有李翔帮忙，不然她还真应付不过来。五月的天，绿油油的田野里正飘着麦香。她拿着画笔，画着一层又一层的麦浪在风中涌动。

"静静！"是赵志在喊她吗？她欣喜地停下笔，站起来四处张望。四周除了风声，只有几只喜鹊"叽叽喳喳"地飞来飞去。

"唉！"她望着画架上的画，忍不住题上一首诗：

听见你的声音 / 穿过一片片金黄的麦田 / 一袭朦胧的花色 / 随云生风起 / 我把关于好的、不好的记忆 / 统统收起来 / 让世界变得五彩斑斓

"姐！"穆思静顺着声音望去，看到张晓宁气喘吁吁地走来。

"我来看看这里建得咋样了。最近我要忙一段时间，我跟李颖的婚期定了。"

听到他要结婚的消息，穆思静浑身猛地颤抖了一下，手中的毛笔在宣纸上划出一道黑色的长线。她急忙蘸上褐色的颜料，"刷刷"几笔，就把这条长线画成一条伸向远方的路。

她一拳打在张晓宁身上，笑道："晓宁！祝你们幸福快乐，长长久久。"

张晓宁在她身边坐下，说："能看到你穿着婚纱，我才是最幸福的。如果有假如，我会带着你浪迹天涯。"

穆思静拿起一根树枝，在地上乱画着说："可我更喜欢坐在一处小院里，嗅着花香，写诗、作画。"

"所以还是赵志适合你！"他生气地打断她的话。看到张晓宁生气的样子，穆思静不知道该怎么说。

# 梦是空的，装不下天日

一

梦是空的，装不下天日。所谓的一程山一程水，并同那些花花草草，除了置换人的心情，都是一场空欢喜。

张晓宁的婚礼在老家周泰举行。他穿着白色的西装，李颖穿着白色的婚纱站在他的右侧。在司仪的主持下，俩人握着手，一起踏上红红的地毯。

司仪握着话筒说："下面有请张晓宁先生和美丽的新娘李颖小姐相互交换戒指。"

张晓宁打开戒指盒，取出一枚钻戒。此时，他眼前的李颖突然变成了穆思静，笑盈盈地站在他的对面。她大大的眼睛里总是含着雾水，像一个又一个挑不明的故事，让他忍不住想唱起那句"你可知道我爱你想你怨你念你 ，深情永不变。"

司仪看到他愣在那里，灵机一动，追加了几句："望着眼前美丽的新娘，我们新郎官的魂都弄丢了。"

李颖看到张晓宁拿着戒指，愣在那里，忙偷踢了他一下。张晓宁的小腿被踢得一阵疼痛袭来，他马上回过神来，机智地说："刚才望着美丽的颖颖，我想起了一首诗。"

司仪说："我们的新郎才华横溢。现在有请我们的新郎给新娘作诗一首，好不好？"

张晓宁眼前的李颖再次变成了穆思静，他的脑海里浮现出他们在敬老院里合唱的情景。于是，他不假思索地说道："假如爱真的有天意，我们的爱不会老去，你必定是我一生永远的天使。"

说着他握着李颖的手，把戒指戴在她的无名指上。李颖接着也为他戴上戒指。看到他们交换了戒指，司仪大声说："好！现在请我们的新郎官亲吻你美丽的新娘。"

围观的亲朋好友也应和着大喊："亲一个！亲一个！"张晓宁闭上眼睛，轻吻了一下李颖的脸颊。

他的脑海里像放电影一样，刷刷地闪着他和穆思静相处的点点滴滴。

那天他们一起坐在工地上，山风吹起了她的长发。他问穆思静："记得以前你写的诗，有一句是这样写的：原来错过不是过早就是过晚。"

"那是流苏花开的季节。第一年五月份下旬去时，花期已过；等到第二年'五一'去的时候，还没到花期。所以我写道：原来错过不是过早就是过晚。等明年流苏花开的时候，我带你去看看，那里离我们的工地不是很远，大约二十多公里。"

张晓宁曾以为那首诗是穆思静别有用意，是写给他的。今天听到她这么解说，张晓宁的心里顿觉失望，不由得叹道："诗人总是自作多情。"

……

"好，下面请新郎抱着新娘入洞房。大家快来闹洞房！"

早上，几只喜鹊在对面树上"叽叽喳喳"地叫着。穆思静拉开窗帘，看着它们从这棵树上飞到那棵树上，从这一树枝上蹿到那一树枝上。古人有谚语：喜鹊门前叫，好事要来到。难道今天要有好事来临？

吃过早饭，她接到赵志打来的电话。一个陌生的男子声音从电话里传来："我是赵志的同事常发刚，请问您是穆思静女士吗？"

"您找她有什么事吗？"穆思静的第一反应是她接到诈骗电话了。

"在旧城改造现场，赵志被歪倒的墙体碰伤了。希望她能赶过来照顾他一下。"常发刚尽量把话说得委婉一些。

既然赵志没有什么危险，为什么他本人不给她打电话。穆思静明白，赵志一定伤得不轻，此时她没时间跟对方争辩赵志的伤势到底如何。

她马上打电话让李翔过来，把工地上的一些事项托付给他后，便和司机小刘一起赶往东平市中心医院。

一路上，穆思静的脑海里不断闪现着她与赵志相处的点点滴滴。他在火堆旁烤蚂蚱，在小河边画着画偷吻她，在画室里抱着她旋转，在雪地里他们一起打雪仗，在静怡苑他偷偷跑来看她……

他的声音再次在穆思静的耳边响起："余生还有多少时间允许我们浪费？你选择别人，我终生祝福；你选择我，我一生呵护。"

穆思静现在很后悔，她不该对他耿耿于怀；不该在他来静怡苑的时候，假装视而不见；不该对他隐瞒自己怀孕的事……这次来东平，万一是不想看到的结果，她再也没有机会告诉他：她有了他的孩子，她已经原谅了他，她一直爱着他……

穆思静赶到医院，常发刚亲自迎接的她。常发刚从赵志的结婚证上见过穆思静的照片，皮肤白白的，大大的眼睛，长长的头发。今天看到她挺着大肚子，面带忧伤地站在自己面前，常发刚的心里一阵发酸。倘若赵志这次出现最坏的结果，她带着未出世的孩子，以后的路该有多艰辛啊。

他大踏步迎上去，握着她的手说："您好，我是常发刚！您就是穆思静吧？"

穆思静顾不得礼节，焦急地问："赵志到底怎么样了？"

"他在观察室里，目前没有什么危险，请跟我来。"他不敢说赵志还没醒过来，怕她一时接受不了这样的现实。

观察室外面，林芳坐在椅子上一直哭。赵天雄一边给她擦泪，一边安慰她。这时，他们看到常发刚搀扶着挺着大肚子的穆思静朝他们走来。

穆思静一看到他俩，焦急地问："爸、妈，赵志怎么样了？"

赵天雄和林芳面面相觑。林芳上前欲说什么，却被赵天雄一把拉住了。

穆思静此时已经全然不顾身边的人怎么看她。看到赵志头上缠着白纱布，鼻子里插着氧气管，眼睛紧闭着躺在床上。她再也控制不住自己的情绪，声嘶力竭地哭喊道："赵志你不能食言，你还欠我一个婚礼！"

这几句话，让常发刚听了忍不住泪水唰唰地流了下来。前段时间赵志在会议室里说的话在他耳边响起："我践行一名党员干部的职责，努力地工作，争取为咱们的老百姓创造更多的财富，我妻子知道我工作的特殊性，她对我说婚礼不要搞什么排场，可是到现在，我还没给她一个确切的婚礼日期……"

如今，常发刚的内心充满了自责。若不是他强行拉着赵志回东平，此时躺在这里的一定不是他。此时，他或许正在课堂上给学生们上课，或许正守在妻子、父母身边……然而，时间不能倒退回去，也没有什么假设。

"赵志，你这个大骗子。你说过要给我一个婚礼，你说过要呵护我一生；你说过余生我们不能再浪费时间。"

他常发刚搬来一把椅子，搀扶着穆思静坐下。他噙着泪，安慰着她："赵志一定会醒过来的，为了肚子里的孩子，你一定要坚强起来。"

赵天雄和林芳听着穆思静说的一番话，面面相觑。林芳恍然大悟：原来这个静静就是儿子喜欢的女人。她还怀着别人的孩子，难怪赵志一直不敢带她回家；难怪她知道他们是赵志的父母，也不敢承认自己是谁；难怪她接赵志和朱倩云电话的时候，都是躲着他们。当初她应该提前问了朱倩云一些事，看来她救他们夫妇，不是上天的安排，而是她的计谋，为了接近他们而假装巧合遇上。要不然她怎会那么大方，不要住院押金，只不过是为了讨好他们而已。

如果没有她，赵志和乔乔一定会和好的。一连串的猜疑，让林芳做出一个大胆的决定，她一定要阻止穆思静和儿子继续发展下去，她决不允许让一个有夫之妇踏进他们的家门，哪怕她对他们有恩，也不允许。

"你过来一下！"她粗鲁地扯了一下赵天雄的衣角。

赵天雄会意，跟着她来到走廊的一角。林芳把自己的想法告诉了他，赵天雄觉得这样做对穆思静太残忍，他忙劝她等赵志醒过来，弄明白事实再说。

"谁知道这孩子是谁的！说不定是她前任老公的。她就算怀的是小志的孩子，也没法跟咱家静怡相比。"

赵天雄生气地对她吼道："亏你还教了一辈子的书！怎么能说出这样的话来。"

林芳自知理亏地说："我知道这样说不对，但我是一个母亲，为了儿子，只能自私一些。我也知道静静是个好孩子，但是你要考虑清楚儿子的身份。"

"可是你看到了没有，市委书记都亲自接她过来，说明他俩的关系早已经公开了。咱们就别乱操心了，好不好？再说静静救过我，你说人的面子重要还是命重要？"

林芳看到无法跟他达成统一意见，就不再争辩了。

穆思静枕着赵志的肩膀，紧紧地握着他的手，跟他说着话，好像赵志未曾昏迷。看到穆思静这样，常发刚的心里也很难过。

大夫过来检查了一番。常发刚问："病人现在的状况怎么样了？"

大夫说："从目前检查的状况来看，病人的身体没有继续出现不良的状况。他只是脑部受了撞伤，恢复一段时间会醒过来的。患者需要安静，尽量不要让探视的人大声喧哗。"

大夫离开后，常发刚看到穆思静这样悲伤，想从别的方面来开导她。

"赵志对工作很认真，但是他的地位及工作的特殊性，总是避免不了一些麻烦。年前我就见过你的照片。"

穆思静抬起头来，诧异地望着他。

常发刚就把年前网络上疯传的被拍到他俩的照片，以及最近发生在赵志身上的事，详细地对她说了一遍。

"现在我很自责，如果不是我强行拉他回来，他也不会躺在这里。"

"常书记，您不要自责。我了解赵志，他心里一定会这样想，危险的地方，我不去，让谁去？我不带头，让谁带头？"

"他对工作尽职尽责，对身边的人尽情尽义。他对你一直怀着内疚，那天在会议室，身遭陷害的他对我们说，他连一个简单的婚礼还没有给你。"

听到这些话，穆思静满脸都是泪水，此时她终于明白赵志对她的爱有多深。他怕她担心，遇到的这些麻烦事情，他从来没有告诉过她。

"等赵志醒过来后，我给你们主持婚礼。"

"谢谢常书记！"穆思静吻着赵志的手说道。

常发刚叹道："不要谢我，我们应该谢谢你支持赵志。听说，你在东洲建了一座疗养院，为什么不来东平呢？一来，你和赵志可以团聚，有些方面的工作，我们也可以帮到你。二来，这样也可以为我们东平的老百姓提供服务。"

"我出生在东洲，想为我的家乡做点儿事，另外我们这座疗养院的位置处在景色天然、风光独秀的地方。东洲的旅游业发展得很好，山清水秀、地大物博、环境优美，风景独特是我们独有的雄厚资源。"

"你和赵志的目光高远，却都不忘本，时刻想着自己的家乡。"

"常书记，您过奖了。"

穆思静一边说一边抚摸着赵志的额头。她相信，他一定能听到她说的话。他的内心也一定会变得强大起来，不惧与死神进行较量。

"赵志，你听好了，我和孩子都在等着你。"

"你工地上事情多，赵志目前也安全了，你就不要想太多了。一定要照顾好自己，有什么事随时联系我。"

常发刚走后不久，赵天雄夫妇也进来了。

穆思静急忙站起来，林芳转过身对赵天雄说："你出去一下，我和静静说几句知心话。"赵天雄疑惑地看了看她，不放心地走出病房，站在门外偷听。

等赵天雄出去后，林芳坐在穆思静对面，面无表情地说："没想到我们在这样的场合相认。"

"妈，请您原谅我，我没有早告诉您实情。"

林芳冷漠地说："知道实情早晚并不重要，重要的是你和小志不能在一起。"

穆思静悲伤地望着她，她紧紧握着赵志的手，生怕被人掰开。

"静静，我知道你是个好孩子。你救过我们，我们不会忘记你的大恩大德，但是……"林芳擦着脸上的泪水，继续说，"我知道这样说对你很残忍，但我希望你能理解一个做母亲的心。谁的父母不希望自家的孩子有出息，小志为赵家争了光，我们方圆几十里，提起他的名字，很多人都知道他是谁。年前在我家里，你也知道了他和乔乔、静怡的事，也该知道他们三人在美国团聚的事情吧。"

穆思静什么话也没有说，嘴唇贴着赵志的手。她想借他的体温来温暖自己，怕被林芳说的话凉透了。

"再说，你老公在国外，你怎么能跟小志在一起。"

"我没有在国外的老公。那段时间我和赵志闹矛盾，他又去了美国，在那种情形下，只好说老公在国外。其实，我俩年前就办理结婚证了。"

"我该相信你的话吗？再说你应该明白，小志就是因为担心你的身份不好，才不敢带你来家里的。如果他真是毫无顾忌地爱你，又怎会不带你来见我们？况且他一直忘不了乔乔，加上静怡这根血脉，他已经有了顾虑。"

穆思静的泪水如泉涌般流淌着。她捧着赵志的脸，悲痛地喊："赵志，你回答我，不是这样的，不是这样的。"

"还有，你现在挺着个大肚子。如果你们这个样子举行婚礼，他的婚礼会被曝光，你有没有想过这会给小志带来多大的负面影响。静静，你是个好孩子，如果你愿意，你依然是我的女儿。等你把孩子生下来，我们都会资助你抚养孩子长大。"说着林芳在她身边跪了下来。

穆思静松开赵志的手，急忙过去扶她。她神态坚定地说："我生下来的孩子，姓氏、名字与赵家无关，你们的抚养费我一分也不要。我只求你们等赵志醒来后，能告诉我，好吗？"穆思静的泪水像决堤的洪水，从她脸上流淌下来。

"小志醒了后我一定告诉你。这是你替老赵交的住院押金，加上我们给你的补偿，一共是五万元。"说着林芳从包里掏出一包钱，放到穆思静的手上。

穆思静坚强地不再流泪，她冷冷地对她说："伯母高看我了。我只收一万元，多一分也不要。"穆思静喊的这一声"伯母"，让林芳羞愧难当。

　　她举着一沓钱，带着讽刺的口吻对林芳说："这一万元钱，您买断了我们之间的亲情，买断了我和您儿子之间的爱情。"

　　赵天雄在门外听着屋里俩人的对话，越听越难过，他忍不住推门进来，吼道："林芳，你还是不是人，你这是疯了吗？"

　　穆思静径直走到病床前。她摸着赵志的脸，说："赵志，你不要再睡了，你看你的胡子都长得这么长了。你知道我是一个爱整洁的人，对不起，你这个样子把我吓跑了。"她含着泪在他的额头上深深地吻了一下。

　　穆思静转身的瞬间，泪水滴在赵志的手上。这时，赵志的手指微微动了几下，好像想用力抓住什么东西，却无能为力。两行泪水顺着他的眼角淌下来，落到枕头上。这一幕被赵天雄看在眼里，疼在心里。他知道儿子虽然没有醒过来，但意识是清醒的，赵志能听到他们说的话，也能听到穆思静跟他道别的声音。

　　赵天雄急忙过去，握着赵志的手，指责林芳："你不觉得今天做得太过分了吗？孩子虽然在昏迷中，但是他的意识是清醒的，难道你没发现静静离开的时候，小志的手动了吗？你过来看看，小志都流泪了。"赵天雄指着赵志眼角的泪痕给她看，林芳双手搓着衣角，愧疚地望着赵志。

　　穆思静走出住院部后，立即赶往东洲。她让小刘把车停到赵志的别墅前，她笨拙地从车上下来，望着这座她曾度过一段幸福时光的小楼。几个月不见，粉的、白的、蓝的、红的蔷薇花爬满了铁栅栏，院子里的葡萄架上呈现出一片绿色，一株株白色的大朵玉兰花绽放在枝头，香气阵阵袭来。

　　她在大门口徘徊着，最后下决心要进去看看朱姨。大门却紧锁着，全叔也没在院子里。于是，她按了门铃。

　　出来一位三十多岁，披着长发的女子。她站在铁门前问："您找谁？"

　　"请问朱姨在吗？"

　　"朱姨是谁啊？我不认识。"

　　朱姨为什么搬走了？房子为什么卖了？穆思静疑惑不解。她掏出手机给朱姨打电话问其原因。

　　朱倩云吞吞吐吐地跟她说不知什么原因，让赵志卖了房子。穆思静觉得，这里不再有一席之地，能装下她一个小小的梦。于是，急忙离开此地。

　　穆思静一回来，李翔就急忙跑到她的房间里。看到她平静地坐在沙发上，十指交叉托着下颌，像在沉思。李翔记得穆思静当年写的一首诗《沉思》："满眼风波，听不到涛声。"短短九个字，此时正好用在她的身上。她的眼里涌动着怎样的风波，她的内心此刻真是风平浪静吗？

李翔在她的身边坐下来，担心地看着她："这里有我在。你怎么不留下多陪姐夫几天？"

穆思静什么话也没说。　突然肚子一阵剧烈的疼痛袭来，疼得她忍不住呻吟起来。李翔看到她的脸瞬间变得蜡黄，担心地问："姐，你怎么了？"

穆思静疼得直冒冷汗，她握住李翔的手，吃力地说："快送我去医院，孩子，我的孩子……"

李翔明白过来，穆思静可能要生产了。他急忙掏出手机拨打了120，接着抱起她往停车场跑去。穆思静疼得一声接一声地呻吟着。她用微弱的声音喊着赵志的名字。李翔看在眼里，疼在心里。他拿起她的手机，搜出赵志的电话，给他拨打过去。但是电话拨通后，响了十几秒钟就被对方挂断了，他再拨通，对方再次挂断，他一连拨通了十次，最后电话那端的人竟然把手机关机了。李翔恍然明白过来了，为什么穆思静早早地从东平赶了回来，不是赵志没事了，是他俩之间的感情出事了，要不赵志不会如此绝情地挂断电话。

120赶到的时候，穆思静已接近昏迷，却不停地喊着赵志的名字。李翔明白，此时赵志的名字是她生命中的一根救命稻草。他灵机一动，急忙握着她的手，说："静静，我是赵志。你要坚持住，我会一直陪在你身边的。"

"不要离开我，赵志，我爱你，我爱你。"

李翔抬起头，犹豫地看了看身边的医生，答道："我也爱你。"

"患者家属，你妻子出现了早产的现象。为了保证大人和孩子的安全，孕妇需要剖宫产，如果你同意，请在这里签字吧！"李翔毫不犹豫地接过大夫手中的通知书，在上面签了"赵志"两个字。

一到医院，穆思静就被送进产房，李翔忙着办住院手续。他拿出穆思静的手机，翻出她的通讯录，找到穆正的电话拨了过去。穆正夫妇赶到医院的时候，穆思静已经顺利地生下了一对龙凤胎。望着两个可爱的孩子，王丽华乐得眉开眼笑。

李翔长长地舒了一口气，之后悄悄离开了医院。他望着正在施工的疗养院，一座五层大楼高高矗立在院子中央，四周是开放式的花园，工人们正在栽植一些花卉、苗木。大楼北倚山林，不时传来几声山鸟的鸣叫声，站在这里，还未入住，已感觉心旷神怡。东侧是正在修建的老年人娱乐休闲场所，西侧是养生馆，馆内有养生饮食、病情急救设施和药物，以及保健知识宣传展览。

他想起李正兵的明静轩，那是一个男人用毕生的心血为她精心打造的，而她却不知道，他也不能把实情告诉她。李正兵遗书里托付他代办的事，每一字、每一句都沁着血泪啊！他曾经想过，如果赵志对穆思静好，李叔哪怕受委屈了也会瞑目，但赵志却在她生孩子这生死攸关的时刻，不仅不接电话，还故意关了机。李翔越想越气，很想马上到东平质问赵志。

今天穆思静离开后，赵天雄怕她会出事，说了林芳几句后，立即去追她。

他走出住院部大楼，望着来来往往的人群，没有看到穆思静的身影。他知道，今天他们伤透了她的心。他也理解林芳，虽然她做得有点儿过分，但作为孩子的母亲，爱子心切也是人之常情。有句话不是说母亲在护孩子的那一刻，往往会变得充满狼性。

他坐在椅子上，待了大半天，寻思不出一个好办法能得到穆思静的原谅。

"天雄。"

他循着熟悉的声音抬起头来，接着慌忙地站起来："倩云，你怎么来这里了？来，快坐下。"

朱倩云侧身坐在离赵天雄远一点儿的位置。

"小航带我来东平旅游，可是今天我突然心慌得难受，他就约了在医院工作的朋友，带我过来检查一下。"

"是不是血压又低了？你要好好照顾自己，不然我一辈子不安心啊！"赵天雄说着哽咽了。

"别大惊小怪的，我没事，你不用担心，也不用自责。小志能有今天的成就，多亏了你和林芳，我感谢你们还来不及呢！如果不是你们给了他这么好的环境和教育，他怎么会有今天？"

"我和林芳要感谢你，是你救了她，也圆了我半个梦。这辈子，我最亏欠小航，没有对他尽到一份做父亲的责任，他学业未成，那么小就在外面给人家打工。幸好这孩子谋生能力强，如今混得也是有模有样的。"

"唉！这是人的命。小航和小志虽然是双胞胎兄弟，但是他们各自有各自的命。我们做父母的不图什么，只求他们能平平安安的就好。"

"是啊，平平安安的就是福。不知道小志这次能不能闯过这一关……"赵天雄哽咽着说不下去了。听到他这么说，朱倩云吃惊地问："你这话是什么意思？难不成小志出什么事了？"

赵天雄不敢抬头看她。

"天雄，别瞒着我好吗？你应该知道，孩子是我的命根子，是我唯一的寄托。这几天我一直觉得心里不踏实，就感觉这孩子是不是出事了？"

看来是母子连心啊！赵天雄看到她焦急的样子，实在不忍心再骗她，就把赵志受伤的经过大体跟她说了一遍。

朱倩云流着泪听他说完，感觉一阵晕眩，她坚持着不让自己倒下。

"天雄，你带我去看看他好吗？"

"好吧，我带你去。你千万别让林芳看出破绽来。"赵天雄噙着泪一把握住她的手。

多年前，赵天雄的父亲赵长海还是个木匠，他和朱倩云的父亲朱强是亲密无间的朋友。朱强的妻子在生产时因大出血过世，朱强父女俩便相依为命，作为好友的赵长海很想帮他一把，便与他合伙开了一个木材加工厂。加工的活儿虽然累，但生意还不错，收入足以养家糊口。

在一次伐木时，赵长海没有注意到正在砍伐的一棵树要倒向他，是朱强在情急之下用力推开了他，但朱强自己不幸被砸中，当场死亡。为此，赵长海一直觉得亏欠朱强，为报答救命之恩，他把朱强的女儿朱倩云领回家，抚养她长大。

后来，一起长大的赵天雄和朱倩云相爱了，但是却遭到了赵天雄母亲陈菊的强烈反对。赵家把朱倩云收为义女，从道义上来讲，他俩也算是兄妹。另外，陈菊也有点儿私心，俗话说：一个人打小没爹没娘，一辈子平平常常。这一点儿让她觉得朱倩云的八字太硬，不是大富大贵之命，就算朱家对赵家有恩，为了子孙后代，她也不能让赵天雄娶这样的苦命之人做她的儿媳妇。

赵长海提出两条路让赵天雄选择：第一，赵天雄要是娶朱倩云，他们就断绝父子关系；第二，若是赵天雄娶书香世家林长龙的女儿林芳，朱倩云可以一辈子待在赵家，赵家会把她当成亲生女儿来待她。

后来，在朱倩云的劝解下，赵天雄忍痛割爱，娶了林芳。在结婚前几天，朱倩云和赵天雄把各自最宝贵的第一次交给了对方，不料此事被陈菊发现了，为了保全声誉，赵长海把朱倩云嫁给了徒弟赵全，与赵天雄和林芳同一天举行了婚礼。

后来，林芳因为工作操劳，怀孕八个多月时出现了临产的症状，比朱倩云早一天进了产房。因为早产，又大出血，林芳昏迷了过去，后来孩子也夭折了。

大夫一再嘱咐，病人流血过多，千万不能受到刺激，要不然她会有生命危险。

朱倩云则顺利地生下了一对双胞胎男孩。赵长海夫妇知道她生下的孩子是赵天雄的，为了救林芳，陈菊跟朱倩云商量，要把她的一个儿子交给赵天雄来抚养，就说是林芳生的。这时，他们不再迷信什么传言之说，直夸朱倩云命好，是旺夫之相。

朱倩云心想，孩子由赵天雄抚养，将来会有一个好的前程和生活环境。思忖之后，她把小儿子赵志给了赵天雄。赵志和赵航虽然是双胞胎兄弟，但是属于异卵双胞胎，性格不一样，一个粗犷一个文雅，长相也略有不同。除了赵家他们四人知情，其他人并没有发现什么端倪。后来，朱倩云也怀过赵全的孩子，但是未出生就夭折了，赵全为此把全部的爱都倾注在赵航的身上。赵长海去世前，总觉得亏欠了朱倩云，但是有些事情又无法说清楚。于是，他留下了两份遗嘱，一份是留给外孙赵航结婚用的一百万元存款；一份是房子归孙子赵志所有，但是必须让朱倩云夫妇在这里养老送终。

林芳只听外人说起赵天雄和朱倩云曾经相爱过，但直到现在，她都不知道赵志是朱倩云的儿子。她坐在床前，抚摸着赵志的额头，流着泪说："小志，原谅妈妈所做的这一切，妈都是为了你好。"

这时候，赵志的手机显示穆思静打来了电话，看看身边没有他人，她狠了狠心，挂断了。一次、两次、三次……赵志的手机一遍遍地响，她一遍遍地挂断，最后她一气之下，按了关机键。

赵志做了一个很美的梦，梦见自己在一片盛开槐花的树林里作画，无数只蜜蜂"嗡嗡"地在花朵上采蜜，一丛丛蓝紫色的鸢尾花盛放在林间。他看到一位穿着白色连衣裙的女子站在花丛中，系着一条西瓜红色的长丝巾，随着她的长发一起在风中飘扬着。他拿起画笔迅速地画着。

这时候一对四五岁的孩童朝他跑来，一下子扑进他的怀里。他伸出手臂抱着他们，亲着他们的脸颊问："可不可以告诉我，你们俩叫什么名字？"

"我叫赵穆，妈妈说，我名字的意思是爸爸朝朝暮暮地想念妈妈。"

"我叫穆赵，妈妈说，我名字的意思是妈妈暮暮朝朝地想念爸爸。"

"朝朝暮暮、暮暮朝朝。"赵志念叨着，望着两个孩子清澈的大眼睛，他的心被眼前温馨的一幕融化了。他猜到孩子可能认错人了，忙问，"谁带你们来的？"

"妈妈带我们来的。"赵穆指着前方说，"妈妈在那儿看花呢。"

接着，两个孩子从他怀里挣脱出来，朝那位女子跑去："妈妈，妈妈。"

女子缓缓地转过身来。赵志突然愣住了，原来是她！他急忙扔下画笔，扬起手臂，兴奋地朝着她大喊："静静……"

二

待在别人的目光里不是我的错，你用柔情的泪水浸泡着一个影子，在我这里却拧不出一滴水。亲爱的，我无法给自己的影子植入新的生命，让它一半在你那儿，一半在我这儿，传递着彼此的信息。

朱倩云来到病房时，赵志正在昏迷中喊着穆思静的名字。她几步奔到病床前，握着他的手喊道："小志，小志。"

一声声温柔的声音在赵志的耳边传来。他费力地睁开眼睛，看到朱姨和林芳正流着泪望着他。他皱着眉头，不解地问："妈，朱姨，我这是在哪儿？你们怎么哭了？"林芳把他受伤住院的经过大体说了一遍。

赵志的脑海里还留着梦中的情景，他好想再回到梦里去回味那份幸福。

"你们别为我担心了，我这不是好好的嘛。"

朱倩云擦着泪说："小志醒了，我们大家都应该感到高兴才是。"

林芳看都不看朱倩云一眼。她用一种异样的眼光盯着赵天雄，赵天雄慌忙躲开她直视的目光，望向别处。朱倩云知道赵天雄带她过来，林芳的心里一定不舒服，又觉得自己在这里待时间久了，赵航会找不到她，于是忙说："小志，你醒了，朱姨也就放心了。我还有点儿事，先回去了。"

朱倩云一边说一边回头望着他，忍痛离开了病房。赵天雄犹豫不决地站在一旁，想出去送她，又怕惹林芳不高兴。

赵志望着爸妈花白的头发，愧疚地说："爸、妈，对不起！儿子又让您二老操心了。"

"你想不让我们操心也行，等你身体好了，马上把婚事给办了。"

赵志想起了穆思静，不知道她有没有听到他住院的消息。如果她知道了，一定会很担心的。

这时，常发刚来了。

"常书记。"赵志一看是常发刚来了，急忙挣扎着要坐起来。

常发刚急忙上前，按住他的肩膀，不让他起来："快躺下！赵志，你终于醒了。"

"我命大，死不了。"赵志笑着说。

"大难不死，必有后福。赵志，等你身体好了，可要好好待你媳妇，她怀着身孕大老远地从东洲跑来照顾你，真是让人感动。"常发刚说着环顾了四周。

赵志是丈二和尚摸不着头脑。他盯着常发刚的眼睛，疑惑地问："我媳妇？她还怀着身孕？常书记，这到底是怎么回事？"

常发刚笑道："你这次受了撞伤，是不是把你的脑子给撞坏了？你不会把穆思静也给忘了？你住院的时候，我从你的手机里找到她的电话，告诉她你受了点儿小伤住院了。她立马就赶过来了，我走的时候她还在这里。"

"爸、妈，静静就是你们的儿媳妇。那她现在在哪儿？"赵志以为说出实情，他们会很高兴，然而看到他们躲躲闪闪的目光，赵志心中不免生疑。林芳看了看赵天雄，胆怯地说："她走了！说是回去有事。"

"我听她说现在正建着一座疗养院，一个女人怀着九个月的孩子，确实很不容易。等你身体好了，我准你几天假，去陪陪她，也帮她一把。女人做事业不容易，把事业做大更不容易，如果她在东平建设这么一座疗养院，我们一定会给她提供更多的便利。"常发刚感慨地说道。

林芳和赵天雄羞愧地对视了一下。赵天雄摇了摇头，走出了病房，他觉得今天太愧对穆思静和儿子了。林芳看到赵天雄出去，也跟了出去。赵明觉得常发刚和哥哥在谈话，自己在一旁不合适，也走出了病房。

赵志听到常发刚说穆思静怀着身孕来看他，不由得感慨万千。一个人宽阔的胸怀往往是被委屈撑大的。他终于明白，穆思静瞒着他独自承受了多少痛苦和委屈，迫使自己变得坚强起来。她怀孕九个月了，做丈夫的不但不知道，还跟着旧情人去美国认自己的骨肉，难道她肚子里怀的不是他的骨肉吗？

常发刚因急着去开会，匆忙见过赵志后，便离开了病房。等他走远后，赵天雄指着林芳生气地说："林芳，今天你做得太过分了。"

林芳理直气壮地说："我这样做还不是为了儿子好。"

"你这是为了儿子好吗？"他很想说因为你不是我儿子的亲妈，所以才会做出这样绝情的事来。但是他不敢说，如果说出来，当前平静的日子就会被打乱了，甚至还会影响到朱倩云的生活。

"孩子的事，你瞎掺和啥？当初你就自作主张把玉镯给了乔乔。如今静静和小志之间的事，被你掺和成什么样子了。静静这么好的孩子，你硬生生把她逼走，她还怀着咱家小志的孩子啊，万一她有个三长两短，这辈子你后悔都来不及，到那时小志也会恨你的。"

赵明听出事情被妈妈搞得有点儿严重，忙问其中的原因。赵天雄把事情的经过跟她说了一遍。

赵明听了也生气地说："妈，您有没有想过，若是我哥知道了此事，他会多么痛苦。静静是个好女孩，我们大家都有目共睹，他们相爱，我们应该感到很开心。您不是一直盼着要抱孙子吗？"

赵天雄接着说："爱是心有灵犀的，静静走的时候，她的泪水滴在你哥的手背上，当时你哥还在昏迷中，手指就这样突然抖动了几下，然后两行泪顺着他的眼角流了下来，他那种无助的样子让人看着好心痛。"说着，赵天雄不断地用手背擦着脸上的泪。他尝过当自己真心爱一个人，却被家庭的阻力生生拆散的滋味会有多么痛苦。他很后悔，当初自己不够坚持，以至于不能给两个孩子一个完整的家，每次想起朱倩云用瘦弱的肩膀支撑着那个家，他的心就像被刀子绞割一样。如今，他一定不能让儿子重蹈覆辙。

林芳还不服气地说："静静是一个有夫之妇，谁知道她怀的孩子是谁的，这样的女人怎么能配得上我儿子。"

"咣当"一声，病房门被撞开。赵志不知何时站在门口，听到了一切。

"她怀的是我的孩子。她能配得上我，而我配不上她。"

赵志满脸是泪水，不停地摇着头，不信任地望着林芳，说道："妈，您到底是不是我的亲妈？我和静静年前就登记领证了，她没有别的男人，她的男人是我！是我！是我！"说着赵志的眼前一阵发黑，他想继续喊，但是张着嘴，却发不出声音来。他倚着门框"扑通"一声晕倒在地上。

穆思静体内的麻药劲儿还未散去，她不时地喊着赵志的名字。穆正急忙给赵志打电话，却传来手机关机的提示音。

第二天，穆思静恢复了清醒。她轻轻地摸着他们熟睡的小脸，幸福地说："宝贝，你们终于健健康康地来到我身边了。"

王丽华开心地对她说："等赵志来了，抓紧给孩子起个好听的名字。"

"男孩叫赵穆，女孩叫穆赵吧！"

"好听！静静，你快看，女孩长得像赵志，男孩长得像你。"

穆正笑道："自古以来，大多是男孩的长相随母亲，女孩随父亲。"

王丽华白了他一眼说："这么说，静静长得漂亮，是遗传了你这个老头子？你这老脸皮还真厚！"

穆思静微笑着看他们斗嘴。王丽华把孩子放进婴儿车里，转身对她说："昨天我给小志打电话向他报喜，但他的手机关机了，一会儿你再给他打。"

"我和赵志之间已经结束了。"穆思静的脸上没有表现出悲伤。她明白，赵志和爸妈有着很深厚的感情，她不想告诉他们赵志目前发生了意外，怕他们为他担心。

王丽华惊讶地问："什么？你俩之间已经结束了？"

"如果有一天他来看孩子，请不要为难他，这是他的骨肉，他有探视权。"她表现得那么平静，好像在说一个与她无关的人。

穆正摸着下巴，若有所思地说："你们不是都很中意彼此吗？怎么就结束了呢？静静，生活过日子怎能像过家家那样随便，想合就合，想分手就分手呢？"

"他父母不同意这门婚事，他们相中的是从美国归来的那个儿媳妇，我不想让赵志为难，请爸妈谅解我，也不要责怪赵志。人与人之间是有层次的，就算是最终生活在一起，他父母若是不应允，我们只能在磕磕绊绊中过日子。"

穆正叹道："小志是大官，父母又是知识分子，我们两家是有点儿门不当户不对。静静，咱人穷志不能短，你放心吧，穆家一定会帮你把孩子拉扯大，把孩子调教得有出息，咱不要他们赵家一分一厘的抚养费。"

王丽华擦着泪说："我提前说一句，虽然你们不再是夫妻了，可我还是拿他当儿子看待。人心都是肉长的，我们的心已被小志焐热乎了。"

"妈，我懂你们和赵志之间的感情，也不反对你们继续来往。"

穆正抚摸着她的额头，心疼地说："睡一会儿吧，静静。"

穆思静真的累了。这么多日子以来，她把一切都藏在心里，就像被一块块石头压着，怕父母知道，又怕张晓宁知道。如今她把藏在心里的这一切说了出来，就像放下了一副千斤重担，感觉是那么的轻松。

李翔站在病房外，听到他们的对话后，再次悄悄地离开。

赵志坐在病房里，对着画架作画。他画着穆思静蹲在鸢尾花丛里，嗅着一朵朵蓝紫色的花，她穿着白色的长裙，长发和西瓜红色的丝巾在风中飘扬着。

望着画中的一花、一人、一丝巾，他的耳边响起两个幼稚的声音……

"嘀嘀……"他拿起手机，看到显示从东洲打来的电话。

"请问您是赵志吗？"电话里传来一位男子的声音。

赵志突然恐慌起来，他怕打电话的人就是穆思静梦中喊的那个阿兵。

"我是穆思静的兄弟，想找你谈点儿事。"

"你来吧，我在中心医院神经科 502 病房。"

赵志放下电话后，继续作画。大约二十分钟后，听到有人敲门。进来的是一位二十七八岁的男子。他一进门就问："请问，你就是赵志？"

赵志放下笔，端详着他。他高高的个子，浓眉大眼，黑黝黝的皮肤，一看就历经了风吹日晒。

"我就是赵志。"他的话刚说完，"砰"的一声，那人一拳打在他的脸上。接着，拳头如雨点般落在赵志的身上。

赵志躺在地上，嘴角流出了血，脑袋一阵阵轰鸣。前段时间张晓宁也这样打过他，他猜到这个人就是电话里自称是穆思静兄弟的人，他一定是为穆思静打抱不平而来。那人蹲下来，揪着他的衣领，咬牙切齿地说："明人不做暗事，我叫李翔。你知道我为什么打你吗？"

他叫李翔？难道他不是阿兵？赵志紧绷的心弦顿时松懈了下来。

李翔松开手，把他摔在地上，指着他愤怒地说："赵志，你作为一方父母官，能够为老百姓尽心尽力地做事，可为什么对我姐竟然这么狠心？"

"我爱她！我从来不想伤害她。"

"你爱她，你是怎么爱她的？"李翔指着他的鼻子问，"姐姐听到你受伤了，非常担心，她不顾工地上有多么忙，也不管自己身体有多么不便，怀着九个月的孩子跑来看你。我不知道她来到这里之后经历了什么，她回去后一个人躲在房间里，不久就出现了早产的症状。"

赵志一听到穆思静早产了，忍着疼从地上爬起来，一把抓住李翔的胳膊，问："孩子早产了？她怎么样了？你快告诉我。"

李翔甩开他的手，把他摔倒在一旁，激动地说："医生说姐姐可能是受了刺激导致的早产。在救护车上，她疼得几度昏迷，却一直喊着你的名字。你能想象到那种画面吗？她是那么无能为力地喊着你，而那时你在哪里？你又干了些什么？"

赵志听着李翔的诉说，泪水唰唰地流下来。他攥起双拳，不停地捶打着自己的脑袋。李翔满目含泪地说："看到她那么无助，我一点儿办法都没有，不知道该怎么来安慰她，也不知道该怎么帮助她。姐姐在半昏迷中一遍遍地说着她爱你。"

赵志坐在地上，自言自语地说："静静，我真的好爱好爱你啊！"

"到现在你还有脸说爱她！在救护车上，看到姐姐那个样子，我特别难受，只好拿她的手机给你打电话，我想哪怕你没法及时赶过来，能跟她在电话里说说话，也能给她安慰。可结果呢？为什么我打了十次，你拒接了十次，最后竟然关机了。"

赵志辩解道："你会不会拨错了电话号码？昨天下午我才醒过来，今天开的手机。"他忙拿起手机，通话记录中赫然显示昨天 12:50 到 12:56，穆思静给他拨打过十个电话。他猜到一定是林芳拒接了，但是他又怎能对李翔说出实情，让母亲来承担这份责任呢？他抱着头失控地哭道："静静，我对不起你！"

李翔看到赵志的这个样子，感觉到他是爱穆思静的。这时，他看到了赵志的画，一眼就看出来画上的女子是穆思静。此时，他明白过来，赵志和穆思静两人现在的状况可能是由于他的家人造成的。他更确信拒接电话的人不是他，而是陪护他的家人。他拍了拍赵志的肩膀，陪他一起坐在地上。

赵志缓缓地抬起头望着他问："你就是她心里的那个阿兵吗？"

"我不是阿兵。其实，阿兵比你更爱她，但是……"李翔接着把事情的经过大体告诉了他，"本来我不想把姐的事告诉别人。既然你已经知道了阿兵的存在，我就不能让你误会她。"

"那个阿兵……"他哽咽着说不下去了。

李翔皱着眉头，痛苦地说："阿兵死了。他知道自己给不了姐幸福，所以一直控制着自己的感情，像大哥呵护小妹一样，没有做出一点儿过分的事。他假装冷漠地待她，迫使她离开他，然后用毕生积攒的私房钱，为她建了一座明静轩，又偷来姐的身份证，给她办了房产证。可是直到他离世，他一直也没有把房产证送出去。"说着，李翔难受得紧紧地攥起了双拳，把事情的经过跟赵志说了一遍。

赵志终于明白，那个阿兵对穆思静的爱远远超过了自己。

"这次重逢，我发觉她变了，她从来不问李叔的任何事，心里也没有了李叔的影子。看得出来，现在她爱的人是他的老公和孩子，为此我不能打扰她平静的生活。"

"她现在还好吗？孩子怎么样？"

"姐生了一对龙凤胎，母子都很健康。"

"她生了一对龙凤胎？昨天下午两点左右，我在昏迷中梦到两个孩子，他们一直不停地喊我爸爸。后来，我就醒过来了。"

"一定是老天垂怜你和姐的感情，就让孩子来到你的梦中，把你唤醒。"

"我想去看看他们，希望你帮忙好吗？"赵志抓着他的胳臂，用祈求的目光望着他。

"拒接电话的人是你的家人吧？"

赵志答道："是我妈。"

"所以说，现在不是你去见她的时候。你要让你妈心甘情愿地接受她，那时再去请罪也不迟。我想她看在孩子的份儿上，一定会接纳你的。我希望你现在还是先别去打扰她，但一定要给她打个电话，跟她说你醒过来了。你可知道，她一直牵挂着你。我走了！"说完，李翔离开了病房。

李翔走后，赵志抚摸着画上的穆思静，泪水再次涌了出来。

林芳和赵天雄来到病房后，看到赵志头发蓬乱，嘴角是血，满脸泪痕地坐在地上，吃惊地问："小志，你这是怎么了？脸怎么肿了？怎么还流血了？快起来！"说着林芳伸手来拉他的胳膊。

赵志甩开她的手，像发怒的狮子一样，瞪着发红的眼睛问她："你到底是不是我的亲妈？您是一位母亲，也生儿育女过，但您怎么能这样狠心地对待静静。她给我打电话，为什么您一次次地挂断，也不问问原因就关了机。您知道吗？静静被您赶走后，因为受了很大的刺激而导致了早产。她不但怀着我们赵家的骨肉，她还救过您和爸的命啊！"

一字一血泪的哭喊，让赵志的精神崩溃。他再次昏倒在地上。

窗外的玉兰花开得正艳，一阵阵香气从窗口里扑进来。

*我只不过是说了一句 / 与你无关的话 / 你便躲进五月的花香里 / 我迈着细碎的步子 / 去一树玉兰花里找寻你*

赵志，我要用怎样的方式才能与你生生世世相望。

李翔看到穆思静望着窗外发呆，猜到她一定在担心赵志的安危。

"姐，现在很多人都用微信，就像咱们以前用的 QQ 一样，非常方便，还可以语音聊天，如果朋友不在线，也可以语音留言。把你的手机给我，我帮你下载微信。"

穆思静把手机递给他，然后坐在他身边看他操作。多年以后，穆思静跟赵志说起此事，说自己当年就像个傻瓜一样信任着身边的人，任他们摆布，却不知道自己正一步步地走进他们布置好的陷阱里。他们用心来经营，只为让她开心、快乐。

"如果你不愿意别人打扰到你，可以在这里设置消息免打扰。还有从这里进入朋友圈，可以在这里发表你写的诗或者喜欢的图片。"

李翔教着她在朋友圈里发了一条信息：突然觉得自己很小，你的世界我进不去，我的世界你进不来。到头来，花开花落，无非是一人，在这里谈悲论喜。

这时候有提示音响起，一个叫"中国梦"的女孩申请加她为好友。她的头像是宋体"中国梦"三个大字，申请注明：一个在异国他乡的女孩。

"加上吧。"李翔马上按了微信上的提示：通过验证。

李翔告诉她："姐，你可以把以前写的诗都发在朋友圈里，要不你一个人的时候太闷了。"

这时，她收到赵志打来的电话。她咬着嘴唇，用力地攥着手机，她怕这个电话是别人给她的一枚炸弹，把她对赵志的希望轰然炸碎了。最后，她鼓足勇气接了电话。

"静静！"穆思静一听到他的声音，再也无法控制自己的情绪，泪水忍不住流了下来。

此时，她的心在怒放，开成一朵沾有露珠的青莲，聆听着赵志的心跳声，聆听着他起起伏伏的呼吸，传递永恒的爱。她擦着泪说："醒了就好！"

赵志能感觉到，她在流着泪跟他说话。他噙着泪水问她："你何时回家？我好想你！"

穆思静握着手机，不知道该怎么回答，她还能回得去吗？他妈不容她，她已经回不去了。于是她说："改天……改天把离婚协议书签了吧！"

赵志含泪道："难道我们再也回不到当初了吗？"

"我想放下一切，去过属于自己的生活。你去找乔乔吧，她很适合你。"

"我已经习惯了一个人的日子。"

四月的季节，是繁花烂漫的季节。经过两年多的投资、建设，疗养院在飘满花香的季节正式营业了。穆思静穿着浅灰色西装套裙，留着齐耳的短发，　她站在台上激动地说："感谢在座的所有来宾对该院建设的大力支持；感谢一直陪在我身边的亲朋好友，在我遇到困难的时候，是你们向我伸出了援助之手。没有大家的帮助和支持，我们难以建起这座疗养院。我们这座疗养院能够为全国所有来这里的老年人提供养老、生活起居、文化娱乐、医疗保健、康复训练和休闲度假等多项服务，院内打造了室内休闲活动区和户外休闲区，设置了棋牌室、阅览室、书画室、理疗室和老年大学等各种娱乐活动室。不少朋友提议，咱们这座疗养院应该起个响亮而有代表性的名字，我是一个土生土长的东洲人，就叫东洲颐年养生院吧。一个名字再有内涵，也不如我们的管理到位，能为大家带来更好的服务……"

赵志坐在台下的人群中，他悄声对李翔说："她不再是那个柔弱的女诗人。现在她的眼里流露出胜利者的坚定光彩，她已经蜕变成为女强人。"

"我了解她，她宁愿选择做你身边温柔的妻子，也不愿意做带着光环的女强人。她不喜欢争强好胜，想要的只是一个简单而平静的生活。倘若你的家人能接纳她，此时她一定正坐在画室里画画、写作。"

赵志自责地说："是我改变了她的人生，让她失去了最喜爱的追求。"

李翔劝道："现在不是你自责的时候，你要争取有一天回到她的身边，这是我和张晓宁一直期望的事情。你每个月都悄悄地来看孩子，难道就不打算见见她吗？我已帮你加上她的微信了。"

"现在她已经淡忘了我。不过，看到她生活得很平静，我也放心了。兄弟，我该走了。拜托你照顾好她，有什么事一定要通知我。"

李翔望着赵志远去的背影，终于明白了穆思静为何爱他。赵志是一个有情有义的人，为了工作舍小家顾大家。哪怕被人误解，他也是先顾全别人，把责任揽在自己的身上。

张晓宁坐在穆思静的身边，不时地转过身看她。穆思静感觉到他有话要对自己说："晓宁，疗养院能有今天，多亏了你。"

张晓宁沉默了一会儿，说："姐，这是你最喜爱的事业吗？"

穆思静轻叹道："我说过，无论我们选择什么，一定要先有能力填饱肚子，能养家糊口。"

"如果你和赵志都各退一步，现在摆在你面前的肯定是画架和电脑。"

穆思静叹道："他的父母不同意我们在一起，所以我和他之间不只是两个人的事。如果赵志和乔乔在一起，他的父母也乐意，静怡和乔乔也会有一个完整的家。那样他就不会因为我，夹在中间为难。"

"你只为别人考虑，有没有考虑过要给两个孩子一个完整的家。因为你的放弃，改变了自己的人生选择，也改变了两个孩子的生活环境。单亲家庭的孩子，你给他们再多的快乐和再富足的生活，他们心灵上也有一部分是缺失的，他们缺少父爱，感受不到跟父母在一起的那种幸福的生活氛围。"

穆思静低着头，握着水杯沉默不语。张晓宁用力地握着她的手，她明显能感觉到他的手在抖动："这里就交给你了，我以后可能来得少了。无论有多么艰辛，希望你都要坚持下去。"

"为什么？"穆思静听出他的话中含有别的意思。

张晓宁别过头去，不敢正视她。他多想陪着她一起到老，但是自己有了家庭，有了孩子，已经别无选择。他没有看穆思静，摆弄着手中的杯子说："你还记得阿曼老师吗？"

"我当然记得！"

"当初他在病痛和生活贫困的时候，为了不让我失望，用缺失的颜料和油布坚持给你完成了那幅肖像油画。那时我就发誓，如果有一天我有能力了，一定要资助他在北京开一个画室。为此我要去北京，帮阿曼老师实现这个愿望，也为了履行自己当初的誓言。"

"晓宁，你一直都在为别人付出，为了一个个承诺，搭上了你的一生。"

"我没有这么伟大。好了，天不早了，我该走了。"说完转身走出去。

穆思静追到门外，喊道："晓宁！"

她明白张晓宁离开的原因，纵然心中有万分不舍，也没法阻拦。

张晓宁背对着她挥挥手，往停车场走去。两行泪水顺着他的脸颊流了下来，他不敢回头，怕被穆思静看到。穆思静倚在门口，望着他的背影渐渐远去，望着她和他之间的距离，越来越远。

高楼大厦，灯红酒绿，连同形形色色的人，晃得穆思静头晕目眩。唯有家乡带着田野味道的花草和炊烟，还有那里的乡亲，留给她纯真善良的一面，让她可以睡个踏实又安稳的觉。

赵志走了，张晓宁也走了，丢下她一个人，留在这片生她养她的家乡。从此她不再四处流浪，过上了安安稳稳的日子。

一天，疗养院里来了三位客人，一位二十多岁的年轻人和一对八十多岁的老年夫妇。李翔正好出去办业务，没在疗养院里，穆思静便热情地招呼他们。

年轻人说："您好，这是我的爷爷奶奶。前几天，李翔哥哥跟我们商量了一下，决定让爷爷奶奶来这里住上一段时间。"

穆思静一听他们和李翔认识，猜想他们可能是李翔的亲友，忙说："既然是李翔介绍来的，那就是自家人。"

"他是我孙子。"两位老人齐声回答。

穆思静握着老人的手，微笑着坐到他们身边说："既然您二老是李翔的爷爷奶奶，那么我免费请您二老来入住。"

"闺女，我们既然决定要来，就得交费用。"

"李翔是我的兄弟。在我需要人手和资金的时候，是他帮着我一起扛了下来，在我的心里，他就是我的亲弟弟，所以他的亲人理应就是我的亲人。李翔出去办业务了，请拿出您二老的证件，我登记一下你们的信息。"

"这是我爷爷李灵，我奶奶张云。"李言忙跟她说。

穆思静朝他们微笑着说："我叫穆思静，我带您二老去看房间。"

穆思静？三人吃惊地望着她。

李灵朝着老伴看了一眼说："翔儿回家多次提起你，说你善良也有能耐。今日相见，果真如此。"

穆思静领他们来到二楼。李言跟在后面，冷冷地盯着她。穆思静不经意地回头，看到他的目光，不由得打了一个冷战。她说不出为什么，总觉得他的目光像一把无形的刀子，要刺穿她的身体。安顿好他们后，穆思静因有一些事要处理，便抽身离开这里。

穆思静一离开，李言就咬牙切齿地说："就是这个女人，把我妈气死了，把我爸和周姨也逼死了。"

李灵听到他说这样的话，生气地说："言儿，不许你胡说。人家并没有做对不起咱家的事。你岁数也不小了，应该明白一些事理，她和你爸的事，不是她的错，她从来没有要求你爸妈离婚，也没有要求你爸娶她。"

李言咬着嘴唇，一声不吭地坐在那里。这时李翔回来了，他一进门就高兴地喊："爷爷、奶奶，你们来了，我太高兴了。"

李灵开心地对他说："翔儿，我们老两口儿能住在这里，全托了你的福。"接着，他把穆思静让他们免费入住的事告诉了李翔。

　　"穆姐姐太善良，若是有人想骗她，是很容易的，她不会去害别人，也不懂怎么提防人。她知恩图报，赢得了很多人的尊敬和帮助，我希望她过得好好的。"刚才他在门外听到了他们的对话，怕李言误会穆思静，所以他一边说一边暗示地拍了一下李言的肩膀。

　　"这么好的一个孩子。唉……"李灵叹了口气，摇了摇头没有再说下去。

　　"世上所有人都不是完美的，彼此相处时应该大度一点儿，不要揪着别人的一点儿过去就说三道四。人往往在允许自己放肆的时候，却要求对方做一个圣人，来博取你的青睐。"

　　世界有时候很小，无意相见的人，拐弯转角后还是遇见了。就像眼前的李灵三人，无意中与穆思静相见了；世界有时候又那么大，曾经很期望见到的那个人，转来转去，甚至只几步之遥，不料一次转身、一个低眉，就擦肩而过，让彼此朝着相反的方向，越走越远。比如赵志，穆思静表面上已经放下了他，实际上每天都在想念他。那天在集市上，若是穆思静能多往前走一步，喊一声他的名字，或许他们的结局已经改变，不至于走到现在这个地步；那天她坐在张晓宁的身旁，若是她回一下头，就会看到赵志，然而她只顾着身边的人，赵志踩到她的影子，她都没感觉出来。

　　穆思静赶到医院的时候，王大妈已经说不出话了。她哆哆嗦嗦地握着穆思静的手，然后带着幸福的微笑，慢慢地闭上了眼睛。

　　穆思静感慨地说："没想到离开了这些年，他们还想着我。"

　　"敬老院里很多老人经常提起你，他们说很想你。今天你住下吧，晚上我带你去敬老院看望他们。还有，好不容易来一回，去静怡苑看一眼吧！"

　　穆思静驱车赶往静怡苑，却无意间走到赵志的那座别墅前。她忍不住停下车，朝院子里张望着。她抚摸着院墙上的一根根铁栅栏，抚摸着大铁门，一股股花香迎面扑来。这里有她和赵志之间幸福的时光，仿佛还在眼前，自己正站在院子里，赵志站在她的身边，朱姨正笑盈盈地望着他俩。

　　"媛媛，快过来，我剪了一束玫瑰花，你插到花瓶里。"是朱倩云的声音？穆思静顺着声音望去，看到她站在花丛里，捧着一大束红玫瑰。为什么她还在这里？她在电话里不是说这套房子已经被赵志卖掉了吗？朱姨为什么要骗她？难道也认为她会给赵志带来不好的影响吗？

　　"来了。"一位三十多岁的女子从屋子出来。眼前的女子就是那天她见过的那位女子，高高的个子，长长的头发，穿着米白色的长裙子。

这时候，一辆白色的宝马车驶进院子里，从车上下来一位男子。一看到那位男子，穆思静的心像骤然落到了寒冬腊月里。他穿着藏青色运动装，白色的运动鞋，跟那天在藩镇集市上穿的一样。

她紧紧握着方向盘，用力到指关节都快要脱臼了。原来这座院子根本没有卖掉，赵志和朱姨还住在这里，不过这位女子是谁？为什么不是宋乔乔？记得那天在大门口，这个女人对她说："我不认识朱倩云，这座房子是我老公两个月前买的。"

难道赵志还有别的女人？

"老公，你回来了！"女人说着一下子扑到男子的怀里。

男子一把抱住她，在院子里转圈，她的长裙子也飘了起来。穆思静脑海里闪出那天，他也在这里这样抱着自己转圈。

一定不是他，赵志在东平呢。穆思静还想借着一点儿假想来安慰自己，但是她一看日期，今天是周六。最后的一点儿假想都不存在了，最后的一点儿奢望都没有了。穆思静越想越难过，她捂着嘴哭泣着，含泪驱车离去。她想马上逃离这个令她伤心欲绝的地方，这辈子都不再回来。

三

不知道日子是过得太快还是太慢，我们总是刻意地避开一个醒目的字眼。而一撇一捺一点一横，还是无法躲闪地相遇了。云卷云舒，庭院看花，成了一个人的闲事。

疗养院的外墙不高，一米半高的外墙上贴了咖啡色的瓷砖。墙体上面是铁栅栏，这个季节，栅栏上爬满了蔷薇，开着白色、红色、粉色的花。

今天是周末，李言来看李灵。看到他和一群老年人玩得正欢，于是就去食堂找李翔。大锅里炖着牛腩土豆，熬着小米粥、大米红枣粥，厨师、凉拌工、面食工各自热火朝天地忙着手中的活儿。

李翔忙完后，和李言一起走出了食堂。这时候，他看到李言的裤子口袋上沾了一些白色的面粉。忙伸出手要给他拂去。

到了吃午饭的时间，李言对他们说："昨天我发了工资，得了奖金，今天中午咱们出去吃吧。我请客！"

李灵开心地说："言儿现在越来越懂事了，你和诺儿都要混出成绩来，等有一天我和你奶奶到了那边，跟你爸妈也好有个交代。"

李言不由得鼻子一酸："爷爷！"

李翔一看气氛有点儿伤感，马上推让着说："我是当哥哥的，今天还是我请吧！"

午饭后，穆思静坐在电脑前想写点儿文字。这时候，她看到"中国梦"给她的留言：阿姨，我看过您很多诗，非常喜欢。如果一位画家凭着自己的记忆，把一位异性的眼神、形态画得很细致很逼真，就像一个活生生的人带有着那种表情站在他的身边一样。这个人是不是在画家心里占据着很特别的地位？

穆思静：应该是！如果一个人对另一个人不是特别的了解，对他的一举一动不是牢记在心里，是画不出这样的作品的。

中国梦：阿姨，这位画家是不是爱着这个人？

穆思静：应该是。

中国梦：阿姨，您为什么总说应该是，而不说一定是？难道您觉得这样的感情不是真爱吗？

穆思静：有些话不能说得太满。说得满了，就不能留有回旋的余地了。

中国梦：阿姨，爱一个人为什么不能百分之百地信任对方呢？这位画家是我的老师，他画了一幅很打动我的作品。作品画的是一位长发女子站在画架前，握着画笔在沉思。她的睫毛很长很长，阳光落在她身上，那么柔暖。她的前方是一片荷花池，几朵荷花才初绽开。阿姨，您能想象到这是一幅多么美丽的画面吗？

穆思静：你老师叫什么？

中国梦：他叫"我心永恒"。

穆思静突然觉得肚子一阵疼，她急忙捂着肚子，往卫生间里跑。"哇"的一声，胃里翻腾得让她吐了一地。她一直吐了好几分钟，感觉苦胆都要吐出来了。一会儿，办公桌上的电话响了起来，电话里传来有气无力的声音。

"我是201室的老张，房间里的人可能食物中毒了，大家都出现了腹痛、呕吐的现象。"

穆思静明白了，一定是今天中午的饭食有问题，导致集体中毒了。她忍着腹痛，立即拨打了120。

李翔正吃着饭，接到穆思静打来的电话，告诉他疗养院发生的事情。

李翔挂断电话后，他拿起车钥匙，跑了出去。

李言冷笑地说了一句："疗养院出事，必定是她遭到了报应！"

听到他在这个节骨眼上说这样的话，李灵生气地责备他："言儿，你怎么这样说话！穆思静对我和你奶奶这么好，咱们可不能忘本。你看看翔儿多让人省心，言儿，你何时才能长大。一个人无论在家里还是在外面，与人相处，都是用心来经营的。"

一辆辆120急救车赶到了疗养院，医护人员跑来跑去地挨个房间查看病人。

李言赶到疗养院的时候，这里正忙成一团，他拿出手机"咔嚓、咔嚓"地拍了几下。李灵推了他一把，吼道："还不快过去帮忙，在这里凑什么热闹。"

"哼！这是报应。"说完李言扬长而去。

李灵指着他的背影，气得说不出话来。张云搀扶着他在花坛边坐下，担忧地说："他爹啊，我觉得咱们不能在这里待下去了，还是回老家吧。"

"说句真心话，我真舍不得离开，这里生活环境好，还能学到很多东西。和一帮人在一起下下象棋、拉拉京胡，我感觉很开心。咱们那个家啊，孩子们成天忙，成天看不到他们的人影，他们根本没有精力照顾我们。有时候想想，说不定哪一天咱俩其中一个蹬了腿，都没有人知道。"说着，几颗泪珠从他满是皱纹的脸上滚落下来。

张云伸出枯瘦的手，给他擦着泪说："可我总有一种不祥的预感，言儿会做出一些对静静不利的事。我怕他会暗地里加害她，这个孩子有点儿随他妈，心机太重了。静静好不容易有了自己的事业，别让咱们给毁了。"

在医护人员的及时抢救下，这次集体中毒没有一人出现生命危险，但却在社会上引起了不良的影响。当天下午，一名网名叫作"佚名"的网友在网上发出疗养院抢救现场的照片，并配了文字："东洲颐年疗养院因管理不善，引起集体食物中毒现象。希望有关部门深入调查，给予取缔营业执照，并给受害者做出一定经济补偿的处罚。"

第二天上午，东洲市食品药品监督管理局的工作人员前来调查。

穆思静拖着虚弱的身体，一边陪他们查看院内各处场所，一边说着事件发生的经过和处理情况。

陈硕然是东洲市食品药品监督管理局的办公室主任，是一位四十多岁的中年男子。他神情严肃地对穆思静说："穆总，这件事不管是出于意外还是出于管理方面的问题，现在都在社会上造成了不好的影响。昨天有人打电话到局里，说要维护老人们的生命安全，严厉惩处和追究您的责任。"

李翔忙辩解道："我们这里的每一位工作人员，谁都不希望发生这样的事情，每次买来的菜，我们都会反复清洗干净。倘若是卫生不到位，或者是我们给他们食用了过期变质的食物，惩罚我们理所当然。若查出是蔬菜在种植过程中施了农药的原因，这不是我们能够避免的。"

陈硕然拍拍他的肩膀说："但是中毒事件是在这里发生的，哪怕是有人故意下毒，作为负责人也会被追究部分责任的。"

"李翔，现在不是我们争辩对与错的时候，目前最重要的是我们怎么做能把事情处理好，让风波快点儿平息下去。至于追究责任，我一定会承担的，没有把这里管理好，就是我的失职。"

陈硕然夹了夹左臂下的公文包，说："穆总，鉴于当前出现的状况，我们的工作人员必须秉公处理，希望您配合我们的调查。在这件事没有处理好之前，您这里只能选择停业，希望您及时对受害者做出必要的补偿。"

穆思静态度坚决地说："陈主任，您放心吧，我一定会对受害者补偿到位的。但是居住在这里的人员也要吃饭，不能让他们这样没有准备地就回去。况且有些老人回去之后，家里连个照应的人都没有，还有那些瘫痪在床的老人们，我们要怎么安置他们？我们一定会认真对待这件事，也一定会把关好饮食卫生。希望陈主任能网开一面，不要让我们停业。"

"好吧，不过食堂的一些制度还不健全，你们以后一定要严格要求食品卫生和食品质量，杜绝不良事件的再次发生。说句实在话，一旦出点儿意外，我们都承受不起。"

"陈主任，我们一定马上整改，绝对不会再发生这样的事。为确保蔬菜不再有农药残留，下一步我准备在疗养院对面建一个有机蔬菜基地，专供我们疗养院食用。"

等质监局的工作人员走后，穆思静瘫软在椅子上。

"李翔，出现这样的意外，我们是防不胜防的。一会儿你去趟财务科，看看咱们还有多少流动资金。若是赔偿款不够，我再想办法。"

"我们疗养院的运行才开始有了好转，竟然出现这样的事。那个在网上发帖子的人也太卑鄙了，出现这样的事已经够让我们焦头烂额了，他还鼓动着让我们加倍赔偿。"

穆思静低着头，十指交叉着。她托着下颔，神色冷漠地说："这世道就是这样，有些人见不得别人好。你越发展好了，他们就越嫉妒你，盼着你出点儿事，一旦出事了，就煽风点火，恨不得让众人把你踩扁。目前，我们先不管别人怎么说，舆论压力多大也不要去在乎，先把赔偿之事处理好再说。至于这件事是人为还是意外，我不想去追究了。冤冤相报何时了啊！"

听到她这样说，李翔突然想起了李言。但他不希望自己的猜测是对的。穆思静闭着眼睛，头疼得要炸开。她很清楚，当前的流动资金根本不够赔偿的。张晓宁已经生儿育女，不能再找他了；爸妈年纪大了，他们那点儿养老金她是不能动的。可她从哪里能弄来这么多的赔偿资金呢？

李翔还没到财务科，就接到赵志的电话："你们那里出了这件事，你姐还能扛得住吗？"

"她是坚强地支撑着，可我们的流动资金根本不够赔偿的。"

"这个我来想办法。"

"网络传播消息速度也太快了。姐夫，要不我把房产证给姐吧，或许可以拿着这个房产证做抵押，用贷款来缓和一下现状。"

"目前这个状况，若是你姐再知道那件事，她还能承受得住吗？房产证上写着她的名字，她迟早会知道的，但不是现在。我是她的丈夫，这件事由我来处理，但你不要跟她说。"

林芳看到赵志这两年很少回家，也很少主动跟她说话，心里很难过。

她思来想去不知道该怎么做才好。这时，她想到一个办法，立即给宋乔乔打电话。

"伯母您好！"电话里传来宋乔乔的声音。

林芳听到宋乔乔喊伯母，心里"咯噔"一下："乔乔，静静已经走了，你和静怡回来吧。"

"伯母，我已经结婚了。他叫杰克，十几年来他一直守在我身边，当时我一心想着赵志，没有察觉到他对我的爱。赵志来美国后，我才彻底看清楚，赵志的心里已经没有我的位置了。后来，我接受了杰克的爱，也怀了他的宝宝，还有几个月就要生产了。"

"祝你们幸福！"林芳失望地一屁股坐在沙发上。

"人活一辈子不容易，能遇到彼此相爱的人更不容易。伯母，成全他们吧！"

"可一切太晚了。"

"如果他们彼此真心相爱，一定还能走到一起的。另外，我跟您说实话，戒指是赵志买给静静的。"宋乔乔把那天捡到戒指的经过告诉了她。

"原来是这样啊！"

赵天雄听到她们俩的对话后，气得哆哆嗦嗦地指着林芳说："你呀你！"

林芳彻底明白过来，因为自己的一意孤行，造成了今天难以挽回的局面。今晚她坐在赵志的身边，胆怯地望着他："小志，你是不是再也不原谅妈妈了？"

赵志看到她可怜兮兮的样子，无奈地说："我怎么能跟妈计较一辈子。我知道您是为我好，但是静静是我今生的至爱，失去了她，我的生活便再也没有情趣了。只要想到她痛苦地离开，我的心就好痛。"

林芳流着泪说："我觉得很愧疚，不知道该怎么弥补这一切。"

"以后有的是机会，那份离婚协议书我一直没签字。"

"那就好，那就好！那天她生的是男孩还是女孩？"

"生了一对龙凤胎。男孩叫赵穆，女孩叫穆赵。"

"哎呀，我的天啊，这太好了，她们母子的身体状况怎样？"

"她和孩子现在都挺好的，每个月我都会去看孩子。妈，对不起，我不该跟您斗气，应该早点儿告诉您孩子的事。他们都很乖，很少哭闹。特别是穆赵，长得太像静静了，大大的眼睛，一生气就撅着小嘴。哈哈。"说到孩子，赵志的眼睛绽放出光彩。说着赵志翻出手机，给林芳看孩子的照片。

林芳一边看，一边抚摸着手机上的照片。她的脸上露出幸福的笑容，仿佛孩子就在她身边。她又试探着问赵志："静静还恨我吗？"

"静静那么善良，不会恨你的。不过，最近她的疗养院发生了一件麻烦事。"接着，赵志把穆思静近期发生的事跟她说了一遍。

"现在静静能筹来这么多的资金赔付人家吗？如果能帮上忙，我们一定要帮。"

赵志对她说："疗养院才起步不久，收益还不是很多，我想她很难拿出这么多钱来。"

"我有个办法。"赵天雄从卧室里出来，刚才他在里面已经听到了他们的谈话，"拿那套别墅做抵押贷款。"

这时，让他们意料不到的事情发生了。赵志"扑通"一声跪在他们的脚下，说："爸、妈，请原谅儿子的不孝，我没有跟你们商量就把别墅卖了。"

赵天雄夫妇有点儿不相信自己的耳朵。赵天雄指着他问："你把房子卖了，让你朱姨住哪里？当初你爷爷在遗书上写着，要你朱姨住在这这那里，直到她离世。"

"我给朱姨在城里买了一套房子，把她和全叔安顿好了。我和乔乔去了美国后，静静伤心地离开了这里，回到老家建了现在这座疗养院。张晓宁为了帮她实现愿望，把第二期工程投放到了东洲，但是他们没有这么多的资金投入，我就偷着把别墅卖了，以张晓宁的名义将钱汇过去。我欠她太多，只想弥补她，支持她把这座疗养院顺利建起来。"

赵天雄摇着头，无奈地说："事到如今，我说什么好呢，这可是你爷爷奶奶一生挣来的家业，怎么就在你的手里弄没了。小志啊，你这弥补的代价也太高了。"

赵志安慰他道："那时候她的疗养院还在筹建中，急需资金。静静身体很弱，加上当时孩子早产，比抚养其他孩子难一些，花费也高。如今她发生了这样的事，我求您二老不要再计较好吗？我做这个决定之所以没有告诉你们，就怕你们不同意。爸、妈，静静给我们赵家生下一对儿女，是有功之臣，宋乔乔生下一个女儿，你们都大方地把家传的玉镯子送给了她，卖房子的钱，算是奖给静静的礼物好吗？再说静静的日子过得好了，咱们的孩子也不会跟着受罪。"

赵天雄不等林芳表态，马上说："好，我赞成奖励静静。"

林芳瞥了他一眼，故作生气地说："这个家不是你一人说了算。我不但赞成把那套卖房款给她，也想把咱住的这套房子卖了钱给她。"

赵志和赵天雄见林芳的变化这么大，有点儿不相信自己的耳朵。林芳看到他们二人的表情，认真地说："疗养院现在出了这样的事，静静一定很难渡过难关。当初，如果不是我一意孤行地掺和，说不定她和小志现在都过得好好的，我们一家人也能团聚在一起。让她们母子不能和你在一起，让她抛家舍业地在外面受苦都是我一手造成的，如今她有困难，咱们联手帮她渡过难关。"

赵志坚决反对："不行！你们都这把年纪了，把房子卖了，你们住哪？"

林芳说："我们可以租房子住，我们的退休金够用的。"

赵天雄也劝赵志："我们有能力租房子，再说了，静静的也是我们的，等她那里效益好了，让她挣了钱再给我们买一套房子，不成问题吧！"

赵志拥抱着他们，激动地说："我们不能让静静知道把这套房子卖了，她若知道您二老把房子卖了来资助她，她是不会接受的。"

赵天雄说："那就还以张晓宁的名义把钱汇给她。"

"您二老现在不用租房子，来静怡苑住吧。那里环境也好，是张晓宁给我俩牵线搭桥的地方。"

林芳不假思索地问了一句："张晓宁会不会也喜欢静静？"

赵志不高兴地说："妈，您总是爱多想。他们之间是一种亲情关系。"

赵天雄埋怨她道："你又胡思乱想了。"

林芳委屈地说："我是怕这么好的静静，被别人抢了去。"

赵天雄觉得自己的语气有点儿重，怕让林芳的脸面挂不住，忙安慰她道："你应该相信咱儿子的魅力，有谁能比得上他，咱家静静是慧眼识泰山。"

"哈哈……"赵志被他逗笑了。


穆思静最近吃不好、睡不好，穆正夫妇知道了此事，也在到处联系亲友来助她一臂之力，但是杯水车薪难以解决燃眉之急。赔偿金不能及时到位，很多人受外界舆论的影响，已经要求退款离开这里。这种状况的出现，造成的失信舆论会更大。网上那个发帖子的人，每天都在网上追问结果如何。为了稳定大局，穆思静必须马上处理好赔偿问题，但是资金从哪里来呢？

她坐在窗前，迎着山风，苦无计策。这时候张晓宁打来电话，穆思静一看到他的电话，像在茫茫大海中抓住了一根救命稻草，顿时燃起了一线希望。

"姐，出了这么大的事，你为什么不告诉我？"

"我想尽量自己来解决，怕给你带来麻烦。"

"疗养院是咱俩合作的项目，出了事我会袖手旁观吗？而且我能逃脱责任吗？还有，你自己真的能解决吗？"

"我……"穆思静再也控住不住情绪，哽咽着说不下去。张晓宁就是她命中的贵人，只要她有难，他总是立即出现。

听到她哽咽的声音，张晓宁忙安慰她："明天我汇款过去。擦干眼泪，好好休息吧！明天资金一到，事情马上就会解决了。至于网上发帖子的那个人，我会找人查清他是谁，明显能看出来，他就是在针对咱们疗养院，不希望咱们好过。”

“对我来说，目前能把这件事解决了，其他的都不重要了。网上的那个人，你就不要去惹他了，给他留一条后路吧！”

听到她这样说，张晓宁的心里一疼。曾经那个柔弱的姐姐去哪里了？那个穿旗袍的婉约女子已经被打磨成了一个女汉子。

赵志在张晓宁和李翔的配合下，终于将这次中毒事件平息了。有好几次，李翔望着穆思静，很想告诉她赵志为她所做的一切。他明白，他俩都彼此爱着对方，这个台阶的突破口，要从穆思静这边打开，但是赵志却一再叮嘱他说时机未到。

张晓宁自从疗养院开业后，很少来东洲，有事就在北京跟穆思静电话联系。躲一个人久了，就会渐渐地忘了。他打开自己的心门，让那个人渐渐地走出去，好留下更多的空间给身边的人。他偷偷在微信朋友圈写了一首诗，并设置了穆思静不可见。

　　我将往事谱成一首首旋律／与陌生人一起唱给昨天／当你坠入爱河／再也不会想起／深夜里为你写着诗句的孩子／／我将文字铺在远离你的方向／与你的祝福渐行渐远／当你有了新的知己／你不会知道／最好的朋友　只不过是我无法表白的谎言

但是赵志的一个电话，再次扰乱了他归于平静的心。他自始至终都明白，赵志和穆思静之间的感情是无人能代替的，既然如此，他应该想办法让他们重新走到一起，到那时自己也许真的就会把她放下了。

穆思静处理好了疗养院里的事情后，打算回家一趟，她最近忙得好久没有见到孩子了。到了大门口，她看到一辆熟悉的车停在院子外。

她悄悄地走进院子里，躲在黑暗处。看到屋内赵志揽着两个孩子，逗着他俩笑个不停。穆正和王丽华也面带微笑地坐在一旁，开心地望着他们。看到屋内这幸福的一幕，穆思静的泪水忍不住流了下来。她多想趴在赵志的怀里大哭一场，多想被他紧紧地抱着，哪怕一句话也不说，哪怕只有十分钟、五分钟、一分钟都可以。但她突然想起林芳的话，想起别墅里的一幕，刚才升起的热度再次降到了冰点。她立即转身离开，回到了疗养院。

她坐在一棵栀子花旁，白色的花瓣被山风吹落下来，落在她的身上。她拈

起一片花瓣，放在掌心。栀子花的花语是永恒的爱，一生守候。她流着泪，喊道:
"赵志，我爱你!"

一天晚上，林芳坐在赵志的身边，嗳嗳嚅嚅地问他:"我和你爸年纪大了，
说不定哪天腿一蹬就走了，不知道这辈子还能不能见上孩子一面。"

"妈，您想见孩子，我可以把他们带来。岳父岳母很通情达理，对我也很
好，这些日子他们一直帮我隐瞒着，不让静静知道我去看过孩子。"

林芳说:"难怪静静这么善良，是她父母教育得好。"

赵天雄说:"我觉得不能让小志带孩子来这里。这么远的路，孩子还小，
晚上也认生，夜里哭闹怎么办?我想，作为亲家，我和你妈应该去拜见他们
一下。"

"要想挽回静静的心，我们就要拿出诚意来。"

赵志看到爸妈终于接受了穆思静，心里非常高兴，第二天就带着他们来到
穆正家。林芳诚恳地向他们表达了歉意，希望得到他们的谅解。

王丽华说:"亲家母，过去的事就不要再提了。我也是一个母亲，为了孩
子好，有时候也会做出一些偏激的事情来。可怜天下父母心啊!在咱们的眼里，
孩子永远都长不大，我们还在用老眼光来看他们，岂不知他们比我们懂得事理
多，见识广。"

"是是是!"林芳一声声应着。

穆正转身对赵志说:"小志，今天你们来了，我很高兴。既然大家都认可
你和静静的事，我马上给她打电话，让她马上回来。"

"不要急着给她打电话，她那么忙，我和她的事，我自己来解决，我要用
诚心让静静不再有任何顾虑地跟我回家。"

这时候孩子醒了，在卧室里不停地喊着。

"穆赵、赵穆。"不等王丽华起身，赵天雄和林芳就迫不及待地往卧室里跑。

这几天，李灵感冒发烧，李翔陪着他在医务室打点滴。李言闻讯后也赶了
过来。他看到李灵憔悴不堪的样子，心疼地说:"爷爷，咱们还是回家吧，这
里条件太差了，装修得富丽堂皇，却华而不实。"

李翔听到他这样说，生气地说:"你说的这是人话吗?"

"我就这样说话。这里的条件就是不好，领头人素质差，带不出什么好兵。"

李翔指着他的鼻子反问："这么多人住在这里，姐姐还不收爷爷奶奶的费用，她的素质哪里差了？"

"她为什么无缘无故地来照顾爷爷奶奶，还不是因为欠了我们家的情债，他们就是被她逼死的。你不就是图她有几个臭钱，甘心做她的男秘，不觉得丢人啊，竟然还趾高气昂的！"

穆思静看完手中的资料后，起身去看望李灵。走到医务室门口听到里面有吵架声，她想进去劝解，又觉得不合适。打算退回来时，她听到了一个不愿提起的名字。

李灵一怒之下从病床上坐起来，气愤地说："言儿，闭上你的臭嘴，别再胡说八道了。我再说一遍，她不欠我们什么，是我们李家亏欠她。你爸骗她，你妈和你玉茹阿姨也设计骗她，是我和你奶奶为了你妈，逼着你爸写下了保证书，不再跟她来往。到现在她根本不知道我们是谁，她是为了翔儿才坚决不收取我们分文费用。言儿，你不觉得这样说她太过分了吗？你真是遗传了你妈，除了恨，永远不会念及别人对你的好。"

李言固执地说："她不过是我爸的小三而已，你们鬼迷心窍地被这几个小钱迷惑了，就觉得她是好人。"

李翔攥起拳头，恶狠狠地说："既然你还这样不近人情，那我就不客气地问你一句，上次这里发生的集体中毒事件是不是你干的？"

李言听李翔这么说，指着他大骂："你放屁！"

李翔冷笑着说："是我放屁吗？那我问你，网上的帖子和照片，是不是你发的？"

李言咬了一下嘴唇说："网上是我发的帖子和照片，你们又能把我怎么样？这次没整死她，就算轻饶了她。"

李灵气愤地说："言儿啊言儿，你真是林玉莲的好儿子啊！太恶毒了。"说完，给了他一巴掌。

他转过身对李翔说："翔儿，今天就办理手续，我再也没脸待在这里了。当初你奶奶就说，言儿心机太重，怕他会有报复之心，如今果不其然啊！都怪我太贪恋这里，应该早一步离开的。"

李翔看了看四周没人，他走到李言的身边，冷冷地问他："那天你在食物里放了些什么？"

李言捂着发疼的脸庞，愣了一下。接着说："我没有在食物里放什么？"

他的语气明显降低了很多。

李灵惊讶地望着他俩。李翔指着他的鼻子说："你撒谎，那天你从食堂里出来，裤子口袋上的白粉是什么？不会是面粉吧！还有那天中午，你为什么突然这么好心，约我和爷爷奶奶一起去外面吃饭，难不成你早就知道食堂里那些饭菜不能吃？为什么那天就我们四人没有出现中毒现象？你给我解释一下，难道这一切都是巧合吗？"

李言脸上冒出了冷汗，他结结巴巴地说："我没有投毒，我没有……"

李翔冷笑道："那白粉是什么？请大声告诉我，你刚才不是还理直气壮的吗？"

李灵的手哆嗦着，指着他喊："你……造孽啊！"

"那天发生的中毒现象，经过质量监督局的检验，是因为买来的菜里含有农药残留物，才让大家吃了后出现呕吐腹泻的现象。"穆思静一步踏进来，打断了他们未说完的话，巧妙地给李言留了一个台阶。她知道，若是李言承认是他投放了东西，他就构成了犯罪行为，这辈子的声誉没了，前程也毁了。

刚才一些事实摆在面前，让李言没法抵赖。穆思静挺身而出，为他把责任推卸了，让他既感动又羞愧。穆思静拍了拍他的肩膀，平静地说："我相信你没做，因为咱们是一家人，希望你和李翔能一起帮我。"

李灵惭愧地对穆思静说："我们全家人都对不起你。"

穆思静安抚着他说："大爷，过去的事情都让它过去吧，希望咱们以后齐心协力把这里办好，好吗？"

李言低着头，来到她的身边，说："若是姐还信任我，我愿意留下来。"

"好。从今天起，李言就在这里好好帮我吧。"说完，她转身对李翔说，"李翔，跟我出去办点儿事情。"

从医务室里出来，李翔跟着她一起来到办公室。穆思静抱着双臂背对他站着，沉默着，一句话也不说。

人生有一种痛苦，就是当知道恨过的人被自己误解，却再也没有机会跟他说一声对不起。她接着她倚着墙，坐在地上，面色苍白地问："你为什么一直不告诉我他已经走了？"

李翔挨着她坐在地上，擦着泪说："那时候你怀着身孕，我告诉你合适吗？况且，告诉你又有什么用，他已经走了，你也结婚了。"

"你妈和玉莲是怎么走的？把一切都告诉我好吗？"

　　李翔用了半下午的时间把李正兵建明静轩、办理房产证后被玉莲发现，以及失忆后发生的事情详细地跟穆思静说了一遍。然后他从包里掏出一个红本，递给她："姐，李叔在遗书里特意嘱咐我，一定要把房产证给你。"

　　穆思静握着房产证失神地望着门外。她想哭，却流不出一滴泪来。她疑惑地问自己，为什么当初在他面前那个爱哭的女孩再也不见了？难道她对他真的没有爱了？还是因为她的心已经被赵志占满了？

　　李翔明白，越是在别人面前保持冷静的人，心里会越是难过。

　　初秋的原野呈现出一片草绿色，周围到处是蟋蟀和一些虫鸣声。李正兵在老家的自留地里长眠着，坟头上长满了野草。穆思静抚摸着墓碑，哀伤地说："阿兵，你在那边还好吗？你能看到我吗？"

　　看到她悲痛的样子，李翔忙搀扶着安慰她："姐，一切都过去了。好好珍惜你身边的人。"

　　"如果我爸在天有灵，他一定不希望看到你难过的样子。"李言不知道何时来到这里。今天他和李翔吵架后，就来到爸妈的坟前，哭诉自己的委屈和所犯的错误。他接着说，"今天我当着爸妈的面发誓，那天我没有下毒。当我知道你是谁后，我确实恨过你，也想报复你。我承认网上的帖子是我发的，但害人性命的事情我不会做。"

　　"李言，我相信你！"

　　穆思静左臂揽着他，右臂揽着李翔，对着李正兵的坟说："阿兵、玉莲、玉茹，我们的恩恩怨怨都过去了，希望你们在九泉之下过得幸福。我和李言、李翔姐弟三人将携手一起快乐地工作、生活。我会做一个合格的大姐姐，照顾好他们，你们放心吧！"

　　李翔二人听到穆思静这样说，激动地拥抱着她。然后他们一起来到了明静轩。

　　明静轩红红的大铁门已经脱落了一些外皮，外墙上的铁栅栏也已经锈迹斑斑。李翔打开生锈的锁，推门进去，几只野鸟被惊得从草丛里"扑棱"着飞向院外。

　　院子里一片片杂草丛生，高得没过腰际。屋子里到处是厚厚的灰尘和蜘蛛网。穆思静想起认识李正兵不久后曾写过几句话：人生就像一只蜘蛛，吐出丝编织成网，到底是想网住别人还是要托住自己？

"姐，我们走吧！"李翔怕她越看越难过，拉着她就往外走。

穆思静面色凄凉地望着他，说道："你俩先出去，让我自己在这里待一会儿好吗？"

李翔和李言来到院子里，彼此对望着，没有说话。此时，谁都明白，如果当初李正兵和穆思静走到一起，这里绝不是如此现在这般荒凉，一定是环境幽雅，花儿飘香，瓜果挂满枝头。

穆思静站在屋子里，感觉自己就像一只横冲直撞的飞虫，玉莲、玉茹、李正兵是角落里的蜘蛛网，她被缚在网中，被蜘蛛丝缠绕得透不过气来。

她继续往里走，看到一间大大的书房。她想起以前对李正兵说的话："我喜欢有一个大大的书房。"

她环顾着四周，把要溢出的泪强迫自己收了回去，然后大步走了出去。

看到穆思静平静地走出来，李翔和李言俩人悬着的心终于落了下来。穆思静站在大门口，望了这座院子片刻，然后转身离去。

忘记竟是如此简单，一个转身，梦就醒了。心结就在刹那间被打开，我抚摸着眼前的阳光，怎么看都是一片锦绣的前程。穆思静离开的瞬间，多年的心结统统被打开，她不再背负着重重压力踽踽独行。

李翔开着车，从后视镜里看着她的一举一动。过了一会儿，他说："姐！姐夫对你很好。"

穆思静望向窗外。她何尝不知道赵志对她很好，自己又何尝不在意他。

"疗养院开业的时候，他也来参加了，我们俩坐在一起。"李翔不想再替赵志隐瞒下去，他想早一步让穆思静知道事情的真相，早一天快乐起来。

李翔的回答，她一点儿也不以为奇。她以为李翔是在赵志来东洲看孩子的时候，俩人碰面的。她心里很清楚，疗养院的进展情况，张晓宁一定会透露给赵志，赵志自然知道开业的时间，也必定会来，躲在一边关注她。那天张晓宁坐在她的身边，表情很不自然，她就猜到赵志已经来了，她嗅到了他的气息，在距离自己不远的地方。周末她故意不回家，就是给他留下和孩子独处的时间，让他和孩子享受一份浓浓的亲情。她不能让孩子生活在没有爸爸的单亲家庭里，更不能剥夺父母和赵志之间的亲情关系。

她岔开话题说道："李翔，我估量了一下，明静轩大约有四五亩地吧？"

"嗯，差不多！"

穆思静拍了拍李言的肩膀说："我决定把明静轩留给你。"

"吱"的一声，李翔刹住了车。他不明白，穆思静为何突然做出这样的决定。李言也忙问缘由。

穆思静笑着对他说："我把明静轩送给你是有原因的，第一，这是你爸的心血，我一个外人，当然不能接受。第二，把明静轩交给你，不是让你来享受的，那样对不起你爸。大多数的农村老人住不起疗养院，敬老院比较适合他们，我想让你把这里建成一座敬老院。刚才我估算着这里有四五亩地，可以再建几套小院，两间一套，适合老两口儿居住，迎面可以盖一座三层楼房，要有电梯，老年人腿脚不利索。"

李言知道自己没有能力建敬老院，也没有经验管理好。于是他急忙说："姐……"

穆思静伸手示意他不要打断自己的话，她继续说道："我想把这里算作我们疗养院的一个分院。关于投资建设，我们仨人合伙，但法人代表必须是你。"

"姐，我爸为了建这座院子……"

穆思静再次摆手示意不让李言说下去："李言，我不是白让给你。我是要你把这里经营好，要懂得怎么以爱赢取天下。等你明白了这一点，你会觉得自己的付出是非常有价值的。疗养院的事，李翔多操点儿心。咱们初建困难的时候，你把贷款买的车无偿供疗养院使用，颐年疗养院你也是一个股东，我给你留了股份。"

"姐姐！"李翔感动地不知道说什么好。今天李翔决定告诉她，赵志为她所做的一切，"姐，你知道我是怎么跟姐夫认识的吗？"

李翔把穆思静生孩子期间他怎么去东平见赵志，疗养院开业以及出现中毒现象时，赵志暗中帮忙解决了赔偿资金的事，详细地跟她说了一遍。

听到李翔说的一切，穆思静噙着泪不停地摇着头。她不是不相信李翔所说的话，只是没有想到赵志、张晓宁和李翔暗中为她付出了这么多。

"是不是他怕我不接受，特意让张晓宁给我汇款？"

李翔答道："是的！以张晓宁的名义为疗养院调来资金，合情合理。"

李翔望着她，劝道："姐，接纳他吧！世上再也没有一个男人能像他这样爱着你。"

穆思静咬着嘴唇，默不作声地望着东平的方向。她不明白，既然赵志还爱着他，那么别墅里看到的一幕又该怎么解释？

回到办公室后，她立即给张晓宁拨通电话。此时，张晓宁正坐在周泰志远传媒公司的办公室里。他望着东洲的方向，很想去看看她那里的情况，更确切地说是很想看看她过得怎样。

"晓宁，请告诉我，那一百二十万元的汇款是怎么回事？"

听到她这样问，张晓宁知道事情已经瞒不住了。他不再考虑后果会怎样，立即答道："是赵志筹来的钱，以我的名义汇过去的。"

穆思静不得不承认，她就是张晓宁说的那个大笨蛋。什么事都不往深处想，自以为可以轻易地办到，岂不知有多少人在背后为她搭桥铺路。

她激动地问他："你们还有多少事情瞒着我？"

张晓宁今天做出一个决定，索性一不做二不休，把赵志所有的事情都告诉她。

"他妈醒悟过来后，特别后悔对你所做的一切。后来听赵志说你这里出了事，他爸妈商定把自己住的那套房子卖了，又借上一些钱帮你渡过这个难关，他们怕你不接受，就以我的名义汇过去。另外，三年前赵志知道你在东洲建疗养院，就把那套别墅卖了，卖了四百多万元，也是以我的名义汇过去的。我之所以很少去那里，对疗养院的事也不过于插手，让你自己经营，因为整个疗养院大多是赵志投资的，我只能算是一个股东。"

"你说赵志把房子卖了，可王大妈去世的那一天，我亲眼看到他和朱姨，还有一个女人住在那里。"

"难道赵志从来没有告诉过你，朱姨有个儿子吗？他叫赵航，比赵志早两天出生，他俩长得有点儿像，不知道的人还以为他俩是双胞胎兄弟呢！"

"照你这么说那个人不是赵志，而是赵航了。但是他们怎么还住在那座别墅里？赵志不是卖了吗？"

"这个我就不清楚了。你问问朱姨不就明白了吗？"

穆思静紧紧地攥着双拳，越听越激动。

张晓宁听到穆思静没有回答，知道此时她的情绪波动一定很大。于是，对她趁热打铁。

"原谅他们的过错，跟赵志和好吧。想想他也不容易，身居那个职位，不能像平常人一样随意。他对我说他会用心来弥补对你造成的伤害，他爸妈也从心里认可了你，真心希望你回家。"

穆思静的心里掀起了波澜，不知道说什么好。

"姐，静怡苑留下了我们很多美好的回忆，有赵志的，有你的，也有我的，所以我决定把那里送给你做嫁妆。"

穆思静再也承受不起他的恩惠，她怕自己一辈子也还不了，她坚决地说："晓宁，你的这份情我心领了，但是我必须买下这个静怡苑，不然我是不会接受的"

张晓宁固执地说："等你攒够了钱，再谈买的事吧！姐，你既然爱他，就别让他整天活在你的背影里。"张晓宁说完挂断了电话。

穆思静坐在那里沉默了好久。想到这么多人为了她，让她毫无意识地一步步踏进这个"圈套"里，被幸福包围着，她有理由放弃吗？想到这里，她马上搜出赵志的电话拨了过去，而赵志的手机却提示关机。她望着窗外，望着东平的方向。此时阳光照进来，落在她办公桌上，她抚摸着每一寸阳光，看到眼前都是一片美好的前程。

接着她给朱姨拨过去电话。

"喂，您好！"电话里传来一位男子的声音。

穆思静猜到接电话的人可能是赵航，忙问："您是赵航先生吗？"

"对！我是赵航。我妈手机上显示您的名字是穆思静，我想您就是赵志的媳妇吧。"

"我听朱姨说赵志把房子卖了，为什么你们还住在那里。"

"这很简单啊，他卖我买。我和爸妈当然住在这里了。"

"原来如此！"

"我妈对这套房子有着深厚的感情。她十二三岁就来到这里，姥姥像对待亲闺女一样把她养大成人，姥爷临终前留下遗书，要我妈在这里养老送终。但是有一天，赵志突然跟我妈说，他在城里给她买了一套房子，要卖掉这套别墅。我妈问其原因，他说是为了给你的疗养院筹钱。我妈就哭着跟我说了此事，希望我能帮他一把，想办法把房子留下来。我妈跟我说这事的时候，我正在美国忙公司里的事，顾及我亲自出面他会没有面子，我就委托我的朋友来跟他商谈，以四百万元的价格买了下来。回国后，我就带着媳妇跟爸妈一直住在这里。"

"他到现在还不知道事情的真相吗？"

"他还不知道！我妈对小志很宠爱，她一直放心不下你俩的事，不敢把这件事让他知道，怕他心里有负担。弟妹，我妈经常对我提起您，说您善良，还是她的干女儿。这么说来，我是您的干哥哥，以后有什么事和需求，尽可跟我说。"

"好，谢谢大哥！不过我有个条件，希望大哥能答应。假如有一天，我有能力了，会加倍还你钱。请大哥把房子还给我。"

"我和小志从小吃着妈做的饭一起长大，他的事就是我的事。这房子不算买卖，还是我们赵家的，只不过是我以不同的方式留了下来。咱妈、你、小志、舅舅和舅母，还有我和媳妇，可以随时回来住。那四百万元算是资助我们赵家的事业了，好不好？下一步，说不定咱俩还会合作呢！"

"随时恭迎大哥的到来。"

总有一个人，站在时光的静谧处，不言不语，默然相望。从此，我遇见的每一只候鸟，都含着泪花。晚风来袭，我听见一个声音，像你，像你，还像你！

今晚穆思静失眠了，她望着窗外缀满星子的夜空，暗暗做了一个决定。

# 许我余生静好

## 一

千江有水千江月，万里无云万里天。我在放心归零的地方，等你入画。

不知不觉又过了两年，因为疗养院的环境、条件和服务性好，前来入住的人员爆满。另外，穆思静和民政部门达成协议，实施惠民政策，对所有本市的五保户免费开放。赵航投资，在这里扩建二期工程，建了一座康家卫生院，跟疗养院联合为一体，不定期地组织专业的医疗人员给老年人查体、讲解养生和疾病防御知识，同时给低保户、五保户人员、失独家庭提供特别扶助，为他们办理免费就医卡。

五年了，穆思静把青春留在这里，把汗水洒在这里，把爱放在远方。

这里的老年人每天下围棋、打麻将、弹琴唱戏，更有不少老年人喜欢写字、画画。一天，她突然有了一个想法，跟赵航商量，准备搞一个画展，让更多的书画艺术作品一起融入这里，提高这里的品位。赵航十分赞成，由他投资，在疗养院休闲娱乐中心举办这个画展。李翔详细地策划好方案，在网上公开报名，画展于下个月十号正式开展。

今天下午穆思静来到开发区农业银行，把三百万元汇入一个账号里。她还未走出银行大门，张晓宁就打来了电话。

"穆思静，你是不是成暴发户了？"

"我当初和你说好的，等我攒够了钱，就买下静怡苑。"

"我那是跟你开的玩笑。"

"我知道你跟我开玩笑，但是我说过不能欠你一辈子。我知道这三百万元目前根本买不到这个地方，你就当作让利给我吧，这样我才能心安理得地接受，其他的剩余款投在你的股份里。如果你执意不收，我想赵志也不会久住的。"

"好吧，算是我让利给你了，收下你的钱。"

赵穆和穆赵已经四岁了，晚上穆思静回到家里，他俩围着她转来转去，穆思静幸福地把他俩揽在怀里，每人脸上亲了一口。穆赵"咯咯"地笑着，赵穆搂着她的脖子，嘟起小嘴，凑上去"吧嗒，吧嗒"地亲着她。

王丽华一边看电视，一边微笑地望着她们。突然她指着电视大喊起来："你们快来看，是赵志！"

电视上，赵志站在一群记者当中，穿着蓝色西装，白衬衣，系一条酒红色领带。一名女记者问："赵市长您好！请问您对当前东洲的发展有何感想？"

"我对东洲有着深厚的感情。近几年来，差不多每个月我都会来这里。"

"请问赵市长，是什么原因让您对此地如此留恋呢？"

"这里有我的亲人，所以每个月我都来看望他们，看着他们在这里过着幸福的日子，我的心里也充满了幸福。"望着电视上的赵志，穆思静的泪水不停地流下来，王丽华也在一旁擦着泪。

"爸爸，爸爸，你怎么钻进电视里去了？"穆赵一边指着电视机喊，一边围着电视机转。赵穆用小手拍打着电视上的赵志，疑惑地问："爸爸，你从哪里钻进去的呢？"

"原来赵市长是我们东洲的亲戚。请问赵市长，您对东洲今后的发展有何建议？"

"对于东洲今后的发展，我有几个想法：第一，狠抓产业发展，包括工业、农业、物流。第二，对城区改造要加大力度。第三，保障民生、发展民生，让老百姓自觉地说满意，让老百姓在就医、升学、居住环境、生活保障和教育等方面都得到实惠。若是有群众满意度测评的电话打过来调查，他们会发自内心地说一句很满意。我们领导干部要和老百姓多沟通、多留心、多留意，让群众更满意是我们每位党员干部不懈地追求。在旧城改造提升方面，要抓住好的政策为老百姓服务，如果我们没有抓住，没有做好，我们就是东洲的罪人，就是历史的罪人。我们要让老百姓的生活丰富多彩起来、热起来、舞起来……"

穆正听到赵志讲的话，忍不住鼓掌起来。他转过身，对穆思静说："静啊，没想到小志调到东洲来了。"

王丽华接过话说："静静，给他打个电话吧，他来东洲了，以后你们就能生活在一起了。我呀，再也不用为你俩的事瞒过来瞒过去了。"

穆思静晃着她的胳膊，撒娇地说："妈，您不用瞒我，我一直知道他在休息日的时候来看您和爸，所以休息日我故意不回来。"

王丽华假装生气地戳了一下她的额头，接着说："你俩这对冤家啊，彼此都想着对方，却都死要面子活受罪。快去！给他打个电话。"

穆思静来到卧室里给赵志打电话，电话却再次传来他关机的声音，她坐在床上翻看着微信朋友圈，这时候她看到一名叫"我心永恒"的微信好友，在朋友圈里发了一段文字：千江有水千江月，万里无云万里天。我在放心归零的地方，等你入画。

或许是那个叫"中国梦"的小女孩，曾对她提过她的老师叫"我心永恒"的原因吧，穆思静特意在这段话下面点了一个赞。

第二天书画展正式开展了。穆思静走进大厅里欣赏着一幅幅画。这时她看到一位年轻的女孩，朝她调皮地一笑。她有点儿蒙住了，她有一种直觉，好像在哪里见过这个女孩。

她抬起头看到墙上的画，不禁愣在那里。一幅是她披着长发站在画架面前，拿着画笔望着前方，像在沉思，前方是荷塘，几支欲开的荷花，挺立在荷叶间；一幅是她穿着白色的长裙子，系着西瓜红色的丝巾，蹲在一丛丛鸢尾花面前，她的丝巾和长发在风中飘扬着；一幅是她站在雪地里，穿着大衣，身上和头发上落了很多雪，面带忧郁地望着远去的列车；一幅是她穿着风衣，托着腮，望着前方水中两只游泳的小鸭。看到这幅画，穆思静想起那天她和赵志、张晓宁去钓鱼的时候，她坐在赵志的身边望着不远处几只正在水中游泳的鸭子。

还有一幅幅画，是十年前，她曾在网上给赵志配过诗的画。她确定这些画都是赵志的作品，可她走近一点儿看到落款的名字是"我心永恒"。难道这个"我心永恒"和赵志有不一般的关系？若没有特殊的关系，赵志不会把自己的作品放到她这里，还题上"我心永恒"这个名字。

他会不会是微信上的那个"我心永恒"？穆思静蹲下来，望着正在整理画的小女孩，温柔地问她："您好，请问'我心永恒'是谁？"

女孩眨了眨眼睛，笑着对她说："他是我的老师。"

"你是'中国梦'？"

穆思静望着她那对酒窝，还有那颗小虎牙，觉得她长得太像一个人，却一时脑子空白得记不起来。她急切地问："'我心永恒'到底是谁？"

"是我。"一个熟悉的男性声音从她的背后传来。这声音太熟悉了，穆思静来不及站起来，一条腿跪在地上支撑着身体，回头望去。

男子身穿藏青色的运动服，白色旅游鞋，戴着白色旅游帽和墨镜，这不是赵志吗？

"赵志，你竟然是'我心永恒'。"穆思静开心跟他说道。

他蹲下来，笑盈盈地望着她："你还要我等多久？"一闻此言，穆思静的脑海中像放电一样，唰唰地闪着她和赵志在一起的画面。她一下子扑进他怀里，紧紧地抱着他的脖子，喊道："赵志，我爱你，我爱你！"

赵志紧紧地抱着她，说："静静，生生世世，我都爱你。"

"你怎么才来找我？"穆思静仿佛回到了五年前的那个晚上，在火车站时她也曾这样问过他。

他噙着泪水在她的耳边说道："我怕来早了，又把你吓跑了。"

众人为这感人的一幕鼓起掌来。听到掌声，他们慌忙松开手。赵志朝着众人深深地鞠了一躬，说道："谢谢，谢谢大家！"

赵志拉着穆思静的手，来到"中国梦"的身边："这是咱家的静怡。"

赵静怡抢先喊："静姨好！"说着朝她眨了几下眼睛。

穆思静拍了一下她的脑袋，佯装生气地说："你这个调皮的丫头，竟然一直瞒着我！"

赵静怡调皮地说："我怕说明了身份，您和爸爸之间的误会会更深。在美国的时候，他从来不出去玩，总是躲在画室里一边流泪，一边创作。您看，这两幅是他在美国时画的。"

赵静怡一边指着画让穆思静看，一边继续说："静姨，每当看到爸爸悲伤的样子，我的心真的很疼，所以就下定决心来帮他。我偷着翻出他的手机，找出您的号码储存起来，想找机会跟您谈谈。没想到有一天，我的手机微信里显示了您的微信，我就申请加您为好友了。"

赵志也帮着说："静怡在美国的时候，就说一定要来中国见见你这位静阿姨，她一直说会和静阿姨成为好朋友的。"

穆思静噙着泪说："你们合伙骗我这么多年。"

"哈哈！谁让你这么笨了。"这时候，张晓宁不知道从哪里钻了出来。

穆思静一看到张晓宁就气不打一处来。她指着他说："我都是被你骂笨的。"

"哈哈哈！自己笨还怨被别人骂的。"赵志也忍不住大笑起来。

赵穆和穆赵今天也被穆正夫妇带来了，他俩一边喊着一边往这里跑。赵天雄和林芳跟在后面，担心地喊："跑慢点儿，我的小祖宗！"

"宝贝，来抱一个！"赵志大步迎上去，抱起他俩，高兴地转圈。

穆思静走到赵天雄和林芳的面前喊道："爸，妈。"

"哎！静静。"林芳有点儿不自然地应道。

"您二老能来，我感到很高兴。这几年我一直在忙，没有去看望你们，望二老恕罪！"

林芳握着她的手，激动地说："静静，我们赵家真是烧了八辈子的高香，才能娶到你这么好的媳妇。"

"妈，能够做您的儿媳，是我的幸运。"说着穆思静朝赵志扫了一眼。

赵穆搂着赵志的脖子问："爸爸，你那天是从哪里钻进电视里去的，怎么一会儿就不见了呢？"

赵志笑道："哈哈，爸爸是变成小矮人钻进去的。"

"原来是这样，改天我也要变成小矮人钻进去。"赵穆信以为真地说道。

穆赵指着赵志的眼睛说："爸爸戴眼镜不好看。"

赵志笑着问她："为什么不好看？"

穆赵给他摘掉眼镜说："爸爸变成大熊猫了。"

接着赵穆稚声稚气地说："妈妈说，熊猫是珍稀动物。爸爸，我给你讲《熊猫历险记》好不好？"

"好啊！"

赵穆接着说："爸爸，我是那个勇敢的小男孩小凤，穆赵是小熊猫平平。"

赵志亲了一下他的脸问："那谁是熊猫妈妈、白马藏医、独角猎人呢？"

赵穆说："妈妈是熊猫妈妈，姥爷是白马藏医，爸爸是独角猎手。"

"哈哈哈！穆赵说我像熊猫，怎么一会儿之间又变成了独角猎手呢？"

穆思静默默地走到静怡的身边，搂着她的肩膀，幸福地望着赵志和孩子开心地玩在一起。在这喜庆的日子里，他们一家人终于团圆了。

晚上穆思静靠在赵志的怀里。赵志环抱着她，对她说："多想再看到你长发飘逸的样子。"

穆思静抿嘴一笑说："从今往后，奴为君留长发。"

他吻着她的额头，嗅着发丝里的清香，说："如果你还能像以前那样写作、画画，该多好啊！"

"我想过这个问题。当初回来建这座疗养院，一半是为了躲避你，一半是为了谋生。现在你来到我身边了，我何必再活得那么累。"

赵志心疼地吻着她的额头说："有我在，有些事情能放就放，不要这么累了。"

"有件事情我要跟你说一下，希望你尊重我的选择。让爸妈留在东洲吧！他们年纪也大了，若是他们愿意，就跟我爸妈住在一起，彼此之间也有个照应。若是不适应，就跟咱们一起住；若再不适应，咱们就单独给他们买套房子，让他们过自由的生活。"

"好！我听你的。"

穆思静仰着头，盯着他的眼睛问："你是不是还有什么事瞒着我？"

赵志狡黠地说："其实还真有一件事情瞒着你。我每天都在想你，想着和你在一起的快乐日子，就是不让你知道。"他一边说，一边吻着她的眼睛、鼻尖和唇。

穆思静回吻着他："我也是每天都在想你，却不告诉你。"

赵志把她放平，双手捧着她的脸，粗犷地吻着她："我知道你一直爱我，我都知道。"

俩人不再说话，享受着重逢后的甜蜜。

二

很晚才遇见你，梦里都是你微笑的样子。从此，我再也藏不住秘密，哭着笑着喊着余生都是你。

赵志和穆思静在静怡苑举行了婚礼。穆思静穿着白色的婚纱，亭亭玉立地站在红地毯上，赵穆和穆赵双手托着落地的婚纱，跟在她的身后。赵志穿着白色西装站在她的左侧，赵静怡穿着白色的纱裙，手捧着鲜花，走在他们的前面。

参加婚礼的人不是很多，赵志没有告诉自己的同事，主婚人常发刚是唯一来参加的老同事。

常发刚穿着浅灰色的西装，系着红色领带。他拿着话筒，大声说："尊敬的各位来宾，亲爱的朋友们，大家上午好！四年前我对穆思静说过，等到他们结婚的那一天，我要亲自为她和赵志主持婚礼，如今终于等到这一天了。今天前来参加他们婚礼的都是自己人，面对大家，请允许我说几句肺腑之言。赵志是我多年的同事、战友，更是患难与共的兄弟，我已经到了退休的年龄，我曾提名推荐赵志同志接任，但是他为了能跟妻儿在一起，非要辞职去做画家。无奈之下我只好请上级领导来劝他，后来经过我们苦心相劝，他答应不再辞职了，但是必须安排他到东洲去工作，没有合适的工作岗位，安排到基层做一名工作人员也行。他说作为一名共产党员，为民做事，工作无高低之分。"

张晓宁带头鼓起掌来。赵静怡挥舞着手里的鲜花，大喊："爸爸，我爱您！"

常发刚接着说："多少人攀附着权力，走上高位，站在高高的位置上。而赵志却不贪恋权力，他是踏踏实实地为民做事。"在掌声中，常发刚继续说，"今天，作为他们的主婚人，我感到万分高兴，我想在座的各位和我有着同样的心情。穆思静小姐和赵志先生的婚礼，是我遇见的最有纪念意义、最幸福的一场婚礼。请看他们的儿女托举着幸福，一路走来，请在座的各位把最热烈的掌声送给他们，祝福他们踏进这座幸福的大门。"

在热烈的掌声中，穆思静挽着赵志的胳膊，朝台上走来。赵天雄夫妇、穆正夫妇和赵全夫妇坐在台上，眼睛湿润地望着他们。

常发刚接着说："现在有请新郎给他心爱的新娘呈上爱情信物。"

"等一下！"常发刚话未说完，台下突然传来一位女子的喊声。众人循着声音望去，只见一位四十岁左右的女子，朝他们走过来。

看到这个女人出现，穆思静骤然觉得浑身无力。她紧紧握着赵志的手，赵志感觉到她的身体在不停地抖动着。

赵天雄和林芳看到这个女人来到这里，吃惊地站起来。望着她越走越近，他们的喉咙像被鱼刺卡住了，喊不出她的名字。

穆正和王丽华也站起来，疑惑不解地望着这个女子从容自若地走来。

常发刚握着话筒也望着这个女子，热闹的场面瞬间变得鸦雀无声。

张晓宁怕出现意外，几步蹿上去，把她挡在穆思静的前面。

赵志明显地感觉到穆思静的身体在往下坠，他的眉头拧成一根绳，紧紧地抱着她。穆思静把头靠在他肩膀上，虚弱地说："我好累！"

赵志吻着她的额头说："你要坚信，穆思静是赵志的新娘。静静，我爱你，我爱你……"他吻着她发凉的嘴唇，不停地念叨着。当前他已经无法顾及身边的人，此时他能做的，就是把全部的爱注入她的生命里，让它长得大树一样坚实。

在这种咄咄逼人的形势下，大家不约而同地采取出击策略。赵天雄和林芳急忙迎上去，挡住她继续往前走的脚步。赵静怡也迎上去拦住她。

"爸、妈，今天我来到这里，是把一些东西送回来。"看到他们一个个表现出紧张的样子，宋乔乔明白他们误会了，便急忙表明了来意。

"这……"林芳不知道说什么好，她侧身看看赵志，又回头看看乔乔。

宋乔乔泰然自若地走到赵志面前，心里竟然没有任何波动。她没想到自己竟然可以如此平静地面对眼前的一切，难道她真的一点儿也不爱赵志了吗？她回过头，望着人群中那个高大的男子，微笑着朝他招了招手。

杰克站在人群里，给了她一个飞吻。

"穆思静，我来归还属于你的东西。"宋乔乔把戒指盒放到赵志的手里，接着一把攥起穆思静的左手，把镯子戴到她手腕上。

穆思静像被注射了一剂强心针，立马有了精神，她忙说："乔乔姐是静怡的妈妈，这个镯子理应归你。"

宋乔乔急忙制止了她："赵家祖传的镯子是留给长子媳妇的，咱们谁也不能打破这个规矩。"

赵志在一旁也劝道："乔乔，你就收起来吧！"

宋乔乔没有理会他，她笑着对穆思静说："如果我留下这个镯子，杰克会不高兴的，任何男人都不愿意让自己的女人戴着前男友的东西。好了，东西归还了，祝你们幸福，我走了。"说完在众目睽睽之下，她洒脱地转身离去。

"乔乔！"林芳和赵天雄齐声喊道，想留她又不敢留。

"妈妈！"赵静怡追上去，拉着她的胳膊，恋恋不舍。

宋乔乔轻拍着她的脸说："宝贝，他们会照顾好你的。我要和你杰克叔叔周游世界。" 说完她微笑着朝杰克走去。

赵志握着穆思静的手，望着他俩的身影消失在视线里。

常发刚急忙打破这僵硬的局面，他大声说："各位来宾，下面有请我们的新人举行结拜仪式。""一拜父母！""二拜高堂！""夫妻对拜！"

在众人的欢呼声中，鞭炮声、欢闹声齐声响了起来。

朱倩云拿着一封信，来到赵志身边："小志，你航哥哥前天去美国忙公司里的事了，他临走的时候，托我把这封信交给你。"

赵志打开信封，看到赵航给他写的几段话：

亲爱的小志：

因公司里最近业务忙，我和你嫂子急着赶回去，就来不及参加你和妹妹的婚礼了，请弟弟不要怪我这个做大哥的失礼。小志，我不能让姥爷留下来的家业落到别人的手里，所以请原谅大哥委托公司的人，假装和你谈了这桩买卖。房产证上还是你的名字，至于那四百万元，我和妹妹已经说好了，那是我对咱们赵家事业的投资。我爸妈就托付你和妹妹照顾了。好了，不多说了，祝亲爱的弟弟和妹妹新婚大喜，执子之手，白首不分离！

赵 航

4 月 20 日

赵志读完信，已是泪盈满眶，他走上前去紧紧地拥抱着朱倩云。

这时候张晓宁走过来，对穆思静说："姐姐你看，谁来了？"

穆思静顺着他指的方向望去，看到一位六十来岁，留着长发的男子笑盈盈地站在对面。

"姐姐，这位是阿曼老师。"

一听说来者是阿曼，穆思静急忙迎上去，握着他的手，激动地说："阿曼老师，当年您在生病的状况下，还坚持为我作画，让我终生难忘。"

"当年我是为你和阿宁的友情所感动，今天来这里还是因为被你们姐弟俩的情谊感动了，所以我坚持在有生之年，一定要见一见阿宁的姐姐。哈哈！"阿曼豪放地大笑起来。

阿曼的话，让穆思静再次记起张晓宁为她付出的种种，她忍不住眼里溢满了泪水。

阿曼看到她这个样子，幽默地说："你再哭可把我的油布打湿了，我不得不画成一条条河流，让你的诗哗哗流淌。"

穆思静被他逗笑了，说："不哭啦！我给大家介绍一下，这是我先生赵志。"

赵志朝大家微微鞠了一躬："今天我感到特别高兴，在我和静静的婚礼上遇到这么多的好朋友，遇到这么多关心、照顾静静的亲人。请允许我真诚地对你们说一声谢谢。"

张晓宁悄无声息地退到一旁。他抬头望着天空，仿佛天上有他依恋的东西，又仿佛有对穆思静的回忆在随着白云渐行渐远。

穆思静的脸上呈现出复杂的表情，她望着张晓宁，想起一段佛语："若是今生我是来还债的，就让我多还一些吧，我怕下辈子遇不到你。"

今生张晓宁还了穆思静这么多的债，而穆思静该怎么偿还他呢？近几天，穆思静看到他在微信里写了一首诗：

请允许，我的眼中有文字和远方 / 在最好的季节里 / 看花开花落 莺飞草长 / 我愿时光不老 / 在青春的故事中演绎传奇

难道这首诗是张晓宁写给她的结束语吗？他与她之间是彼此永远不老的传奇故事。穆思静目不转睛地盯着他，张晓宁故意别过身子，背对着她跟别人说话。

赵志满目柔情地望着她，凑到她的耳边悄悄地说："亲爱的，今天我也有个礼物要送给你。"说着，他扬起手臂，朝赵静怡招了招手。

赵静怡会意，托着一本系着红绸带的书走过来。

穆思静诧异地接过书，解开红绸带，赫然是一本题目为《遇见》的诗集。诗集的封面是她和赵志在雪地里跟雪人一起的自拍合影照，作者是穆思静。

她打开诗集，看到里面全是穆思静近几年写的诗。序言是赵志写的：

都说缘分是天注定 / 遇见你是我不能逃脱的命运 / 爱上你让我无法控制了自己 / 你的呼吸、眼睛、嘴唇沾满爱的气息 // 都说爱情不期而遇 / 你是我生命里的唯一 / 把你的手握在手心里 / 想你　念你　爱你成了不变的主题 / 很晚才遇见你 / 从此我再也藏不住秘密 / 梦里都是你微笑的样子 / 我哭着，笑着　，喊着余生都是你

读着他写的序，穆思静的脑海里尽是与他相处以来的点点滴滴，泪水忍不住再次涌了出来。

赵志温柔地对她说："亲爱的，请你把泪水收起来，今天是我们大喜的日子。"

她盯着他的眼睛，疑惑地问："你从哪里整理的这些诗？"

赵志狡黠地说："你还记得微信里有个好友叫'我心永恒'吗？前几天，你还给他点赞了。"

"前几天，我看到他在朋友圈里发了一段文字：'千江有水千江月，万里无云万里天。我在放心归零的地方，等你入画。'我觉得他写得很好，就给他

点赞了。"

赵志继续问她:"你不觉得这是他特意写给你的吗?"

"难道那个人就是你?"

"哈哈哈,正是在下!"赵志大笑起来。

"我怎么不记得何时加的你为好友呢?"

"是我拿你的手机偷加了姐夫。"背后传来李翔的声音。

她转过身去,假装生气地说:"你们合伙骗我。"

穆思静看看李翔,又看了看张晓宁。张晓宁此时站在离她不远的地方,倚着墙一个人望着天空发呆。

"不合伙骗你,我怎么敢加你呢! 我学会用微信还是李翔教的,这本诗集里的诗,都是从你微信朋友圈里整理的。"赵志明白,此时穆思静对张晓宁怀着复杂的心情,急忙找话题转移她的视线。

穆思静感动地问他:"你为什么要出这本诗集?"

赵志望着她说:"为了圆一个曾经做过的梦。"

"那是一个什么梦?"

"你回东洲跟父母商量咱俩终身大事的那天晚上,我做了一个梦,梦见你拿着一本书,兴奋地朝我跑来。你说这本书里所有的诗都是写给我的,题目是《遇见》,你还为我朗诵了这首诗。再后来,我们成了微信好友后,看到你发了很多文字,我知道这些是写给我的。有一天我读着你的诗,心里突然冒出一个念头,想让那个梦成为现实,做我们的结婚礼物。我就让静怡帮着整理出你所有的诗,然后找出版社出版了这本书。封面我没有按照梦里那本书的样子,而是选了我俩在雪地里堆雪人时的自拍照,梦里的诗集封面是我给你画的一幅画,就是你见过的那幅握着画笔沉思的画。"

穆思静把头靠在他胸膛上,幸福地说:"赵志,我爱你!"

赵志拥抱着她说:"我也爱你!"

三

你说若分离,风不许,花不应。我搅动一池春水,研制出万种风情。

李言捥扶着爷爷奶奶蹲在李正兵的坟前,李灵烧着一叠纸钱,念叨着:"兵儿,你放心地去吧!这些年咱们老李家多亏了静静。她是个好孩子,如今也有了一个好归宿,你在天之灵要多多保佑她,保佑她一生平安幸福。"

这时候一架飞往美国的飞机,从他们上空飞过。赵志和穆思静带着画具,赶往旧金山宋乔乔居住的乡镇。

穆思静倚在赵志的怀里,幸福地说:"我想起一首诗。"

赵志吻着她的额头说:"说来听听。"

穆思静望着窗外,望着湛蓝的天空,望着机窗外飘过的白云,轻声念道:

许我余生静好:

请允许,笔下有花香和暖阳
我坐在最美的词语上
听叶落无声,风过无痕
我让时光逆流
在光阴的卷轴里
书写妙曼的人生

# 以自己的精彩笑对人生（后记）

我喜欢独处，当我写到"跋"字的时候，感觉自己像正背着一个沉重的旅行包，在高山峻岭间登攀，抑或在崎岖不平的路上踽踽独行。

《一池墨香》是我的首部小说集。多年来一直写诗歌，这次想换一种题材来挑战一下。这些年来，我写过很多几句或几段零碎的诗句，都是来自我的一个念想或者看到一幅图时的瞬间灵感。但这些句子又不能——拼成诗，为此我想以不同的方式把这些句子保存起来，最后选择以小说为题材来实现自己的这个愿望。

作品中有很多语言不属于小说的语言，而是属于诗歌的语言，很多文友给我提过中肯的建议，其中不乏褒贬。可能是我写诗习惯了，我还是坚持以自己的风格来完成这部作品。在文学作品上，每个人的起点不同，所创作的视野和到达的终点也不同，这不同于数学题答案，必须选择对或错。只要自己觉得可行，应该坚持保留自己的观点，不要只听从他人的意见，按照别人的意愿来做。在二十一届高研班学习中，我特意咨询了小说创作的讲师，他们说以诗歌的语言写小说是可以的。

有人对我说："你应该坚持写你的诗歌，你的老师写了一辈子诗歌，也没写小说。"我不是执拗，只是想既然自己决定的事情，就要执着地走下去。曾经我给孩子写过一篇文章《既然你选择了一条路，就是哭也要哭着走到尽头》，那么我更应该坚信自己，一定能把这条路走到尽头。我不喜欢依照统一的风格和模式，重复走别人的路，不想站在他人的影子里靠踮起脚尖来抬高自己。无论对与错、好与坏，我还是想挑战自己，以跋涉者的脚步，走出属于自己的领地。因为执着，总会有意想不到的收获成果。三十多万字的小说，从开始写到结束，甚至中途几次改稿，我一直都在听一首钢琴曲《假如爱有天意》。正是这首曲子，让我以自己的音调走进故事中，写了《你的爱会不会老去》和《余生都是你》两首歌词。

此部小说以青春、励志、希望为一体，围绕青州深厚的文化艺术底蕴，以文学和书画方面来展开书写。小说前面插入了一部分书画家老师与我合作的诗配画。之所以插入诗配画，我是想借这部小说，宣传青州的文化艺术。文中在人性善与恶的较量中，以"善"为终结，以"爱"赢取天下。人与人之间的交往，要有宽容、大度、隐忍之心，所以文中的"坏人"，在良知的驱使下，顿悟反省蜕变成一个新的自我。这也是我们每个人在成长中必须要经历的过程，还未截稿的时候，已经有不少年轻的文友们在微信上多次给我留言，要预定这部书。我想这部小说能触动他们的，必定是那一段段发自不同人的心声，而不是那些冷巴巴的文字和书本上那些再也熟悉不过的形容词，甚至不是那一句感人肺腑的"我爱你"。所谓的善有善报，恶有恶报，只是一种自我精神安慰，而蜕变才是人性的升华。

多年来，我时刻以一句我喜欢的哲理来创作—如果你的心是高贵的，你的人生也就高贵了。无论我们站在哪一个层次上，只要你的内心是高贵的，那么你的所做所想也会朝着高贵的一面奔去。我将继续以跋涉者的脚步走向远方，无论站在何处，以自己的精彩，笑对在文学创作的路上，我一直觉得自己很幸运。首部小说能够入选潍坊市委宣传部重点扶持作品，这是对我最大的鼓励。在此感谢青州市作协、青州市文联和青州市委宣传部的推送；感谢潍坊市作协、文联和市委宣传部的大力支持，我才得此荣幸；感谢为我版式设计的张雯主席；感谢我的政治老师、潍坊市书协副主席刘葆君先生为我的封面题诗；感谢浙江安吉电视台练友良先生为我的封面题字；感谢青州著名书画家老师冯聚成、韩其源、陈铸、程胜武、解荣德、夏倚山、陈天增、王延林、王兴春和张星义，中国工笔画学会会员刘景双先生与我合作诗配画。想要感谢的人很多，在此一并感谢多年来支持我的师友，感谢默默为我付出的亲人们。

我将继续以跋涉者的脚步走向远方，无论站在何处，以自己的精彩，笑对人生！

2019 年 4 月 22 日于一墨香苑